Lola doit mourir

DU MÊME AUTEUR

L'Ultime Expérience, Flammarion, 2020.

Bruce Benamran

Lola doit mourir

Flammarion

ISBN : 978-2-0802-5755-0

« I was lucky, in some ways,
that social media wasn't around. »

Monica Lewinsky,
Last Week Tonight, 17 mars 2019

Prologue

« Comment tout a pu basculer aussi vite ? »

01.

Un œil rond, noir, profond. Voilà ce qui fait face à Alice qui se sent partir. *Heureusement que je suis assise,* se dit-elle, *sinon je tomberais net, je ne sens plus mes jambes.* Mais elle sait qu'elle est sur la bonne voie, elle fait ce qu'elle doit faire. D'ailleurs, la voix de son interlocuteur le confirme : *je suis fier de toi.* Mais tout semble de plus en plus distant, désormais. Ce n'est pas douloureux, ce n'est pas même confus, simplement plus distant, comme un film qu'on regarderait sur un petit écran. Et Alice se rappelle. Même si elle n'a que 16 ans, elle a déjà beaucoup de souvenirs, tous très sensoriels : l'odeur de la soupe qu'elle n'aime pas manger, la texture et le goût du rôti du dimanche, le prélude de Bach que sa mère jouait tout le temps, semblait-il, quand elle était petite. Les amis, aussi, Alice s'en souvient : Ellie, sa meilleure amie, sans doute parce que leurs mères étaient amies, mais sa meilleure amie tout de même. Ellie, qui a fini elle aussi par l'abandonner. *Comment tout a pu basculer aussi vite ?* Elle ne le sait pas. Ce n'est pas clair. Elle filait le parfait amour avec Baptiste, Bapt' comme tout le monde l'appelait. Elle sortait avec lui depuis près de quatre mois, ils étaient très amoureux tous les deux et il n'avait jamais tenté quoi que ce soit qui la mette mal à l'aise. Alors ils avaient fini par coucher ensemble. Elle avait eu un peu mal, mais ça s'était plutôt bien passé. Puis elle a eu du retard. D'abord terrorisée, elle a fini par en parler à sa mère qui a fait preuve de beaucoup de compassion. Bien sûr qu'elle trouvait certainement que sa fille était trop jeune, mais ce n'était pas l'urgence. Sa mère a acheté un test, positif. Alors elles ont fait le nécessaire. Sans trop mettre de mots sur la chose, elles sont allées voir le gynécologue et ont « résolu » le problème. Ce n'est pas grave, lui a dit sa mère, avant toutefois de la sermonner sur l'importance de se protéger, au moins contre les maladies. Mais sa mère lui a prodigué un conseil qu'Alice n'a pas suivi et qui l'a menée ici, et maintenant. Elle lui a dit de ne jamais en parler. À personne.

Et Alice en a parlé. À Bapt' qui a très bien réagi, puis à Ellie qui, de son côté, n'a pas compris. Elle n'a pas compris pourquoi elle n'avait pas été mise au courant plus tôt. Ellie ne savait même pas qu'ils avaient fait l'amour. Et alors qu'Alice lui avait fait promettre de ne pas en parler, Ellie en a parlé. À une amie. Puis une autre. Et une de celles-là en a parlé aussi. Bientôt, non seulement tout l'entourage d'Alice était au courant, mais chaque petit groupe disposait de sa petite version de l'histoire. Et tout le monde l'a abandonnée ! Pire, tout le monde s'est ligué contre elle. On l'a accusée d'avoir tenté de piéger Baptiste, tandis que d'autres l'accusaient, lui, de l'avoir violée. Mais quand plus personne ne vous croit, à quoi bon insister ? Le monde ne la croirait jamais, et le monde n'oublierait jamais.

Un bruit, étouffé, près de sa main. Sans pouvoir vraiment bouger la tête, le regard d'Alice se déplace vers sa droite : sans en être tout à fait consciente, elle vient de lâcher une boîte qui a presque parfaitement rejoint deux autres boîtes identiques au sol. Alice devine plus qu'elle n'arrive à lire ce qui est écrit sur les boîtes : Xanax. La voix de son interlocuteur répète : *je suis fier de toi*, puis, après un temps, *je suis désolé.* Au prix d'un surprenant effort, Alice tourne son regard vers l'ordinateur et la visioconférence s'interrompt. L'interlocuteur est parti. Seul reste un message à l'écran, informant que la conférence est terminée et demandant à Alice de noter la qualité de l'appel. Sa dernière pensée, avant de s'endormir, sera : *3 étoiles, parce que l'image n'était pas assez claire, je n'ai pas pu clairement voir qui c'était.* Et alors qu'Alice perd conscience, sur le haut de l'écran d'ordinateur, la webcam s'éteint et avec elle son œil rond, noir, profond.

À l'autre bout de cette conversation, Charon, bien que secoué par ce qu'il vient de vivre, est euphorique. Tout s'est passé encore mieux qu'il ne l'espérait. Il en pleure de joie.

02.

Quinze mois ! Quinze mois que je suis affectée à des dossiers tous plus basiques les uns que les autres, pensa le lieutenant de police Marion Lambert, frustrée. Elle ne considérait pas du tout comme inutile l'intervention à laquelle on l'avait assignée, elle pensait simplement être bien trop qualifiée pour ce qui pouvait être effectué par quelqu'un de moins expérimenté. Mais elle connaissait la musique, alors elle n'avait rien dit. Marion Lambert était une femme zélée que sa vivacité d'esprit et sa ténacité rendaient très efficace dans son travail. Mais son efficacité lui posait un problème majeur : en effet, elle ne la devait pas tant à son instinct qu'à sa rigueur, sa méticulosité. Elle ne laissait rien passer, pouvait rester des heures à relever chaque détail de chaque témoignage d'une enquête, mais souvent au mépris du plus élémentaire pragmatisme. Pour elle, chaque enquête méritait l'entièreté de son attention, qu'il s'agisse d'un meurtre ou d'un vol de vélo. Et son capitaine, qui savait parfaitement dispatcher ses ressources sur le terrain, en faisait régulièrement les frais : il devait sans cesse exiger du lieutenant Lambert qu'elle boucle ses dossiers.

Il avait toléré cette particularité aussi longtemps qu'il avait pu, puis il y a eu l'affaire Guérin. Ce qui n'était à l'origine qu'un simple accident de voiture s'était transformé en un micmac diplomatique qui les avait tous dépassés. Le capitaine s'était retrouvé avec le ministère des Affaires étrangères sur le dos : Lambert avait fait entrer les Russes dans la boucle, ce qui avait rendu les Américains fous furieux. Au centre du tumulte, le capitaine avait plus d'une fois senti le vent du boulet. Un de ses gars les plus expérimentés en avait même pris sa retraite. Par chance, il n'avait pas été possible de montrer que le lieutenant Lambert avait merdé, ce qui permit au capitaine de la sauver. Mais il fallait qu'elle comprenne. Alors, depuis une quinzaine de mois, il l'avait affectée à des tâches simples mais fastidieuses, rébarbatives, avec l'espoir qu'elle apprendrait enfin le seul aspect de son métier qu'elle persistait à ignorer : qu'on le veuille ou non, le métier de flic, parfois, c'est bosser une heure sur un dossier, puis passer au suivant, parce que certains dossiers ne sont tout simplement pas importants.

Marion Lambert n'était plus qu'à quelques dizaines de mètres de sa destination, à la recherche d'une place pour se garer. Car, de la même manière que la police se rend sur le lieu d'un accident de voiture qui a causé des dégâts corporels, la police est envoyée en intervention lors d'un suicide. C'est de son point de vue une enquête de routine : il convient simplement de s'assurer qu'il s'agit bien d'un suicide et de tenter, le cas échéant, de déterminer si celui-ci est le résultat d'une maltraitance, d'un abus ou d'une violence quelconque. Mais du point de vue des proches de la victime, c'est toujours une épreuve qui arrive trop tôt. Ils n'ont pas le temps de prendre conscience que leur proche s'est donné la mort qu'on les interroge sur le pourquoi. Ils ne savent pas pourquoi. Ils ne savent jamais pourquoi. Qui plus est quelques heures à peine après le drame. Même lorsque la victime laisse un mot d'explication, ils ne le comprennent pas. Parce qu'une question instinctive, reptilienne, dépasse toujours les autres dans leur esprit : comment un conjoint, un enfant, un parent ou un ami peut-il être si désespéré qu'il préfère disparaître, et comment a-t-on pu ne pas s'en rendre compte avant qu'il soit trop tard ? Consciente de la triste confrontation qui l'attendait, Marion Lambert coupa le contact de son véhicule.

03.

Au domicile de la famille d'Alice, Marion Lambert savait qu'elle devait faire preuve de tact. Le couple venait de perdre leur fille unique, pensa-t-elle. De façon dramatique. Ils avaient eux-mêmes découvert son corps, et malgré tout ce que les urgentistes avaient pu leur dire pour tenter de les rassurer, ils vivraient désormais avec la conviction permanente qu'ils auraient pu la trouver plus tôt, qu'ils auraient pu sauver leur fille, mais qu'ils avaient échoué, et qu'elle était morte par leur faute. Une enquête de police risquait d'accroître ce sentiment, voire de susciter une culpabilité. Le rôle de Marion Lambert était donc double : déterminer qu'il s'agissait bien d'un suicide, ce dont elle n'avait a priori aucune raison de douter, et être le moins envahissante possible. *C'est un équilibre.*

Marion se présenta, ainsi que ses condoléances. Les parents étaient totalement apathiques, comme prévu. Lambert devrait se montrer patiente avant qu'ils ne commencent à parler de leur fille : quel type d'adolescente était-elle ? Quel type d'élève ? Est-ce qu'elle avait des difficultés à l'école, avec ses amis ? Pour les parents, comme c'est souvent le cas, leur fille était une adolescente sans histoires, qui avait des notes normales, des amis normaux, ne fumait pas, ne buvait pas, ne se droguait pas. Avait-elle récemment traversé une rupture sentimentale douloureuse ? Pas à la connaissance de ses parents. Marion Lambert remarqua qu'à cette dernière question la mère d'Alice avait jeté un regard en coin vers son mari. *Peut-être sait-elle quelque chose qu'il ignore, ou peut-être pense-t-elle qu'il est responsable.* Peut-être y avait-il eu des histoires sentimentales dont le père n'était pas au courant et dont la mère ne voulait pas parler devant lui, ou peut-être le soupçonnait-elle d'avoir abusé sexuellement de sa fille. Mais s'il y avait quelque chose à creuser – et il ne fallait rien exclure –, il était trop tôt pour le faire. Marion tenta de faire preuve d'autant de compassion qu'elle le pouvait, sachant d'expérience que les parents ne se doutent que rarement de ce que peuvent traverser leurs enfants lorsque ceux-ci deviennent de jeunes adultes.

Après quelques minutes à écouter la mère d'Alice évoquer le caractère volontaire de sa fille, le lieutenant Lambert prit autant de gants que nécessaire pour poser la question qui était, du point de vue professionnel, la plus importante pour elle : comment Alice s'était-elle procuré ces anxiolytiques ? La mère d'Alice s'effondra instantanément, aussitôt soutenue par son mari. Marion Lambert ne dit rien, elle attendait. Manifestement, la mère se sentait coupable, et peut-être avait-elle fait preuve de négligence, mais il fallait une réponse. La mère d'Alice finit par expliquer qu'elle avait toujours à sa disposition du Xanax, pour ses angoisses :

« Autant, lorsqu'Alice était plus jeune, je rangeais mes médicaments hors de portée, autant je ne pensais pas qu'il pourrait se produire... Elle était bien assez grande pour comprendre de quoi il s'agissait. »

Marion dut insister :

« Alice a ingéré l'équivalent de trois boîtes complètes, pourquoi en aviez-vous autant en votre possession ?

— J'en prends de moins en moins, alors les boîtes ont fini par s'accumuler, je... je n'y ai jamais fait plus attention que cela. »

Le père jeta un regard discret mais sec à son épouse. *Il est partagé. Il souffre, il sait que sa femme souffre, mais il commence également à lui en vouloir. Cela ne s'arrangera pas avant longtemps*, pensa Lambert, *si toutefois ça s'arrange.* C'était bien trois vies qui avaient été détruites ces dernières heures.

Après avoir attendu que les esprits se détendent un peu, Lambert demanda à voir la chambre d'Alice. Le père l'accompagna mais resta sur le seuil, interdit : dans la chambre, on trouvait çà et là du matériel médical d'urgence, scène d'une rare violence pour les parents. Mais pour elle qui avait déjà étudié des scènes de crime, cette chambre était propre. Elle n'aurait sans doute pas grand-chose à y faire, et aurait terminé dans quelques minutes. Alice avait été retrouvée assise au pied de son lit en face de son bureau, dont le siège, renversé au sol, n'avait pas encore été relevé.

Par réflexe, Marion Lambert enfila des gants de latex. Tout concordait : l'adolescente s'était bien suicidée en ingérant des médicaments qu'elle avait trouvés dans la salle de bains de ses parents. On ne saurait sans doute jamais vraiment pourquoi elle avait commis l'irréparable, mais, au-delà de cette question, il n'y aurait pas besoin d'enquête complémentaire. Lambert prendrait congé et les parents d'Alice pourraient entamer le long et lourd processus de deuil. En silence, tandis que le père partait rejoindre sa femme, Lambert fit lentement le tour de la pièce, ouvrant un tiroir, une armoire, cherchant peut-être juste une raison, quelque chose pour aider les parents à comprendre. Sur le bureau, une lettre. Alice avait manifestement commencé à écrire un mot pour ses parents, mais soit s'était ravisée, soit avait été surprise par l'efficacité des pilules. Il disait simplement : « Papa, Maman », et rien d'autre. *Elle s'est adressée également aux deux, l'abus sexuel semble très peu probable.*

En prenant la feuille de papier sur le bureau, Marion Lambert, du revers de la main, déplaça la souris de l'ordinateur portable. Après quelques secondes, celui-ci sortit de sa veille. Il n'était pas verrouillé. Un message à l'écran saisit l'attention de l'inspectrice qui reposa le mot sur le bureau : une fenêtre notifiait la fin d'une visioconférence et demandait de noter la qualité de l'appel. Plus important, il y avait un horodatage qui indiquait l'heure de fin de l'appel. Et même si personne ne savait avec précision à quelle heure Alice avait pris les pilules ou perdu connaissance, la marge d'erreur semblait bien indiquer que l'appel était plus ou moins concomitant. Marion Lambert sortit son téléphone de la poche de sa veste et appela son capitaine.

« J'ai besoin d'un technicien, lui dit-elle.

— Écoute, Marion, je te laisse faire quand tu n'as rien d'autre sur le feu, mais je ne vais pas te coller une ressource, comme ça, sans raison, sur une enquête de routine... »

Pendant que le capitaine continuait d'expliquer à Marion le fonctionnement d'un commissariat, la bureaucratie, les complexités administratives, et alors qu'elle n'écoutait que d'une oreille distraite, ayant régulièrement droit à ces couplets, Marion ouvrit sur l'ordinateur un navigateur Internet. Elle cliqua ensuite dans la barre d'adresse et fit défiler les derniers sites visités. Entre les classiques comme « Google » ou les moins classiques comme « Les Amoureux du voyage », Marion trouva ce qu'elle espérait : un réseau social. Elle cliqua sur le lien et la page Facebook d'Alice apparut. Immédiatement, Marion remarqua en haut à droite une pastille rouge, marquée du nombre « 99+ » par-dessus l'icône d'une bulle de bande dessinée. *Alice a plus de cent messages privés non lus.* Elle fit glisser le curseur sur l'icône puis cliqua : un aperçu des derniers messages apparut. Sur le tout premier, on pouvait lire, provenant d'un jeune homme dont Marion s'imagina qu'il devait s'agir d'un « ami » d'Alice, au sens des amis que l'on a sur Facebook, le message suivant : « tu mérites de mourir grosse pute ». Lambert interrompit alors son capitaine :

« La victime a reçu des menaces de mort ! »

Il était un peu exagéré de parler de menaces de mort, mais au moins cela ferait plier le capitaine. Effectivement, il rompit le silence après quelques secondes :

« Tu peux ramener l'ordinateur, et je te donne un gars… mais je te préviens, Marion, n'imagine pas avoir le champ libre pendant des mois. Je te donne jusqu'à la fin de la semaine pour trouver quelque chose, ou clôturer cette affaire et passer à autre chose. » Il raccrocha.

Marion referma l'ordinateur, le saisit, puis sortit de la chambre pour rejoindre les parents d'Alice. Elle leur demanda alors l'autorisation d'emporter l'ordinateur, promettant de le rendre dès qu'elle aurait fini son enquête ainsi que de préserver au mieux l'intimité de leur fille. Ce serait peut-être l'occasion, leur dit-elle, de mieux comprendre son geste désespéré. Un peu méfiants, les parents acceptèrent tout de même. Ils ne pensaient pas que la police puisse faire quoi que ce soit avec cet ordinateur mais, au moins, accepter ferait partir cette inspectrice de chez eux plus rapidement et ils pourraient reprendre le cours de leur vie là où elle s'était brusquement arrêtée, sur une immense brèche au milieu de nulle part.

04.

De retour au commissariat, Lambert se rendit dans le bureau de son capitaine qui, dès son entrée, fit convoquer Étienne Mornay, un « gardien de la paix qui aspire à intégrer la prestigieuse police technique et scientifique », précisa-t-il à l'attention de Lambert en soulignant avec emphase le mot « prestigieuse », pour le cas où elle n'aurait pas compris le sarcasme. *Il me refile un bleu.* Alors qu'elle sentait monter en elle l'envie de pousser une gueulante, un jeune homme entra. Le capitaine présenta alors officiellement Étienne Mornay à Marion Lambert. *C'est un enfant*, se dit Lambert.

« Étienne, dit le capitaine, tu vas bosser cette semaine avec le lieutenant Lambert sur une affaire qui la tracasse. Elle va te détailler tout ça dans son bureau, je m'occupe de prévenir ton lieutenant. Tu vas voir, toi qui veux bosser pour la scientifique, ça va te faire un peu d'expérience. En attendant, tu peux l'attendre dehors, merci. »

Une fois le jeune gardien de la paix sorti du bureau, le capitaine reprit, à l'attention de Marion cette fois-ci :

« Marion, quand je dis que vous avez jusqu'à la fin de la semaine, je ne veux pas dire que vous avez jusqu'à la fin de la semaine : je veux dire que vous avez, au plus tard, jusqu'à la fin de la semaine. Si tu es capable de me dire dans deux heures qu'il n'y a rien à creuser, je veux l'information dans deux heures, on se comprend bien ? »

La question était évidemment rhétorique, et Marion n'eut pas besoin de répondre. *Je dois faire avec ce que j'ai, voilà le message du capitaine*, et c'était un message honnête venant de quelqu'un qui faisait avec ce qu'il avait. Le lieutenant sortit du bureau et rejoignit Mornay pour qu'il l'accompagne à son bureau. Marion lui relata alors les faits dans les grandes lignes et lui tendit l'ordinateur de la victime.

« J'ai besoin de savoir ce que faisait la victime avant de se donner la mort, quels sites elle a visités, ce qu'elle y a fait, quand et avec qui. Notamment cette visioconférence, je veux un maximum d'infos. L'ordinateur n'est pas verrouillé, est-ce que c'est dans tes cordes ? »

Mornay acquiesça, puis sourit en ouvrant l'ordinateur qu'il retourna vers le lieutenant Lambert. Il était verrouillé.

« J'imagine que vous n'avez pas le mot de passe, lieutenant ? »

Pas question que je passe pour une idiote auprès d'un novice après seulement deux minutes.

« Il n'était pas verrouillé tout à l'heure, je ne pensais pas qu'il y avait un mot de passe. Je peux appeler les parents pour voir s'ils le connaissent…

— Ce n'est pas nécessaire, répondit Étienne en inspectant l'ordinateur sous toutes ses coutures. C'est un MacBook Air de 2017. Je peux redémarrer l'ordinateur en mode *single-user* et changer le mot de passe *admin*, ça ne me prendra qu'une minute. »

Sans même attendre de savoir s'il en avait le droit ou pas, Mornay redémarra l'ordinateur en pressant simultanément une série de touches. Quelques dizaines de secondes plus tard, il changeait le mot de passe administrateur et, quelques dizaines de secondes encore plus tard, il avait pris le contrôle de la machine. Partant se préparer un thé dans la salle de pause, Lambert demanda à son collègue s'il souhaitait quelque chose ; « la même chose que vous », répondit-il sans lever les yeux de l'écran. *Il est à ce qu'il fait*, songea-t-elle. *J'ai beau ne pas avoir eu le choix, je suis peut-être tombée sur la bonne personne pour cette affaire.*

05.

Étienne Mornay était arrivé tôt au bureau le lendemain, et il compilait sur son ordinateur l'ensemble des découvertes qu'il avait effectuées dans celui de l'adolescente qui s'était suicidée, lorsque Marion entra. Il lui détailla ce qu'il avait trouvé : selon lui, Alice était depuis plusieurs jours au centre de ce qu'il appelait une *shitstorm*, littéralement une « tempête de merde », situation assez classique depuis l'explosion des réseaux sociaux. La jeune fille était à l'origine ou au cœur d'une crise dont se repaissaient les utilisateurs de ces réseaux, dont il était impossible de se sortir sauf à attendre que cela passe.

« Qu'est-ce qui a provoqué ça ? demanda Marion.

— Attendez… j'ai juste un ordinateur, là, répondit Étienne. Comme chez tous les ados de son âge, les réseaux sociaux, ça se passe surtout sur le téléphone portable. Par exemple, je peux voir les photos Instagram, mais pas les messages. Quant à son compte Twitter, j'y ai bien accès mais il ne s'y passe pas grand-chose. En revanche, je peux aussi accéder à Facebook, et, sans en connaître la cause, ça suffit pour se rendre compte de l'ampleur du machin. »

Étienne fit signe à Marion de s'approcher et ouvrit Facebook. Comme elle l'avait déjà vu, il y avait des dizaines de messages privés. Tandis qu'il les faisait défiler, Étienne poursuivit :

« Ça va de la surprise : "comment t'as pu faire ça", "c'est vrai, ce qu'on raconte ?", ce genre de choses, jusqu'à la menace, en passant par les insultes classiques à base de "grosse pute", "salope" et autres joyeusetés. Je ne sais pas ce qu'elle a fait, ou ce qu'on l'accuse d'avoir fait, mais ça a commencé il y a au moins une semaine.

— Aucune idée de ce qui a pu provoquer ça ? Rien du tout ?

— Non... Déjà parce que j'ai que Facebook et que les jeunes, aujourd'hui, passent vraiment peu de temps sur Facebook. Tout ce que je peux dire pour le moment, c'est qu'une bonne partie des messages vient de gens avec qui elle n'est pas directement amie sur le réseau. Pas trop ses amis directs, mais plus des amis d'amis. En regardant les profils, j'ai bien l'impression qu'il s'agit de personnes d'à peu près le même âge qu'elle et qui vivent dans la même région, mais faudrait creuser plus. Je pense que c'est des jeunes de son collège, ou des amis de ses amis dans la vraie vie. Ce qui est sûr, en revanche, c'est que pour que la mayonnaise prenne à ce point, il doit y avoir un paquet de conversations qu'on ne voit pas. Et même si on avait le téléphone d'Alice, on passerait sans doute à côté de l'essentiel.

— Comment ça ?

— Avec son téléphone, on verrait les messages qu'elle a reçus sur WhatsApp, ou Telegram, ou Snapchat, mais on ne verrait rien de tout ce qui s'est passé autour, des échanges entre tous les gens qui se sont passé le mot et qui ont discuté de leur côté. »

Marion était pensive ; elle avait beau vivre avec son temps, elle se sentait tout de même un peu dépassée. Pourtant, la situation était dramatiquement simple : il s'était passé quelque chose dans la vie d'Alice, ou on s'était imaginé qu'il s'était passé quelque chose, et tout son entourage lui était tombé dessus. À son âge, il n'y avait parfois malheureusement pas besoin de plus pour désespérer. Marion retournerait chez les parents d'Alice pour leur rapporter l'ordinateur et, alors elle tenterait, d'une part, d'avoir une conversation avec sa mère et, d'autre part, de récupérer le téléphone de la jeune fille. Dès qu'Étienne en aurait fini avec cet ordinateur. Comme si ce dernier avait lu dans ses pensées, il reprit :

« Pour ce qui concerne la visioconférence, je peux confirmer qu'elle a eu lieu à peu près au moment où Alice s'est suicidée, mais je ne sais pas si elle a eu lieu juste avant, ou si Alice s'est suicidée devant quelqu'un... »

Soudain, Marion comprit ce que cela pouvait signifier : c'était une chose d'imaginer qu'Alice avait pu discuter avec quelqu'un puis, après la phrase de trop par exemple, se donner la mort, mais c'en était une autre d'imaginer lancer une visioconférence pour mettre en scène sa propre mort. Marion n'y croyait pas vraiment, même si elle ne devait pas l'exclure, pour la simple raison que la mort que s'était donnée Alice n'était pas spectaculaire. Elle avait dû somnoler un temps, puis perdre connaissance. Étienne poursuivait :

« ... c'est une application comme il en existe des dizaines, Skype, Zoom, etc. C'est gratuit, sans inscription, facile à utiliser, et les conversations sont cryptées. Donc même si on arrivait à retrouver qui était à l'autre bout de la ligne, on ne pourrait de toute façon pas savoir ce qui s'est dit. Ah, et impossible de savoir s'il y avait une seule personne ou cinquante, non plus. »

C'est vraiment maigre, se dit Marion, avant d'enchaîner :

« Si je comprends bien – tu m'arrêtes si je me trompe –, quelque chose dans la vie d'Alice a provoqué les foudres de son entourage, proche ou pas ; après quelques jours, elle a une conversation par ordinateur avec on ne sait qui et, après avoir raccroché ou pas, s'enfile trois boîtes d'anxiolytiques. C'est ça ?

— Ouais, c'est ça. Et on ne sait pas ce qui a tout déclenché. »

Après une courte pause, Étienne reprit la parole :

« Je peux vous poser une question, lieutenant ? Pourquoi vous vous intéressez à cette affaire ? Je veux dire, c'est triste, bien sûr, mais qu'est-ce que vous avez vu qui vous fait vous penser qu'il y a matière à enquêter ? De ce que je vois, on a une ado mal dans sa peau qui se fait victimiser par les jeunes autour d'elle, et elle finit par se suicider ; c'est triste et pas du tout normal, mais c'est des choses qui arrivent, non ? »

Lambert ne savait pas vraiment quoi répondre. Étienne n'avait pas tort, et peut-être qu'elle s'était emballée un peu vite. Si tel était le cas, le capitaine n'avait pas fini de le lui rappeler ! Mais elle avait comme un pressentiment, une drôle d'impression. Même si on ne pouvait jamais savoir ce qui creusait la tête d'un adolescent, Marion ne voyait pas Alice dépressive au point de vouloir en finir. Ça ne cadrait pas avec l'idée qu'elle s'en faisait. *Je dois aller voir sa mère, je suis sûre qu'elle a des choses à me raconter.* Elle attrapa les clés de sa voiture, son téléphone, et s'apprêtait à rendre visite à la mère d'Alice quand une question lui traversa l'esprit.

« Qu'est-ce qui te fait dire qu'Alice était mal dans sa peau ? Je veux dire, avant qu'elle se fasse insulter sur Internet depuis quelques jours, on n'a aucune raison de penser qu'elle allait déjà mal ; parce que si on prend uniquement les derniers jours, ça me semble un peu léger pour vouloir en finir… »

Étienne regarda Marion plusieurs secondes, comme s'il cherchait à comprendre ce qu'elle venait de lui demander, puis son visage s'illumina et il prononça une phrase qui n'avait, pour le lieutenant, aucun sens :

« Ah, oui ! C'est à cause des Amoureux du voyage ! »

06.

Lorsque Marion Lambert retourna chez les parents d'Alice, le père était sorti. D'après sa femme, il voulait organiser les funérailles. Pour Marion, c'était l'occasion idéale de parler avec la mère seule à seule. Mais avec les mêmes réserves et la même patience que la veille.

« Nous aurons bientôt fini avec l'ordinateur de votre fille.

— Merci. Vous avez trouvé quelque chose ?

— Il semble que votre fille était harcelée sur Internet, ces derniers jours ; est-ce qu'elle vous en a parlé ?

— Harcelée ? Non, pas du tout ! Mais pourquoi ?

— C'est difficile à dire, nous avons uniquement trouvé des messages de… des messages d'insultes, des provocations, mais impossible de trouver ce qui a déclenché la chose. Est-ce que vous auriez une idée ? Est-ce qu'il se serait passé quelque chose à l'école ? Ou à la maison ? »

Ne pas exclure l'impensable, se dit Marion.

La mère d'Alice ne dit rien et prit un air songeur. Marion allait lui laisser le temps de répondre, bien sûr, mais elle croyait bien déchiffrer une hésitation sur son visage.

« Je suis ici uniquement pour comprendre, madame, et pour vous aider à comprendre. Il n'y a rien que vous ne puissiez me dire et, comme vous pouvez le constater, je ne prends pas de notes de ce que vous me dites. Cette conversation est tout ce qu'il y a de plus confidentielle. Je veux juste vous aider. »

Sans même y penser, le lieutenant Lambert venait de réciter presque mot pour mot le discours destiné aux femmes battues et qui ont peur de dénoncer leur mari. Elle s'imaginait qu'il y avait quelque chose à chercher du côté du père. C'est pourquoi elle fut surprise d'entendre la réponse de la mère.

« Alice est... je ne crois pas que ça ait quoi que ce soit à voir, mais Alice est tombée enceinte de son petit ami, il y a six mois. Son père n'est pas au courant... »

Voilà ce qu'elle cache à son mari...

« Il aurait sans doute voulu s'en prendre à lui, lui casser la gueule, alors qu'il est gentil comme tout. Ils ont juste été imprudents, ce sont des choses qui arrivent... Mais mon mari et moi partageons certaines valeurs... religieuses... et j'ai accompagné Alice pour qu'elle se fasse avorter... »

... et voilà pourquoi elle était dépressive.

« Mais je ne crois vraiment pas que ça ait quoi que ce soit à voir avec le harcèlement. Alice n'en a parlé à personne. Pas même à son copain. »

Sans même lui laisser le temps de reprendre son souffle, alors que cette conversation était évidemment douloureuse, Marion enchaîna :

« Et avec vous, est-ce que vous en avez parlé depuis ?

— Il n'y avait rien à dire. Le jour de... le jour où ça s'est passé, je lui ai rappelé l'importance de se protéger, mais je voulais surtout qu'elle passe à autre chose, qu'elle vive sa vie d'adolescente, qu'elle travaille à l'école, qu'elle soit amoureuse, qu'elle s'amuse avec ses amis... je ne voulais pas qu'elle se voie comme une maman dont l'enfant n'était plus là. J'ai préféré ne plus y penser... Peut-être que je me suis voilé la face, mais je ne pense vraiment pas que ça l'ait rendue malheureuse...

— Peut-être pas, rétorqua Marion. Vous avez fait ce que vous deviez faire : vous avez été là pour elle, vous ne l'avez ni condamnée ni jugée, et vous lui avez donné la possibilité de reprendre normalement... » Marion s'interrompit avant de dire « le cours de sa vie ». *Ce serait vraiment manquer de tact.*

« Alice avait-elle un smartphone ?

— Elle a 16 ans, bien sûr qu'elle a un téléphone, répondit la mère avec ce ton exaspéré qui indiquait qu'Alice devait sans doute passer le plus clair de son temps collée à l'appareil. Pourquoi ? »

Elle se leva et se dirigea vers la chambre de sa fille.

« Je pense qu'on pourrait y trouver des éléments qui nous permettraient de comprendre pourquoi, ces derniers jours, votre fille semblait être la cible de plusieurs autres adolescents sur les réseaux sociaux, répondit Marion sans se lever, ajustant le volume sonore de sa réponse à mesure que la mère s'éloignait.

Cette dernière revint avec un téléphone dans les mains et le déverrouilla. *Elle connaît le code du téléphone de sa fille, c'est déjà ça.* En revanche, il ne fallait pas qu'elle voie ce que sa fille avait pu lire les derniers jours de sa vie. Marion se leva pour prendre le téléphone des mains de son interlocutrice, mais il était trop tard. En déverrouillant le téléphone, les derniers messages WhatsApp s'étaient affichés, et ce qu'y lit la pauvre femme endeuillée la tétanisa. Marion lui prit avec délicatesse le smartphone des mains et lut à son tour. Ces messages émanaient d'Ellie, la meilleure amie d'Alice. C'était du moins ce qu'elle croyait avant de lire les trois messages, envoyés à quelques minutes d'intervalle, quelques heures à peine avant qu'Alice se donne la mort :

oublie mon numéro

je te le pardonnerai jamais

tu mérites ce qui t'arrive

La mère d'Alice se laissa tomber sur le canapé et porta une main à son visage. Marion s'assit à ses côtés et lui prit l'autre main.

« C'est sa meilleure amie, sanglota la mère, sa meilleure amie depuis des années… Comment a-t-elle pu dire de telles choses ?

— Écoutez-moi, s'il vous plaît… »

Marion attendit d'être sûre d'avoir toute son attention avant de reprendre :

« Nous ne savons pas ce qu'elles se sont dit exactement. Il ne faut pas tirer de conclusion hâtive. Peut-être se sont-elles brouillées pour quelque chose qui n'a rien à voir, ou peut-être que son amie a cru qu'Alice avait fait quelque chose. Ne laissez pas libre cours à votre imagination. Pas en ce moment. Vous avez d'autres choses à faire. »

Il fallut près de quinze minutes à Marion pour calmer la mère d'Alice, à la suite de quoi elle obtint l'autorisation d'emporter le téléphone, dont elle ne manqua pas de demander le code de déverrouillage. Le lieutenant promit qu'elle lui rapporterait l'appareil, ainsi que toutes les informations qu'elle aurait pu y trouver. Puis elle prit congé.

Sur la route qui la ramenait au commissariat, Marion ne put s'empêcher de repenser à la conversation qu'elle avait eue quelques heures plus tôt avec Étienne Mornay à propos de l'état psychologique d'Alice, et se dit qu'elle avait bien fait de ne pas aborder le sujet.

*
* *

« Les Amoureux du voyage, c'est un site qu'Alice a visité le jour de son suicide, mais pas seulement. Cela faisait plusieurs jours au moins qu'elle se rendait sur ce site. »

Étienne manifestait autant d'excitation que de fascination pour cette découverte mais, se rendit compte Marion, ne ménageait pas ses effets pour autant. *Il fera sans doute un flic efficace,* se dit-elle, *surtout à la scientifique, mais seulement s'il arrive à se calmer un peu.*

« Et qu'est-ce que c'est que ce site, Les Amoureux du voyage ?

— Plusieurs choses à la fois. C'est principalement un forum, et un gros, compte tenu du marché de niche que ça représente, mais il y a également quelques articles plus ou moins de fond. Et tout tourne autour du suicide.

— C'est quoi, du coup, un site d'entraide pour les suicidaires ?

— En un sens, oui. C'est un site pour les suicidaires, ça oui, et pour les aider, oui aussi. Mais pour les aider… à se suicider. »

Les aider à se… ? Marion leva brusquement la tête vers Étienne.

« Comment ça ?

— Alors… c'est assez cryptique, et parfois confus, mais en gros, le forum fournit aux gens des conseils pour "préparer leur voyage". »

Étienne avait mimé les guillemets avec ses mains.

« C'est comme ça qu'ils font référence à la mort, et en l'occurrence plus spécifiquement au suicide. Ils ont quelques mots-clés comme ça, mais rien d'impossible à déchiffrer, y compris pour un néophyte. Ils utilisent d'autres mots pour éviter de voir leurs messages supprimés ; c'est assez courant sur les forums…

— Ça ou pour éviter de devoir en rendre compte un jour devant un juge. »

Devant le visage circonspect d'Étienne, Marion compléta :

« C'est interdit par la loi, d'inciter quelqu'un à se suicider, tu le sais, ça, non ?

— Euh… oui, oui, bien sûr… C'est juste que je suis un peu rouillé sur mon pénal.

— Mouais. Et donc Alice a visité le forum plusieurs fois ?

— Euh… oui ! J'ai listé les pages qu'elle a visitées ! À part la page d'accueil, elle s'est rendue sur un *topic*, un sujet du forum…

— Je sais ce qu'est un *topic*, merci !

— OK… un *topic*, donc, sur les meilleurs médicaments. Sur le forum, ils parlent de comment voyager le plus vite possible sans se rendre compte de rien. Et très vite elle s'est vu inviter à en parler par messagerie privée. Mais impossible de trouver cette messagerie, les messages ne sont pas archivés. En tout cas, pas ici sur l'ordinateur d'Alice.

— D'accord… On peut donc imaginer qu'elle a discuté avec quelqu'un qui lui a demandé à quels médicaments elle avait accès, et qui lui a ensuite dit lesquels prendre et en quelle quantité. Tu penses qu'on peut retrouver cette messagerie ?

— Si elle est sauvegardée sur le serveur, oui, ça peut être dans une base de données.

— Trouve-moi tout ce que tu peux sur ce site : le créateur, l'hébergeur, bref toutes les infos qui pourront éventuellement permettre d'aller perquisitionner leur base de données…

— On va perquisitionner leur base de données ? Parce que je ne suis pas sûr qu'on ait…

— Je n'en sais rien pour l'instant, mais ce qui est absolument certain, c'est que si on doit le faire, il nous faudra ces informations. Si tu n'as plus besoin de l'ordinateur, je vais le rapporter aux parents d'Alice.

— Non, c'est bon, j'ai cloné le disque dur ; si on en a besoin, on a une cop... »

Mais Marion était déjà partie.

*
* *

Marion se dit qu'elle avait bien fait de ne pas évoquer le site avec la mère d'Alice. Elle avait suffisamment de peine sans devoir s'imaginer que sa fille était tourmentée depuis au moins plusieurs jours, peut-être plus, au point de demander des conseils sur la façon la plus efficace et la moins douloureuse d'en finir. Et Marion n'en finissait pas d'être toujours plus surprise par ce que les humains peuvent faire de plus abject. *Comment est-ce qu'un tel site Internet peut exister ? Et qui peut bien vouloir créer un truc pareil ?* Plus le temps passait, et plus elle se disait qu'il y avait finalement de nombreux responsables à la mort d'Alice : de ses prétendus amis qui l'ont poussée à bout, à ces internautes qui lui ont sans doute prodigué, malheureusement, d'excellents conseils, en passant par ces hébergeurs et autres webmasters qui n'assument jamais leur part de responsabilité. Au moins, se disait Marion, lorsqu'un type tire sur un autre, la situation est claire, il y a une victime et un coupable. Là, il y a toujours bel et bien une victime et, d'une manière ou d'une autre, beaucoup de personnes sont coupables ; comment pourrait-il n'y avoir aucune suite ?

Marion allait devoir faire un point avec son capitaine pour l'exhorter à la laisser continuer. *Ça va le soûler, et pas qu'un peu, mais je tiendrai bon.*

07.

Près d'un chemin longeant un bois, loin de toute habitation, Maxime Roques est assis par terre et fait un point sur sa vie, se demandant ce qu'il a pu faire pour mériter ce qui lui arrive. Il a dû quitter la maison de ses parents à 18 ans, quelques semaines à peine après son *coming out*, lorsque, n'ayant plus d'autre choix que d'accepter le fait qu'il est homosexuel, ils ont préféré cesser de le considérer encore comme leur fils. Il était à la fois « leur plus grande honte » et « leur plus grande déception ». Lorsqu'elle le regardait, sa mère ne voyait que le fait qu'elle n'aurait jamais de petits-enfants « à elle », et lorsqu'il le regardait, son père… son père n'arrivait pas à le regarder en face, il ne pouvait s'empêcher de l'imaginer avec un autre homme, et cela provoquait en lui un dégoût si profond qu'il en devenait violent. Alors Maxime était parti. Heureusement, à peine sorti de sa ville natale, Montauban, il a été accueilli plusieurs mois par la fondation Le Refuge dans leurs locaux de Toulouse. Il y a rencontré Éric et, pour la première fois depuis ses premiers émois d'adolescent qu'il s'était efforcé de taire, il est vraiment tombé amoureux. Éric était son aîné de quatre ans et passait le plus clair de ton temps libre comme bénévole au Refuge. Éric avait eu la chance d'avoir des parents compréhensifs et compatissants ; il n'en ignorait pas pour autant la cruauté à laquelle d'autres pouvaient être confrontés. Après dix-huit mois ensemble, après avoir enfin découvert l'amour charnel avec un autre homme de façon naturelle, sans honte, sans devoir se cacher, Maxime pensait avoir trouvé l'homme de sa vie. Étant passé totalement à côté de son adolescence à cause des difficultés qu'il avait eues à s'accepter, il était un amoureux naïf, et sans doute trop fleur bleue.

Maxime se relève et se met à marcher le long du chemin. Il savait qu'Éric pouvait avoir des aventures à droite et à gauche, c'est un homme très séduisant, mais il revenait toujours vers Maxime. Comme il le lui disait régulièrement, avec les autres, il s'amusait, mais avec Maxime, il était sérieux. Maxime avait toujours entendu cette excuse comme un compliment, et ce n'est qu'après leur rupture que cette phrase a pris un autre sens : avec Maxime, il ne s'amusait pas. Et ce qui devait arriver a fini par arriver : Éric a rompu. Il a fait de son mieux pour être le plus délicat possible, mais même avec toutes les précautions du monde, Maxime s'est retrouvé sans domicile et le cœur brisé. Il est retourné au Refuge. Mais il ne pourrait pas rester longtemps ; la fondation manquait de places, de moyens, et il y avait malheureusement toujours de nouvelles jeunes personnes, parfois très jeunes, à accueillir. Alors avant que l'association n'ait à refuser quelqu'un à cause de lui, Maxime est parti.

Je n'aurais peut-être pas dû, je pense que c'est là que ça a commencé à merder

écrit-il sur son smartphone. Il n'a nulle part où aller mais, peut-être pire encore, il n'a personne. Pas d'amant, pas d'ami, pas de famille. Il a bien tenté, quelques fois, d'échanger avec ses anciens camarades du lycée, via WhatsApp ou Facebook, mais cela ne se passait jamais bien. Dans le meilleur des cas, on l'affublait de sobriquets, on le féminisait, on faisait de lui une *folle* ou une *tata*, toujours sous couvert d'humour ; un de ses « amis » de l'époque lui a même dit, en rigolant, que si sa situation ne s'arrangeait pas, il lui resterait toujours le bois de Boulogne, et ça, c'était dans le meilleur des cas. Souvent, on le tenait à distance, comme s'il était contagieux, mais dans le pire des cas, il était tout simplement ignoré.

Vous ne pouviez pas savoir, et vous n'êtes pas responsable. À l'inverse d'Alfred de Musset, né trop tard dans un monde trop vieux, je pense que vous êtes né trop tôt dans un monde trop jeune.

Ce message sort Maxime Roques de ses pensées. Son interlocuteur, ce « Charon », parle peu, mais chaque fois qu'il parle, il tape juste. Le monde dans lequel Maxime Roques a grandi n'est pas prêt à accueillir quelqu'un comme lui, et ce n'est pas sa faute. C'est la faute du monde. Maxime a tenté un temps de s'engager en faveur des droits LGBTQ+, notamment sur les réseaux sociaux, pour partager son expérience, espérant que, grâce à lui, d'autres adolescents n'auraient pas à subir les mêmes épreuves. Sans aller jusqu'à exploser sur Twitter, il a fait croître une petite communauté très animée, dont quelques journalistes de la presse gay. Pourtant, récemment et sans qu'il puisse expliquer pourquoi – les lois hasardeuses d'Internet qui font que des choses se produisent parfois sans raison –, il a vu s'abattre sur lui des cohortes de trolls aux commentaires homophobes tentant de le faire passer pour quelqu'un d'intéressé, qui cherchait la lumière et se moquait des droits des homosexuels. Certains tentaient même de le faire passer pour quelqu'un de *transphobe* en citant un de ses tweets hors de son contexte. Maxime n'a pas compris : il n'était personne, n'avait aucun poids médiatique et ne menaçait, malheureusement, aucun système en place. Rien ne justifie que cette haine tombe ainsi sur lui, mais il s'est fait une raison. *Charon dit vrai, je suis né trop tôt dans un monde trop jeune.*

*
* *

Charon sentait quelque chose monter. *De l'adrénaline*, se dit-il. Il sentait qu'il entrait dans la dernière ligne droite et n'avait sans doute plus que quelques coups bien placés à donner pour faire tomber sa proie. Il connaissait les règles, il ne fallait pas l'inciter à mettre fin à ses jours, ce serait le meilleur moyen de finir en prison. Il allait devoir attendre que Maxime en vienne, seul, à la bonne conclusion. Et il n'eut pas à attendre longtemps.

Est-ce que ça va s'arranger ? J'ai l'impression que quoi que je fasse, rien ne change jamais

Parfait, se dit Charon. Il prépara sa réponse, pesant chaque mot pour optimiser son impact.

J'aimerais vous dire que cela s'arrangera. J'aimerais vraiment. Mais ce n'est pas ce que m'a appris la vie. Le seul réconfort que je trouve à continuer consiste à pouvoir aider des gens tels que vous à traverser cette série d'épreuves qu'on appelle la vie.

N'était-il pas allé trop loin ? Il rongeait déjà tellement son frein qu'il n'avait pas pu s'en empêcher. Charon espéra tout de même ne pas avoir trop poussé sa proie ; c'était un équilibre.

Vous avez raison

Charon soupira ; manifestement, il avait visé juste. Il fallait maintenant aiguiller, accompagner, rien de plus. *C'est les règles.*

Où êtes-vous, Maxime ?

Il fallait jauger la faisabilité. Si Maxime était assis dans un Starbucks en train de boire un cappuccino, il ne faudrait rien tenter, ne surtout pas risquer qu'un tiers intervienne pour sauver Maxime. Il faudrait envisager quelque chose de sûr, de brutal : se jeter par la fenêtre, par exemple. Mais l'idéal, pensa Charon, ce serait une balle dans la tête. *Ne prends pas tes rêves pour des réalités.* Il y avait peu de chance que Maxime ait accès à une arme à feu.

Je longe les rails du TGV

Presque trop beau pour être vrai...

*
* *

Maxime Roques est seul, le long du rail, pleurant à chaudes larmes.

Je ne sais pas si je vais y arriver

Il a honte, honte de n'avoir même pas le courage de se lancer. Il a peur que, si trop de temps s'écoule avant le passage du prochain train, il renonce. Il est désespéré, comme seuls le sont ceux qui n'envisagent non seulement plus le lendemain, mais pas même la minute suivante.

Quoi que tu fasses, je suis fier de toi, Maxime. Tu n'es pas seul. Tu n'as pas été vain.

Maxime craque devant ce message ; il pense à son père. Pourquoi ce dernier ne peut-il pas simplement être fier de son fils, vouloir son bonheur ? Maxime ne veut pas de soutien financier, ni même occuper le temps de son père. Il veut juste entendre son père lui dire qu'il est fier d'être son père, qu'il est heureux de l'avoir comme fils. Il ne dira jamais ça. Mais Charon vient de lui offrir cette résolution. Extérieurement, il pleure, peine à reprendre son souffle et ne tient quasiment pas debout, mais intérieurement, il se sent apaisé, rassuré. Il n'a jamais été plus intime avec qui que ce soit qu'avec Charon à cet instant.

Au loin, Maxime aperçoit une lueur. Il faudra encore quelques secondes avant de distinguer les trois phares de tête du train qui s'approche à plus de 300 km/h, et à peine quelques secondes de plus pour que le train soit passé.

Je ne veux pas partir seul. Est-ce qu'on peut passer en audio ?

Le train s'approche. Il va falloir y aller. Ne pas réfléchir, se lancer. Mais Maxime est terrifié. Il a honte de lui, ne peut pas croire qu'il réussira, lui qui n'a jamais rien réussi. Une sonnerie retentit, Maxime appuie sur un bouton et porte son téléphone à son oreille :

« Je suis là, Maxime. »

La voix est douce, sereine. Maxime dit simplement « merci » entre deux sanglots, pose l'appareil au sol, puis commence à compter en s'approchant des rails.

*
* *

« Un... deux... » Un sifflement énorme, puis rien. Charon retint sa respiration. *Ça y est ? C'est terminé ?* Il en était sûr, Maxime s'était jeté face au train. Il n'avait pas pu s'en sortir, c'était impossible. Son corps se serait disloqué, et sans doute dispersé sur plusieurs dizaines de mètres, peut-être des centaines. Mais Charon connaissait les règles, il devait d'abord attendre, s'assurer que Maxime ne récupère pas son téléphone. Cette attente était interminable et semblait le juger ; allait-il prendre conscience de ce qu'il avait fait ? Allait-il en ressentir une quelconque culpabilité ? C'était une chose de souhaiter la mort de quelqu'un, c'en était une autre de l'obtenir, mais c'était sans commune mesure avec le fait de l'avoir provoquée. Pourtant Charon ne se sentait pas coupable. À vrai dire, il ne se sentait même pas coupable de ne pas se sentir coupable. Son seul regret était que tout s'était passé trop vite, presque comme si ça ne s'était pas vraiment passé. Charon pensait qu'il ressentirait quelque chose, une forme de jouissance, une surpuissance instantanée d'avoir ainsi tenu entre ses mains la vie de Maxime et d'en avoir fait ce qu'il souhaitait. Sans doute était-ce le cas, mais cela avait été si fugace, c'était déjà fini. « Un… deux… », un sifflement énorme, puis rien. Étrangement, Charon se dit qu'il aurait aimé entendre un « trois », qu'il y aurait ainsi eu quelque chose d'*achevé*. Mais non ; après le « deux », rien.

Il monta le son de son ordinateur pour écouter, peut-être percevrait-il quelque chose. Il ne s'attendait pas à entendre Maxime agoniser, le choc avait dû être bien trop violent, mais peut-être y aurait-il un peu d'animation, de chaos. Le train avait dû freiner, s'arrêter, mais sans doute des centaines de mètres plus loin. Charon écouta. Rien. Peut-être un gazouillis d'oiseau, au loin, mais il n'en était pas sûr. Charon était déçu. Plus précisément, il venait de vivre une expérience parmi les plus exaltantes et excitantes qui soient, mais la sensation avait été fulgurante, partie avant même qu'il ait pu la savourer. Charon comprit l'importance des règles ; sans elles, il voudrait faire durer, et faire durer augmenterait les risques de se faire choper. Enfin, il souffla et respira de nouveau, lentement et profondément. Ce n'était pas tout à fait fini, se rappela-t-il.

Bientôt, il y aurait des secours, des nettoyeurs, des badauds, Charon ne savait ni quand ni combien, mais il y aurait des gens, et le téléphone fonctionnait manifestement toujours. Il raccrocha, puis pressa un bouton accessible de son côté de l'interface. La conversation fut supprimée de la messagerie, sur son téléphone comme sur celui de Maxime. *Maintenant, c'est vraiment terminé*, pensa-t-il. Il se mit à pleurer.

Partie 1

« Ramenez le *bullying*, l'intimidation violente »

En 2013, Justine Sacco a 30 ans, vit à New York et dirige le service de relations publiques de la société IAC, groupe conséquent d'éditeurs de contenus en ligne. Pour passer les fêtes de fin d'année avec sa famille vivant en Afrique du Sud, elle décide, le 20 décembre, de prendre un avion pour Cape Town. Justine passe du temps à relater ses pensées et réflexions, aussi futiles soient-elles, sur son compte Twitter qui compte alors 170 *followers*. À sa première escale, elle publie un tweet :

> *« Weird German Dude: You're in First Class. It's 2014. Get some deodorant. » – Inner monologue as I inhale BO. Thank God for pharmaceuticals*[1].

Puis, durant son transit à l'aéroport d'Heathrow, à quelques kilomètres de Londres, un nouveau tweet :

> *Chilly – cucumber sandwiches – bad teeth. Back in London*[2]*!*

---

1. « "Mec allemand bizarre : tu es en première classe, on est en 2014. Achète du déodorant" – Monologue interne en respirant sa sueur. Dieu bénisse les produits pharmaceutiques. »

2. « Ça caille – des sandwichs au concombre – des dents dégueulasses. Je suis de retour à Londres ! »

Le moins qu'on puisse dire, c'est que Justine Sacco ne fait pas dans la dentelle. Elle n'est ni fine, ni subtile. À l'époque, Twitter limite encore les messages à 140 signes, ce qui n'est pas un format adapté à la nuance. Mais l'infâme tweet, celui qui va briser Justine Sacco, c'est le troisième de son voyage, celui qu'elle envoie avant d'embarquer pour les onze heures de vol qui la mèneront de Londres à Cape Town. Elle écrit :

Going to Africa. Hope I don't get AIDS. Just kidding. I'm white[1]*!*

Comme tous les autres passagers, une fois à bord de l'avion, elle éteint son téléphone, loin de se douter que le monde entier est sur le point de lui tomber dessus. C'est seulement lorsqu'elle le rallume après l'atterrissage qu'elle prend la mesure de ce qui s'est produit pendant la demi-journée qu'elle a passée à traverser de bout en bout le continent africain. Immédiatement, elle reçoit deux messages qui l'alertent, le premier d'une camarade de lycée avec qui elle n'a pas parlé depuis cette époque :

Je suis terriblement désolée de ce qui t'arrive

et le second de sa meilleure amie, Hannah :

Il faut que tu m'appelles immédiatement !

Que s'est-il donc passé pendant qu'elle dormait en première classe au-dessus des nuages ?

---

1. « Je pars pour l'Afrique. J'espère que je ne choperai pas le SIDA. Je déconne. Je suis blanche ! »

Tout d'abord, Sam Biddle, rédacteur pour la rubrique *tech-industry* pour le site d'informations gawker.com, un site qui se définit lui-même alors comme « la source des informations et des potins de Manhattan », est choqué par ce tweet qu'un anonyme lui a envoyé et le partage avec sa communauté de *followers*. Quinze mille *followers*. Il allume la mèche, et Twitter explose. Si on ne sait pas ce qu'est l'effet « boule de neige », le tweet de Justine Sacco en est une parfaite illustration. Elle qui, en temps normal, ne reçoit pour ainsi dire aucune réaction de ses 170 *followers* à ses interventions, se retrouve rapidement numéro 1 des tendances Twitter au niveau mondial. Le monde entier s'offusque, de l'anonyme moyen…

> Comment Justine Sacco peut-elle travailler dans les relations publiques ? Son niveau d'ignorance raciste est digne de Fox News. Le SIDA peut affecter n'importe qui !

… aux personnalités les plus en vue de la planète :

> *Justine, what the hell are you doing, are you crazy? Not nice or fair! I will support AidForAfrica. Justine is FIRED* [1]*!*
>
> – Donald Trump

De nombreux *twittos*, les utilisateurs de la plateforme, prennent cyniquement conscience qu'ils sont en train de vivre un moment historique, comme l'un d'entre eux le fera remarquer :

> On est sur le point de voir cette salope de Justine Sacco se faire virer. En temps RÉEL. Avant même qu'elle ne SACHE qu'elle est virée

---

1. « Justine, qu'est-ce que vous foutez, vous êtes folle ? C'est moche et injuste ! Je soutiens l'association AidForAfrica. Justine est VIRÉE ! »

Le bruit arrive jusqu'aux oreilles des dirigeants de la société IAC qui emploie Justine Sacco ; ceux-ci, soucieux de l'image de leur société, marquent immédiatement leurs distances :

> Ce commentaire est offensant et outrageux. L'employée en question est actuellement injoignable, à bord d'un vol international.

Un *hashtag* émerge, un mot qui apparaît sur tous les tweets à son sujet et que les internautes peuvent utiliser comme mot-clé pour les trouver : #HasJustineLandedYet, « est-ce que Justine a enfin atterri ».

> La seule chose que je souhaite pour Noël, c'est voir la tête de Justine Sacco quand elle atterrira et qu'elle regardera sa boîte de réception #HasJustineLandedYet
>
> Mec, Justine Sacco va avoir le rallumage de téléphone le plus douloureux de l'histoire quand elle atterrira #HasJustineLandedYet
>
> Sérieux. Je veux juste rentrer me coucher, mais tout le monde est À FOND sur #HasJustineLandedYet. Je ne peux pas détourner le regard. Je ne peux pas partir

Et un tweet qui déclenche une nouvelle réaction en chaîne :

> Quoi, y a personne à Cape Town qui va aller à l'aéroport pour tweeter son arrivée ? Allez, Twitter ! Je veux des photos #HasJustineLandedYet

Il y a un twittos qui l'attend à l'aéroport. Et il y a des photos de son arrivée.

Justine Sacco a atterri à l'aéroport international de Cape Town. Elle a décidé de mettre des lunettes de soleil pour se cacher.

Avant que l'avion se pose, des dizaines de milliers de tweets sont échangés. Hannah, la meilleure amie de Justine, décide de supprimer le tweet, puis de supprimer son compte Twitter, mais rien n'y fait, les messages sur Internet sont gravés dans la pierre ou, comme le dira un twittos en réponse à ses suppressions :

Désolé, Justine Sacco, mais tes tweets resteront pour l'éternité.

Où en est Justine lorsqu'elle quitte l'aéroport ? Difficile de dire ce qu'elle sait déjà ou non, mais son employeur l'a déjà licenciée, les employés de l'hôtel où elle était censée résider menacent de faire grève si elle est accueillie et on lui explique à la réception qu'il est impossible de garantir sa sécurité. Justine décide de se rendre chez les membres locaux de sa famille. Mais ceux-ci sont également activistes du Congrès national africain, le parti de Nelson Mandela, qui lutte pour l'équité raciale. Sa tante lui explique : « Ce ne sont pas nos valeurs familiales, tu as ruiné notre réputation. » Avant la fin de l'année, son nom est recherché plus d'un million de fois sur Google, rapportant à la société du moteur de recherche un montant estimé autour de 120 000 $, et alors qu'il n'y a plus d'information nouvelle pour alimenter la twittosphère, des rumeurs commencent à circuler, la plus tenace étant que Justine serait la fille de Desmond Sacco, multimilliardaire sud-africain. Ce qui est faux. Des sites comme BuzzFeed iront fouiller le compte Twitter de Justine pour en exhumer les messages les plus choquants, et alors que Justine Sacco ne leur a jamais accordé le moindre entretien, intituleront leur article « 16 tweets que Justine Sacco regrette ».

En réalité, Justine Sacco ne se confie publiquement qu'à une seule personne, Jon Ronson, pour le *New York Times*. Elle lui raconte les conséquences de ces événements, tente de comprendre ce qui a pu se produire. Et sa défense n'est pas déraisonnable ; selon elle, il était impossible de penser qu'elle pouvait sincèrement déclarer que les Blancs ne pouvaient pas attraper le SIDA, et son tweet ne visait qu'à caricaturer une microsociété new-yorkaise qui vivait dans sa bulle loin des réalités du monde. Si tel était le cas, l'ironie a échappé au monde entier. Justine savait que la forme du tweet était choquante, mais elle s'était jusque-là considérée, sur Twitter, comme « une humoriste dans une salle sans public ».

Un an plus tard, Justine trouve un nouveau travail et cette affaire commence, lentement, à s'estomper derrière elle, ce qui permet à beaucoup de se dire que, finalement, ce qu'elle a subi n'est pas si grave que ça et qu'elle a simplement eu à faire face aux conséquences de ses paroles. Elle n'utilise plus Twitter, une tierce personne a désormais récupéré son compte @JustineSacco et on peut lire dans la description dudit compte :

> Des tweets sur la justice raciale, sociale et économique (compte Twitter adopté pour tweeter du socialisme après que la RP nulle l'a abandonné)

Sam Biddle, celui par qui l'affaire a éclaté, a justifié son partage à Jon Ronson en 2014 : « Le fait qu'elle soit responsable RP était délicieux. C'était satisfaisant de pouvoir se dire "OK, faisons en sorte que ce commentaire raciste d'un dirigeant d'IAC soit remarqué, pour une fois" [...] je ne me suis pas réveillé avec l'idée de faire virer quelqu'un ou de ruiner sa vie [...] j'ai le sentiment qu'elle s'en remettra, si ce n'est pas déjà le cas. »

Ce n'est pas le cas ; Justine Sacco, quelques mois après les événements, ne va pas bien. Mais comme le notera Jon Ronson, ceux qui participent à des destructions de masse en ligne ne se préoccupent pas de ce qu'il advient le lendemain et, comme l'a indiqué Sam Biddle lui-même, dont il est impossible de savoir s'il est passé à côté de son propre message ou s'il est à ce point cynique : « Le temps d'attention des gens est tellement court. Ils seront dingues à propos de quelque chose de nouveau aujourd'hui. » Toutefois, en 2014, ce même Sam Biddle twitte le message suivant à propos des *nerds*, les « intellectuels binoclards » :

> Les nerds devraient être constamment humiliés et maintenus en état de soumission. Ramenez le *bullying,* l'intimidation violente.

À la suite de ce message, Sam Biddle a droit à la monnaie de sa pièce et se trouve au cœur d'un scandale bien plus restreint que pour Justine Sacco, mais bel et bien de même nature.

Quant au site gawker.com sur lequel l'affaire a éclaté, il a fait faillite après avoir été condamné à payer 140 millions de dollars à Hulk Hogan pour avoir diffusé une *sextape* le mettant en scène obtenue illégalement, et son dernier article est publié en août 2016.

08.

De nombreux effets sonores, de façon presque ininterrompue ; chaque signal sonore était un pourboire, envoyé par Internet. La plupart du temps, il s'agissait d'un euro, mais les spectateurs les plus engagés pouvaient envoyer jusqu'à 50 €, voire plus. Lola était en direct sur Internet, en *live*, et sa prestation touchait à sa fin. C'était l'apothéose. Elle était sur son grand lit, désormais totalement nue depuis plusieurs minutes, et semblait être en transe. Son corps aux bras tatoués, aux tétons percés, sa main pressant son entrejambe, tout son corps se secouait et le public était, comme à chaque fin de *live*, totalement déchaîné. Elle gémit et réussit cet exercice difficile de donner l'impression qu'elle était à deux doigts de perdre connaissance tout en suivant du regard les messages envoyés dans le salon de discussion, le *chat*. Elle remerciait ses donateurs, un par un, nommément. Lola savait que c'était le fait de nommer les gens qui rendait cette interaction réelle pour eux, et que c'était cette interaction qui les poussait à envoyer de l'argent.

Quelques secondes plus tard, elle feignit l'épuisement, reprit son souffle. La séance touchait à sa fin. Ne pas faire durer après coup ; Lola savait ce qu'elle faisait. Elle remercia de nouveau ses spectateurs pour ce « moment intense », et leur donna rendez-vous sur son site pour un prochain *live*, leur rappelant que s'ils s'abonnaient, ils auraient accès à du contenu strictement réservé, des photos et des vidéos. Elle leur envoya un baiser, un sourire, puis coupa le direct. Sur le tableau de bord de son ordinateur, elle accéda au récapitulatif de sa séance : il y avait eu jusqu'à presque quatre cents personnes connectées en même temps, et elle avait touché près de 150 € de pourboire. Pas une séance exceptionnelle, mais un bon résultat tout de même. À raison de trois *lives* par semaine en moyenne, et une fois les charges et taxes déduites, cela représentait environ 1 500 € nets par mois, à quoi il fallait ajouter les abonnements. Mais, plus important, ce montant progressait chaque mois, timidement mais sûrement. Elle était sur la bonne voie et pourrait bientôt non seulement continuer à vivre de son activité, mais également mettre un peu d'argent de côté.

Puis Lola se rendit sur sa messagerie privée ; trente-cinq nouveaux messages. Elle le savait, il n'y aurait absolument rien d'intéressant là-dedans, mais elle ne voulait pas laisser les messages s'accumuler et, lorsqu'un message était gentil, elle pensait qu'il était important d'y répondre. Quelques classiques propositions relevant de la prostitution – *non merci*, se dit-elle –, un message la remerciant pour son travail auquel elle répondit brièvement, et enfin des messages d'insultes et de menaces. Lola savait qu'il ne fallait pas passer trop de temps à lire ces messages, alors elle les survolait et, dès qu'elle avait identifié qu'il s'agissait d'une insulte, d'une menace de viol, de mort, ou de viol puis de mort, voire de mort puis de viol, elle supprimait et passait au suivant.

Une fois cette étape finie, elle éteignait son ordinateur, rallumait son smartphone puis ouvrait Instagram. Il était temps de réaliser une Story post-*live* pour remercier les gens qui y avaient assisté. Et puis, pour rester visible sur un réseau social, quel qu'il soit, il fallait constamment y apporter du contenu ; ne jamais ralentir, ne jamais cesser. Lola se cadra avec son téléphone, pour faire un plan moyen, tête et buste, plaça un bras sur ses seins pour cacher ses tétons – les tétons sont interdits sur Instagram, du moins les tétons de femmes – puis se filma quelques secondes, encore en sueur, des mèches de cheveux plaquées contre son visage. Comme elle l'avait prévu, elle remercia ses abonnés, ses *viewers*, puis leur donna rendez-vous pour le prochain *live*. Elle retoucha sa Story pour y ajouter quelques mots, le dessin d'un chaton qui envoyait un baiser, puis la mit en ligne. Idem pour Snapchat ; elle utilisa la même vidéo pour envoyer la même Story. Sur OnlyFans, réseau social fonctionnant exclusivement sur abonnement, les abonnés, eux, auraient droit à un peu plus : le bras qui lui cachait les seins les révélerait en toute fin de vidéo. Et, sur quasiment chacun de ces réseaux sociaux, des messages privés à lire, répondre ou supprimer, de même nature que ceux de son *live*.

Près de vingt minutes après avoir terminé son *live*, Lola put enfin se déconnecter d'Internet, plier et ranger son costume de *live* alors en boule au sol et enfiler une culotte, un pantalon de jogging et un sweat-shirt bien trop grand pour elle. Elle prendrait une douche plus tard, elle ne souhaitait, pour l'instant, que se poser un moment sur son canapé avec une tisane. Elle éteignit les panneaux de LED qui éclairaient ses prestations, puis sortit de sa chambre. Elle traversa le couloir qui menait au salon, sans oublier de passer d'abord par les toilettes. Elle avait beau être un modèle de charme qui censément vendait du rêve et du fantasme à son public, elle n'en possédait pas moins une vessie qui, comme tout le monde, avait régulièrement besoin d'une vidange. Arrivée au salon, Lydia, sa colocataire et meilleure amie depuis le lycée, confortablement installée devant la télé, lui dit que l'eau était chaude. Lola se servit et rejoignit sa coloc sur le canapé.

« Ça s'est bien passé ? lui demanda cette dernière.

— Tranquille, répondit Lola. J'ai pas fait trop de bruit ?

— En tout cas, ici, j'ai rien entendu. »

Lola pouvait enfin se poser et se détendre. Le reste de la soirée, pour elles, ce serait Netflix et *chill*.

09.

Dans la pénombre d'un bureau éclairé par les seules lueurs d'un écran d'ordinateur, Charon faisait de son mieux pour garder son calme. Il était très excité car il savait que sa proie était sur le point de mordre à l'hameçon. Mais il devait rester calme, ne pas montrer d'implication personnelle. Il le savait, cela faisait partie des règles, qu'il connaissait parfaitement bien. Les règles n'étaient pas là pour le contraindre, elles étaient là pour le servir, et pour le protéger. Donc il devait rester calme, au moins en façade. Il était actuellement en train d'échanger, dans une *chatroom* privée, un salon de messagerie instantanée, avec Lucie Gernet ou, comme il l'appelle, Lucie *Gerber*. Il en avait fallu, du travail, des heures et des heures à la pousser dans ses retranchements jusqu'à ce qu'elle vienne demander grâce. Et elle était enfin là, virtuellement en face de lui, vulnérable. Pourtant, elle hésitait encore, elle se refusait à prononcer les mots magiques. Charon devait l'aiguiller, mais pas l'inciter, la loi était très claire à ce sujet. Il repensa à tout le chemin parcouru depuis des semaines : d'abord l'insulter sans discontinuer sur Twitter, à tel point qu'elle avait dû protéger son compte, le rendant de ce fait invisible à autres que ses *followers* ; l'attaquer régulièrement sur LinkedIn, son compte ayant été modifié, ses évaluations devenues médiocres ; pirater son compte Facebook, tout comme son compte Instagram ; sur les deux, de fausses photos d'elle, nue et dans des postures humiliantes, avaient été diffusées, si bien que son compte Instagram avait été suspendu ; sur Facebook, envoyer depuis son compte des messages horribles à ses amis, toutefois suffisamment crédibles pour que ceux-ci se retournent contre elle. Enfin, le clou du spectacle : la faire suspendre de son travail pour harcèlement moral, elle qui par le passé avait déjà fait licencier plusieurs de ses collègues masculins à cause de leur comportement prétendument… Stop. Charon dut se ressaisir. Ne pas se laisser emporter par son émotion. Elle semblait dépressive, certes, mais pas assez pour mettre fin à ses jours. Il restait encore du chemin. Difficile de savoir si c'était l'affaire de quelques pas ou si la route était encore longue, mais ce qui était certain, c'était que Charon devait lui tenir la main pour l'accompagner et, surtout, qu'elle le laisse faire.

L'histoire ne serait pas terminée aujourd'hui, Charon en était conscient, mais il avait toutefois envie de faire mal. Juste un peu, pour se motiver, soulager l'attente. Mais tout en respectant les règles. Charon eut alors une idée : il savait que Lucie avait perdu sa mère peu de temps auparavant – un cancer dont elle avait rebattu les oreilles à qui voulait bien l'entendre pendant des mois. Mais Lucie ne savait pas que Charon savait. Personne ne pouvait imaginer que Charon savait. Il prépara un message si vicieux qu'il ne put s'empêcher de rire aux larmes avant de l'envoyer, imaginant l'impact qu'il aurait. Il se relut et, lorsqu'il fut prêt, envoya :

Je vois bien que vous n'allez pas bien et j'aimerais vous aider autant que possible, mais je pense que, dans votre état, la personne qui vous ferait sans doute le plus de bien, ce serait votre mère. Seule une mère sait trouver les mots qui réconfortent lorsqu'on n'a plus la force de rien. Courage.

Ce « courage », c'est vraiment la cerise, exulta Charon. Pendant qu'il attendait une réponse, il se dit que bientôt, pour Lucie, ce serait comme si le sol s'ouvrait sous elle, et elle serait alors tellement désespérée qu'elle n'envisagerait plus aucune solution.

Malheureusement, j'ai perdu ma maman il y a quelques mois. Un cancer. Mais elle aurait été un magnifique soutien, comme vous avez raison !

Il avait tapé juste, il le savait déjà, mais ne pensait pas que Lucie serait à ce point prête à s'ouvrir à un inconnu. Il répondit :

Je suis désolé de l'apprendre. Mais je ne suis, du coup, pas tellement surpris par votre désarroi. J'ai moi-même perdu des proches, mais je vis avec la conviction qu'un jour, je les reverrai. J'ai presque hâte.

Bientôt, elle serait mûre. Et alors il cueillerait sa vie.

10.

« Avec ma *BAE* Lydia, on est en route pour un *photoshoot* qui va être très chaud, les amours. Et bientôt dispo sur mon compte, alors à très vite. » Après avoir envoyé un baiser à la caméra du smartphone de sa colocataire, Lydia repartit vers sa chambre pour finir de se préparer tandis que Lola finalisait sa Story et la mettait en ligne sur Instagram, Snapchat et Twitter, avant de préparer également quelques affaires. Les séances photo qu'elle effectuait avec son amie Lydia étaient toujours des moments très agréables à passer ; non seulement les photos étaient toujours réussies, mais de plus la complicité qui les liait depuis des années leur donnait une aisance qui, sinon, serait bien plus difficile à rendre à l'image. En effet, ces séances photo étaient chaudes, à la limite de la pornographie sans jamais y basculer. *C'est un équilibre.* De plus, même si Lydia se définissait comme hétérosexuelle ou, comme elle l'admettait parfois en voyant l'actrice Cate Blanchett dans *Thor: Ragnarok*, « je ne suis peut-être que *presque hétérosexuelle* », et alors qu'un homme partageait sa vie depuis maintenant des années, une alchimie opérait toujours entre elle et Lola le temps des photos. Quelque chose de sensuel et… d'émoustillant, dirait Lola, mais jamais frustrant. Leur émoi ne durait que le temps de la séance, une parenthèse enchantée qui n'appartenait qu'à elles, un moment durant lequel il était arrivé à Lydia d'embrasser Lola comme si elle était le seul grand amour de sa vie. Mais même si Lola aurait juré ne rien attendre de plus de son amie, il n'était pas impossible qu'elle se mente un peu.

Ainsi, les jours de séances photo à deux étaient toujours pour Lola des journées exaltantes. Sauf aujourd'hui. Il y avait quelque chose qui gênait Lola, qui l'empêchait de pleinement profiter de l'événement. Les messages s'amoncelaient, plus pressants que d'habitude. Là où il suffisait normalement d'ignorer deux ou trois pervers et guère plus de *haters*, de *trolls*, de *rageux*, elle était depuis son réveil assaillie sur tous ses réseaux. Sans doute près de cent messages, et il était encore tôt. Elle avait beau essayer de se convaincre que c'était peut-être une bonne nouvelle, peut-être un signe qu'elle gagnait en visibilité, elle avait beau penser que cela faisait malheureusement tout simplement partie du métier, quelque chose la dérangeait vraiment. Elle n'aurait pas su l'expliquer, mais il y avait, par rapport aux messages habituels, quelque chose de plus personnel. Presque quelque chose d'organisé, un peu comme si des gens s'étaient réunis et, ensemble, donné le mot pour l'attaquer, spécifiquement, à ce moment précis. Lola n'était pas spécialement parano, mais elle était méfiante par nature, surtout depuis que son activité la conduisait à être systématiquement en contact avec des inconnus plus ou moins obsédés et qui protégeaient leur anonymat derrière des écrans.

Ce qu'elle ne pouvait pas savoir, bien sûr, c'est que c'était précisément cela qui s'était produit : il y avait bien eu une réunion au cours de laquelle Lola avait été explicitement désignée comme cible. Et la première vague était désormais sur elle. Mais ses attaquants semblaient ignorer que, bien que Lola ait pu être fragile par le passé, il faudrait bien plus que ces messages pour l'ébranler réellement. Elle incarnait presque parfaitement le mode de vie qui faisait d'elle ce qu'elle était aujourd'hui et qui lui permettrait bientôt d'adjoindre les deux lettres SG à son nom sur les différents réseaux sociaux, faisant d'elle LolaSG. Ces deux lettres, elle les porterait fièrement. Lola serait une *Suicide Girl.*

Les Suicide Girls, avant d'être un site Internet émanant d'une entreprise éponyme florissante, étaient avant tout une communauté principalement constituée de femmes qui partagent une même philosophie reposant sur un féminisme moderne, une vision positive de la beauté et de la sexualité, des femmes fortes qui s'assument, qui assument leur sexualité sans pour autant nier leur intelligence, et qui s'acceptent telles qu'elles sont, y compris en dehors des conventions de la société. Il est ainsi courant que les Suicide Girls exposent leur corps, généralement agrémenté de tatouages ou de piercings, et qui ne correspond quasiment jamais aux stricts canons classiques de la beauté féminine. Lola bataillait pour devenir une Suicide Girl. En effet, ce titre ne s'obtient qu'après avoir eu ses photos sélectionnées et publiées sur le site suicidegirls.com, un peu comme un modèle de charme ne devenait une *playmate* qu'en ayant sa photo publiée dans *Playboy*, le machisme en moins. Deux ans que Lola tentait d'obtenir ce trophée ; deux années passées à être ce que le site appelle une *Hopeful*, une aspirante, une femme qui attend que son dossier soit accepté. Mais ce n'était pas qu'une histoire de photos, Lola le savait. C'était une philosophie, que Lola avait totalement embrassée. Elle qui avait été si faible par le passé, elle était forte désormais, sûre d'elle et ne souhaitait pas s'en laisser conter. Il faudrait bien plus que de simples messages pour qu'elle soit de nouveau vulnérable. Mais ce que Lola ignorait, c'est que, progressivement, il allait très bientôt en arriver bien plus.

Alors qu'elle finissait de placer quelques nouvelles tenues dans son sac, une vibration sur le lit attira son attention. L'écran de son téléphone s'était allumé, Lola avait reçu un message. Elle attrapa l'appareil qui, lorsqu'elle le porta près de son visage, se déverrouilla automatiquement. L'auteur de l'appel était masqué, « Inconnu », et le message ne durait que quelques courtes secondes. Une voix sombre, presque chuchotant, qui prononçait un seul mot : « SALOPE ». Mais si Lola ne s'offusqua pas de l'insulte, ce qui l'inquiéta, en revanche, c'est que quelqu'un connaisse son numéro de téléphone.

11.

Jonathan réajusta ses lunettes à la monture métallique si fine qu'elle en était presque invisible. Ce geste trahissait chez lui un manque de concentration, et ce manque de concentration pouvait lui coûter la vie à chaque instant. Depuis le début, rien ne s'était passé correctement ; il avait sauté trop tard, avait ouvert son parachute trop tôt et ne s'était pas posé sur le bon immeuble, il le savait. Mais ce n'était pas la première fois, et la situation n'était pas désespérée. Cependant, il aurait besoin de chance. Et Jonathan n'aimait pas compter sur la chance, celle-ci était, par nature, bien trop lunatique. Il n'eut même pas le temps de réaliser qu'il avait raison qu'il entendit une déflagration et que son personnage s'écroula au sol, mort.

« Putain ! » cria-t-il en rejetant la souris de son ordinateur contre son écran. *Fortnite* était un jeu qui agissait sur beaucoup de ses joueurs comme une drogue : même lorsqu'il n'y avait plus aucun plaisir à jouer, même lorsque les joueurs savaient que c'était parfois une colossale perte de temps, il leur était tout simplement impossible d'arrêter. Mais Jonathan était trop énervé, trop « salé » pour continuer. Il coupa le jeu et se jeta en arrière dans son fauteuil. On frappa sèchement à la porte de sa chambre et, de l'autre côté, à peine étouffé par l'épaisseur des murs, son père dit : « Oh, moins fort, là, ça suffit ! » Jonathan ne prit même pas la peine de répondre. Il avait beau encore vivre chez ses parents, il n'était plus un enfant. Jonathan était un étudiant de 21 ans. Étudiant, en réalité, c'était plus un statut administratif qu'autre chose. Il n'étudiait pas, ne s'intéressait pas à ses études, ne comptait pas sur elles pour devenir intéressantes dans un futur proche. De plus, il gagnait déjà correctement sa vie grâce à l'informatique. Il avait commencé par dépanner les ordinateurs des uns et des autres, puis avait réalisé quelques sites Internet pour des entreprises locales et finalement élargi ses sources de revenus : outre assurer la maintenance des sites qu'il avait conçus, il avait développé quelques applications mobile qui lui assuraient un revenu certes maigre mais régulier, et il passait ses soirées à *streamer*, jouer à des jeux vidéo en ligne et en direct devant un public qui pouvait s'abonner pour quelques euros par mois. Cette dernière activité était la moins lucrative, mais c'était celle qui lui plaisait le plus.

Bien sûr, pour ses parents, son mode de vie était une tragédie. Déjà parce que ce qui ne se passait pas exactement tel qu'ils l'avaient imaginé était une tragédie, mais également parce que, selon eux, il fallait à Jonathan un « bagage », un « diplôme », faire « des stages » pour avoir « de l'expérience », de la « bouteille », sinon « comment pourrait-il un jour avoir son propre appartement et fonder une famille » ? Ils se comportaient avec lui comme sans doute leurs parents s'étaient comportés avec eux, ce qui aurait pu s'expliquer si le monde n'avait pas autant changé en une génération. Ce qu'on enseignait en informatique était immédiatement obsolète, les diplômes restaient un prérequis obligatoire pour trouver un emploi mais ne suffisaient jamais ; il fallait de l'expérience, mais il était impossible d'avoir un stage. Parallèlement, la révolution numérique ne cessait de tout transformer : le téléphone portable, Internet, le haut débit, la fibre, l'intelligence artificielle. Le monde entier était en train de muer comme jamais, personne ne pouvait prévoir où cela mènerait l'humanité – *si toutefois elle arrive à survivre à son environnement*, pensait Jonathan – et, de toute façon, il était à peu près évident que, quel que soit son métier, un ordinateur serait bientôt des milliers de fois plus efficace que lui pour l'exercer. Jonathan vivait avec son temps, sans se faire d'illusions sur le monde dans lequel il vivait. Mais du coup, pour ses parents, il n'irait « jamais nulle part ». *Désolé, papa, mais personne ne vous a demandé d'avoir des enfants, hein… c'était VOTRE choix.*

Après avoir raté quelques parties de *Fortnite* et, comme d'habitude, été passablement agacé par ses parents, Jonathan avait besoin de se calmer, de se détendre, de rigoler un peu. Alors il ouvrit Twitter, et se mit en chasse. Il n'eut pas besoin de chercher longtemps. Une influenceuse avait posté un tweet, à peine quelques minutes plus tôt, pour se plaindre que sa dernière vidéo faisait vraiment moins de vues que d'habitude, alors qu'elle y avait mis “tout son cœur”. La cible était parfaite. Une influenceuse beauté, ou *lifestyle*, comme elles s'appelaient entre elles. *Une meuf moche qui se filme pour expliquer à des fillettes de 10 ans comment se peindre la face et s'habiller comme une pute pour plaire aux hommes, le tout payé en douce par L'Oréal, Sisley, Clinique ou qui sait quelle autre multinationale à la con.* Jonathan sélectionna un de ses comptes Twitter et rédigea une réponse. Il fallait que ce soit simple, court et efficace ; le tweet originel n'avait pas dix minutes, il était encore à sa phase de développement où les *followers* sont le plus actifs. Il envoya sa réponse :

bah peut-être que ta vidéo c'est de la merde aussi

Il attendit. Après une seule minute, déjà huit réponses. Des insultes, bien sûr, mais rien qui permette de relancer et d'énerver plus de monde. L'objectif était simple : il devait faire assez de bruit pour faire réagir l'influenceuse et, idéalement, éclipser le tweet d'origine. Pour ça, il lui faudrait des likes, des retweets, des réponses aux réponses, mais provenant de plusieurs comptes différents : il devait donner l'impression d'une communauté contre une communauté, c'était ce qui caractérisait le *clash* sur Internet. Alors Jonathan ouvrit une autre fenêtre de son navigateur et se rendit sur un site parlant de jeux vidéo ; au sein de ce site, il y avait une section forum dont une des catégories était généraliste et ne concernait pas le jeu. Il y créa un nouveau *topic* au titre suffisamment putassier pour pousser les utilisateurs du site à cliquer – un titre *putaclic* – et colla dans son message un lien vers le tweet de l'influenceuse, avec la remarque :

J'imagine que vous êtes d'accord avec elle ^^

De retour sur Twitter, les likes commencèrent à affluer sur le tweet de Jonathan, ainsi que les réponses aux réponses, les insultes, les *memes* et autres illustrations cyniques et sarcastiques. La boule de neige commençait à rouler d'elle-même. Jonathan sourit.

Si on lui avait demandé pourquoi il faisait cela, il se serait sans doute contenté de répondre « c'est marrant », mais la réalité était un peu plus complexe. En plus de trouver cela marrant, pour Jonathan, c'était presque un geste engagé, militant. Bien sûr, il ne l'aurait pas dit en ces termes, car pour lui l'engagement et le militantisme relevaient d'une culture de moutons, mais il participait activement à rétablir une forme d'équilibre. En effet, ce n'était pas hilarant d'imaginer agacer des fillettes de 10 à 12 ans, mais il était important de rappeler aux influenceurs, et particulièrement aux influenceuses qui ne pariaient que sur leur physique, que le fait d'être populaire auprès d'un public inculte ne les rendait pas plus importants que les autres. Il était facile pour ces personnes qui recevaient continuellement des cadeaux et de l'argent de croire qu'elles avaient beaucoup de valeur, que ce qu'elles faisaient était important. Mais Jonathan savait que c'était faux. Et il estimait de son devoir de leur rappeler qu'elles ne valaient pas mieux que lui, et souvent sans doute moins.

12.

Le capitaine n'était pas convaincu. Marion avait préparé son laïus la veille, en mangeant seule, comme chaque soir, un plat cuisiné réchauffé au micro-ondes, comme chaque soir, à même la barquette d'origine, comme la plupart des soirs. Elle connaissait bien son capitaine et savait qu'il prendrait la bonne décision, mais seulement s'il pensait que le sujet était suffisamment important pour détourner des ressources, car c'est avec ça qu'il jonglait. *C'est un équilibre.* Elle lui avait présenté les faits, et pensait avoir démontré autant que possible à ce stade que le suicide d'Alice n'était qu'un cas parmi d'autres, peut-être des dizaines, peut-être plus. « Où sont ces autres victimes ? » avait-il demandé, et elle n'avait pas de réponse satisfaisante à lui offrir. Alors elle avait de nouveau détaillé son raisonnement : des jeunes qui se font harceler sur Internet sans aucune conséquence, des sites Internet qui proposent purement et simplement une aide au suicide, non pas parce que telle maladie est trop difficile à supporter et que la médecine ne donne plus aucun espoir : « Il ne s'agit pas d'euthanasie, là, mais de tutos de suicide pour des gens désespérés, et sans aucune espèce de début de conseil pour aller mieux. Les gens sur ce site veulent que les visiteurs réussissent leur suicide. On ne parle pas ici d'un groupe de gens dépressifs qui essaient de se donner du courage pour en finir. Il y a sur ce site des utilisateurs qui se connectent régulièrement depuis deux ans ! Ceux-là ne veulent pas en finir, ils veulent provoquer des suicides. Et Alice a visité plusieurs fois ce site les jours qui ont précédé sa mort, notamment des pages pour trouver les médicaments les plus efficaces et les moins douloureux. Sans déconner, qu'est-ce qu'il vous faut de plus ?

— D'autres victimes, répondit le capitaine. Montre-moi que d'autres personnes se sont retrouvées dans cette situation, et là peut-être que je te donnerai plus de moyens… ou au moins plus de temps, se rattrapa-t-il. Mais pour l'instant, tu as trouvé ce que tu voulais concernant ta victime, j'ai aucune raison de déployer un dispositif particulier. »

Il avait raison. Lambert aurait du mal à l'admettre à voix haute, mais compte tenu du peu de ressources dont le capitaine disposait, il avait raison. Il faudrait que Marion trouve d'autres victimes, qu'elle puisse montrer un lien entre celles-ci et le site Internet. De toute façon, la seule chose sur laquelle elle pouvait avoir une prise, c'était ce site ; elle n'allait pas traquer tous les individus qui insultent ou menacent en ligne, non seulement parce que ce serait techniquement très compliqué, mais aussi parce qu'elle savait bien que les lois n'étaient que mal adaptées à cette situation et que les individus ressortiraient du tribunal – s'ils arrivaient jusqu'au tribunal – les mains dans les poches, sans peine ni amende. Elle sortit du bureau du capitaine sans attendre d'y être invitée et retourna dans son bureau rejoindre Mornay.

Tandis que ce dernier était affairé avec le téléphone portable d'Alice, Lambert s'installa derrière son ordinateur et lança une des applications de la police lui donnant accès au TAJ, le fichier de traitement des antécédents judiciaires. Ce n'était pas idéal, mais c'était tout ce qu'il y avait. Elle devait lancer une recherche, trouver des victimes pouvant être liées à ce site en particulier. Elle prépara une requête et, après quelques minutes, Étienne Mornay, interpellé par la concentration du lieutenant Lambert devant son écran, lui demanda ce qu'elle faisait et s'il pouvait aider.

« Je suis sur le TAJ, je vais rechercher les victimes de suicide en Île-de-France de moins de 25 ans, avec les mots-clés "smartphone" et "Internet".

— Vous voulez rechercher des jeunes de moins de 25 ans avec un smartphone ?

— Oui, c'est ça. »

Étienne resta silencieux, immobile, et il fallut un instant avant que Marion ne comprenne que ce qu'elle cherchait était absurde. Elle serait submergée de résultats ! Elle interrompit sa saisie et baissa les yeux vers son clavier, pour réfléchir.

« Le TAJ n'est pas très efficace comme moteur de recherche, intervint Étienne. C'est une bonne base de données, surtout depuis qu'on a fusionné les fichiers de la police et de la gendarmerie, mais la recherche dans le texte est… mal gaulée, si vous me permettez l'expression… »

Marion observait Étienne sans rien dire, qui poursuivit :

« Si vous me dites ce que vous cherchez, je peux aller requêter directement la base de données, ce sera plus rapide. Après, on pourra sortir les dossiers de chaque résultat, ça restera sans doute assez rébarbatif, mais au moins ça nous donnera rapidement de la matière.

— Requêter directement la base de données ? demanda Lambert en haussant les sourcils, consciente qu'ils n'étaient pas censés pouvoir se connecter à la base ARIANE.

— Bah… je me dis que si déjà on doit travailler juste à deux et qu'on n'a que cette semaine, ce serait dommage de perdre trois jours à attendre des résultats incomplets… »

Il a du culot… Marion se dit que, entre le piratage de l'ordinateur d'Alice et la connexion directe à la base de données de la police, il faudrait penser à recadrer cette jeune recrue, surtout si elle souhaitait intégrer la police technique et scientifique, pour qui le respect des règles garantissait la qualité de ses observations. D'un autre côté, Étienne n'avait pas totalement tort. Marion savait que, de toute façon, elle allait se retrouver avec des dizaines de dossiers à éplucher alors que le temps pressait. Par ailleurs, la recherche qu'ils devaient effectuer n'avait pas vocation à être présentée devant un tribunal, et les informations qu'ils allaient récolter étaient déjà disponibles, mais perdues dans un océan de données. Il n'y aurait donc pas de problème de recevabilité… C'est pourquoi elle décida de le laisser faire, notant dans un coin de sa tête qu'elle devrait le sermonner à un moment ou à un autre, lorsqu'il n'y aurait plus urgence.

« Il faut me sortir les dossiers de suicides en Île-de-France, victimes de moins de 25 ans et qu'on a retrouvées à côté de leur téléphone portable ou d'un ordinateur, si possible appareil allumé, et en priorité si ces dossiers évoquent le site des Amoureux du voyage. »

Étienne Mornay se déplaça sur son siège pour accéder à son ordinateur et commença à taper sur son clavier puis, sans s'interrompre, demanda à Marion :

« Pourquoi limiter à l'Île-de-France ? Le site est francophone, il y a sûrement des victimes un peu partout en France, voire en Belgique ou en Suisse…

— Si des dossiers semblent prometteurs, il faudra sans doute que j'aille parler aux familles des victimes, il vaut mieux rester autour de Paris pour l'instant ; le cas échéant, on pourra toujours élargir la recherche, non ?

— Bien sûr… ou alors je peux immédiatement rechercher sur toute la France et séparer les résultats en une liste Île-de-France et une liste Province… »

Il fallut près d'une demi-heure à Étienne Mornay pour se connecter à la base de données du TAJ, et une autre pour préparer sa requête. Une fois celle-ci lancée, il n'y avait plus qu'à attendre les résultats. Cela pourrait prendre quelques minutes ou quelques heures – pas plus, affirma-t-il – mais pour le moment, il n'y avait rien de plus à faire.

« Parle-moi du téléphone d'Alice », demanda alors Marion.

13.

La séance photo ne s'est pas très bien passée, pensa Lola. *Enfin… c'est pas que ça ne s'est pas bien passé, ça s'est bien passé, mais c'est tout. Juste bien.* En temps normal, un spectateur présent aurait eu le sentiment d'assister à quelque chose de très intime, il se serait senti gêné d'être là à regarder un couple de femmes faire l'amour. Mais pas cette fois-ci. La séance s'était bien passée, et Lola avait une confiance aveugle en la photographe avec qui elle travaillait depuis plusieurs années, celle-là même qui réalisait toutes les photos qui lui permettraient de devenir une Suicide Girl. Et Lydia, que cette expérience faisait plus rigoler qu'autre chose et qui ne participait que parce que Lola l'y traînait, Lydia avait été comme à son habitude : brûlante. C'était bien Lola qui n'avait pas totalement été à ce qu'elle faisait, qui n'était pas arrivée à se laisser aller, à se laisser surprendre par les caresses de son amie. Et ce n'était pas juste dans sa tête ; la photographe elle-même était allée voir Lola en fin de séance pour lui dire qu'on avait tous « des jours avec et des jours sans », tout en la rassurant sur le fait qu'elle avait quelques très belles photos.

En arrivant dans l'appartement-atelier-studio de la photographe, juste avant la séance, Lola avait fait une Story sur son téléphone, et avait remarqué deux nouveaux messages enregistrés, encore une fois d'un correspondant inconnu. Inconnu et sans originalité, avait-elle pensé en écoutant les messages : « PUTE » et « GOUINE ». Lola ne répondait jamais aux messages d'insultes. Que l'auteur soit identifié ou non, c'était une boîte de Pandore, il ne fallait pas ne serait-ce que l'entrouvrir. La plupart des gens qui l'insultaient ou la menaçaient par messagerie interposée étaient des lâches, des « grandes gueules », Lola le savait. Mais elle ignorait comment ceux-ci réagiraient s'ils étaient acculés. Sans doute la plupart d'entre eux baisseraient les yeux, mais il suffirait d'un seul vrai malade pour lui pourrir la vie. Et ce qui inquiétait Lola, c'était que, si son numéro de téléphone circulait, alors peut-être que d'autres informations personnelles circulaient également, comme son véritable nom ou son adresse.

Ainsi, Lola avait posté sa Story, constaté la présence de ces messages, puis avait coupé son téléphone pour commencer la séance photo. Et ces messages étaient restés présents à son esprit. Lola s'en voulait un peu, d'ailleurs, de n'avoir pas pleinement profité du moment avec Lydia, toujours extrêmement agréable. Mais c'était ainsi. Lydia était en train de sortir de la douche quand Lola ralluma son téléphone. Elle le posa sur une table, puis se rendit à la salle de bains. La longue douche très chaude immédiatement suivie d'une brève douche très froide lui sortit tout ça de la tête, si bien que lorsque Lola quitta la pièce, son sourire était plus large, plus dynamique, moins figé. Elle et Lydia finirent de se rhabiller, remercièrent leur amie qui les tiendrait au courant de quand elle aurait terminé de traiter les photos, puis attrapèrent leurs affaires et prirent la direction de la sortie. Lola avait saisi son téléphone pour le mettre dans son sac, sans le regarder. Elle découvrirait plus tard, de retour chez elle, qu'elle avait reçu un SMS, d'un numéro de service de messagerie bidon. Une image et une courte phrase. Une capture d'écran de l'application Plans qu'on trouvait sous une forme ou une autre sur tous les smartphones, présentant un plan de quartier centré autour d'une petite punaise rouge stylisée plantée sur l'adresse personnelle de Lola. Chez elle. Et ce message :

Et si je venais te rendre visite ?

14.

Après avoir fouillé le moindre recoin du téléphone d'Alice, Marion Lambert et Étienne Mornay y voyaient plus clair. Alice avait manifestement parlé du bébé à son copain ainsi qu'à son amie Ellie, faisant promettre à cette dernière de n'en parler à personne. Inconsciemment, Marion brossait un portrait de plus en plus fin d'Alice. Elle avait ainsi noté que cette dernière n'avait pas demandé à son copain de ne pas parler du bébé, sans doute d'une part parce qu'elle pensait qu'il ne le ferait pas, mais aussi sans doute parce qu'elle avait estimé qu'il s'agissait de son histoire à lui aussi et qu'elle n'avait pas à lui dire ce qu'il devait faire ou non de l'événement. Leur conversation suivante avait d'ailleurs été touchante par plein d'aspects. Après avoir reconnu tous deux qu'ils n'auraient bien évidemment pas pu s'occuper d'un enfant, ils se mirent à imaginer à quoi il aurait ressemblé ; d'après elle, il aurait eu ses yeux à lui et, d'après lui, son visage à elle. Ils l'auraient prénommé Matéo, ou Jade… C'était candide, certes, mais touchant. Ellie, de son côté, avait moins bien réagi. Comment sa meilleure amie de toujours n'avait-elle pas été au courant qu'Alice et son mec « l'avaient fait » ? Il s'était ensuivi une discussion qui avait vite dégénéré et qui s'était achevée par Ellie disant à Alice que son mec ne voulait de toute façon que coucher avec elle et qu'il allait désormais la larguer, et Alice rétorquant à Ellie qu'elle était jalouse parce qu'elle était incapable de se trouver un mec. C'était à la suite de ces messages qu'Ellie avait finalement envoyé ceux que la mère d'Alice avait découverts. C'était violent dans l'absolu, surtout compte tenu de la suite des événements, mais il ne s'agissait que de conversations classiques d'adolescentes, s'imagina Marion, en partie pour se convaincre qu'elle n'était pas encore devenue totalement ringarde.

Chronologiquement, c'est à partir de ce moment-là que les choses avaient commencé à s'envenimer pour Alice ; Lambert était bien trop aguerrie pour en tirer la moindre conclusion, mais pour Étienne il était évident qu'Ellie avait déclenché les hostilités. *C'est probable,* pensait Marion, *mais nous n'en savons rien.* Sur Snapchat, il était difficile de déterminer l'étendue de tout ce qui avait pu être envoyé, compte tenu du fait que l'application ne stocke pour ainsi dire quasiment rien ; en revanche, sur WhatsApp, il fut facile de constater qu'Alice avait été bannie de plusieurs groupes dans les heures qui avaient suivi sa conversation avec Ellie. Et sur Instagram, sa messagerie privée était pleine de messages similaires à ceux qu'elle avait reçus sur Facebook. Mais certains messages étaient plus spécifiques, plus lisibles, comme par exemple :

j'espère qu'il t'a refilé le SIDA

Qui ne laissait aucun doute sur le sujet dont il était question. Donc, quelqu'un avait parlé, et pas qu'un peu. Et une tendance se dessinait. D'un côté, Alice se faisait traiter de pute, de salope, de traînée, de fille facile, principalement par des filles, même si certains garçons restaient dans le même champ lexical, mais généralement avec une proposition qui suivait dans le même message, demandant à Alice si elle était « bonne », l'exhortant à leur envoyer des *nudes*, des photos d'elle nue. Et d'un autre côté, Alice avait reçu un paquet de messages de soutien, ce qui avait d'abord surpris Lambert, avant qu'elle ne comprenne que ces soutiens étaient causés par le fait que le bruit courait qu'Alice avait été violée. Cette dernière avait défendu son copain deux fois, et les deux fois elle avait fini par se faire traiter de pute. Il n'y avait étrangement aucune demi-mesure, s'étonna Lambert. C'était soit un viol, soit de la prostitution. *Ils ont tous l'air d'avoir 16 ou 17 ans, pourquoi ils réagissent aussi violemment au fait que deux d'entre eux couchent ensemble ? Ce n'est pas normal...*

La situation de Lambert était compliquée. Idéalement, il aurait fallu qu'elle convoque quelques-uns de ces jeunes pour avoir une vision plus globale de ce qui s'était produit, et ce serait sans doute une bonne occasion pour eux de prendre conscience que les mots peuvent avoir des conséquences, mais ils devraient être accompagnés d'un parent, et Marion savait qu'elle n'arriverait pas à organiser cela avant la fin de la semaine. De plus, elle sentait qu'il y avait dans cette affaire quelque chose de plus grave, de bien plus organisé ; tout était trop bien coordonné, jusqu'aux visites d'Alice sur le site des Amoureux du voyage. Elle posa le téléphone et demanda à Étienne :

« Qu'est-ce que tu as trouvé sur le site des Amoureux du voyage ? »

Mais Étienne ne l'écoutait pas. Il était en train de s'affairer sur son ordinateur.

« On a des résultats », dit-il simplement, et ce n'est que lorsqu'elle se plaça derrière lui pour voir son écran qu'elle comprit à quoi il faisait référence : la recherche qu'ils avaient lancée venait de cracher des résultats. Beaucoup de résultats. Elle soupira, puis s'installa à son propre bureau.

« Envoie-moi une partie des dossiers, lui ordonna-t-elle. On va avoir de la lecture. »

Étienne lui transmit plus de cent dossiers, et Marion fit un rapide calcul. D'après les statistiques, plus de six cents jeunes de 15 à 24 ans se suicident chaque année, soit en moyenne 300 sur une période de six mois. *Si Étienne m'a donné 100 dossiers, et qu'il en a lui-même gardé 100, alors on va devoir traiter quasiment tous les dossiers de suicides chez les jeunes.* Car tous ont désormais un téléphone portable ou un ordinateur à leur disposition.

« J'ai fait quelques recherches sur les suicides, intervint Étienne, tout en épluchant son premier dossier ; vous saviez que c'était la première cause de mortalité chez les 15-35 ans ? J'ai d'abord trouvé ça dingue, et puis j'ai réalisé qu'en fait c'était certainement normal...

— Plus que normal, c'est une bonne chose, répondit Marion, ouvrant elle-même un dossier sur son ordinateur. Chez les jeunes, les risques de mourir de maladies graves comme des cancers sont plus faibles... On n'est pas censé mourir à 20 ans. Donc si le suicide était vraiment en tête des causes de mortalité, ça signifierait qu'on évite plutôt bien les autres causes. Ce qui est important, ce n'est pas que le suicide soit la première cause de mortalité ; ce qui est important, c'est qu'il y en ait le moins possible. »

Après quelques instants de silence, Étienne reprit : « Pourquoi vous avez dit "si le suicide était en tête des causes" ?

— Parce que ce n'est pas le cas... tes stats ne sont pas à jour. La première cause de mortalité chez les jeunes, c'est les accidents de la route. »

Étienne soupesa longuement cette réponse, conscient du fait que cela faisait également partie des décès pourtant facilement évitables. Après un temps, il remarqua : « Au fait, je pense à un truc : on n'a cherché que les suicides, là...

— Ben oui, tu voulais qu'on cherche quoi d'autre ?

— Nan mais, je veux dire, on n'a rien sur les TS.

— Non... on n'a rien sur les tentatives de suicide... »

Déjà, se dit Lambert, parce que nombre de tentatives de suicide ne sortent pas du cadre familial, pour le meilleur ou pour le pire, mais aussi parce qu'ils ne disposeraient jamais d'assez de temps pour traiter la masse de dossiers que cela pourrait représenter, et qu'ils ne pourraient pas surmonter les réticences des victimes ou de leurs proches à leur parler alors qu'ils ne souhaiteraient que, à tort ou à raison, tourner la page. Enfin, pensa Marion en se détestant d'être parfois aussi cynique, *il est bien plus facile d'engager la responsabilité de quelqu'un si ça se termine par un décès.*

15.

Lola était de nouveau en *live*. Elle avait été horrifiée de découvrir sur son téléphone un message avec son adresse, mais les prestations en direct étaient la partie la plus lucrative de son activité, elle en avait besoin. Pour elle, pas de salaire fixe, pas de pérennité. Elle savait par ailleurs qu'il suffirait qu'elle disparaisse d'Internet pendant un mois pour être définitivement remplacée. Même s'il n'y avait pas vraiment lieu de parler de concurrence, celle-ci était rude et implacable. Le public voulait du spectacle et il se servait parmi ce qu'il y avait de disponible. Depuis l'arrivée du haut débit permettant de diffuser de la vidéo en temps réel, la frustration du public n'était plus acceptable. Lorsqu'un internaute voulait voir un film, il le voyait immédiatement, ou passait à autre chose. Alors Lola s'était préparée comme à son habitude, avait sélectionné une tenue, s'était maquillée, puis conditionnée devant son miroir à faire comme si de rien n'était, et avait démarré son show.

Ce soir-là, elle avait enfilé une tenue sexy d'écolière, une tenue qui avait énormément de succès auprès du public malgré tout ce que cela pouvait insinuer d'immoral. Une jupe écossaise rouge plissée couvrait à peine ses fesses, dévoilant ses cuisses fines sous lesquelles couraient des bas de nylon blanc qu'habillaient des escarpins noirs, brillants, à talons aiguilles. Elle ne portait pas le soutien-gorge *push-up* qui faisait normalement partie de l'uniforme, afin qu'une fois sa chemisette courte nouée serré sous ses seins, ses tétons percés puissent être devinés sous le coton du tissu. De toute façon, ses seins étaient fermes et tenaient parfaitement à leur place, comme si la gravité n'avait aucune prise sur eux. Enfin, une courte cravate rouge assortie à sa jupe complétait l'ensemble. Jamais aucune écolière ne s'était habillée ainsi, et c'était heureux, avait songé Lola en s'habillant, *mais les fantasmes sont ce qu'ils sont.* Lola espérait pouvoir un jour faire évoluer les mentalités, imposer à son public ses propres fantasmes, mais il était prioritaire, pour l'heure, de le contenter. Et de s'en contenter. Enfin, Lola avait ajouté des petits gants blancs à sa tenue ; cela n'avait aucun sens, à proprement parler, mais cela faisait, en pratique, des éléments supplémentaires pour l'effeuillage. Et celui-ci allait bientôt commencer.

Si elle n'avait pas eu l'esprit préoccupé par celui qu'elle appelait désormais son *stalker*, son harceleur, elle aurait ri en finissant son maquillage et sa coiffure ; outre la paire de couettes hautes pour structurer ses longs cheveux raides, elle s'était bien sûr appliqué une couche de rouge à lèvres, bien rouge et *glossy*, parce qu'elle savait qu'avec son éclairage son maquillage pouvait paraître un peu terne à l'écran. Elle s'était également dessiné un large disque bien rose sur chaque joue, ainsi que quelques fausses taches de rousseur. En réalité, il ne lui manquait qu'un faux appareil dentaire pour parachever ce cliché. Les gens qui ne connaissaient pas son métier auraient eu du mal à le croire, mais ce qu'il y avait de plus difficile, dans cette activité, c'était accepter le fait de ne pas se sentir ridicule. D'aucuns auraient pu lui reprocher de se soumettre ainsi à autant de clichés machistes alors qu'elle prétendait, *Suicide Girl hopeful*, être une femme forte qui imposait qu'on l'accepte telle qu'elle était, mais elle avait une réponse à cela : « Les *lives* et les photos publiques sont mon produit d'appel. Je propose aux gens ce qu'ils attendent, et c'est lorsqu'ils me suivent que je leur montre qui je suis vraiment. Si je le faisais immédiatement, ils ne resteraient pas suffisamment longtemps pour chercher à comprendre. Par nature, les gens ne souhaitent pas être dérangés dans leurs habitudes. » Peut-être, lorsqu'elle serait plus visible, plus célèbre, peut-être alors ne chercherait-elle plus à caresser son public dans le sens du poil. Il aurait été délicat et peut-être même impossible de savoir si Lola se mentait à elle-même ou si elle s'avérait simplement être une *businesswoman* efficace. Elle-même n'aurait pas su le déterminer avec certitude. *Il n'y a pas de mal à être un peu pragmatique, c'est un équilibre.*

« Hey, salut Léo… comment tu vas, mon grand ? »

Léo était un habitué du *chat* qui usait régulièrement de son portefeuille, un euro à la fois. Et il fallait reconnaître les habitués, les faire se sentir spéciaux. Après quelques secondes, Léo répondit qu'il allait bien, qu'il était heureux de la voir et qu'il espérait qu'elle allait bien aussi, ce qu'elle lui confirma. Ensuite, de la même manière, Lola salua plusieurs pseudonymes qu'elle reconnaissait. Lorsque les habitués se sentaient privilégiés, cela donnait envie aux autres de devenir des habitués. *C'est un cercle vertueux.* Tout en racontant sa journée, enjolivant la réalité juste ce qu'il fallait pour que cela restât crédible, et le moment torride passé avec Lydia, Lola retira élégamment ses gants. Elle était assise au pied de son lit, face à son ordinateur, les jambes croisées, ses bras tatoués dénudés le long de son corps, ses mains tantôt posées sur le lit, tantôt sur son genou. Elle minaudait juste ce qu'il fallait pour qu'on y croie, pour que chaque spectateur se dise qu'elle minaudait surtout pour lui.

Elle devait attendre quelques minutes avant de vraiment commencer, parce qu'elle savait que beaucoup de ses spectateurs, ses *viewers*, n'arriveraient qu'après quelques minutes. Elle prit le temps de saluer les quelques non-habitués qui prenaient la peine de se présenter ou de lui dire « bonjour », et ignorait les quelques messages qui manquaient de subtilité, rarement plus agressifs qu'un simple « à poil ! ».

Il était courant, lorsqu'on effectuait des prestations en direct devant un *chat*, de disposer d'un, voire de plusieurs modérateurs, dont le rôle était de canaliser les spectateurs, de s'assurer de la qualité des messages échangés et, le cas échéant, de bannir les utilisateurs indélicats. Mais jusqu'à maintenant, Lola n'avait jamais eu recours à un modérateur ; elle restait toujours près de son clavier, son public dépassait rarement les 300 personnes, et la large majorité de celui-ci n'écrivait rien dans le *chat*. *Difficile d'écrire quand on a les mains prises*, souriait intérieurement Lola, consciente de n'être souvent rien de plus qu'un objet masturbatoire, utilitaire. *C'est un équilibre*. Un échange consenti de bons procédés. Lola n'avait à gérer, en général, qu'une cinquantaine d'utilisateurs actifs, qui lui envoyaient des messages qu'elle devait traiter, que ce soit pour y répondre, pour les supprimer, ou simplement les ignorer.

Un message apparut dans le *chat*. Elle ne reconnaissait pas le pseudonyme de la personne et ne savait pas comment interpréter son message :

Dis-moi, Lola, est-ce que tu es satisfaite de toi-même ?

Lola se contenta de poursuivre comme si de rien n'était ; elle commença à se caresser l'épaule avec un bras, comme si elle se massait, fermant à moitié les yeux. À mesure que la séance avancerait, son sourire disparaîtrait peu à peu, ses yeux se fermeraient de plus en plus alors que sa bouche s'ouvrirait progressivement. Lola savait très bien ce qu'elle faisait, elle savait au bout de combien de temps elle détendrait le nœud de sa cravate, sans toutefois l'enlever, puis retirerait son chemisier et se passerait la main sur les seins. À ce moment, elle commencerait à susurrer des petits messages à ceux de son public qui étaient traditionnellement les plus prompts à dégainer leur carte de crédit, et le reste du public suivrait. Elle presserait son entrejambe par-dessus sa jupe, attendrait que le *chat* la supplie comme un seul homme de retirer sa culotte « mais de garder ses bas », et elle feindrait la soumission à tous leurs désirs. En réalité, si son esprit était largement occupé à réfléchir à l'angle de la caméra, à savoir de quelle façon elle devait se tourner pour masquer, dévoiler ou montrer telle partie de son corps de la façon la plus avantageuse, elle veillait surtout à ne pas agir de façon trop mécanique. Mais elle était enfin lancée, le *live* avait vite devenir chaud.

Dis-moi, Lola, est-ce que tu es satisfaite de toi-même ?

Elle ne vit pas la question défiler de nouveau, elle avait été emportée dans le flux de messages. Ce n'est qu'après l'avoir vu passer par la suite encore deux fois que Lola intervint, tout en gardant une tonalité de jeune ingénue qui, selon elle, s'accordait bien à sa tenue : « Attention à ne pas spammer les messages, les garçons ; c'est moi, ici, la seule à être vilaine… » Ne pas nommer l'utilisateur indélicat, c'était lui offrir une chance de s'amender ; et c'était également, s'il s'agissait d'un troll, une manière d'éviter de l'encourager. Lola avait bien désamorcé la situation, d'autant que sa sortie bien plus travaillée qu'il n'y paraissait avait excité plus d'un de ses *viewers*, qui y allaient désormais chacun de leur petit commentaire…

J'ai été vilain, Lola, j'ai besoin que tu me punisses

Attention à la correction si tu es une vilaine fille

Lola répondait aux uns et aux autres, au gré de son inspiration, et tout se passait pour le mieux lorsque de nouveau :

Dis-moi, Lola, est-ce que tu es satisfaite de toi-même ?

Sans sortir complètement de son personnage, Lola se redressa et s'approcha de son ordinateur, prête à bannir cet utilisateur qui, manifestement, n'était pas venu pour le spectacle. À répéter ainsi le même message, Lola pensait même qu'il pouvait s'agit d'un *bot*, un bout de logiciel simulant un utilisateur dans un *chat*. Avant de le bannir, Lola se fendit tout de même d'un message à son attention : « OK, alors je vais répondre à ta question : oui, je suis satisfaite de moi-même, je fais précisément ce que je souhaite faire, j'aime la personne que je suis aujourd'hui, ce qui n'est sans doute pas ton cas, et il en faudra un peu plus que ça pour me faire réagir. Je t'ai prévenu, j'aime choisir mes vilains garçons, et je suis au regret de te dire que tu n'as pas été retenu, mon petit Charon. »

16.

Il commençait à jubiler. Lola avait vu ses messages, c'était manifeste, et il n'en faudrait pas beaucoup plus pour qu'elle le dégage du *chat*. Mais cela ne suffisait pas, Charon voulait la pousser plus loin dans ses retranchements, avoir l'assurance qu'il lui pourrissait la vie. Il allait bientôt lui envoyer son dernier message, avant qu'elle ne le bannisse, mais il devait d'abord s'assurer de l'agacer un peu plus. Elle avait répondu de façon trop générique, et le *chat* avait trouvé le moyen de prendre cet échange avec bonne humeur ; alors Charon commença par envoyer à nouveau le même message :

Dis-moi, Lola, est-ce que tu es satisfaite de toi-même ?

C'est alors qu'elle le nomma, en regardant bien dans l'objectif de sa caméra. Elle le regardait droit dans les yeux. Plus que le nommer, elle le provoquait. C'était trop intime, presque… embarrassant, trouva Charon. Comment pouvait-elle lui parler ainsi ? Mais loin d'en ressentir de la colère, il était totalement dans l'euphorie du moment, qui nécessitait un ultime message, une apothéose. Tandis qu'il le tapait sur son clavier, une voix dans sa tête le faisait hésiter : ce qu'il était sur le point de faire était contraire aux règles. *Les règles ne sont pas là pour me contraindre, elles sont là pour me servir, et pour me protéger.* Mais d'un autre côté, il avait vraiment, profondément et viscéralement envie de lui faire mal et de voir cette souffrance sur son visage, ne fût-ce qu'un court instant, d'autant qu'elle venait de ponctuer sa phrase d'un clin d'œil complice et d'un sourire narquois. *Bientôt, les moutons du* chat *la soutiendront et je serai seul à pisser contre le vent.* Alors il étouffa son hésitation, relut son message pour s'assurer que tout était impeccablement écrit, puis l'envoya. *Il y a un délai de quelques secondes entre ce qui se produit chez elle et le moment où cela apparaît sur mon écran,* se dit Charon, *mais je suis au moins déjà assuré que le message a été envoyé avant qu'elle me bannisse, et je vais pouvoir pleinement profiter de sa réaction.*

Après quelques secondes, Lola constata un genre de fébrilité dans le *chat*, cela se voyait à l'image. *Pendant qu'elle est occupée à se tripoter, les viewers ont tous vu passer mon message, et ils se croient tous obligés de réagir, ce qui fait défiler les messages bien plus vite que d'habitude.* Lola devait en effet s'approcher de son ordinateur pour faire remonter l'historique des messages. *Ça vient,* se dit Charon, *c'est maintenant ; elle sera trop surprise, elle ne pourra pas jouer son éternelle comédie, on va bien voir comment elle réagit pour de vrai.* Charon identifia sans peine l'instant précis où Lola découvrit son message, il la vit se tétaniser. Moins de dix secondes plus tard, sans explication, sans même un simple « au revoir », Lola coupa le direct. Maintenant, Charon jubilait complètement.

17.

Il était tard, près de 22 heures, et Marion Lambert était toujours à son bureau en train d'éplucher des dossiers aux côtés d'Étienne, resté pour l'assister. Elle ne le lui avait pas demandé, mais il savait comme elle qu'ils travaillaient avec un compte à rebours. À eux deux, ils avaient déjà lu plus de soixante-dix dossiers. Lorsque l'un d'entre eux sélectionnait une affaire, l'autre la lisait pour valider la sélection. Ils avaient ainsi mis de côté trois cas. Bien sûr, dans la plupart des dossiers un téléphone portable était mentionné comme faisant partie des effets personnels de la victime. Mais dans près d'une quinzaine de cas il avait été question de cyberharcèlement et, dans les trois cas qu'ils avaient mis de côté, d'une messagerie ouverte. Le harcèlement avait toujours été une plaie, mais avec l'arrivée d'Internet, de l'anonymat facile et la démocratisation des réseaux sociaux, le cyberharcèlement faisait désormais partie de la vie de trop de jeunes. *Et peu importe l'intention*, pensait Lambert. Parfois, une foule d'inconnus s'en prenait à un vrai salopard, un violeur récidiviste, un pédophile, et il était facile de fermer les yeux et de se dire qu'après tout il récoltait ce qu'il avait semé. Mais Lambert était flic et, à ce titre, comprenait la différence entre, d'une part, un système judiciaire national, organisé et qui tentait autant que faire se peut de condamner les criminels sur des bases solides, des preuves, des témoignages, en permettant à ces individus d'être confrontés à leurs accusateurs et, d'autre part, une foule sans doute souvent bien intentionnée mais pour qui une intuition avait valeur de preuve, pour qui la charge de la preuve revenait à l'accusé et pour qui la « justice populaire » trônait parmi les plus hautes formes de justice. Ils étaient peut-être les harceleurs les plus « justes », ils n'en étaient pas moins les plus dangereux. Les *Social Justice Warriors* ou SJW, les guerriers de la justice sociale, comme on les nommait souvent. Pourtant, force était de constater qu'ils n'étaient pas inutiles ; sans eux, de nombreuses affaires n'auraient jamais vu le jour. Ils permettaient aux langues de se délier par l'ampleur des mouvements qu'ils pouvaient provoquer. Ainsi, que serait devenu le mouvement #meToo sans personne pour le propager ?

Mornay, plus versé dans les nouvelles technologies que Lambert, avait une vision globale assez intéressante de la chose : selon lui, les SJW ne représentaient pas un danger en tant que tel, le problème qu'ils représentaient venait du manque de contrôle. Lorsque la machine s'emballait, plus rien ne pouvait l'arrêter, tout devenait irrationnel et, lorsque ce n'était pas complètement mérité, ou lorsqu'il y avait même erreur sur la personne, les dégâts pouvaient être terribles.

« Le risque des SJW, c'est la cancel culture, dit Étienne. Vous connaissez ?

— J'en ai déjà entendu parler, mais juste dans les grandes lignes…

— Il y a un cas qui m'a marqué, parce que c'est vraiment pas un cas simple, je trouve… »

Et il raconta l'histoire incroyable mais vraie de Justine Sacco.

18.

« Elle a publiquement balancé un message que le monde entier a estimé comme étant raciste, donc je comprends que les gens aient gueulé, mais d'un autre côté elle a clairement trop cher payé et on voit bien que, pour plein de gens, c'était les jeux du cirque. Ils voulaient juste voir du sang, il n'était pas question de justice ou de lutter contre le racisme. C'est une histoire vieille comme le monde. L'Inquisition, les croisades, n'importe quelle guerre sainte, c'est pareil : les gens se cachent derrière des idéaux ou des valeurs morales qui leur permettent de bien dormir, alors qu'au fond, ce qu'ils veulent, c'est faire souffrir les gens qu'ils n'aiment pas, puis aller se coucher la conscience tranquille, persuadés d'avoir œuvré pour le bien de l'humanité. »

Étienne était passionné. *C'est une bonne chose*, pensa Lambert, *même s'il devra travailler à maîtriser sa fougue.*

« Si je comprends bien, rétorqua Marion, pour toi la justice du peuple n'est pas sincère ?

— Elle n'est pas sincère, elle n'est pas efficace et est même plutôt néfaste.

— Et la Ligue du LOL ?

— Quoi, la Ligue du LOL ?

— Pendant des années, un groupe de gens s'était organisé sur Facebook, principalement des journalistes, à la base pour rigoler entre eux, mais rapidement ils s'étaient mis à se moquer puis à harceler des gens sur les réseaux sociaux, principalement des femmes. Ils ont littéralement brisé des carrières parce que ça les faisait marrer.

— Nan, mais je sais ce qu'est la Ligue du LOL, mais je ne vois pas le rapport avec ce qu'on disait ; là, il ne s'agit pas de justice sociale, il s'agit d'abrutis qui jouent avec le sentiment d'impunité dû à leur anonymat.

— Déjà, pas toujours : même si certains d'entre eux ont créé des faux comptes pour se cacher, la plupart n'étaient pas anonymes, et ils communiquaient en leur nom propre, drainant derrière eux leur communauté de *followers*. Et le rapport, c'est que s'il n'y avait pas eu, en 2019, un mouvement de soutien aux victimes de ces crétins, est-ce qu'ils ne seraient pas tout simplement toujours actifs ? Il y a eu des articles, des témoignages en ligne, des *hashtags*, et puis l'affaire a éclaté. En quoi cette justice sociale est-elle inefficace ? »

Étienne prit un temps pour réfléchir. *C'est un bon réflexe*, se dit Marion. *Beaucoup de gens se seraient contentés de répondre et de défendre leur position sans réfléchir. Lui, il évalue. C'est ce que doit faire un bon flic.*

« La seule différence, reprit Lambert, c'est que lorsqu'ils ont été découverts, les membres de la ligue n'ont pas subi autant que Justine Sacco, même si certains y ont quand même perdu leur emploi, mais surtout c'est resté à l'échelle nationale. Au fond, c'est ça : la seule différence est une histoire d'échelle. Et le fait que ça a également été mené au tribunal. Il y a eu quelques condamnations pour diffamation. »

Étienne reconnut qu'elle marquait un point. Peut-être que tout n'était pas tout blanc ou tout noir. *C'est un équilibre*, pensa Marion.

« Je ne me rappelle plus précisément, intervint Étienne. Est-ce que les membres de la ligue ne se sont pas excusés publiquement ?

— Certains d'entre eux l'ont fait, oui. Mais c'est très difficile de savoir s'ils se sont excusés parce qu'ils avaient des remords ou s'ils l'ont fait parce qu'ils s'étaient fait gauler… Après, c'était aussi une autre époque ; Twitter, en 2009, c'était encore le Far West, et le cyberharcèlement de l'époque n'a rien à voir avec le cyberharcèlement d'aujourd'hui, même si la différence n'est pas franchement notable pour les victimes. À l'époque, personne ne se concertait pour aller harceler quelqu'un : un membre de la ligue avait vu passer un tweet auquel il avait répondu de façon caustique plus ou moins acceptable, puis avait partagé le message sur le groupe Facebook. Mais sans rien demander à qui que ce soit. C'était juste de la fierté mal placée : "Regardez ce que j'ai répondu à cette conne !" Là, d'autres membres du groupe se rendaient sur le message pour, eux-mêmes, surenchérir. Cela les faisait marrer, et ça faisait également marrer leur communauté qui, du coup, voulait en être. Et ça faisait boule de neige. C'était surtout stupide de leur part, plus que malveillant. Attention, je suis pas en train de dire qu'il faut se calmer et que c'était pas bien méchant, hein… encore une fois, il y a eu des carrières brisées par tout ça… Mais ce que je dis, c'est que ces mecs lâchaient leur message de façon totalement inconséquente, comme un gosse qui trouverait un flingue et déciderait de jouer au cow-boy. »

Marion se frotta machinalement les yeux sans s'interrompre.

« Aujourd'hui, on *deale* avec autre chose. C'est l'histoire de l'Homme invisible. Dans le roman, le scientifique qui devient invisible, Griffith… non, Griffin ! il était albinos… Bref, Griffin veut devenir invisible pour échapper à ses créanciers, pour commettre des cambriolages et s'enrichir. C'est un peu ce qui se passait aussi dans l'adaptation de Verhoeven, *Hollow Man*. L'homme invisible, lorsqu'il sait qu'on ne peut ni l'identifier ni l'attraper, qu'est-ce qui l'empêche d'aller violer sa voisine ? Les réseaux sociaux, aujourd'hui, pour certains, c'est la même chose. Dès lors que tu es convaincu qu'on ne peut ni t'identifier, ni te retrouver, qu'est-ce que tu feras que tu ne ferais pas normalement ? C'est après ça qu'on court. Peut-être que, sur le site des Amoureux du voyage, il y en a deux ou trois qui pensent sincèrement que le suicide est une belle chose, mais pour les autres, ce qu'ils cherchent, c'est une poussée d'adrénaline… mais sans le risque qui va avec. »

Marion constata qu'il était près de 23 heures sur l'horloge murale.

« Bon. Fin de journée », déclara-t-elle sans transition.

Ils n'avaient même pas dîné. Pendant que Marion imprimait les trois dossiers qu'ils avaient sélectionnés – parce que la journée n'était pas vraiment terminée, et qu'elle allait de nouveau les éplucher une fois rentrée chez elle –, Étienne lui posa une question à laquelle elle n'avait malheureusement pas de réponse précise :

« Et si on arrive à leur tomber dessus… en vrai… qu'est-ce qu'ils risquent ? »

Sans doute pas grand-chose, pensa-t-elle. La vérité, c'est qu'elle n'en savait rien. Dans un monde parfait, elle contacterait le bureau du procureur. Trouver la juste qualification était son travail, et il saurait lui dire précisément de quoi il avait besoin comme éléments, mais son capitaine ne la laisserait jamais avancer ainsi. Par sur une affaire comme celle-là, à laquelle il ne croyait pas un instant. Pas après le scandale diplomatique qu'elle avait provoqué avec l'affaire Guérin. Elle devait faire profil bas. Elle devrait trouver toute seule. Et elle n'avait pas de réponses. Mais elle savait à qui les demander.

19.

À peine avait-elle mis un terme à son *live* que Lola l'avait regretté ; interrompre sa prestation, c'était concéder la victoire à ce connard qui était venu l'emmerder. Mais c'était un réflexe : elle avait vu ce qu'il avait écrit, était restée quelques secondes devant son écran à tenter de comprendre ce qu'elle voyait, et lorsqu'elle avait enfin compris elle s'était mise à paniquer. Qui pouvait savoir combien d'autres spectateurs avaient eu le loisir de voir le message pendant ce temps ? D'ailleurs, Lola réalisa qu'elle ne l'avait pas supprimé du *chat* et que, par conséquent, ce message était toujours visible pour ceux qui seraient restés connectés. Elle avait déconnecté sa caméra, coupé le flux vidéo et fermé son ordinateur portable comme on claque une porte, et il lui fallut prendre sur elle et se concentrer pour pouvoir le rouvrir, se reconnecter et enfin le supprimer sans tout envoyer voler contre le mur. Elle tremblait. Elle était furieuse. *Il faut que je prenne un truc pour me calmer.*

Elle sortit de sa chambre et, toujours dans son costume de scène, alla prendre une bière dans son frigo. Elle voulait boire, mais pas se bourrer la gueule. Après quelques gorgées, alors qu'elle commençait seulement à redescendre un peu, elle entendit du bruit provenant de la cage d'escalier qui la fit sursauter. Trop stressée pour pouvoir simplement s'imaginer qu'un voisin était en train de rentrer chez lui, imaginant le pire, Lola courut vers la porte d'entrée pour s'assurer que le verrou était bien mis, ainsi que la chaînette. Elle approchait doucement son œil du judas lorsqu'elle entendit frapper. Mais pas à la porte. Cela venait de l'intérieur de l'appartement. Elle se retourna brusquement et une pensée la pétrifia. *Je suis seule dans l'appartement.* En effet, Lydia passait la soirée chez son mec, comme ça lui arrivait régulièrement, et elle y passerait la nuit. Le bruit était venu du couloir. Lola aurait-elle le temps de se rendre à la cuisine et d'y attraper un couteau avant que l'intrus qui se trouvait chez elle ne la saisisse ? À nouveau, on frappa. Des coups secs, étouffés mais énervés. Et Lola soupira. *Les talons,* réussit-elle à formuler. *Je n'ai pas enlevé mes talons, c'est la vieille d'en dessous qui frappe contre le plafond ! Il faut vraiment que je me calme, il ne va rien m'arriver.* Elle retira ses chaussures, toujours incapable de s'éloigner de la porte d'entrée. Elle colla enfin son œil au judas ; la cage d'escalier était allumée, mais vide. Elle retint sa respiration pour saisir le moindre son qui aurait pu en émaner, mais rien. Après quelques longues secondes, un déclic retentit lorsque la lumière s'éteignit. *Il n'y a personne. Tu vas te calmer, et tu vas aller t'asseoir pour respirer un grand coup.* Mais son corps refusa de bouger.

Au bout d'un moment, elle se força à retourner à sa chambre prendre son téléphone portable mais dut pour cela lâcher prise. Accepter le fait qu'elle allait peut-être mourir. C'était insensé, mais cela fonctionnait : c'était la même chose lorsqu'elle montait dans un avion, l'idée que le sort en était jeté et que ce n'était plus dans ses mains la soulageait. Mais Lola n'aimait pas se sentir aussi vulnérable. Elle n'avait jamais aimé cela. Son téléphone en mains, elle envoya un SMS à Lydia, simple et sec :

Appelle-moi. Urgent !!

et ne bougea pas en attendant la réponse. Elle ne savait pas quoi faire. Devait-elle rester chez elle ? Devait-elle quitter l'appartement ? Lola ne savait même pas si elle pouvait se permettre de prendre le temps de se changer… *Si quelqu'un arrive pendant que je me change, qu'il entre dans l'appartement sans que je l'entende…* Le téléphone sonna, c'était Lydia :

« Qu'est-ce qui se passe ? Pourquoi t'es pas en *live*, ça va ?

— Je viens de me faire *doxer* !

— Quoi ?

— Y a un connard dans mon *live* qui vient de balancer l'adresse de l'appartement dans le *chat* ! »

Un silence, puis une discussion étouffée au loin, *Lydia est en train de parler à son homme*, et enfin un libérateur « ne bouge pas, on arrive ! » immédiatement suivi au loin d'une voix d'homme : « Ouais, et mets des bières au frais, quand on arrive on va casser des culs et ça donne soif ! » Rémi, le mec de Lydia, « Rémi, avec un i ». Lola était contente que Lydia rentre avec lui, non pas parce qu'elle se sentirait rassurée en présence d'un homme pour la défendre, mais parce que Rémi détendrait l'atmosphère. Pour peu qu'il y ait des bières au frais.

Rémi n'était de toute façon pas d'un naturel bagarreur, ni dans son comportement ni dans son physique. Il était de cette génération d'hommes qui avaient grandi en apprenant à respecter non seulement les individus du sexe opposé, mais également toutes les personnes qui ne lui ressemblaient pas nécessairement. Si le terme n'était pas connoté de façon aussi péjorative, Lola l'aurait décrit comme quelqu'un de gentil. Rémi était gentil, drôle, pas très intelligent sans pour autant être idiot mais conscient de ses limites, et il était d'agréable compagnie ; il ne s'imposait jamais et jamais n'imposait de goût ou de couleur à qui que ce soit.

Au fond d'elle, Lola ne craignait pas que la divulgation de son adresse conduise à voir une foule de pervers enfoncer sa porte, mais elle ne pouvait pas exclure qu'un ou deux essaient quand même de passer le seuil. Et elle ne voulait pas être seule si cela arrivait, ou quand cela arriverait. Elle se rendit à la cuisine pour mettre des bouteilles au frais, puis s'assit dans son salon, le téléphone à la main, et attendit. Plusieurs fois elle faillit consulter ses réseaux sociaux, c'était un réflexe quand elle ne faisait rien, mais chaque fois se ravisa. Elle espérait que cela ne dégénérerait pas et comptait sur le gros de sa communauté, bienveillante, pour signaler ce qui devrait l'être et respecter au mieux sa vie privée.

Après une demi-heure, la porte s'ouvrit brusquement et buta contre la chaînette, sortant Lola de sa torpeur. Ce n'est qu'en entendant la voix de Lydia qu'elle se décida enfin à se lever pour débloquer l'entrée. En ouvrant la porte, elle vit Lydia éclater de rire et Rémi rougir violemment, et quelques secondes passèrent avant qu'elle ne comprenne ce qui avait provoqué leur réaction. *Je ne me suis pas changée.* Une écolière sexy aux tétons percés pointant à travers un très court chemisier venait d'ouvrir la porte au couple et, si Lydia avait l'habitude de voir Lola ainsi, c'était une première pour Rémi. Lola s'imaginait bien qu'il avait déjà dû la voir en photo, ne serait-ce qu'en photo avec Lydia, mais à la teinte de son visage, elle comprenait bien que, face à face, c'était différent.

« Oh, ses yeux sont plus haut ! balança Lydia en entrant, évidemment pour embarrasser son homme un peu plus.

— Mais… je ne regardais pas », balbutia-t-il en pénétrant dans l'appartement à son tour, fixant le sol.

Lola referma la porte puis se dirigea vers Lydia, mais avant d'avoir eu le temps de dire un seul mot, cette dernière la devança :

« Écoute, j'ai bien réfléchi et je pense qu'il faut que je déménage. »

Lola fut glacée par ces mots.

« Si des pervers ont notre adresse, j'ai pas vraiment envie de devenir un dommage collatéral. Après tout, c'est après toi qu'ils en ont… »

Quelque chose ne va pas, se dit Lola. *Ce n'est pas Lydia, jamais elle ne réagirait ainsi et…* Lydia éclata de rire. *Ah ben si, en fait, c'est totalement Lydia.*

« Putain, t'es conne, tu m'as fait flipper !

— T'as mangé ? demanda-t-elle sans arrêter de rire.

— Nan, mais j'ai vraiment pas faim, là…

— Bon, voilà ce qu'on va faire. Je vais faire à manger, et pendant ce temps-là, tu vas te doucher, ça t'aidera à te changer les idées, et puis tu vas mettre une tenue normale, sinon on va réellement se retrouver avec un pervers dans l'appartement…

— Nan, mais c'est bon, là ! » s'offusqua Rémi, toujours manifestement mal à l'aise.

Lola se doucha, longuement, fit couler les quelques dernières heures le long de son corps, puis enfila son plus confortable survêtement. De retour dans le salon, elle se dirigea vers la cuisine ouverte dans laquelle Lydia finissait de faire cuire des spaghettis sauce tomate tandis que Rémi fouillait dans le frigo. Lorsqu'il se retourna, un sachet de fromage râpé à la main, il se trouva nez à nez avec Lola, l'observa machinalement de la tête aux pieds, puis dit à Lydia :

« C'est bon, je suis calmé. »

Pendant le dîner, Lola raconta ce qui s'était passé dans le détail, comment un des *viewers* avait répété le même message jusqu'à ce qu'elle y réagisse, puis avait balancé son adresse. Elle raconta comment, bien qu'elle eût effacé le message par la suite, il était resté suffisamment longtemps affiché pour que n'importe qui puisse le voir. Pour Lola, il devait s'agir de la même personne qui l'insultait sur son répondeur. Ce Charon en avait après elle, et elle ne savait pas comment réagir.

« Les pervers classiques, dit-elle, je me contente de les ignorer et en général ils finissent par prédire que je me ferai violer avant de disparaître. Là, il y a quelque chose de plus direct, de plus personnel… ce gars-là, je le sens vraiment pas, il en a après moi.

— Il faut que t'ailles porter plainte à la police, répondit calmement Lydia. Y a des moments où faut savoir dire “stop, ça suffit les conneries” et mettre les gens face à leurs responsabilités. Et je te dirais ça même si j'habitais pas ici, hein. Mais en plus, il se trouve que j'habite ici et que j'ai pas envie de me retrouver un jour nez à nez avec un détraqué devant l'entrée. Et je te dis aussi tout de suite, je m'en cogne de si c'est juste un gamin de 16 ans qui veut faire des blagues ou si c'est un vrai psychopathe pervers récidiviste. Pour moi, c'est pareil, faut qu'il se fasse réveiller un matin par le GIGN…

— Alors, le GIGN, je ne sais pas, intervint Rémi, je suis pas persuadé que ce soit le genre d'histoires où on fait appel à eux, mais ce qui est sûr, c'est qu'y a des claques qui se perdent.

— De toute façon, ils prendront pas ma plainte. Et même si je vais voir la police, et même s'ils acceptent de prendre ma plainte, ils trouveront rien… Ils me feront poireauter pendant des mois pour me dire que ça n'a rien donné et qu'il faut que je pense à verrouiller la porte de chez moi le soir mais que, “bien sûr, si un individu pénètre chez vous par effraction pour vous violer, n'hésitez pas à nous appeler”.

— Ben, je suis assez d'accord avec Lola, dit Rémi à l'attention de Lydia, je pense que porter plainte, ce sera juste une perte de temps…

— Nan, mais j'en ai rien à foutre, on n'est pas en train de débattre, là, répondit-elle, agacée. Demain matin, je t'accompagne au commissariat, tu vas porter plainte, et j'aimerais voir qu'ils refusent, tiens ! S'ils refusent ta plainte, c'est moi qui porte plainte. Contre eux ! »

Cette dernière réplique plana dans un silence à peine coupé par les frottements de fourchettes contre les assiettes, et ne fut suivie que près d'une minute plus tard par Rémi :

« Ça va, c'est pas la peine de s'énerver comme ça. »

Pour détendre l'atmosphère, il se tourna vers Lola et dit avec un clin d'œil discret :

« Je sais pas comment tu fais pour vivre avec elle, moi j'aurais trop peur. »

OK, pensa Lola, *je vais porter plainte. Après tout, les flics sont payés pour ça.*

20.

En cette fin de soirée, Jonathan était morose. Sa chambre était plongée dans l'obscurité et son visage faiblement éclairé par la lumière de sa tablette, sur laquelle passait une série dont il ne suivait les épisodes qui s'enchaînaient que d'une oreille distraite. Sur son téléphone, il consultait un forum. Il s'ennuyait. Comme souvent. Il n'avait même pas envie d'aller troller qui que ce soit pour se distraire. Il n'avait même pas envie de jouer à un jeu vidéo. Il avait assez joué pour la journée. Parfois, il comprenait les gens de ce forum, ces amoureux du voyage et, même si lui-même ne croyait pas avoir jamais eu de tendance suicidaire, comprenait qu'on puisse parfois faire un point sur sa vie et se dire : à quoi bon continuer ?

Un message sur le forum retint son attention.

Si tu veux te suicider, le mieux à faire est de te jeter sur les rails devant un TGV lancé à pleine vitesse. Au moins là, t'es sûr de mettre toutes les chances de ton côté

Jonathan regarda l'adresse précise de ce forum, son URL, puis nota sur un papier la dernière partie de cette adresse, l'identifiant du *topic*, ainsi que le pseudo de l'utilisateur qui avait mis ce message. *C'est beaucoup trop explicite, comme conseil*, se dit-il. Puis il reprit sa lecture. À quelques reprises, ce fut le même manège : un message en particulier, dont il notait le pseudo de l'auteur et l'identifiant du *topic*. *Il y en aura toujours un ou deux qui traînent*, se dit Jonathan, las de cette tâche. Il survola ainsi le site, de sujet en sujet, mais sans jamais intervenir, sans jamais commenter ni répondre. Une bulle apparut au premier plan de l'écran de son téléphone. Il venait de recevoir une notification.

Machinalement, Jonathan pressa d'un doigt la bulle et une nouvelle fenêtre s'ouvrit sur sa messagerie privée. Celle-ci ne contenait qu'un seul message, non lu. Rien d'étonnant pour Jonathan qui veillait toujours à supprimer les messages une fois qu'il en avait pris connaissance. Laisser le moins de traces numériques est une seconde nature chez beaucoup de gens férus d'informatique. Il pressa de nouveau sur son écran pour voir le contenu du message et, alors que celui-ci s'affichait, un mot en particulier l'interpella au point qu'il se redressa inconsciemment dans son fauteuil : Charon.

Jonathan considéra le message pendant plusieurs minutes avant de se décider à répondre. Même s'il n'était pas d'humeur à discuter, cela allait au moins faire passer le temps, d'échanger avec quelqu'un. Il savait qu'il ne tromperait son ennui et sa solitude sans doute que quelques minutes à peine, mais parfois cela suffisait. Il écrivit une réponse.

21.

Le lendemain en fin de matinée, tandis qu'à quelques kilomètres de là, Lola, accompagnée de Lydia, se rendait au commissariat de son quartier, Marion Lambert pénétra dans un amphithéâtre dans lequel elle avait, quelques années plus tôt, passé de nombreuses heures. Au milieu de l'estrade centrale, devant un mur de tableaux d'ardoise, un homme était en train de ramasser ses affaires pour les disposer dans une mallette de cuir marron. Son costume, sa barbe courte brune impeccablement taillée, ses lunettes posées au bout de son nez, sa calvitie qui ne découvrait que le haut de son crâne, tout chez cet homme faisait naître un seul mot à quiconque l'observait :

« Professeur ? Professeur Berhoun ? »

L'homme leva les yeux sans se redresser et observa sans rien dire la femme qui l'interpellait.

« Professeur, je suis Marion Lambert, j'ai été votre étudiante il y a quelques années…

— Lambert ? Ah, oui, Lambert, répondit-il après avoir semblé fouiller dans sa mémoire.

— Vous vous souvenez de moi ?

— Pas du tout, répondit-il un peu sèchement, en refermant sa mallette. Vous avez effectué un troisième cycle parmi nous ?

— Non, j'ai changé de voie après ma maîtrise et…

— Voilà pourquoi je ne me rappelle pas de vous. Qu'est-ce que je peux faire pour vous ?

— J'aurais besoin de votre avis au sujet d'une affaire sur laquelle je travaille…

— Et vous êtes ?

— Euh… Marion Lambert, j'ai été votre…

— Oui, ça, j'ai bien compris, je voulais dire : quelle est votre occupation ? De quel type d'affaire parlez-vous ?

— Je suis lieutenant de police et je travaille sur une affaire criminelle.

— Et vous souhaitez mon avis dans quel cadre ?

— C'est un peu compliqué… C'est un crime exécuté par plusieurs individus, mais dont aucun n'est véritablement et directement responsable. Le truc, c'est que je ne suis pas sûre de savoir précisément sur quelle loi je peux m'appuyer pour avancer. »

Le professeur fit mine de réfléchir à voix haute :

« Plusieurs individus, aucun responsable direct… Vous me parlez d'une affaire réelle ou d'un jeu de l'esprit ? Parce que si c'est pour me parler d'un peloton d'exécution avec plusieurs tireurs dont un seul n'est pas chargé à blanc, je vous avoue que ce n'est pas très excitant…

— Il s'agit d'une affaire réelle. Des gens qui poussent une victime à se suicider. »

Le regard du professeur Berhoun dériva, passant de quelques pas devant ses pieds au fond de l'amphithéâtre. Un sourire, bien présent mais subtil, se dessina aux coins de ses lèvres. Il regarda de nouveau Marion Lambert, cette fois-ci avec un air malicieux, puis jeta un œil à sa montre.

« J'ai une petite heure devant moi. Et si vous m'offriez un café ? »

*
* *

Assis à une table de la cafétéria de l'université, Marion exposa la situation au professeur, en parlant des cas de cyberharcèlement, des forums qui prodiguaient des conseils pour

« réussir » son suicide, de plusieurs affaires auxquelles elle était confrontée et pour lesquelles elle tentait de remonter des pistes et de trouver les auteurs des harcèlements ainsi que les auteurs des conseils. Elle expliqua qu'elle savait qu'elle serait tôt ou tard confrontée à une question, si jamais elle finissait par trouver ces individus : de quels crimes pourrait-on les accuser ? Y avait-il quelque chose, dans le Code pénal, qui couvrait ce genre de situations ?

« En 1982 est paru un livre intitulé *Suicide, mode d'emploi,* répondit le professeur. Ce livre relatait l'histoire du suicide, notamment les grands suicides de l'histoire et, d'une façon assez académique et globale, bien qu'orientée pour le grand public, tout ce qu'il y avait à savoir concernant le suicide : les populations les plus touchées, les motifs de suicide, les chiffres du suicide, etc. Mais au sein de ce livre, un chapitre est vite devenu problématique, le chapitre 10. Celui-ci présentait des "recettes médicamenteuses", ainsi qu'une liste non exhaustive de médicaments mortels, le tout détaillé avec la posologie adéquate pour s'assurer de ne pas survivre. Et lorsque ce livre fut réédité, il tomba sous le coup de la loi du 31 décembre 1987, introduisant un article 318-1 du Code pénal, devenu le 223-13 dans le nouveau Code pénal entré en vigueur en 1994, et l'éditeur fut condamné, quelques années plus tard, le livre étant considéré comme une "provocation au suicide". »

Lambert ne se rappelait pas cette histoire, si elle l'avait jamais connue, mais savait en effet qu'il existait une loi interdisant explicitement l'incitation au suicide.

« Pourquoi l'éditeur n'a-t-il pas été condamné dès la première parution du livre ? demanda-t-elle.

— Parce que lors de la première parution du livre, en 1982, cette loi n'existait pas, répondit-il en fouillant dans sa mallette pour en sortir un Code pénal. Avant 1987, aucun article de loi n'interdisait formellement l'incitation au suicide. C'est justement la loi du 31 décembre 1987 qui aboutira à la rédaction de l'article 223-13 du Code pénal. »

Il termina sa phrase tandis qu'il tournait avec dextérité les pages du code à la recherche de l'article. Il s'arrêta net et tendit l'ouvrage à la couverture rouge à Lambert.

Le fait de provoquer au suicide d'autrui est puni de trois ans d'emprisonnement et de 45 000 euros d'amende lorsque la provocation a été suivie du suicide ou d'une tentative de suicide.

« Ce qui signifie pour votre affaire que…

— C'est ça, c'est exactement ça que je cherchais comme loi… », le coupa Lambert.

Le professeur Berhoun observa son interlocutrice avec attention, comme s'il cherchait à déceler quelque chose chez elle, ce qui la fit s'interrompre.

« Vous êtes vraiment une de mes anciennes étudiantes ?

— Oui, j'ai suivi vos cours pendant deux ans et…

— Est-ce que vous êtes une bonne inspectrice ?

— Comment ?

— Est-ce que vous êtes une inspectrice compétente ? »

Lambert était un peu gênée ; même si elle considérait le plus objectivement possible qu'elle faisait du bon travail, ce que confirmaient ses résultats, elle ne se permettrait jamais de l'exprimer ainsi, qui plus est auprès d'un ancien professeur avec qui elle n'avait pas de lien familier.

« Euh… j'essaie de l'être, je fais mon maximum pour les victimes, pourquoi ?

— Parce que vous auriez fait une mauvaise avocate ! »

Il avait beau avoir souri, ce ton cinglant ramena Lambert quelques années en arrière, et elle se souvint que si ce professeur était aussi respecté par ses élèves qu'estimé par ses pairs, il n'en était pas moins quelqu'un de *pas commode*. Devant l'air d'incompréhension accroché au visage de Lambert, il s'expliqua :

« Si vous avez suivi mes cours pendant deux ans et que vous ne vous rappelez pas le principe essentiel du droit pénal, alors peut-être que vous avez bien fait de changer de voie. »

Il attendit. Une réaction, quelque chose. *Il est en train de me tester*, pensa Marion. *Il m'a prise pour une étudiante ou quoi ? Qu'est-ce que j'en sais, moi, de son principe essentiel du droit pénal ?* Et comme s'il lisait dans ses pensées, le professeur sembla s'agacer et reprit la parole, en scandant ses propos comme s'il s'agissait d'une leçon apprise par cœur :

« Le principe essentiel du droit pénal, qui le différencie de tous les autres droits, c'est le principe...

— D'interprétation stricte de la loi, compléta Marion, elle-même surprise du surgissement de cette phrase d'un recoin de sa mémoire.

— Voilà, très bien, les articles 111-3 et 111-4 du code. »

Il reprit son Code pénal des mains de Lambert, le feuilleta, puis le lui retendit.

Article 111-3 :
Nul ne peut être puni pour un crime ou un délit dont les éléments ne sont pas prévus par la loi, nul ne peut être puni d'une peine qui n'est pas prévue par la loi, si l'infraction est un crime ou un délit.

Article 111-4 :
La loi pénale est d'interprétation stricte.

« Dans votre affaire, si vous voulez coincer vos gars, vous devez montrer plusieurs choses : d'abord, qu'il y a eu provocation au suicide. Les messages envoyés doivent relever de l'incitation au suicide ; les insultes ou les menaces de mort, ce ne sont pas des incitations au suicide, même les injonctions du style “si j'étais vous, je me flinguerais” n'entrent pas dans la catégorie. La simple remise d'un couteau à une personne que l'on sait suicidaire et déséquilibrée n'a pas été jugée suffisante dans une des très rares poursuites engagées sur ce texte. Ensuite, il faut qu'il y ait eu effectivement un suicide, ou une tentative de suicide ; et enfin, il faut montrer que ce suicide, ou cette tentative de suicide, est bien le résultat direct des messages envoyés. Je vois déjà plusieurs problèmes dans votre affaire, des problèmes qu'un avocat de la défense se fera un plaisir de soulever : d'abord, la teneur des messages. Dire “tu devrais te jeter par la fenêtre pour te suicider” est une incitation, mais dire “tu devrais te jeter par la fenêtre” ne l'est pas nécessairement. À moins de messages particulièrement explicites, le caractère incitatif des messages risque de poser problème. Ensuite, votre victime reçoit, mettons, cinq messages, chacun provenant d'un individu différent ; comment pouvez-vous démontrer que le message écrit par celui que vous avez arrêté est bien le message qui a conduit au suicide ? Faute de circonstances idéales, j'ai de sérieux doutes sur la capacité à plaider ce genre d'affaire devant un tribunal. À vrai dire, je ne suis même pas persuadé que le procureur vous suivrait… »

Il était peu après midi et la salle de la cafétéria commençait à se remplir ; le bruit ambiant commençait à rendre la discussion difficile.

« Allons dans mon bureau avant que des étudiants ne viennent me demander des trucs ! » dit le professeur Berhoun au lieutenant Lambert en se levant.

22.

Lola et Lydia avaient patienté près d'une demi-heure, durant laquelle Lola avait eu plusieurs fois envie de partir, de laisser ça derrière elle. *Je me suis peut-être fait un film pour rien. Sûrement, même.* Mais Lydia avait tenu bon, avait insisté, s'appuyant sur le fait que c'était aussi son appartement pour justifier que Lola dépose cette plainte. C'était artificiel, bien sûr, mais c'était malin. À la fin de cette attente, un jeune homme en uniforme était venu à sa rencontre et l'avait menée jusqu'à un bureau. Elle s'était assise sur une des deux chaises ; il s'était installé de l'autre côté, face à elle, un ordinateur allumé sur sa gauche. *Exactement comme dans les films*, s'était-elle dit. Ils avaient discuté de façon informelle pendant plusieurs minutes, pour qu'elle lui explique la raison qui l'avait décidée à porter plainte. Lola était surprise de constater que l'homme en face d'elle n'était ni réticent à la croire, ni récalcitrant à l'idée de prendre sa plainte. Elle s'attendait à ce qu'il minimise la situation – « c'était sans doute un plaisantin », « il n'y a pas lieu d'avoir peur », « mais verrouillez quand même la porte de votre appartement le soir » – mais il n'en fut rien. Il était attentif et respectueux de ce que Lola avait pu ressentir. Il lui expliqua ensuite qu'ils allaient tout reprendre depuis le début, formellement cette fois-ci, et qu'ils devaient prendre tout le temps nécessaire, parce que chaque détail pouvait compter.

Elle donna son nom complet, qu'elle n'aimait pas, précisant que son nom d'artiste était Lola, tourna autour du pot un certain temps pour expliquer la nature exacte de sa profession, encore une fois surprise par le stoïcisme de l'homme en face d'elle, puis relata les faits tels qu'elle se les rappelait, fouillant par moments sa mémoire pour en extirper un détail, saisissant son téléphone pour présenter précisément les messages qu'elle avait reçus. Plus d'une heure s'écoula. Lorsque son audition fut terminée, le policier sortit de la pièce un instant puis revint avec dans les mains la version papier de leur entretien. Il lui demanda de signer le procès-verbal de son audition, mais seulement après l'avoir intégralement relu. Cela prendrait le temps que cela prendrait, et il lui proposa un café.

Lola resta bloquée un instant sur l'en-tête du document ; elle y était désignée comme victime. Sans trop savoir s'expliquer pourquoi, elle refusait ce terme. Elle se sentit soudain humiliée d'être une victime. *La victime, c'est celle qui n'a pas pu se défendre, qui n'a pas su se défendre, c'est celle qui a subi. Je ne suis pas une victime. Je refuse d'être une victime.* Lorsque le policier revint, deux cafés à la main, elle envisagea de lui demander s'il était possible de changer ce terme, il ne lui convenait pas. Mais elle ne dit rien. Il ne pouvait sans doute rien y faire, ce devait être la formulation normale, technique, de la chose. Alors Lola entama sa lecture, longue, détaillée, ennuyeuse comme un constat d'huissier dont le but n'est pas de divertir un lecteur mais de présenter les faits de la façon la plus objective et la plus détaillée possible.

23.

« Vous vous rappelez sûrement, en tout cas je l'espère, le principe d'opportunité des poursuites, n'est-ce pas ?

— Bien sûr », répondit avec assurance Marion Lambert au professeur Berhoun. C'était un sujet auquel elle était souvent confrontée dans sa carrière d'officier de police ; elle aurait su ce que c'était même si elle n'avait jamais fait d'études de droit.

« Lorsqu'on lui présente un dossier, le procureur peut décider, seul, de donner suite ou non.

— C'est ça. Notre système, en France, fonctionne ainsi : si le ministère public est confronté à un dossier qu'il estime trop incomplet, par manque de preuves, ou s'il l'estime incohérent, ou s'il estime qu'il est sans importance, ou pour quelque raison que ce soit, il peut décider d'abandonner les charges. Évidemment que vous le saviez, puisque c'est lorsqu'il décide de ne pas abandonner les charges et de déclencher une procédure d'instruction que vous vous retrouvez à travailler avec un juge d'instruction. En Allemagne, en revanche, par exemple, il existe le principe de légalité des poursuites, selon lequel toutes les affaires doivent être menées à leur terme, y compris les plus futiles. »

Dans le cas de l'Allemagne, songea Lambert, *on peut donc se retrouver au tribunal pour avoir volé un stylo. Mais d'un autre côté, en France, il y a un risque arbitraire, et le parquet peut parfois être tenté de se montrer moins regardant envers tel ou tel suspect, parfois en raison de sa position sociale.*

« Le problème avec votre affaire, reprit le professeur, c'est qu'elle apparaît, pour ce que j'en comprends, un peu trop “casse-gueule” pour le parquet. Alors on peut toujours contourner le procureur s’il refuse de donner suite, mais je ne vois pas de bonne façon de le faire. Il y a trois voies possibles lorsqu’une affaire est classée sans suite : d’abord, on peut faire un recours direct auprès du procureur général, article 40-3 du Code de procédure pénale, c’est comme faire appel de sa décision, mais directement auprès de lui, et c’est généralement aussi efficace que d’aller le voir pour lui dire en chouinant : “Allez ! s’il vous plaît !” Ensuite, il y a la citation directe, et là, clairement, votre affaire n’entrera pas dans les bonnes cases, je préfère vous le dire immédiatement…

— La citation directe ?

— La victime cite celui ou celle qu’elle estime être l’auteur de l’infraction directement devant le tribunal correctionnel. Outre le fait que les juges n’apprécient pas du tout d’être ainsi saisis, il faut que votre dossier soit en béton armé, avec toutes les preuves nécessaires pour que le tribunal puisse immédiatement statuer, parce qu’aucune enquête ne sera engagée, dans ce cas-là. Enfin, le cas le plus courant, c’est que quelqu’un se constitue partie civile. Dans le cas d’un suicide, la victime ne pouvant le faire, il s’agira souvent de membres de sa famille. Dès lors qu’il y a plainte avec constitution de partie civile, cela contraint à une information judiciaire, confiée à un juge d’instruction, et le procureur ne peut plus s’y opposer. C’est sans doute dans cette voie qu’il faudrait que vous vous engagiez, en tout cas plus que les autres, mais cela ne changera rien au fait que le procureur jugera le dossier éminemment léger et ne perdra sans doute pas plus de temps que cela à essayer d’obtenir une condamnation à laquelle il ne croit pas. Il se trouvera coincé entre ses convictions professionnelles, techniques, juridiques, et les familles de victimes, mais la plainte aura eu pour effet de refiler ces difficultés au juge, et vous vous retrouvez avec un juge d'instruction "un poil" hostile, si vous me passez l'expression. Parce que même si la loi le prévoit et le permet, eux non plus n'aiment pas particulièrement être saisis par quelqu'un d'autre que le procureur. »

Marion Lambert accusait le coup. Elle n'était pas à proprement parler surprise, elle connaissait le fonctionnement de la machine judiciaire, mais espérait tout de même que son ancien professeur de pénal verrait un angle, quelque chose. Il l'avait marquée durant ses études par sa capacité, lorsqu'il évoquait des affaires, réelles ou imaginaires, à identifier de façon souvent très créative une façon d'aborder le sujet qui donnait un nouvel éclairage à un dossier, qui parfois vous menait à changer du tout au tout vos positions quant à son issue souhaitée.

« Donc, si je vous suis bien, hésita-t-elle, pour ce qui concerne les messages du forum, il faut identifier un message explicitement incitatif au suicide, il faut qu'une personne se suicide ou, a minima, tente de se suicider, il faut montrer que cette personne a lu le message avant sa tentative et, enfin, il faut montrer que la tentative de suicide, ou le suicide, était la conséquence directe de la lecture du message.

— Pas nécessairement directe, mais proche, oui. Je pense que ce serait déjà très difficile à tenir devant un tribunal avec une victime vivante, qui a tenté de se suicider. Mais avec une victime décédée, je ne vois pas comment un proche pourrait démontrer la lecture du message et le lien de causalité avec le décès, à moins d'avoir laissé une lettre dans laquelle elle l'expliciterait. Selon moi, c'est sans issue. Sauf si on part dans des trucs qui, de toute façon, ouvriraient d'autres voies… »

Marion sentit enfin une brèche s'ouvrir, le nouvel éclairage qu'elle attendait.

« Comment ça ?

— Si le frère de la victime était présent, par exemple, il pourrait témoigner de la causalité, mais du coup sa responsabilité serait mise en cause plus immédiatement qu'un message sur Internet.

— Oui… non, on ne parle pas de ce genre de situations…

— Je sais bien, j'essaie de voir comment ça pourrait marcher et, sincèrement… je sèche ! » conclut-il en s'asseyant derrière son bureau.

— Et pour le harcèlement en ligne, s'il conduit au suicide de la personne harcelée ?

— Alors… pour le harcèlement, il y a eu du changement en 2018, et il va peut-être falloir vous mettre à jour. »

24.

Étienne Mornay avait profité de la matinée pour reprendre son travail de la veille, lire des dossiers de suicide issus de sa recherche dans les fichiers de la police et, puisque ça ne coûtait rien, il avait décidé, avant de se remettre à sa lecture, de relancer la recherche, en la limitant simplement aux deux derniers jours. Il n'obtiendrait vraisemblablement que très peu de résultats, mais au moins la liste serait-elle à jour. Après quelques minutes, la machine cracha une nouvelle liste de dossiers, six au total, parmi lesquels le suicide d'Alice qui avait déclenché toute cette affaire – *Encore heureux qu'on l'y retrouve,* se dit Étienne, *sinon ça prouverait à quel point cette recherche ne servait à rien.* Un autre dossier, de la gendarmerie, attira l'attention d'Étienne par son caractère résolument violent. Dans le sud-ouest de la France, la veille, un jeune homme s'était jeté sous un train lancé à grande vitesse, un dénommé Maxime Roques. En creusant le sujet, Étienne se retint de prendre son téléphone pour appeler le lieutenant Lambert. Tout concordait ! Ils avaient trouvé le dossier idéal et qui semblait correspondre en tout point à ce qu'ils cherchaient. Certes, le dossier n'était pas en Île-de-France, ce qui ne surprenait pas le moins du monde Étienne, mais les éléments étaient là : le téléphone de la victime, qui n'était pas verrouillé, avait été découvert quelques centaines de mètres en amont du chemin de fer, il indiquait qu'une conversation audio venait de se terminer et, alors qu'un salon de discussion était encore disponible, celui-ci était vide. Cependant, ce salon de discussion mentionnait la liste des participants qui, outre Maxime, la victime, comprenait une autre personne, un dénommé Charon. Enfin, la seule autre application ouverte sur le téléphone était un navigateur Internet qui était resté sur le site lesamoureuxduvoyage.com. Et sur la page du site, un bouton qui permettait d'accéder directement à l'application qui contenait le salon de discussion entre Maxime et Charon. *C'est bien depuis le site des Amoureux du voyage qu'a été lancée la discussion qui a précédé la mort de Maxime Roques,* se dit Étienne. *En attendant le retour du lieutenant, il faut que je trouve qui est ce Charon.*

Il commença par chercher Charon avec le moteur de recherche Google, d'abord sur le site des Amoureux du voyage, puis sur le reste d'Internet. Il ne trouva aucun lien avec une affaire qui pourrait les intéresser mais sut qu'il était sur la bonne voie lorsqu'il remarqua que Charon disposait de sa propre page Wikipedia.

> Fils d'Érèbe (l'obscurité) et de Nyx (la nuit), Charon (prononcé « Karon ») est le nocher, le pilote de la barque des enfers de la mythologie grecque.

Étienne se souvint de quelques histoires, de vieux films, et identifia qui était ce Charon : c'était le passeur, celui qui, contre une obole, faisait traverser aux défunts le fleuve Styx pour les mener au monde des morts. Étienne repensa aux fois où il avait vu, dans un film, quelqu'un placer une pièce sur chaque œil d'un défunt, parfois allant jusqu'à dire « pour le passeur ». L'analogie manquait trop cruellement de subtilité pour être fortuite. Ce Charon avec qui Maxime Roques avait échangé avant de mourir devait être celui qui l'avait poussé à se suicider, pour l'aider à *passer* dans le monde des morts. *J'ai une piste*, se dit Étienne, excité mais en même temps frustré car incapable de trouver la moindre information sur l'individu qui occupait cette fonction dans cette affaire.

25.

« Pour le harcèlement, reprit le professeur, qui par ailleurs me semble la voie la plus judicieuse pour votre affaire, ou à la limite les violences volontaires ayant entraîné la mort mais sans intention de la donner, parce que pour montrer que l'intention était d'obtenir la mort de la victime, vous n'êtes pas rendue... Justement, où j'étais rendu, moi ? Ah, oui, le harcèlement. Depuis 2014, la loi sur le harcèlement moral, et je parle bien du harcèlement moral en droit pénal, parce qu'il existe également dans le Code du travail, mais là, ça ne nous concerne pas... depuis 2014, donc, la loi sur le harcèlement moral a conduit à des modifications du code pour y intégrer plusieurs nouvelles choses : d'abord, ce n'était plus restreint au couple ou aux conditions de travail, mais également et alors que cela ne concernait auparavant que les "agissements répétés" qui pouvaient constituer un harcèlement, on a fait apparaître les notions de "propos ou comportements" qui permettent tout de même de mieux définir la chose. »

Le professeur chercha quelque chose sur son ordinateur, puis son visage s'éclaira alors qu'il se mettait à citer l'article de loi sur lequel il avait mis la main :

« Voilà : article 222-33-2-2 du Code pénal, donc, version 2014 :

> Le fait de harceler une personne par des propos ou comportements répétés ayant pour objet ou pour effet une dégradation de ses conditions de vie se traduisant par une altération de sa santé physique ou mentale est puni d'un an d'emprisonnement et de 15 000 euros d'amende lorsque ces faits ont causé une incapacité totale de travail inférieure ou égale à huit jours ou n'ont entraîné aucune incapacité de travail.

Évidemment les peines peuvent être doublées, voire triplées en cas de circonstances aggravantes, sur un mineur de moins de 15 ans, une femme enceinte, ce genre de choses. Ça, c'est ce qu'on avait en 2014, et ça n'aide pas du tout votre affaire, à moins que votre victime ait été harcelée par la même personne sur les réseaux sociaux, ce qui n'est pas le cas. Mais en 2018 – il tapota de nouveau sur son clavier, n'utilisant que ses index –, une nouvelle loi a été votée pour prendre en compte les nouvelles technologies, ce qui produit une nouvelle version de cet article 222-33-2-2 sur le harcèlement moral… à savoir… voilà :

> Le fait de harceler une personne par des propos ou comportements...

Tout ça, c'est pareil qu'avant, bla bla bla, mais… la nouveauté… là :

> L'infraction est également constituée :
> a) Lorsque ces propos ou comportements sont imposés à une même victime par plusieurs personnes, de manière concertée ou à l'instigation de l'une d'elles, alors même que chacune de ces personnes n'a pas agi de façon répétée ;
> b) Lorsque ces propos ou comportements sont imposés à une même victime, successivement, par plusieurs personnes qui, même en l'absence de concertation, savent que ces propos ou comportements caractérisent une répétition.

La nouveauté de cette loi, c'est que la répétition ne concerne plus l'agresseur, mais la victime. Si votre victime est harcelée par des dizaines de personnes, celles-ci sont condamnables, y compris si elles n'ont envoyé qu'un seul message, dès lors que : soit elles se sont concertées pour harceler la victime, soit elles savaient, individuellement, que la victime recevait des messages similaires d'autres individus. Typiquement, pour montrer cela, sur Twitter, par exemple, l'utilisation d'un même *hashtag* permet de démontrer que l'auteur d'un message connaissait l'existence des autres messages… sauf s'il était le premier à avoir utilisé ce *hashtag*, mais auquel cas on pourrait défendre le fait qu'il a été le déclencheur de la chose et que la création du *hashtag* était une incitation à la surenchère. »

Le professeur se tut et observa Marion Lambert, attendant une réaction. Et alors que celle-ci allait se mettre à parler, il se rappela soudain :

« Ah, et dernière nouveauté, si les faits ont été commis… »

Il tourna l'écran vers Marion et posa son index sur la ligne de texte en question :

par l'utilisation d'un service de communication au public en ligne ou par le biais d'un support numérique ou électronique

« Ça constitue désormais une circonstance aggravante. Le législateur nous dit ici qu'il n'aime pas qu'on s'en prenne à des gens par écran et anonymat interposés. »

Marion estima ce qu'elle venait d'entendre. Certes, il était encourageant de savoir qu'il y avait matière à faire condamner la meute, dès lors qu'on pouvait en identifier les membres, mais elle était tout de même chagrinée par un point.

« Donc si ce harcèlement entraîne la mort de la victime, il n'y a aucune disposition particulière ?

— Non. La seule circonstance aggravante qui pourrait s'appliquer ici et qui est largement en dessous de la réalité des faits, c'est la première qui est inscrite, à savoir si les faits ont provoqué une incapacité totale de travail supérieure à huit jours. Le législateur n'a rien prévu de plus précis.

— Si je comprends bien, si ma victime, qui se fait harceler, au lieu de se suicider, se retrouve seulement incapable de travailler pendant deux semaines, le résultat est le même en termes de peine encourue ?

— C'est correct. C'est pourquoi je pense qu'il y a encore une voie possible : les violences volontaires ayant entraîné la mort, mais sans intention de la donner.

— Oui, vous l'avez évoqué plus tôt, en effet… »

26.

Lola avait fini de tout relire. Ce n'était pas de la grande littérature, et il avait fallu s'accrocher pour ne pas lâcher le texte, mais c'était conforme à tout ce qu'elle avait raconté, si ce n'était quelques termes qui, parfois, lui semblaient un peu pompeux mais qui devaient sans doute faire partie du jargon de la police, tels que « message instantané dans le salon de discussion de la transmission vidéo en direct », « message téléphonique écrit » ou autres « l'individu ». Il était clairement établi dans le dépôt de plainte de Lola que la personne qui lui avait laissé des messages et le Charon de son *chat* pouvaient bien ne pas être la même personne, ce dont doutait Lola, mais elle était obligée de reconnaître que, pour la police, c'était quelque chose qui restait envisageable. Alors Lola avait signé le procès-verbal. Le policier avait repris le document, l'avait classé, puis était de nouveau sorti de son bureau pour y revenir avec une nouvelle copie du même texte, qui devrait cette fois être conservée par Lola.

« Voilà, de mon côté, j'ai tout ce qu'il faut, nous allons transmettre ce dossier au service en charge de la cybercriminalité et nous vous tiendrons au courant de l'avancement si nous trouvons quelque chose. De votre côté, si vous avez d'autres questions, ou si l'individu reprend contact avec vous, n'hésitez surtout pas à revenir, nous sommes là pour ça et…

— Vous pensez que ça donnera quelque chose ? »

Immédiatement, le policier parut embêté. Malgré ses préjugés, Lola avait dû reconnaître que l'homme en face d'elle avait été très à l'écoute, compréhensif, n'avait pas cherché à minimiser la situation, tout au plus avait-il tenté de la rassurer en lui indiquant que les menaces directes étaient souvent le fait d'individus lâches qui ne tentaient rien, surtout sur Internet. Peut-être était-ce plus général qu'elle ne le pensait, ou peut-être était-elle bien tombée avec ce policier en particulier. Toujours est-il que Lola s'était sentie suffisamment en confiance pour lui poser la question, et elle n'aimait pas l'expression qu'elle lisait sur le visage du policier, une expression qui signifiait quelque chose comme « j'aimerais vous dire que oui, mais la réalité, c'est que ce type d'affaires ne donne généralement rien ».

« Vous savez, commença-t-il, j'ai un collègue de la cybercriminalité qui dit souvent la chose suivante : il y a vingt ans, il fallait être très malin pour ne pas se faire coincer sur Internet, mais aujourd'hui, il faut être vraiment stupide pour se faire attraper. C'est un peu exagéré, mais c'est malheureusement le cas. C'est assez facile d'être anonyme sur Internet et de préserver cet anonymat, en se cachant derrière de fausses adresses, des pare-feu ou je ne sais pas quoi… Mais ce que je peux vous dire, d'expérience, c'est que ces hommes qui font ce qu'on vous a fait, ce ne sont pas des génies du mal ou des criminels avec un QI de 300. Ce sont des types lambda qui utilisent des outils qu'ils maîtrisent mal et, bien plus souvent qu'on ne le pense, commettent des erreurs. C'est là qu'on arrive à les cueillir. Et, toujours d'expérience, une fois qu'on les tient, ils font les fiers pendant cinq minutes, et puis ils s'effondrent. Ils ont des grandes bouches, comme on dit chez moi », termina-t-il avec un sourire simple et sincère qui redonna le sien à Lola.

Il la raccompagna à l'accueil où Lydia l'attendait toujours, patiemment, et lui souhaita une bonne journée avant de prendre congé. Lola se tourna vers Lydia, lui faisant signe qu'elles pouvaient partir. *Lydia a eu raison,* pensa Lola, *je me sens bien plus légère, maintenant.* Puis elle prit conscience qu'elle n'avait pas consulté son téléphone depuis la veille. S'attendant au pire, elle le déverrouilla et ne constata aucune notification particulière. Outre les messages classiques auxquels elle s'attendait tous les jours, elle reçut quelques messages directs de ses « habitués » des *lives,* pour lui offrir leur soutien moral, mais rien de plus. Peut-être le policier avait-il raison, peut-être qu'il ne se passerait rien de plus.

« Ça s'est bien passé ? lui demanda Lydia.

— Très bien, le type que j'ai eu était vraiment cool, il a pas cherché à m'expliquer que c'était rien... non, il a vraiment été bien...

— D'un autre côté, ils sont là pour ça, hein...

— C'est marrant, c'est exactement ce qu'il a dit.

— Les grands esprits, tout ça... », conclut Lydia en riant.

Mais Lola, son procès-verbal à la main, avait perdu son sourire en relisant l'en-tête du document. Lydia tenterait bien, plus tard, de la persuader de ne pas y donner trop d'importance, qu'il s'agissait d'un terme technique, rien de plus, mais cela n'y changerait rien. *Désormais,* pensa Lola, *je suis une victime.*

27.

« Pour les violences volontaires, j'imagine que vous savez déjà qu'il n'y a pas besoin qu'il s'agisse de violence physique… Je veux dire, si vous ne savez pas ça, je ne veux même pas imaginer comment vous travaillez…

— Professeur, j'ai encore quelques restes de mes cours, et oui, je sais bien, par mon métier, que les violences volontaires ne concernent plus uniquement une "atteinte à l'intégrité physique des personnes". »

Les derniers termes étaient mot pour mot ceux du Code pénal. Le professeur Berhoun pouvait se montrer un peu condescendant, il fallait qu'il réalise que Marion n'était plus une étudiante impressionnable de 21 ans.

« Il s'agissait auparavant des "coups et blessures", poursuivit-elle. Mais la jurisprudence a élargi aux violences morales et psychologiques. Sans contact physique. Et dès lors qu'on a retiré la mention d'intégrité physique uniquement, on a… enfin… le législateur a préféré le terme plus explicite de "violence volontaire". Il y a eu, je crois, une jurisprudence, un véritable cas d'école. Je ne me rappelle plus précisément l'histoire, mais une femme divorcée se faisait terroriser par son ex-mari qui, un jour, lui a foncé dessus en voiture pour piler juste devant elle. Il voulait juste lui faire peur, et il a réussi. Il a été condamné par la suite, alors même qu'il ne l'avait pas touchée, le tribunal ayant considéré que son geste et le fait qu'elle a cru qu'elle allait en mourir constituaient une violence volontaire. C'est de ça que vous voulez parler ?

— Oui, mais vous vous êtes trompée de cas d'école. »

Son sourire indiquait qu'il plaisantait, qu'il ne cherchait pas à la rabaisser et, faute de mieux, Marion dut se contenter de cela.

« Il y a aussi d'autres jurisprudences intéressantes dans ce même registre, poursuivit-il. Un homme qui frappe la voiture de son ex-femme avec une barre de fer pendant qu'elle est dans l'habitacle, ce qui est plus ou moins la même histoire ; mais également le fait de menacer quelqu'un avec une arme, ou de tirer juste à côté d'une personne. Tous ces cas constituent, au regard de la loi, des violences volontaires. Et le cas que vous avez manqué, c'est celui de la lettre anonyme qui, également au regard de la loi, et il y a des jurisprudences en la matière, constitue une violence. »

Le professeur s'était de nouveau tourné vers son ordinateur.

« Voilà :

> le 13 juin 1991, la Cour de cassation rejette le pourvoi formé par

… bla bla bla…

> La cour, vu le mémoire produit

… bla bla…

> la preuve est suffisamment rapportée qu'il est l'auteur des lettres anonymes

… attendez… vous allez voir… ça va vous intéresser… ça y est :

> Attendu qu'il résulte des énonciations de l'arrêt attaqué et du jugement qu'il confirme, qu'entre le 29 juin et le 27 novembre 1987, le prévenu a adressé par la voie postale quarante-cinq lettres anonymes "contenant toutes des

> papiers sur lesquels étaient dessinés des croix gammées et des cercueils et, dans certains cas, des écrits injurieux, parfois menaçants" ; que les juges relèvent que ces envois ont, par leur contenu, "vivement impressionné les destinataires, ainsi que le prévenu le souhaitait"

Cela a suffi pour que les juges rejettent le pourvoi en cassation et confirment l'appel qui avait condamné le prévenu. »

Il avait remonté la page pour trouver la décision de la cour d'appel :

> l'arrêt de la cour d'appel de Limoges, chambre correctionnelle, du 1er juin 1990, qui l'a condamné, notamment pour le délit de violences ou voies de fait commises avec préméditation, à 18 mois d'emprisonnement, dont 6 avec sursis et mise à l'épreuve pendant 3 ans

« Voilà. À mon avis, en dehors du harcèlement qui, je le répète, est sans doute la voie royale de votre dossier, je pense que le seul autre cas de droit qui pourrait correspondre serait la violence volontaire ayant entraîné la mort sans intention de la donner.

— Arrêtez-moi si je me trompe, mais est-ce que, pour obtenir une condamnation de la sorte, il ne faut pas démontrer un lien de causalité direct entre le message envoyé et la mort de la victime ? Je veux dire, si la victime a reçu des dizaines de messages, doit-on montrer pour un prévenu donné que c'est spécifiquement son message qui a causé une réaction ?

— C'est encore pire que cela. D'abord, pour qu'il y ait violence, il faut qu'il y ait eu un choc au moins émotif, sinon physique. Ça, c'est la partie facile : la victime se suicide après réception de ces messages, il est assez difficile de nier qu'elle a subi un choc émotif, sachant qu'un "trouble léger" peut déjà constituer un choc émotif. Ensuite, il faut démontrer la causalité, et là, vous avez raison, la difficulté est de montrer une causalité directe entre les messages envoyés et le décès de la victime. L'idée, je pense, serait de montrer que le choc a été causé par l'ensemble des messages. Si vous y arrivez, vous obtenez un genre de violence volontaire constitué par le harcèlement. Le risque, c'est que c'est assez créatif comme charge, et les avocats de la défense se feraient un régal de s'attaquer directement à la forme, arguant qu'il est impossible de démontrer que le message spécifique de leur client en particulier a pu constituer une violence, que par ailleurs la violence subie par la victime a été auto-infligée, puisqu'elle s'est suicidée, ce qui pour le coup serait incorrect : la violence pour laquelle vous attaquez les agresseurs est le choc émotif qui a conduit la victime à se suicider, et non pas son suicide.

« L'affaire est défendable, mais elle est compliquée et je ne pense pas qu'un procureur vous suivrait et irait présenter une centaine de prévenus devant un juge sur cette base. En outre, il ne faut pas oublier que les affaires de violences volontaires ayant entraîné la mort sans intention de la donner se règlent aux assises, et pas en correctionnelle comme l'affaire des lettres anonymes, et font encourir quinze ans de réclusion criminelle.

— En pratique, qu'est-ce que cela change selon vous ? Je veux dire… je sais qu'en chambre correctionnelle l'affaire est réglée par un juge et deux assesseurs, tandis qu'aux assises elle est traitée par un jury populaire, mais vous pensez que ça aurait quoi comme effet ?

— Dans un cas, si vous venez avec une affaire de harcèlement, votre prévenu se retrouve face à trois magistrats qui sont formés à étudier les affaires de façon technique et objective ; ils restent des êtres humains, et peuvent bien sûr être sensibles à tel ou tel point, mais ils font leur métier et comprennent comment ils doivent le faire. Aux assises, le jury, même s'il est instruit, est constitué de gens qui ne sont même pas comme vous et moi qui baignons tout de même de près ou de loin dans un monde juridique. Il s'agit de M. ou Mme Tout-le-Monde, et qui sait ce qu'ils peuvent décider au vu des faits. Surtout s'ils comprennent à cette occasion qu'ils ignorent tout de ce que leur fils ou leur fille peut écrire sur les réseaux sociaux. Ils n'aimeraient pas retrouver leur enfant aux assises si un camarade de classe se suicidait après une moquerie. Un avocat de la défense efficace s'en tirera mieux devant un jury populaire que devant un juge et ses assesseurs. Sauf, peut-être, si votre affaire est un scandale médiatique.

— Du coup, vous pensez que le procureur préférera la prudence et présentera une affaire de harcèlement ?

— C'est un risque que je pourrais résumer ainsi : avec un dossier de harcèlement, vous avez plus de chance de faire condamner les auteurs des faits à une peine relativement légère, tandis qu'aux assises le jury rend une éventuelle condamnation beaucoup plus aléatoire mais qui, si vous l'obtenez, est vraiment plus lourde, quinze ans, voire vingt s'il est montré que les violences étaient opérées par un groupe, ce qui serait le cas dans votre affaire. Savoir comment choisir relève de l'arbitrage. Mais la bonne nouvelle pour vous, c'est que ce n'est pas vous qui arbitrez, mais bien le parquet. Maintenant, si ça ne vous dérange pas, je reprends mes cours à 14 heures et j'aimerais vraiment prendre un peu de temps pour déjeuner avant… »

Marion se leva et se dirigea vers la porte, remerciant le professeur pour son temps. Elle lui posa tout de même une dernière question avant de s'en aller :

« Vous-même, si vous défendiez un de ces individus, vous préféreriez quelle charge ? »

Sans hésiter un seul instant, le professeur Berhoun répondit :

« Je préférerais aller aux assises, même si le risque est plus grand. Je pense qu'aucun jury ne donnerait quinze ans de prison pour un tweet ou un message d'insulte. Même si le message était parfaitement explicite. Aujourd'hui, c'est devenu courant de se faire insulter sur Internet. Les membres du jury seraient bien sûr désolés pour la victime, auraient de la compassion pour les parents, les frères, les sœurs et les enfants de la victime, puis ils acquitteraient mon client. C'est pourquoi je pense que vous aurez beaucoup de mal à convaincre un procureur. »

28.

Lorsque Jonathan ouvrit les yeux, il était 13 heures passées de quelques minutes. Avant même de se lever, il attrapa son téléphone et commanda la livraison d'une pizza ; celle-ci n'arriverait pas avant trente ou quarante minutes, il aurait le temps de se lever tranquillement. Il mangerait dans sa chambre, devant une série. Même s'ils étaient à la maison, l'idée pour Jonathan de déjeuner avec ses parents était inconcevable. Il n'avait pas besoin de s'entendre dire qu'il était un incapable, qu'il n'arrivait à rien et n'arriverait jamais à rien. C'était une malédiction commune, pensait-il, avoir des parents qui avaient raté leur vie et qui pensaient que traîner leurs enfants dans les mêmes échecs était le seul moyen pour eux de nier cette évidence : ils étaient contraints. Par des horaires, des patrons, des factures, des responsabilités, les fameuses « responsabilités d'adultes », tandis que lui était libre. Bien sûr, ils étaient persuadés du contraire. Comme sans doute tous les adultes de cette génération, être salarié était la marque d'une réussite, être capable de savoir précisément où en serait son salaire avec des années d'avance était la preuve qu'on savait ce qu'on faisait de sa vie, mais où était le fun ? Où était le risque ? Où était la vie, justement ? Jonathan gagnait suffisamment bien sa vie. Vivre chez ses parents l'emmerdait, mais les bénéfices dépassaient largement les coûts : pas de loyer, pas de courses, le linge était régulièrement lavé, repassé, rangé… S'il voulait « recevoir une amie » – c'était l'expression consacrée par son père : « Si tu veux recevoir une amie, que va-t-elle penser de ta façon de vivre ? » *Merci, papa, merci de te soucier de moi*, pensait-il. *Commence déjà par appeler un chat un chat, s'il te plaît. Si je veux baiser, je me débrouille. On va chez elle, on squatte chez un pote… au pire, je prends une chambre d'hôtel. Crois-moi, papa, j'ai passé l'âge de faire venir une fille quand vous n'êtes pas là pour baiser dans votre vénéré lit conjugal, qui d'ailleurs n'a pas dû être beaucoup secoué depuis longtemps.*

Ses parents ne comprenaient pas, et il ne leur expliquait pas. *Ils ne comprendraient pas.* La communication n'était pas coupée, elle n'était pas inaudible ; les deux parties ne parlaient tout simplement pas la même langue. Lui faisait partie d'une génération qui voulait vivre sa vie, profiter, parce qu'elle savait qu'elle était, sinon la dernière, au moins une des dernières. *Voilà ce que vous avez réussi, papa et maman : vous avez cassé le monde. Mais au moins vous aurez tous vos trimestres de retraite quand l'air deviendra toxique.* Si on lui avait demandé, Jonathan n'aurait pas douté un instant que sa vision du monde reflétait celle de toute une génération. Il en voulait aux anciens, qui, non contents d'avoir créé toutes les crises mondiales qui s'accumulaient, continuaient d'agir, de voter et d'une manière générale de se comporter comme si cet avenir qu'ils déchiraient ne se produirait jamais. *Il est déjà là, pourtant.*

Jonathan aimait se définir comme un nihiliste, mais la réalité, c'est qu'il n'avait aucune opinion sur rien qui le dépassait. Il n'avait pas d'idéologie particulière vis-à-vis du monde, celle-ci correspondait simplement à son dépit. Pourtant, quelques-uns de ses amis s'étaient laissé entraîner dans ce circuit inepte : études, travail, salaire, retraite, mort et, quelque part entre deux de ces étapes, un mariage et deux ou trois enfants. Ou plutôt 1,8, si on croyait la tendance. Comment pouvaient-ils se leurrer au point de croire qu'il existerait encore un système de retraite lorsque leur heure viendrait ? Même en imaginant que le monde survive, que l'environnement ne se déchaîne pas, que la surpopulation n'engendre ni guerre, ni pandémie, ni famine, comment croire que dans ce pays qui était incapable de se mettre au numérique sans être bloqué par des manifestations, comment croire que ce pays arriverait à réformer le système des retraites ? *C'est mathématique. Moins d'actifs, plus de retraités, le système s'effondre, point. Vous pouvez être pour, vous pouvez être contre, les maths se contrefoutent de vos avis.*

Jonathan ne votait pas, il ne voyait pas l'intérêt. Mais s'il votait, il voterait à gauche de la gauche. *Pour faire chier les parents.* Ou alors il voterait à droite de la droite. *Pour faire chier toutes ces « gauchiasses » qui rendent le monde de plus en plus inodore, incolore et sans saveur.* Tout le monde vivait à travers le prisme du numérique, seule l'image comptait. On était passé de gens qui photographiaient la tour Eiffel à des gens qui se photographiaient devant la tour Eiffel. On ne regardait plus le monde, on disait simplement : « Voilà, ça c'est ma vie, et elle est tellement mieux que la vôtre. » Bientôt, on n'aurait plus le droit de ne rien dire d'autre que « j'aime le tofu », et ils auraient alors gagné. Ils se féliciteraient, même. Et lui citerait mentalement la reine Amidala dans *Star Wars* : « C'est ainsi que meurt la liberté, sous un tonnerre d'applaudissements. » Mais Jonathan s'en foutait. Il faisait son petit business, passait le temps comme il le souhaitait et quand, finalement, le monde en aurait assez de l'humanité, rien de cela n'aurait plus la moindre importance.

Son téléphone vibra. Une notification l'informa que sa pizza était en chemin et qu'elle serait livrée par Jawad. Jonathan se leva pour aller pisser.

29.

Bonjour, j'ai bien reçu votre message, comment puis-je vous aider ?

Charon venait de répondre à sa proie. C'était son premier contact avec elle, son premier contact direct via la messagerie, en tout cas. Paul Socolescu, âgé de 25 ou 26 ans. Il devait déjà être presque au bout du rouleau pour contacter Charon directement.

Bonjour Monsieur, je m'appelle Paul, j'ai besoin d'aide, et de nombreux AV m'ont recommandé de m'adresser à vous...

De nombreux AV… les Amoureux du voyage… Le système était décidément plus efficace que Charon ne l'avait supposé de prime abord, mais si tout se passait comme convenu, Paul devait être quasiment mûr, à ce stade. Et la première réponse de Charon avait été formelle sans être trop distante. Neutre. *Comme un psy*, se dit Charon.

Comment puis-je vous aider ? Paul ne s'était pas fait prier. Il se mit à écrire et écrire, il monologuait. Non, il vidait son sac. Tout ce qui n'allait pas dans sa vie. Mais dans le même temps, il y avait quelque chose de subtil dans sa façon de décrire les événements. Paul ne cherchait pas, comme la plupart des gens, à minimiser ses torts, à se présenter comme une victime contre laquelle le sort, injuste, s'acharnait malgré tous ses efforts pour s'en sortir. Paul se présentait lui-même comme « un salaud ». *Ses mots.* Il avait beau exprimer le fait qu'il méritait peut-être ce qui lui arrivait, il ne suintait pas pour autant l'apitoiement sur son sort. Charon lisait, finissant presque par oublier la nécessité de répondre, de temps à autre, d'aiguiller sa proie, de l'accompagner vers le bout de son chemin. Et ce ne serait pas difficile. Paul pavait lui-même la fin de la route, énonçant clairement le fait que c'était dans l'ordre des choses. Pourtant quelque chose clochait.

Même sans connaître Paul, Charon aurait pu sentir que le discours de ce dernier manquait de… d'honnêteté ? de sincérité ? Non… de spontanéité. Voilà. Ce discours sent très fort le soliloque dramatique mesuré, raturé puis épuré, ressassé des centaines de fois. Charon lisait et, à l'exception de son premier message, n'avait encore rien écrit. Paul conclut son texte par une adresse directe :

Quel pervers, narcissique avec ça, pensa Charon. *Bien sûr qu'il prétend être responsable de sa situation, être le seul responsable. Paul ne pourrait jamais imaginer que quoi que ce soit échappe à son contrôle. Il ne cherche ni la compassion ni la sympathie. Il cherche à m'emmener exactement où il souhaite que je sois. Rien de plus, rien de moins.*

Même sans connaître Paul, Charon aurait hésité à répondre. Mais Charon connaissait bien Paul. Les mécanismes qui avaient conduit ce dernier à se présenter devant Charon étaient impeccablement huilés, si impeccablement que Charon n'avait pas eu assez de temps pour s'y préparer. Charon connaissait Paul, et Paul lui faisait peur. Il était tout ce qu'il avait décrit, et bien plus encore. Paul faisait souffrir les gens. Ce n'était pas un travers chez lui, ce n'était pas une habitude, c'était sa façon de vivre. Certains vivent pour le sport, d'autres pour l'amour, Paul vivait pour se sentir supérieur à la misérable vie de son prochain. Fort heureusement, Paul ignorait tout des engrenages qui s'étaient mis en branle depuis des semaines et était sans doute à des années-lumière d'imaginer que ce qui l'avait mené jusqu'à Charon était balisé. *Au poil de cul,* pensa ce dernier. Paul devait, comme toujours, penser qu'il avait contrôlé ses faits et gestes, mais n'avait aucune idée du nombre de personnes qui, comme lui auparavant, avaient emprunté les mêmes chemins de traverse. *D'abord un réseau social qui s'agite, qui s'énerve. Puis on dérive lentement jusqu'aux Amoureux du voyage et, de là, une meute magique s'agite pour vous envoyer parler à Charon.*

Charon avait peur de Paul, c'était un euphémisme. Parce que Charon avait bien connu Paul. Parce que Charon avait souffert comme jamais personne ne l'avait fait souffrir à cause de cette ordure. Enfouie dans ses tripes et qui ne demandait qu'à exploser, une fureur bouillonnait et faisait moirer la peur en d'autres émotions trop vives : la panique, la terreur, l'excitation, l'euphorie… Tout y passait, dans un désordre fulgurant. Charon n'était pas dans son état normal, tremblait de tout son corps, mais au-dessus de tout ça, flottant si haut qu'elle en était imperturbable, sa détermination était nette, sereine. Charon ne laisserait pas Paul s'en tirer à si bon compte. *Lui et son sourire à deux ronds ne feront pas d'autres victimes.* Charon répondit :

Je vais faire de mon mieux, Paul…

30.

« Non », répondit simplement le capitaine, calme et définitif.

Marion Lambert était surprise. Avait-il seulement écouté ce qu'Étienne Mornay venait de relater ? Ils avaient trouvé une autre victime qui confirmait en tout point leur hypothèse. *Deux victimes qui se suicident, à quelques jours d'écart, qui se sont rendues sur le site lesamoureuxduvoyage.com, un site d'aide au suicide, puis qui ont eu une conversation audio avec une personne indéterminée avant de se donner la mort.* Lambert ne pouvait pas le prouver, mais elle était convaincue qu'Alice avait également conversé avec ce Charon. Aussi Lambert avait-elle demandé à son capitaine à pouvoir se coordonner avec l'équipe en charge du suicide de Maxime Roques. Mais le capitaine avait été expéditif : non.

Étienne était trop peu expérimenté pour savoir comment réagir, ce qui n'était pas le cas de Marion. Elle fixait son capitaine sans dire un mot. Elle cherchait une explication. *Il ne peut pas penser que c'est une coïncidence, il sait que les deux cas sont trop similaires. Il va peut-être nous refaire son couplet sur l'indisponibilité de ressources, mais ce sera bidon, il n'est pas en charge des ressources de la gendarmerie de Montech. Alors quoi ?*

« Donc si je comprends bien, vous avez trouvé un site Internet où des dépressifs suicidaires vont un peu plus loin que s'insulter en ligne et se poussent au suicide. Peut-être, je dis bien "peut-être" que vous avez trouvé quelque chose. Mais dans le cas précis qui nous occupe, vous n'avez aucune preuve ! Rien ! Que voulez-vous que je fasse de ça ? Que j'appelle la gendarmerie de…

— Montech, intervint Étienne.

— De Montech, et pour leur dire quoi, exactement ? »

Il plaça sa main contre son oreille pour mimer un appel téléphonique :

« "Votre affaire de suicide, vous savez… alors, bon, c'est bien un suicide. Mais…" Il n'y a pas de "mais" ! Dans n'importe quel service de police ou de gendarmerie, quand vous savez que c'est un suicide, et que vous faites votre travail correctement, c'est la fin de l'histoire ! »

Quelque chose ne va pas. Qu'il ne déclenche pas une enquête nationale commune à la police et la gendarmerie, c'est une chose, mais il n'a aucune raison de s'énerver après nous.

« Qu'est-ce qui se passe ? demanda Marion, ferme.

— Étienne, sors de ce bureau ! » répondit sèchement le capitaine sans quitter Lambert des yeux.

Étienne ne se fit pas prier. Il referma la porte derrière lui et patienta sans bouger, sans dire un mot, sans même tenter de percevoir ce qui se poursuivait dans le bureau du capitaine.

« Marion, tu peux m'expliquer comment ce dossier a atterri sur ton bureau ?

— On a effectué une recherche dans les fichiers et...

— Tu te fous de moi ? Quel type de recherche, exactement ? Hein ? Montre-moi comment tu trouves dans nos fichiers le cas d'un suicide à l'autre bout du pays, vingt-quatre heures après le décès, en cherchant des mots-clés comme "les amoureux du voyage", parce que ça m'intéresse. Et tu sais pourquoi ça m'intéresse ? Parce que ce n'est pas possible. Donc je vais essayer de ne pas m'imaginer que ton petit protégé s'est introduit directement et sans aucune autorisation dans les fichiers nationaux de la police et de la gendarmerie pour trouver un peu plus vite ce qu'il cherchait, et donc sans laisser de trace de ses requêtes, je vais me dire que vous avez simplement eu beaucoup, mais alors beaucoup de chance, mais je ne vais pas tenter je ne sais quoi en mettant d'autres services dans la boucle, qui plus est des services qui ne relèvent pas de la police nationale ! »

C'est donc ça. Il sait qu'on n'aurait pas pu trouver Maxime Roques aussi rapidement par la voie classique.

« Marion, reprit-il d'un ton calme qui inquiéta bien plus le lieutenant Lambert, j'ai toujours considéré que tu étais quelqu'un d'efficace, de consciencieux et de méticuleux. Les seuls problèmes que j'ai jamais eus à gérer avec toi, c'est justement que tu perds trop de temps sur des affaires qui ne le méritent pas. Mais depuis l'année dernière, depuis cette affaire Guérin, je me dis que ton plus gros problème n'est peut-être pas celui-là. Tu es inconséquente. Tu sembles penser que la fin justifie les moyens et qu'il est légitime que tu fasses tout ce que tu peux pour boucler un dossier. Sauf que ça ne va pas. Tu connais les procédures, tu sais pourquoi chaque étape d'une enquête doit être parfaitement clean, pourquoi chaque élément que tu apportes doit être recevable. Quand vous vous connectez directement aux fichiers de la police, comment suis-je censé être assuré que vous n'avez pas modifié de données, histoire que ça colle un peu mieux à votre affaire ? Je suis censé vous croire "sur parole" ? Tu comprends pourquoi ça ne peut pas marcher ? »

Il a raison. On doit faire plus gaffe que ça.

« Je pense que vous avez quelque chose, sinon j'aurais déjà mis un terme à votre enquête, dit-il après une longue expiration. Il vous reste deux jours. Plus de dérapages incontrôlés et de recherches sauvages, compris ? D'autant que, si tu trouves un internaute de ce site, un qui a envoyé un message à ta victime, tu comptes faire quoi ? L'arrêter ? Pour quel motif ? À part éventuellement lui faire peur cinq minutes en garde à vue, tu penses qu'il se passera quoi ? »

Marion se dirigea sans répondre vers la porte, et le capitaine reprit :

« Si tu trouves ce Charon, si tu me trouves un type qui a réellement discuté, échangé avec ta victime, juste au moment de son suicide et que tu m'apportes une preuve recevable de son implication, là, on pourra peut-être discuter, toi et moi. »

Et alors que Marion ouvrait la porte pour sortir, il conclut :

« Marion… que ce soit bien clair… rien qui tombe de nulle part. Rien. »

Lambert referma la porte derrière elle et se rendit sans dire un mot jusqu'à son bureau, suivie par Mornay qui attendait qu'elle lui dise à quoi s'en tenir. Ne tenant plus, il rompit le silence le premier :

« J'ai rien compris, il s'est passé quoi, là ?

— Il s'est passé qu'on ne fait pas intervenir la gendarmerie dans cette affaire et qu'on se limite à Paris dans nos recherches.

— C'est complètement con ! On est face à des gens qui sont sur Internet, ils pourraient être n'importe où, on peut pas bosser de façon aussi arriérée…

— Écoute, l'interrompit-elle brusquement, c'est comme ça et pas autrement. Tu trouves peut-être que c'est con, que c'est ringard, mais peu importe ! Nous, on doit suivre une procédure, et nous ne dictons pas cette procédure. Donc soit tu trouves un moyen de te faire élire député à l'Assemblée et de faire voter des lois, soit tu acceptes qu'on joue avec des règles du jeu qui, oui, sont plus contraignantes pour nous que pour ceux qui ne les respectent pas. J'aurais pas dû laisser glisser le truc comme ça.

— Je ne comprends quand même pas ce que ça change, tenta-t-il. On a fait une recherche dans des fichiers qui sont disponibles. On n'est pas allé pirater un serveur, on n'a pas fait de perquisition illégale, ces fichiers sont là justement pour qu'on puisse les consulter. En quoi c'est un problème ? »

Marion ne répondit pas. Elle ne savait pas elle-même. La seule réponse possible était qu'on lui demandait de ne pas le faire, et ce n'était pas satisfaisant. Mais parfois, il n'y avait pas de bonne raison. *Parfois, on a une hiérarchie qui impose des contraintes aberrantes. Parfois, la justification est claire, parfois elle ne l'est que pour la hiérarchie, parfois elle ne l'est pas du tout, pour personne. Souvent les raisons sont seulement politiques. Est-ce que le capitaine ne veut pas s'embrouiller avec la gendarmerie ? Est-ce qu'il existe encore un genre de rivalité archaïque avec la police ? J'en sais rien.*

Et au fond, je m'en fous. Ce qui compte, c'est la façon dont ça impacte mon travail. Ma priorité, c'est boucler mes dossiers, et je ne peux pas le faire sans mon capitaine.

Marion se tourna vers Étienne pour tenter de lui expliquer les réalités parfois absurdes de l'administration mais constata qu'il ne la regardait pas ; il était concentré sur l'écran de son ordinateur. Il lisait quelque chose, puis son expression trahit de l'excitation.

« On en a un autre ! dit-il sans quitter son écran des yeux. Un autre résultat de ma recherche sur Charon. Et il est à Paris. »

31.

Un soldat sur un chantier manifestement désaffecté. Sur son radar portable, il détecta la présence d'un autre soldat, à une cinquantaine de mètres devant lui. Sans aucune hésitation, il sortit de son abri en courant droit vers le danger. Mais il le fit en sautillant. Cela pouvait sembler certes ridicule, mais le fait de sautiller faisait de lui une cible moins facile à viser. Il termina sa course contre une caisse en bois qui ferait une excellente couverture. Puis il s'effondra au sol. Le *replay* montra qu'un sniper le suivait à vue depuis un point en hauteur, à l'est de sa position. Une balle dans la tête. Un *headshot*. Jonathan envoya valser sa souris contre le clavier de son ordinateur.

Cela faisait plusieurs parties que son personnage était exécuté sans même qu'il ait eu conscience de la menace. Et un de ses partenaires commença à s'en agacer. Les insultes fusèrent. Les autres joueurs rigolaient. Jonathan savait qu'il ne devait pas s'énerver ; s'énerver, c'était reconnaître sa soumission à son agresseur. Cependant, il était salé. Très salé.

« Quelqu'un connaît une fille pour remplacer Jean-Michel Victime ? Une fille de 6 ou 7 ans, qu'on y gagne ? »

Ça suffit, se dit Jonathan. Non seulement la voix de cette personne indiquait qu'elle n'avait pas encore fini de muer donc ne devait avoir plus de 13 ans, mais en plus il était lui-même déjà mort lorsque le personnage de Jonathan avait été abattu.

« Ouais, pour parler y a du monde, dit Jonathan. Mais peut-être que si t'étais pas *spawn-killed* comme un crétin, t'aurais pu, je sais pas, moi, couvrir tes équipiers ? Tu dois être le genre de gars qui croit avoir déjà couché avec des meufs juste parce qu'il a maté un porno, non ?

— Nan, mais...

— Avant que tu répondes, un conseil : parle pas trop fort, je suis sûr que ta mère peut t'entendre. Et ce sera malaisant pour nous tous si tu te fais priver de dessert...

— Ça va, Jonathan ? On te dérange pas trop ? »

Son père venait de faire irruption dans sa chambre ; il était en colère, comme toujours, mais avait choisi le pire moment pour engueuler son fils, dont le micro était toujours ouvert. Jonathan entendit des gloussements dans le casque et quitta le jeu. *Ils vont croire que j'ai ragequit, putain !*

« Qu'est-ce que j'ai fait, encore ? » rétorqua-t-il à son père en retirant son casque avec rage.

— Ce que t'as fait ? Ben rien... comme toujours ! Du coup c'est pour ça que je demande si on te dérange pas trop à travailler pour que tu puisses vivre une vie de vacances ininterrompues et...

— Mais jamais vous allez arrêter avec ça ? Je fais plein de choses, OK ? Alors désolé de pas avoir une vie à la con avec un job à la con qui m'emmerde et qui me rapporte un salaire à la con qui ne bougera pas en vingt ans ! J'ai pas envie de passer à côté de ma vie pour m'en prendre ensuite à mes gosses parce que j'ai rien réussi de valable et…

Sur le front du père de Jonathan se dessinait nettement une veine.

« Déjà, tu vas descendre d'un ton immédiatement ! Je te signale que le job à la con paye le toit sous lequel tu vis, il paye ton ordinateur, il paye ta bouffe, ton électricité et ton Internet. Puisque le monde n'attend que toi, je ne te retiens pas, prends tes cliques, tes claques et va vivre dans l'appartement que tu mérites. Et tu te démerdes pour te le payer ! En attendant, tant que tu vis sous ce toit, tu vas apprendre à nous respecter un minimum, ta mère et moi.

— Je vis peut-être sous *ton toit*, même si ça se discute vu que vous êtes locataires, mais je te signale qu'ici c'est ma chambre, et que je ne veux pas que tu rentres sans au moins frapper à la porte, surtout si c'est pour me gueuler dessus de bon matin…

— Il est 14 heures passées ! »

Jonathan s'était laissé une fois de plus embarquer dans la même discussion alors qu'il savait que ça ne servait à rien, ses parents ne comprenaient jamais ce qu'il leur disait. Alors il se leva et poussa son père hors de sa chambre.

Ce dernier savait également, de son côté, qu'insister ne servait à rien. *Nous avons échoué*, voilà ce qu'il se disait quand il pensait à son fils. Il ne savait pas à quel moment, il ne savait ni comment ni pourquoi, mais ils avaient échoué. Il avait du mal à s'en laver les mains, mais commençait à se dire qu'il n'aurait peut-être pas d'autre choix.

Jonathan verrouilla la porte de sa chambre et se remit à son ordinateur. Il était bien trop énervé pour reprendre une partie. Il avait du mal à respirer, une boule de nerfs était coincée dans sa gorge. Il était enragé. Il avait envie de hurler, de casser quelque chose. Il se mit à pleurer, mais ne put se laisser aller comme il l'aurait voulu ; il refusait que son père l'entende sangloter du couloir. Il ne comprenait pas cette injustice. Oui, il vivait toujours chez eux, mais il était leur fils, ils n'avaient pas le droit de le lui reprocher. Par ailleurs, il n'était pas chiant : il restait dans sa chambre, il ne les dérangeait pas. Pourquoi ne pouvaient-ils pas simplement l'accepter comme il était ? Pourquoi cherchaient-ils à le formater, à faire de lui un de ces milliers de robots productifs pour le monde mais dont l'existence n'a aucun sens et qui peuvent être remplacés par quelqu'un d'autre du jour au lendemain sans que ça change rien ?

Jonathan n'était pas heureux. Il l'avait accepté. Il n'était pas heureux et ne serait sans doute jamais heureux. Le monde était ainsi fait que le bonheur n'y existait sans doute que pour une poignée d'humains. Mais il espérait au moins être tranquille, vivre confortablement en paix sans qu'on vienne le faire chier. *Ça, ça doit bien exister, quand même… sinon à quoi bon ?*

Il tenta de ne rien faire pendant quelques minutes pour se calmer, mais sans succès. Au contraire, il fallait qu'il s'occupe l'esprit, les mains, qu'il fasse quelque chose. C'était un jeu constant de détournement d'attention : dès que son esprit cherchait à lui rappeler qu'il était malheureux, lui essayait de le distraire. *C'est un équilibre.* C'était donnant-donnant. C'était ça, la vie, pour lui. Il finit par ouvrir un navigateur Internet et passa un peu de temps sur Twitter, puis sur Reddit, et enfin sur des forums dont il était un habitué, mais il ne se passait pas grand-chose. Il finit par échouer sur le site des Amoureux du voyage, dont la communauté, paradoxalement, était la seule qui savait malgré elle lui redonner le sourire.

32.

« Mais pourquoi ? »

Étienne ne comprenait pas. Le dossier était parfait, tout concordait : on avait une victime qui se faisait harceler par le dénommé Charon et, cerise sur le gâteau, la victime était vivante. Pour lui, il ne pouvait s'agir que du même Charon et il fallait sauter sur l'occasion. Mais le lieutenant Lambert avait refusé. Ils ne devaient plus utiliser son système de recherche.

À moins que…

« Et si j'arrive à retrouver ce dossier dans le fichier via une recherche classique, est-ce que ça irait ? »

Bien sûr que ça irait, se dit Marion, *mais il ne faut pas que ça tombe de nulle part.*

« C'est envisageable, oui. Mais ne va pas rechercher le nom de la victime, il faut que tu puisses ressortir le dossier dans les règles de l'art. Je suis d'accord avec toi, cette plainte est une bonne piste, mais je ne veux pas être de nouveau convoquée par le capitaine pour m'entendre dire qu'on ne doit pas donner suite. Je ne veux pas qu'elle nous passe sous le nez…

— OK, laissez-moi deux minutes, lieutenant ! »

Il fallut en réalité plus de deux heures à Étienne Mornay pour faire surgir la plainte de l'interface traditionnelle de recherche. Et s'il fallait justifier de la méthode, ils expliqueraient au capitaine qu'ils avaient recherché les dossiers de plaintes pour harcèlement déposées ces dernières quarante-huit heures à Paris, puis les avaient tous lus jusqu'à s'arrêter sur un dossier en particulier, qui faisait non seulement mention d'un cyberharcèlement, mais également de menaces directes et d'un suspect qui se faisait appeler Charon. Tout concordait.

Ainsi, une fois le cas dûment extrait, Marion appela le commissariat qui avait pris la plainte et demanda à parler au policier mentionné sur le procès-verbal. Pour respecter la procédure, il fallait s'assurer de le prévenir et de faire transférer officiellement le dossier. Cela prendrait encore plusieurs heures, le temps que tout soit en règle ; mais il était d'usage dans la police de ne pas attendre ce délai dès lors qu'il y avait eu un accord verbal entre les différents services. Sans aucune raison de s'y opposer, le policier avait accepté la requête de Marion, à condition toutefois qu'elle garantisse de remplir les formulaires adéquats, ce qu'elle s'engagea à faire, avant de demander à Étienne de s'en charger.

De son côté, elle devait contacter cette victime et la rencontrer au plus vite. *Non seulement elle aura peut-être des informations déterminantes pour que je comprenne les dessous de cette affaire, mais en plus de ça il n'est pas impossible qu'elle soit en danger.* Marion appela le numéro indiqué sur le procès-verbal et, après deux sonneries, on décrocha. Lambert se présenta, indiqua qu'elle s'occupait de l'affaire et qu'elle souhaitait une rencontre dès que possible.

« Je ne peux pas vraiment bouger de chez moi maintenant, répondit son interlocutrice, mais je peux venir demain dans la matinée, si c'est OK pour vous… »

Marion n'eut pas le temps de répondre que cela lui convenait que la jeune femme au bout de la ligne reprit :

« À moins que vous veniez, auquel cas vous pouvez venir n'importe quand avant 17 heures aujourd'hui. »

Marion avait le nom et l'adresse de la plaignante ; il lui faudrait moins d'une demi-heure pour se rendre à son domicile.

« Très bien ! Je ne bouge pas de chez moi, de toute façon. »

Elles raccrochèrent et Marion se mit immédiatement en route.

*
* *

Quelque quarante minutes plus tard, le lieutenant Lambert finissait de gravir les cinq étages d'un immeuble sans ascenseur du 11e arrondissement de Paris et frappa à une porte. Marion tenait son badge de la police à la main, à hauteur des yeux pour pouvoir être immédiatement identifiée. Une jeune femme ouvrit la porte. Avant même de prononcer le moindre mot, Marion prit une photo mentale de son interlocutrice. *Brune, entre 22 et 25 ans, 1 mètre 65, fine, sans doute moins de 55 kilos, yeux marron, pas de signe particulier notable.*

« Bonjour, je suis le lieutenant Marion Lambert. Êtes-vous Bénédicte Le Guerrec ? »

La jeune femme ne put s'empêcher de pouffer à la mention de ce nom qu'elle n'avait plus entendu depuis des années, puis invita les policiers à entrer.

« Non, je suis sa colocataire, je vais la chercher. »

Elle disparut dans le couloir. Marion observa l'appartement, typiquement parisien. Le seuil donnait sur un living-room rectangulaire ; sur tout un côté courait une cuisine ouverte avec un comptoir le long duquel de hauts tabourets étaient alignés. Le living était, quant à lui, constitué d'un canapé si commun que Marion aurait pu citer le numéro de la page du catalogue Ikea dont il était issu, ainsi que d'un fauteuil, *également Ikea*, qui encerclaient une table basse, *Ikea encore*, le tout pointant en direction d'un large téléviseur surplombant un meuble TV, *Ikea... gamme Bestå, il me semble*. De l'autre côté du living, en face de la cuisine, comme dans tous les appartements parisiens d'immeubles dits « anciens », partait un couloir qui desservait toilettes, salle de bains et sans doute une ou deux chambres.

Après quelques secondes, la femme qui avait ouvert émergea dudit couloir, accompagnée d'une autre jeune femme. Sans attendre, Marion lui demanda :

« Vous êtes Bénédicte Le Guerrec ?

— Oui, mais plus personne ne m'appelle comme ça depuis le lycée... Appelez-moi Lola. »

33.

Lucie est enfin à moi, pensa Charon. Le travail de sape avait été long, plus qu'il ne l'avait imaginé. Charon avait d'ailleurs à plusieurs reprises songé à abandonner. Mais il ne l'avait pas fait. Au début, parce qu'il voulait vraiment en finir avec cette *garce*, ensuite parce qu'il était déjà allé trop loin, se mentait-il à lui-même. La vérité, c'était que Charon y prenait énormément de plaisir, trop sans doute. *Si c'est ce que ressentent les prédateurs, les tueurs en série, quelque part je les comprends*, s'autorisait-il parfois à penser, bien enfoui derrière une éducation et des bonnes manières qui faisaient normalement de lui quelqu'un de plutôt agréable. *Lucie Gernet mérite de mourir*, pensait-il, s'imaginant héros de l'ombre grâce à qui, si tout se passait bien, le monde serait bientôt un tout petit peu meilleur. *Elle est au bout du rouleau, sur le point de se noyer, je suis sa seule bouée à l'horizon, et je suis fait de plomb.*

En effet, les attaques répétées avaient eu raison de son calme et les différents piratages auxquels lui-même ne comprenait pas grand-chose techniquement l'avaient isolée de ses amis. C'était d'ailleurs ce qu'elle disait à l'instant.

Même ma meilleure amie refuse de me parler. Je ne comprends pas ce qui s'est passé. Je ne comprends plus rien.

Charon se sentait si puissant de savoir qu'il pouvait, s'il le souhaitait, lui sortir la tête de l'eau, lui redonner de l'espoir, lui dire que ça allait s'arranger, que rien ne pouvait être si grave qu'elle envisage d'en finir. Mais il ne le souhaitait pas. Il répondit :

Ce monde n'a de toute façon aucun sens, Lucie. On essaie de nous faire croire qu'abandonner est un échec alors qu'une des vérités de ce monde, c'est qu'il est irrationnel de persister. En ce moment, je vous envie, j'envie la lucidité fulgurante qui est la vôtre.

Lucie, chez elle, assise par terre contre le canapé, pleurait. À chaudes larmes. Le genre de pleurs qui auraient dû, après quelques minutes, la faire se sentir mieux, plus détendue, plus relâchée. Mais pas cette fois. Cette fois, ses sanglots étaient désespérés. Ils étaient la version corporelle de la phrase : « Il n'y a plus rien du tout. » Elle se concentra pour écrire son message :

Ma meilleure amie, mes amis, et même des gens que je ne connais pas veulent me voir mourir. Qu'est-ce que j'ai fait ?

Elle n'a pas répondu à mon message, se dit Charon, *elle a juste poursuivi le sien. Elle est en circuit fermé, c'est vraiment la fin.*

Je ne suis pas parfaite, mais je suis quelqu'un de gentil. Pourquoi cet acharnement ?

Si cette salope pense trouver auprès de moi la moindre sympathie, elle est encore plus conne que je ne le pensais. Charon eut même la présence d'esprit de se dire qu'il était dommage qu'il ait dépensé de l'argent pour polluer les résultats de la recherche sur son nom sur Google : elle ne semblait même pas s'en être rendu compte. *De l'argent perdu, pour rien.* Mais l'heure n'était pas à cela, il fallait prendre une décision. Si le moment était venu, il fallait la pousser un peu, juste un peu, pour qu'elle bascule. Mais si c'était trop tôt, elle risquait de se reprendre et, alors, il serait très difficile d'aboutir. *Activer le bon levier, au bon moment, passer le point de non-retour, c'est la clé.* Elle était seule, elle était chez elle, personne ne pourrait l'aider rapidement. C'était dans les mains de Charon. Charon bandait comme un dingue quand il écrivit :

Lucie, je ne peux pas imaginer dans quel état vous êtes, mais je pense qu'à votre place, je ne voudrais qu'une seule chose. Du calme. Du calme auprès d'un être cher, y compris un être disparu.

Pour la première fois depuis le début de cette conversation, Charon eut du mal à supporter l'attente de la réponse. *Lorsqu'on est condamné à mort,* pensa-t-il, *l'attente de son exécution doit être une torture mentale sans nom.* Charon tentait encore de se convaincre que la mort de Lucie serait une libération pour elle, car elle était le seul élément qui nuançait l'héroïsme dont il prétendait faire preuve. Sacrifier une vierge à l'autel des dieux pour sauver les récoltes était peut-être un geste noble, héroïque, mais il fallait tout de même sacrifier une vierge. *Lucie n'est pas une vierge, c'est une immonde connasse qui a fait du mal à beaucoup de monde. Merde, j'ai pas honte de le dire, elle m'a fait énormément de mal !*

J'ai peur, et je ne sais pas comment faire

Charon bloqua instinctivement sa respiration en lisant ce message. *Est-ce que ça y est enfin ?* Il soupira en lisant le message suivant :

Pouvez-vous m'aider ? Est-ce que vous pouvez rester avec moi ?

Tu penses que je vais t'aider, ma petite Lucie... Les règles étaient claires. Dès lors que la dernière ligne droite était engagée, il pouvait se montrer plus insistant, puisque les messages seraient supprimés après la mort de Lucie. Cependant, il fallait toujours faire attention à ne pas sortir la proie de sa spirale.

Lucie, il est absolument inutile que vous souffriez plus longtemps. Je pense que vous devriez vous faire couler un bon bain chaud, prendre une lame de rasoir, et faire en sorte de vous endormir calmement, loin de tout ce chaos absurde

Il hésita un instant, puis ajouta :

Bien sûr que je resterai avec vous, Lucie. Jusqu'au bout. Je ne supporterais pas que vous soyez seule pour votre voyage

Ouais, aucun risque que je m'en aille maintenant, t'inquiète !

Lucie trouva la force de se lever, puis se dirigea vers la salle de bains. Elle fit couler un bain brûlant, *comme elle les aime*, et resta assise un instant sur le rebord de la baignoire, à remuer l'eau avec sa main. Elle se sentait déjà plus sereine. Ils verraient, pensait-elle, ils verraient le mal qu'ils lui avaient causé et ils s'en voudraient. Ils en mourraient de honte, de culpabilité. Alors ils se diraient qu'ils s'étaient trompés sur elle, qu'elle était bien plus qu'ils ne l'imaginaient, qu'ils ne la méritaient pas.

Lucie se leva, posa son téléphone sur le bord du lavabo et allait commencer à se déshabiller lorsqu'elle vit un message.

Voulez-vous qu'on se parle de vive voix ? Face à face ?

Lucie se sentit bêtement embarrassée à l'idée qu'un inconnu puisse la voir nue avant de réaliser le cadeau qu'il lui faisait : il lui proposait de lui tenir la main pour qu'elle ne parte pas seule au monde. En cette période maudite, Charon était une bénédiction dans sa vie et, s'il venait à partir un jour à son tour, elle espérait qu'il ne partirait pas seul. Elle était certaine que le monde ne le méritait pas.

Je veux bien

Lorsque la caméra s'activa, Charon ne vit qu'un plafond, mais il entendait de l'eau couler. Lorsque Lucie prit le téléphone, elle était nue, gênée, mais tentait surtout de masquer le fait qu'elle avait pleuré. Charon, de son côté, portait un masque.

« Vous ne voulez pas me montrer votre visage ? demanda-t-elle.

— J'ai été défiguré dans un accident, chuchota-t-il. Je refuse que mon visage meurtri soit le dernier que vous verrez. Mais vous êtes magnifique, Lucie. Le monde... le monde est stupide de vous avoir rejetée. »

J'ai toujours su qu'elle était bonne, pensa Charon, regrettant que sa propre caméra soit allumée, faute de quoi il aurait pu se gratifier en la matant.

Lucie mit la main devant l'objectif pour présenter le rasoir qu'elle avait saisi. Charon lui indiqua comment retirer la lame.

« J'ai toujours eu horreur de la vue du sang, lâcha Lucie sans que son visage trahisse la moindre émotion.

— Ne vous inquiétez pas, répondit Charon. Vous n'aurez pas besoin de regarder. Lorsque ce sera fait, vous pourrez mettre vos bras dans l'eau et vous ne verrez pas de sang. »

Lucie posa le téléphone pour libérer ses mains et extraire la lame du rasoir. Charon se délectait de ce qu'il voyait : lui qui avait autrefois espéré coucher avec elle profitait du spectacle de son corps parfaitement entretenu.

Elle reprit son téléphone et l'approcha de son visage. Elle montra la lame.

« Et maintenant ?

— Maintenant, vous pouvez vous installer dans votre bain. »

Lucie posa un pied dans la baignoire puis eut l'air soudain inquiet :

« Qui va me trouver ?

— Ça n'a plus aucune importance, chuchota-t-il. Lorsque ça arrivera, cela fera longtemps que vous serez auprès de votre mère. »

Lucie s'allongea dans son bain.

« Qu'est-ce que je fais de mon téléphone ? »

Charon commençait à trouver la suite des événements un peu trop prosaïque par rapport au fantasme qu'il s'en était fait. *J'ai trop idéalisé la situation.*

« Vous pouvez le poser à terre, mais si vous voulez que je reste avec vous, vous pouvez le caler au bout de la baignoire. »

Ce qu'elle fit. L'angle de vue était parfait : Charon la voyait entièrement, il n'en manquerait pas une seule miette. Il se mit même à envisager de se dévoiler à elle quand elle n'aurait plus la force de réagir. Mais les règles étaient parfaitement claires à ce sujet : s'il y avait la moindre chance qu'elle s'en sorte, elle ne devait pas savoir qui il était.

Une larme coula le long de la joue de Lucie lorsqu'elle approcha la lame de son poignet.

« Il faut trancher dans le sens de la longueur, chuchota Charon.

— Est-ce que ça va faire mal ? sanglota-t-elle.

— Ça va piquer un peu, juste un instant, et ensuite vous pourrez vous détendre pour de bon. Je reste là. Je suis… je suis très fier de vous, j'aimerais avoir votre courage… »

Vas-y, coupe… coupe maintenant, pétasse !

Lorsque Lucie pressa la lame contre son poignet et remonta vers le coude, du sang jaillit. Juste un instant. Lucie plongea immédiatement son bras sous l'eau, ne pouvant retenir un gémissement de douleur qui la fit sangloter plus fort. Charon eut soudain envie de vomir. *Je dois tenir,* se dit-il, *ce n'est pas encore fini.* Toutes ses belles réflexions précédentes s'étaient volatilisées face à la violence de ce qu'il venait de voir. Pourtant l'excitation était toujours là, plus forte que jamais.

Lucie se trancha l'autre poignet. *C'est fait,* se dirent-ils tous deux quasiment en même temps. D'un geste sec, Lucie jeta la lame hors de la baignoire puis ferma les yeux et se laissa glisser dans l'eau jusqu'au cou. Elle avait failli s'arrêter pour ne pas se mouiller les cheveux avant de réaliser à quel point c'était ridicule.

Les yeux fermés, Lucie dit simplement « merci » à son interlocuteur qui, de son côté, n'était plus capable de dire un mot. Il restait à la contempler sans penser à rien. Il attendait que quelque chose se passe. Mais rien ne se passa. Elle n'ouvrit plus les yeux. Charon resta figé quelques minutes, non seulement pour être certain que c'était terminé, mais surtout parce qu'il était incapable de penser. La sensation qui l'avait traversé était inouïe. Un mélange de stress, de dégoût, de culpabilité, certes, mais au milieu de tout ça quelque chose qui relevait sans doute du plus fulgurant orgasme qu'il avait jamais ressenti, puissant, long et profond. À presque s'en évanouir. À part un joint de temps en temps, Charon n'avait jamais touché à aucune drogue, et il n'eut aucune difficulté à s'imaginer que si les drogues dures ressemblent à ça, alors il est impossible d'arrêter.

Mais très vite, pour Charon, le corps de Lucie ne fut plus celui d'une femme désirable, mais bien un cadavre. *C'est dingue,* pensa-t-il, *elle n'est certainement pas encore morte, mais déjà je ne vois plus que de la viande.*

Avant de couper la conversation, Charon fit mentalement défiler sa check-list : Lucie vivait seule, n'attendait personne, donc personne ne viendrait la sauver dans les prochaines heures. Il fallait ensuite, dans l'ordre, couper la conversation sans faire de capture d'écran – *pas de trophée*, se répéta-t-il en boucle –, puis activer la suppression de la messagerie. Et ce serait tout. Il regarda Lucie une dernière fois, désactiva la conversation, raccrocha, et supprima la messagerie.

Après avoir bien vérifié que sa caméra était désactivée, Charon retira son masque. *Dans quelques minutes, Lucie sera morte, totalement seule, et il faudra sans doute des jours avant que qui que ce soit ne découvre son corps. Et après plusieurs jours passés dans l'eau de son bain, souillée de son propre sang, de sa pisse et de sa merde, elle ne ressemblera plus à rien, et elle sera enterrée dans un cercueil bien fermé. Lucie, où que tu sois, j'espère que ça en valait la peine, salope.*

Partie 2

« Si, dans ma position, je ne peux pas me dresser face à ce type d'extorsion, combien de personnes le peuvent-elles ? »

Jeff Bezos, qui partage avec Elon Musk le titre d'homme le plus riche du monde, annonça son divorce en janvier 2019. À la suite de cette annonce, le magazine à scandales *National Enquirer* publia des messages envoyés par le patron d'Amazon à sa maîtresse Lauren Sanchez-Whitesell, présentatrice de télévision.

I want to smell you, I want to breathe you in. I want to hold you tight... I want to kiss your lips. I love you. I am in love with you[1].
I love you, alive girl. I will show you with my body, and my lips and my eyes, very soon[2].

Bezos, qui est alors l'une des personnes les plus puissantes au monde, s'interroge sur la façon dont le groupe AMI, American Media Inc., qui possède le *National Enquirer*, a pu obtenir ces messages personnels et confidentiels, et décide de faire appel à des détectives privés. Lorsque le

1. « Je veux te sentir, je veux te respirer. Je veux te tenir serrée contre moi… Je veux embrasser tes lèvres… Je t'aime. Je suis amoureux de toi. »

2. « Je t'aime. Je te le montrerai avec mon corps, avec ma bouche, avec mes yeux, très bientôt. »

patron d'AMI et ami proche de Donald Trump, alors président des États-Unis d'Amérique, découvre l'existence de cette enquête, il prend directement contact avec Jeff Bezos pour lui faire, selon ce dernier, « une offre qu'il ne pourrait pas refuser ». Si Jeff Bezos interrompt son enquête, le *National Enquirer* ne publiera pas les photos intimes résultant d'échanges entre Bezos et sa maîtresse qu'il détient, photos présentant le businessman nu et le sexe en érection ou son amante légèrement vêtue et dans des postures érotiques suggestives. Jeff Bezos ne répond pas.

Un message envoyé à son attention par AMI propose, par écrit, les termes d'un accord afin de clôturer l'affaire. Selon ces termes, Bezos devrait nier que cette affaire était « motivée par des raisons politiques ou influencée par des forces politiques ». Pour le milliardaire, cela démontre le fait que son enquête pourrait effectivement révéler des motivations politiques. En effet, le président des États-Unis entame sa campagne de réélection et est comme à son habitude véhément vis-à-vis de l'ensemble de la presse, notamment et particulièrement envers le *Washington Post*, journal papier qui a par le passé révélé de nombreux scandales politiques, et dont le propriétaire actuel n'est autre que… Jeff Bezos.

Bezos décide alors de prendre les devants et de couper l'herbe sous le pied à ses adversaires. Il publie le 7 février 2019 un billet de blog sur le site medium.com intitulé « *No thank you, Mr. Pecker* », *non merci, monsieur Pecker.* Dans cet article, Bezos relate l'entièreté des faits, présente un e-mail émanant d'AMI et détaillant les photos en leur possession, puis explique sa réaction :

If in my position I can't stand up to this kind of extortion, how many people can [1] *?*

1. « Si, dans ma position, je ne peux pas me dresser face à ce type d'extorsion, combien de personnes le peuvent-elles ? »

Il s'avérera par la suite que les messages et photos ont été obtenus par le frère de la maîtresse de Jeff Bezos, Michael Sanchez, que ce dernier a vendus pour 200 000 $.

Jeff Bezos sera la risée de Twitter pendant quelques jours, mais compte tenu du contexte, nombreux seront ceux qui reconnaîtront à ce dernier de n'avoir pas cédé au chantage. En effet, si même Jeff Bezos ne pouvait pas se dresser face à ce type d'extorsion, qui pouvait bien en être capable ?

34.

Voilà plus de quarante minutes que Lola relatait au lieutenant Lambert les événements des derniers jours. Marion ne prenait aucune note. Elle observait. Minutieusement. Et écoutait. Attentivement. Elle interrompait parfois son interlocutrice pour lui demander des précisions, mais rien de plus. Et tout en écoutant, elle arbitrait.

La jeune femme en face d'elle ne correspondait pas aux critères de son dossier : âgée de 22 ou 23 ans à peine, elle savait exactement où elle voulait aller, même si son attitude trahissait par moments une hésitation, comme si elle faisait celle qui savait, mais qu'au fond d'elle elle avait peur qu'on se rende compte qu'elle était un peu perdue, comme on peut souvent l'être à son âge. *Ou peut-être que je me fais des idées.* Marion avait rencontré toutes sortes de personnes, mais rarement quelqu'un comme elle. Elle avait beau avoir essayé d'expliquer son métier et toute la philosophie sur laquelle il reposait, ce que Lambert voyait, c'était un modèle de charme. Une femme qui exposait son corps pour des hommes et dont absolument personne ne doutait de la raison pour laquelle ils souhaitaient la voir. Marion reconnaissait que son physique était atypique et qu'elle le revendiquait sans embarras ni honte. Elle revendiquait ses tatouages, ses piercings, son non-conformisme, mais est-ce que le conformisme existait encore aujourd'hui, qui plus est dans les sphères d'Internet ? N'y avait-il pas au contraire un jeu de surenchère permanente ? Pourtant, Marion ne pensait pas avoir en face d'elle quelqu'un qui basculerait par accident dans la pornographie ou la prostitution, même si on ne peut jamais savoir. *Pas de jugement. Rester objective, neutre. Observer, analyser, interpréter.*

Quoi qu'il en soit, Bénédicte Le Guerrec, ou Lola, quelle que soit l'identité qu'elle se donnait, ne semblait pas suicidaire. Pas du tout. Elle avait sans doute vécu des moments difficiles, comme tout le monde, mais elle n'était en aucun cas quelqu'un qui appelait au secours. Marion identifiait en la jeune femme plutôt quelqu'un d'ambitieux. Peut-être que cette ambition existait pour combler un vide, un manque, une faille, mais si tel était le cas, les ambitieux n'étaient pas tous des suicidaires en puissance pour autant.

Elle ne semblait ni ne prétendait être suicidaire, elle ne connaissait pas d'amoureux du voyage, n'avait aucune idée de ce dont il pouvait s'agir. De plus, son métier devait naturellement attirer des pervers et il n'était pas totalement hors de propos d'imaginer qu'un d'entre eux ait pu trouver son nom, son adresse et son numéro de téléphone. *C'est malheureusement bien plus simple que les gens n'ont tendance à le croire*, pensa Marion. Mais un détail de poids pesait dans la balance. Un simple nom. Charon. Comme ce nom faisait référence à un personnage de la mythologie grecque, alors il était possible qu'il ne s'agisse que d'une coïncidence. Mais Marion ne croyait pas aux coïncidences. Elle sentait qu'il s'agissait de quelque chose de plus important, même si elle n'était pas encore capable de le prouver.

Deux affaires de harcèlement, de cyberharcèlement, à quelques jours d'écart, et dans les deux cas un individu dénommé Charon. La seule différence pour le moment était que, dans le cas de Maxime Roques, la victime était suicidaire, au point de consulter un site d'assistance au suicide. Le dossier qu'Étienne avait trouvé sur Maxime n'avançait aucune explication à son geste. Pas de mot d'adieu, rien. Bien sûr, les gendarmes iraient interroger la famille proche du défunt, et peut-être en sauraient-ils alors assez pour comprendre ce qui pousse un homme à se jeter sous un train, mais ni Marion ni Étienne ne seraient mis au courant. Officiellement, ils ignoraient l'existence de Maxime Roques et les circonstances de son décès. Marion ne pouvait donc que spéculer. Maxime Roques était un jeune homme ; statistiquement, les raisons qui pouvaient l'avoir poussé au suicide étaient, dans le désordre, un chagrin d'amour, des dettes d'argent, des histoires peut-être plus complexes de drogue ou de trafic, et surtout la dépression. Lola, en face de Marion, n'était pas dépressive. Par moments, elle se comportait presque comme une entrepreneuse qui veille au bon fonctionnement de sa société. C'était comme si le harcèlement qu'elle subissait la gênait plus professionnellement qu'il ne l'inquiétait personnellement. *Non, vraiment, elle ne ressemble pas aux victimes que je recherche*, conclut-elle. *Mais peut-être justement que c'est là que ça se joue. Peut-être que Maxime Roques n'était pas suicidaire avant d'être harcelé. Peut-être que le harcèlement à lui seul a poussé Maxime Roques sur le chemin de Charon, puis d'un train. Peut-être que c'était le but. Si le harcèlement de Maxime Roques avait pour objectif de faire de lui quelqu'un de fondamentalement suicidaire, alors peut-être que ce qui arrive à Bénédicte Le Guerrec n'est que la première étape d'un jeu ignoble dont le but final est qu'elle mette fin à ses jours.*

Marion savait que le fil qui reliait le suicide d'Alice à ce qu'elle était en train d'écouter était ténu, et qu'il ne tiendrait pas une minute devant son capitaine. Mais elle pressentait que ce lien était pourtant solide. Elle décida donc qu'elle ne lierait pas officiellement les affaires tant qu'elle n'aurait pas de motif indiscutable, mais elle enquêterait tout aussi officiellement sur cette plainte, comme un événement ponctuel et indépendant. *Après tout*, se dit-elle, *cette jeune femme est réellement harcelée, elle a porté plainte, il est donc parfaitement logique que la police enquête.*

Lorsque Lola eut fini de raconter son histoire, Marion en profita pour entamer avec elle une discussion plus large, et surtout plus informelle ; elle savait l'importance des échanges de ce genre, qui permettaient parfois de faire émerger d'un témoignage des facettes qu'on n'aurait sinon jamais soupçonnées. Comment se déroulaient ses *lives*, connaissait-elle personnellement certains de ses fans, à quoi ressemblait une journée type dans son activité… Sur les différentes plateformes sur lesquelles elle produisait du contenu, photos, vidéos, petits messages à sa communauté, y avait-il eu des réactions suite à sa mésaventure en direct ? Est-ce qu'elle avait continué à travailler normalement, ou avait-elle tout coupé ? Ainsi donc, Lola avait fait une séance photo avec sa colocataire Lydia, ce n'était pas leur première séance ensemble, Lydia faisait-elle le même métier ? Avait-elle également traversé ce genre de mésaventure ?

« Non, je fais pas ça, moi, intervint l'intéressée ; je fais ça juste pour le fun, avec Lola, quand elle me le demande. J'ai un petit compte Instagram, mais avec peu de photos, rien de sexy ; j'ai pas de communauté de fans comme Lola, même si j'imagine qu'il doit y en avoir quelques-uns dans le lot qui aiment bien nous voir nous rouler des pelles en nous tripotant les seins… des hommes, quoi ! »

Marion ne releva pas la remarque.

« Vous, donc, Lydia, ça ne vous gêne pas de vous exposer ainsi si ce n'est pas votre métier ?

— Pourquoi ça me gênerait ?

— Je ne sais pas, il me semble que ça relève de votre intimité, non ?

— Non, pas vraiment. Mon intimité relève de mon intimité. Embrasser Lola en étant topless, c'est un peu comme du spectacle. Et puis on fait pas ça en direct, donc j'ai pas les réactions immédiates des gens. On fait ça chez une photographe hyper sympa, très talentueuse… Franchement, quand je vois les photos, je me trouve toujours beaucoup plus belle qu'en vrai… Non, c'est plus flatteur qu'autre chose.

— Et vous faites quoi, dans la vie, du coup ?

— Là, pour l'instant, j'enchaîne les stages. Vous savez ce que c'est, hein ? Pour avoir un boulot, il faut de l'expérience, mais pour avoir de l'expérience, il faut d'abord bosser. Du coup, j'enchaîne les stages.

— Dans quel domaine ?

— C'est pas encore tout à fait net, répondit-elle sans hésitation, comme si le discours était rodé ; ça va du marketing à la communication, en passant par du *community management*…

— Du ?

— *Community management*. Je m'occupe de poster des tweets ou des Stories pour l'entreprise où je bosse. Mais bon, comme c'est des stages, je peux aussi bien faire le café, donc ça n'aide pas vraiment à présenter une expérience claire dans un domaine précis. Mais en vrai, j'aime bien. Ça paye que dalle, ça, c'est chiant, mais sinon le boulot est cool. »

Marion tiqua.

« Les boîtes qui vous embauchent confient leur communication sur les réseaux sociaux à une stagiaire ?

— Ben oui, pourquoi ?

— Je ne sais pas, j'ai l'impression que l'image publique d'une société, dans le monde actuel, c'est primordial, alors c'est un peu bizarre de ne pas prendre quelqu'un qui y bosse dans la durée…

— Oui, mais ça, c'est les entreprises, hein… Elles savent qu'il faut "avoir une présence sur Internet", mais comme en général ils n'y comprennent rien, à tel point qu'ils comprennent souvent même pas l'intérêt d'être sur Internet, ils le font parce que les autres le font… Enfin bref, il faut que ça leur coûte le moins possible, et que ça les occupe le moins possible. Du coup : stagiaire ! »

Elle avait scandé le dernier mot en levant la main, un sourire entendu largement dessiné sur son visage.

Sans aucune transition, Marion se tourna vers Lola.

« Y a-t-il quelqu'un qui pourrait vous vouloir du mal ? Indépendamment de votre image publique, y a-t-il quelqu'un dans votre entourage, proche ou pas, qui pourrait vous en vouloir au point de chercher à vous faire peur ? Un ex-petit ami, quelqu'un à qui vous devriez de l'argent, je ne sais pas… »

Lola soupesait la question du lieutenant Lambert et réfléchit de longues secondes avant de répondre. Non. Elle ne voyait pas.

« Y a bien des gens que j'ai connus qui n'approuvent pas mes… choix de vie… mais c'est juste des gens avec qui j'ai plus de contact. Niveau petit ami, ou même petite amie, insista-t-elle en prononçant le "e" final au mot "amie", c'est un peu le désert depuis, quoi… six mois ? demanda-t-elle à Lydia, qui hocha la tête. Rien de sérieux. Pas non plus des coups d'un soir. Malgré ce que certains peuvent penser, je suis pas une fille facile, surtout avec les hommes. Mais sinon, non, rien de sérieux… Et surtout rien qui se soit mal passé. J'ai pas eu de rupture difficile ou de jalousie de la part de quelqu'un. Non, je pense qu'il faut vraiment chercher du côté des internautes.

— Et vos parents ?

— Quoi, mes parents ?

— Vos parents, ils en pensent quoi, de votre activité ? »

Quelque chose anima le visage de Lola un instant. Quelque chose de fugace qui n'échappa pas à Marion. *Elle n'aime pas cette question.*

« Je crois qu'ils savent pas trop quoi en penser… Ils doivent s'imaginer que je travaille dans le porno, tout en essayant de se convaincre qu'en réalité c'est juste de l'art et que ça va me passer, mais tout en étant rassurés de savoir qu'au moins je fais pas le tapin. En tout cas, ce qui est sûr, si c'était ça, le but de votre question, ils ne sont pas du genre à venir anonymement me menacer sur mon téléphone, et encore moins sur un de mes *lives*. Mes parents sont du genre à ne jamais se rappeler le mot de passe de leur e-mail, donc les imaginer venir sur un *stream*, créer un compte, tout ça pour balancer mon adresse, je n'y crois pas un seul instant.

— Non, bien sûr, et je vous confirme que ce n'était pas ça, le but de ma question. J'essaie juste de me faire une idée aussi précise que possible de votre environnement personnel et professionnel. Et je vous remercie de votre franchise. »

Lola sembla se détendre un peu. Marion reprit :

« Il faudrait qu'un technicien puisse analyser l'ordinateur que vous utilisez pour faire vos *lives* ainsi que votre téléphone, si vous êtes d'accord…

— Euh… oui, je suis d'accord… mais j'ai besoin de mon ordinateur et de mon téléphone pour travailler, je peux pas vous les laisser. »

Marion réfléchit un instant, puis se leva. Il était près de 17 heures et elle ne voulait pas s'imposer.

« Si vous le voulez bien, j'aimerais que vous passiez avec vos machines demain au commissariat, le plus tôt sera le mieux ; on fera le plus rapidement possible et vous pourrez repartir avec votre téléphone et votre ordinateur. La seule chose que je vous demande, c'est de ne rien installer ou désinstaller sur votre ordinateur d'ici là, et de ne rien supprimer sur aucune de vos machines. Nous n'irons pas fouiller dans des répertoires que vous ne voulez pas qu'on fouille, vous serez avec nous pendant toute l'opération. »

Elles convinrent d'un horaire le lendemain matin, puis Marion se leva, remercia ses hôtes et repartit, non sans avoir laissé une carte de visite à Lola.

« C'est mon numéro de portable, vous pouvez m'appeler à n'importe quelle heure si vous avez besoin. »

*
* *

« Qu'est-ce que tu penses d'elle ? demanda Lola.

— Je la sens bien. J'ai pas eu l'impression qu'elle te prenait pour une folle, et en vrai c'est déjà pas mal. En plus, de toi à moi, je préfère que ce soit une femme. Un mec pourrait pas s'empêcher de se faire des idées...

— Le gars qui a pris ma plainte était pas relou, pour le coup.

— N'empêche. S'il passait plusieurs heures avec toi en dehors de son bureau, qui sait les idées qu'il pourrait se faire...

— Bon, de toute façon la question se pose pas, hein... Non, le seul truc qu'il y a, c'est que je m'attendais pas à ce que les flics reviennent vers moi aussi vite. Cette Lambert, là, je sais pas comment dire, mais elle a l'air... je sais pas... trop qualifiée pour se taper la route jusqu'ici et me poser les mêmes questions.

— Tu penses à quoi ?

— Je sais pas… Mais d'un coup ça semble si… sérieux… »

La conversation semblait bien terminée quand Lydia, grave, posa la question :

« En vrai, t'es inquiète ? Ou ça va ? »

Lola regardait son amie, son visage plein d'empathie, son regard inquiet. Oui, Lydia était inquiète. Elle avait peur. Mais elle n'avait pas peur pour elle-même, et semblait même presque avoir oublié que l'adresse de Lola était également la sienne et que si la menace était réelle, le risque pour elle l'était tout autant. Non, Lydia avait peur pour Lola. Et instinctivement, cette dernière avait envie de la rassurer, de lui dire qu'elle était sereine, qu'elle était impatiente que la police tombe sur le boutonneux de 14 ans qui se cachait derrière ces menaces. Mais Lydia était son amie depuis bien trop longtemps. Toutes deux se connaissaient par cœur et se lisaient l'une l'autre. Lola répondit simplement :

« Je ne sais pas, je… non, j'en sais rien. »

35.

Étienne Mornay n'avait pas chômé. Il n'avait pas non plus respecté les directives claires qui lui avaient été transmises. *Lambert va me faire la gueule, c'est sûr, mais pas longtemps, vu ce que j'ai trouvé.* Il s'était concentré sur Maxime Roques et avait cette fois-ci parfaitement respecté la procédure, nonobstant le fait que le capitaine lui avait demandé de ne plus s'occuper de cette victime. Il n'avait pas fouillé de fichier interne de la police ou de la gendarmerie, n'avait pas tenté de se connecter de façon plus ou moins discrète à un ordinateur auquel il n'était pas censé avoir accès. Il avait simplement utilisé Internet, Google, comme tout un chacun était capable de le faire. Et il avait trouvé beaucoup de choses : un compte LinkedIn public présentant un CV à peu près vide ; un profil Facebook sur lequel très peu d'informations étaient accessibles publiquement, notamment le fait que Maxime Roques avait aimé plusieurs « pages » officielles assez significatives : Act-Up, Aides, Le Refuge, et quelques autres associations liées à la communauté gay. Si on ajoutait son compte Twitter, sur lequel il exprimait très librement son militantisme en faveur des droits des homosexuels, notamment ses positions en matière de PMA et de GPA, il semblait assez évident pour Étienne que Maxime Roques était gay. De plus, Étienne avait pu constater que Maxime était depuis quelques semaines la cible d'attaques particulièrement directes sur Twitter :

Il me manque, le bon temps ou les tarlouzes fermaient leur gueule

C'est à force de sucer des bites que t'as cru que tu pouvais parler comme un bonhomme sur Twitter ?

Faut accepter la réalité, mon gars. Être pédé, ça fait partie du darwinisme, y a des espèces qui sont voué à disparaître

même compte tenu de la sensibilité des sujets :

Je dirai bien que si on leur donne le doigt ils veulent le bras entier, mais celui-là pourrait prendre mon doigt pour une teub XD

Pour quelqu'un qui avait si peu de *followers*, les réponses à certains de ses tweets étaient bien trop nombreuses. Il était manifeste que Maxime Roques était cyberharcelé depuis au moins deux semaines, ce qui non seulement pouvait justifier un état dépressif, mais le corrélait au suicide d'Alice. Tous deux avaient été harcelés en ligne, tous deux s'étaient rendus sur le forum des Amoureux du voyage, et tous deux s'étaient donné la mort plus ou moins concomitamment à une visio ou une audioconférence. Étienne aurait parié qu'Alice avait parlé avec Charon, ou quelqu'un de similaire à Charon. Mais pourquoi une visioconférence ? Pour l'encourager à passer à l'acte ? Pour observer le spectacle de la mort en direct ?

Le téléphone sonna. C'était le lieutenant Lambert qui sortait de son entretien avec Bénédicte Le Guerrec. Elle était en route pour le commissariat, lui raconta brièvement sa rencontre avec Lola, lui expliqua que cette dernière apporterait le lendemain son ordinateur et son téléphone, qu'Étienne n'aurait qu'une heure ou deux, tout au plus, pour en extraire un maximum d'informations. De son côté, Étienne expliqua ce qu'il avait découvert concernant Maxime Roques. Comme il s'y attendait, le lieutenant Lambert commença par s'énerver, il n'aurait pas dû poursuivre dans cette voie. Mais lorsqu'il expliqua comment il avait découvert ce qu'il avait découvert, elle se détendit.

« On ne pourra sans doute rien en faire, mais ça va peut-être nous aiguiller dans la bonne direction », dit-elle simplement.

Après avoir raccroché, Étienne Mornay se mit à collecter un maximum d'informations sur ceux qui avaient harcelé publiquement Maxime Roques. Il y en avait bien trop, alors il se concentra sur les plus virulents, mais également sur les premiers.

Les gens ont tendance à croire que le cyberharcèlement relève d'une organisation, que quelque part sur un forum des gens se donnent un top départ pour aller emmerder quelqu'un en ligne, mais la réalité est différente. Il existe une part non négligeable d'effet boule de neige. Si suffisamment de personnes vous tombent dessus, l'attaque que vous subissez devient *trendy*, à la mode. Vous faites le buzz, comme on dit… mais en l'occurrence on parle plutôt de *bad buzz*. Dès lors, des personnes qui n'ont rien à voir ni avec vous, ni avec les personnes qui vous attaquent, ni même avec le sujet qui a provoqué l'attaque, des personnes de tous horizons vous tombent dessus comme des vautours. L'odeur du sang. Les gens aiment l'odeur du sang. Voilà pourquoi Étienne Mornay cherchait les premiers harceleurs, ceux par qui l'attaque avait commencé. Avec un peu de chance, il réussirait à comprendre comment celle-ci avait pu prendre autant d'ampleur. Il ouvrit Twitter ainsi qu'un nouveau document de l'application Bloc-notes, pour y noter tout ce qu'il y trouverait : pseudonymes, noms, messages et horodatages des messages, adresses IP, etc. Et pour chacune de ces personnes, il chercherait des informations, comme il venait de le faire pour Maxime Roques. Quinze minutes plus tard, il comprit que sa journée allait être encore longue…

36.

Jonathan était dépassé. Son plan était pourtant parfait, bien que manquant d'originalité. Il avait détecté un tweet de Skul, un rappeur populaire chez les très jeunes et qui exprimait sur Twitter une opinion qu'on aurait facilement pu qualifier de politique ; Jonathan avait répondu sous le tweet originel, se fendant pour l'occasion d'une insulte passablement humiliante et laissant entendre que le rappeur fantasmait des rapports homosexuels avec des officiers de la police nationale, puis s'était rendu sur un forum dont il était un habitué pour créer un nouveau *topic*, un nouveau sujet de discussion :

Skul en PLS sur Twitter XD

Le titre était suffisamment aguicheur, « putaclic » selon le terme consacré, pour provoquer, justement, des clics d'utilisateurs du forum. Jonathan renseigna le premier message du sujet de discussion, consignant simplement le lien du tweet originel ainsi que celui de sa réponse.

C'était méconnaître la popularité du rappeur. Très vite, de nombreuses réponses à Jonathan apparurent sur Twitter. De l'insulte pure et dure. Jonathan était content de lui. Il arrivait à ce qu'il voulait, et bientôt d'autres trolls verraient son message sur le forum et viendraient s'attaquer au rappeur. Mais les réponses furent très nombreuses. Bien plus qu'il ne l'avait imaginé. *Ça va vite être le festival du merdier, si ça continue comme ça.* Puis il y eut *le* tweet. Skul venait de répondre, et son message allait avoir une conséquence que Jonathan n'avait pas envisagée :

J'ai signalé. Et vous ?

Contre toute attente, le rappeur avait simplement réagi de façon raisonnable. Il n'avait pas ignoré, il n'avait pas surenchéri. Pire encore, il avait désigné à ses *followers* la voie à suivre. Après à peine deux minutes, ce message avait déjà collecté plus de 500 « j'aime ». Normalement, Jonathan aurait dû éclater de rire à voir autant de réactions à un seul message, mais ce n'était pas du tout ce qu'il avait imaginé. Très vite, il ne put plus voir le dernier message du rappeur : ce dernier venait de le bloquer, ce qui était normalement une victoire en soi. Il ne pourrait plus rien voir de ce que ce dernier postait. Jonathan risquait même la suspension de son compte si suffisamment de gens signalaient son tweet. *Merde !* Il avait de nombreux comptes Twitter et pouvait toujours en créer de nouveaux, mais il aimait conserver son pseudonyme, qui lui permettait de présenter ses faits d'armes à toute la communauté de trolls et d'entretenir sa réputation en ligne. S'il voulait préserver son compte, il faudrait peut-être supprimer son message.

Les soutiens au rappeur persistaient, de nombreuses réponses à l'appel à signaler qui, lui, était désormais masqué, et qui toutes répondaient, d'une manière ou d'une autre :

C'est signalé

Jonathan supprima son message originel. C'était un échec. Il était pris à son propre piège. Devoir supprimer un tweet sous la pression du nombre, c'était ce qu'il était censé provoquer, pas ce qu'il était censé subir. Il retourna sur le forum pour voir si son *topic* avait été visité. Et alors qu'il pensait pouvoir le supprimer et prétendre que rien de tout ça ne s'était passé, il y découvrit un message, daté de quelques secondes à peine :

Ah ouais ? T'es sûr que c'est pas l'op qui est en PLS ? ^^

L'*op*, ou « Original Poster », le créateur du post, c'était lui. Pour quelle raison penserait-on qu'il était en PLS ? Le message était suivi d'un lien, sur lequel Jonathan cliqua. Il s'agissait d'un tweet, mais le contenu en était masqué. Le message suivant apparut :

L'auteur de ce message vous a bloqué, vous ne pouvez pas voir le contenu de ce message.

Rapidement, Jonathan ouvrit un navigateur Internet en navigation privée pour ne pas être identifié et ainsi voir les messages auxquels il n'avait, depuis son compte, plus accès, puis se rendit de nouveau sur le lien. Il s'agissait d'un tweet de Skul. Il avait fait une capture d'écran du tweet de Jonathan et inscrit au-dessus de l'image :

Ça sert à rien de supprimer, Internet n'oublie jamais.

Le tweet avait déjà près de 1 000 « j'aime ». Sur le forum, les trolls se moquaient de lui, s'excitaient. *La honte, putain*, pensa-t-il. *Je me suis fait troller par ce connard de Skul.* Jonathan pensa un temps supprimer son *topic*, ou répondre dans le forum, mais il savait que tout ça ne servirait à rien. Il fallait qu'il accepte sa défaite, fasse le dos rond et passe à autre chose. Il ne voulait surtout pas déclencher un effet Streisand. Sa mère s'était moquée de lui la première fois qu'elle avait entendu parler d'effet Streisand, parce qu'il ne connaissait pas la célèbre interprète de *Yentl* et *Hello, Dolly !* Peut-être bien, mais lui au moins savait ce qu'était l'effet Streisand. En 2003, un photographe avait pris une photo aérienne de la résidence de Barbra Streisand et l'avait publiée sur Internet. Peu de gens le savaient. Mais l'actrice avait poursuivi le photographe et le site Internet en justice pour que la photo soit supprimée. La publicité autour de cette procédure fut telle qu'elle attisa la curiosité des internautes et la photo fut bien plus visionnée, au cours des semaines suivantes, que si Streisand s'était contentée de ne rien faire. C'était ça, l'effet Streisand. Ouvrir sa gueule sur Internet, c'était amplifier ce qu'on voulait faire disparaître.

Alors Jonathan ne dit rien. Il observa la meute, passif, impuissant. L'intérêt s'essoufflerait, mais il devrait sans doute abandonner son compte Twitter. Peut-être même créer un nouveau compte sur le forum. Il possédait pourtant ce compte depuis plus de cinq cents jours. Quel gâchis ! Il essaya de se convaincre que « c'est la vie », « parfois on gagne, parfois on perd », mais il était incroyablement frustré par la situation. Il s'était lui-même fait troller par Skul, il s'était laissé surprendre. *Les people ne réagissent normalement pas ainsi.* Pourtant, c'était de plus en plus souvent le cas, devait-il accepter. Les personnalités publiques apprenaient désormais à réagir face à des trolls, à savoir : ne pas réagir du tout ou leur couper immédiatement l'herbe sous le pied. Et Jonathan s'était laissé surprendre. Sur son propre *topic*, il n'était désormais plus du tout question du tweet originel, mais les quelque soixante commentaires moquaient simplement l'*op*, l'auteur, Jonathan lui-même. Il ne réagirait pas, ne répondrait pas, puis ça se tasserait. Mais il ne devrait plus utiliser le même pseudonyme, faute de quoi quelqu'un irait immanquablement, à chaque nouveau message, déterrer ce *topic*. *Ma réputation est à reconstruire. Merde.*

Une notification apparut sur le coin supérieur de son écran d'ordinateur. *Un message privé provenant des AV.* Jonathan bascula sur la fenêtre concernée et entama une conversation avec un interlocuteur inconnu, comme il l'avait par le passé déjà fait plusieurs fois. Dans la conversation, un mot fut répété plus souvent que les autres : Charon.

37.

Étienne Mornay tournait en rond. Il ne trouvait rien qui soit utilisable. Les attaques contre Maxime Roques étaient bien trop diffuses, il était quasiment impossible de savoir ni ce qui avait déclenché ces attaques, ni ce qui les avait propagées. Il avait bien trouvé quelques comptes récurrents, ce qui n'avait rien d'insolite. Que quelqu'un qui n'apprécie pas les positions d'une personne aille de temps en temps jeter un coup d'œil pour voir s'il y a une nouvelle posture contre laquelle se tenir était en quelque sorte un des fonds de commerce de Twitter. Mais malgré les heures passées, malgré la quantité d'informations collectées, rien ne permettait de pointer une direction.

Il se recula sur sa chaise pour souffler, pensa qu'il commençait à avoir faim et allait proposer au lieutenant Lambert de commander quelque chose, mais celle-ci lui fit signe de ne pas l'interrompre. Elle semblait concentrée. Afin de ne pas la déranger, il fit le tour de son bureau pour voir ce qu'elle faisait. Elle était en train de lire des messages sur l'un des forums des Amoureux du voyage. Elle cherchait quelque chose. Quelque chose de particulier ? L'inspiration ? C'était difficile à dire. Mornay prit sur lui de l'interrompre pour le lui demander.

« Deux minutes, je veux d'abord finir cette page, répondit-elle un peu sèchement sans même lever les yeux de son écran.

— Je peux peut-être vous aider, de mon côté ça ne donne rien. »

Marion Lambert eut un mouvement de recul. Elle était agacée. Peut-être contre lui, ou peut-être était-ce seulement de la frustration à ne pas trouver ce qu'elle cherchait. Il ne dit rien et attendit.

« J'essaie de trouver sur le site des Amoureux du voyage s'il y a des références quelque part à Charon, dit-elle enfin. Pour l'instant, je n'ai aucun lien entre les deux, et pourtant je suis sûr qu'ils sont liés.

— Vous avez essayé le moteur de recherche ? demanda Étienne en pointant du doigt l'icône loupe en haut de l'écran.

— Oui, bien sûr, mais ça n'a rien donné. Aucun résultat.

— À vrai dire, ça ne m'étonne pas vraiment. La plupart du temps, la recherche s'effectue sur les titres des *topics* uniquement, et pas sur le contenu des messages...

— Je sais... C'est bien pour ça que je lis tous les messages du site, et c'est...

— Fastidieux ?

— Affligeant ! Je ne suis pas totalement naïve et je sais bien que ce genre de sites existe sur Internet, comme il doit d'ailleurs en exister de bien pires. Mais lire ces dizaines de messages, savoir qu'il y a là-dedans non seulement des gens dépressifs qui pensent réellement à en finir, mais aussi des abrutis pour qui tout ceci ne doit être qu'une immense blague et qui leur conseillent des horreurs, c'est... déprimant. »

Étienne retourna à sa place. Il réfléchit à une solution.

« Je sais peut-être comment faire : je peux aspirer le site et…

— Pas de piratage !

— C'est pas du piratage. C'est un programme qui va automatiquement suivre tous les liens du site et enregistrer toutes les pages. C'est quelque chose qu'on peut faire manuellement, il n'y a aucun problème et rien d'illégal. Mais une fois les pages enregistrées sur ma machine, je peux rechercher rapidement tout ce que je veux sur l'intégralité du site.

— Mais ça va pas être énorme ?

— Ça reste un petit site, du point de vue d'Internet. Quelques dizaines de *topics*, des centaines de messages, mais rien d'insurmontable. Et une fois que ce sera fait, on va gagner un temps fou. »

Marion scrutait son écran depuis plusieurs heures et n'avait pas parcouru cinq *topics* du forum. Il y en aurait pour des jours à tout vérifier, sans compter le risque qu'elle passe à côté d'un message important.

« Très bien, faisons ça !

— Est-ce qu'on peut au moins commander à manger, lieutenant ? »

Tandis que Mornay installait son programme d'aspiration de site Internet, Marion commanda des sushis. Ils seraient livrés dans la demi-heure. Et tandis qu'Étienne lançait son programme, ce qui pouvait prendre, d'après lui, « de 5 à 30 minutes », il proposa à Marion d'aller regarder à quoi ressemblait un *live* de Lola… « Pour mieux connaître la victime », ajouta-t-il un peu embarrassé. Justement, Lola démarrait un nouveau *live*, et les deux policiers observèrent la prestation de la jeune femme ainsi que le comportement de son *live* sans dire un mot ni échanger un regard.

38.

Lola devait travailler. Elle ne pouvait pas vivre dans la peur, et quand bien même elle aurait souhaité prendre quelques jours, elle ne pouvait pas se le permettre. Disparaître des réseaux plusieurs jours suffirait à lui faire perdre ceux de sa communauté qui n'étaient pas réellement engagés à la suivre. C'était un univers de zapping continuel et de concurrence illimitée. Si elle souhaitait devenir une Suicide Girl, il fallait qu'elle montre non seulement sa détermination mais aussi le fait qu'elle « pesait », que de nombreuses personnes suivaient ses faits et gestes en ligne. Alors elle avait décidé de faire un *live*, classique, comme si de rien n'était. Elle n'évoquerait pas les événements passés, ne laisserait pas le *chat* converser à ce sujet. Exceptionnellement, elle avait demandé à Lydia de jouer les modérateurs, ce qui la rassurait. Lydia pouvait tout à fait le faire de chez son mec. Le moindre message qui dépassait les bornes serait immédiatement supprimé. De plus, avant de démarrer son show, elle paramétra le salon de discussion pour interdire quelques mots-clés. Ainsi, si qui que ce soit entrait le nom de Lola « Le Guerrec », ou son numéro de téléphone, avec ou sans espace, ou encore le nom de sa rue, le message ne s'afficherait même pas à l'écran. Lola s'en voulut de n'avoir jamais pensé à le faire avant, mais pourquoi y aurait-elle pensé ?

Elle enfila une tenue constituée d'un jeans taille basse surmonté d'une large ceinture de cuir noir avec une boucle argentée ornée d'un B majuscule et d'un haut de bikini triangle vert à motifs blancs. Elle compléta l'ensemble d'une longue perruque rousse. Elle était habillée en Nami, un personnage féminin sexy de l'anime japonais *One Piece*, adaptation télévisuelle du manga éponyme. La transformation serait suffisante pour que le *chat* s'enflamme sur sa sensualité le temps de lancer le direct. Passé les premières minutes, elle n'aurait plus à se soucier de la discussion, les esprits seraient déjà bien trop échauffés. Tandis que Lola se passait de l'huile sur le buste, allongée sur le lit de sa chambre qu'elle avait recouvert d'une large serviette de plage à l'effigie de Monkey D. Luffy, capitaine pirate de l'Équipage de Chapeau de paille et protagoniste de *One Piece*, elle ne pouvait s'empêcher de repenser au dernier *live*. Elle n'était pas sereine. Elle s'attendait à tout moment à ce que quelque chose dérape, et espérait que son public ne s'en rendait pas compte. Le public ne se rendait compte de rien, trop occupé à attendre que les tétons de Lola jaillissent du haut luisant de son bikini. Peut-être s'en faisait-elle trop pour pas grand-chose. *Si je n'avais pas été porter plainte, et si je n'avais pas rencontré cette inspectrice, peut-être que je n'y penserais déjà plus.* Lola savait qu'il ne fallait pas réagir sur Internet. Il fallait laisser glisser, attendre que ça passe, et reprendre sa route. Ce qui avait déclenché tout ça, c'était les messages sur son téléphone. C'est pour ça qu'elle avait réagi, et c'est pour ça que Lydia l'avait incitée à porter plainte. Ça avait débordé du cadre numérique pour entrer dans sa vie personnelle. Que possédait-elle de plus intime que son téléphone portable ?

Lola donnait le change, mais elle n'arrivait pas à se détendre. Si les membres les plus assidus de son public avaient pu garder la tête froide – ce n'était pas le cas –, ils auraient remarqué que Lola parlait moins, mais surtout qu'elle plaisantait moins qu'à son habitude. Le ton était d'ordinaire léger pendant presque tout le *live*. C'était d'ailleurs ce qui rendait particulièrement excitante la fin de ses prestations, lorsque Lola prétendait être trop excitée pour continuer à plaisanter, voire pour continuer à simplement parler, ne laissant échapper que des gémissements de plus en plus intenses auxquels s'ajoutaient les remerciements à ceux qui lui donnaient de l'argent.

*
* *

De son côté, Lydia s'ennuyait un peu. Elle modérait le *chat* sans aucune réticence, c'était un service qu'elle rendait à son amie de toujours avec un grand plaisir, mais il n'y avait rien à modérer. Personne n'avait mentionné l'incident du dernier show, personne ne « poussait le bouchon un peu loin ». Il y avait certes quelques excités qui s'exprimaient sans doute de façon un peu trop littérale, ce à quoi Lydia répondait en leur demandant de « rester soyeux » – c'était la formule polie qui signifiait « gardez votre excitation de votre côté de l'écran sous peine de vous faire dégager » –, mais il n'y avait rien eu de plus. Lydia observait son amie à l'écran et, si elle la trouvait furieusement belle et sans doute aussi tout à fait désirable, elle ne comprenait pas toujours comment elle pouvait autant se livrer devant une caméra. Devant des gens dont elle savait qu'ils étaient là, à la regarder, qui lui demandaient des choses, et qui lui envoyaient de l'argent. De la même manière, elle ne savait pas quoi penser de ces « donations ». Tout comme elle ne savait pas ce qu'elle aimait le moins : qu'on envoie un euro à Lola ? Ou qu'on lui en donne cent ? Quel était le message que celle-ci envoyait, sinon que, pour voir ses seins, il fallait payer, que pour voir son cul, il fallait payer, et que pour la voir se masturber au point d'avoir un orgasme « pour de vrai et en direct » – *ben voyons !* – il fallait payer ?

Mais Lydia était son amie de toujours et elle ne la jugeait pas. Jamais. Ne serait-ce que parce que Lola ne l'avait jamais jugée et ne la jugerait jamais elle non plus.

Les séances photo, c'était autre chose. Lydia pouvait se convaincre que c'était de l'art. Lola et elle avaient une confiance absolue en leur amie photographe, il n'y avait personne d'autre. L'événement était intime. Ce qui se passait ensuite ne la concernait pas. Sans être exhibitionniste, Lydia n'était pas pudique, elle aimait son corps – *à quelques détails près* – et se sentait assez à l'aise pour batifoler avec Lola. Elle se prenait souvent au jeu, d'ailleurs. Sans doute bien plus que Lola pour qui jouer ce genre de comédie était courant, pensait-elle en regardant justement son amie passer « accidentellement » le haut de son maillot au-dessus de ses seins. Lydia n'était pas gay, elle ne se sentait même pas particulièrement bisexuelle, et jamais elle n'aurait envisagé avoir une relation sexuelle sérieuse avec Lola, ni avec aucune autre femme d'ailleurs. Mais ces moments étaient hors du temps, presque hors de la réalité. *Ça ne compte pas.* Sans doute au grand désespoir de Rémi qui, comme quasiment tous les hommes hétérosexuels actifs, rêvait sûrement d'un plan à trois, à condition d'être le seul mâle du trio. Il n'en avait jamais fait mention, il n'avait jamais même été ne serait-ce qu'un peu désobligeant ou lourd avec ou à propos de Lola, mais *un homme est un homme*, songea Lydia. *Et si l'occasion se présentait, il ne dirait pas non.* Mais l'occasion ne se présentait pas, ne se présenterait jamais. Ce qui liait Lydia et Lola était différent, et ce qui se passait durant ces séances photo était encore quelque chose de différent.

Lydia reporta son attention sur le *chat*. Près de trois cents personnes participaient, ce qui était un beau score, même si les dons restaient pour l'instant discrets. Ce que

Lydia ne savait pas, c'était que les dons augmentaient avec l'excitation. Ce n'était que vers la fin du *live* que l'argent changeait vraiment de mains. Soit pas avant une bonne quinzaine de minutes. Alors Lydia resta concentrée sur le *chat* et fut heureuse pour son amie de s'ennuyer autant.

*
* *

Pour Lola, tout semblait se passer comme d'habitude. *Comme avant.* Elle commença à se détendre doucement et, pour la première fois, sentit une réelle excitation monter en elle. *Peut-être qu'aujourd'hui mon public va avoir droit à un spectacle authentique*, se dit-elle. Cette simple pensée faisant monter sa température.

39.

Étienne se leva pour payer le livreur qui venait d'entrer dans le bureau. Marion Lambert était sortie pour se préparer un thé, mais sans doute aussi pour échapper au spectacle de cette jeune femme à l'écran qui semblait bien partie pour réveiller tout le quartier. D'ailleurs, le livreur ne put s'empêcher de réagir à ce qu'il apercevait sur l'écran derrière le policier qui lui tendait une carte bleue :

« Ah ben, ça va, vous vous mettez bien au commissariat ? »

Étienne se sentit obligé de s'expliquer, en attendant que le paiement soit validé :

« Nan, mais… on travaille sur une affaire…

— Ouais, OK. Moi aussi, je travaille souvent sur des affaires, répondit l'homme en éclatant de rire.

— Bon, ben merde », rétorqua alors Étienne faute de mieux, conscient du fait que rien de ce qu'il pourrait dire ne changerait la situation. Le livreur repartit, en riant bruyamment.

Lorsque Marion revint dans le bureau, le jeune homme avait disposé les plats de chacun, soupe miso, assortiment de makis, boulettes de poulet, petit ramequin en plastique contenant de la sauce salée, etc.

« Baisse un peu le son, murmura Lambert. Je sais que les bureaux sont vides, mais pas tout à fait, et on va finir par nous demander ce qu'on fait ici.

— Ils pourront toujours demander au livreur, je pense qu'il se fait une idée très précise de ce qui se passe dans ce bureau, répondit-il avec un sourire tout en coupant le son de la vidéo.

— Sinon, il s'est rien passé ? demanda-t-elle en désignant l'écran.

— Je ne dirais pas qu'il s'est rien passé, parce que votre victime, Lola, a quand même l'air très occupé… »

Comme le lieutenant ne souriait pas, il reprit son sérieux.

« Mais sinon, non, rien de spécial. Le spectacle a l'air de se passer normalement, les gens dans le *chat* sont chauds bouillants, mais rien de déplacé. Ils sont quelques-uns à avoir remarqué qu'il y a un modérateur, donc j'imagine que ce n'est pas toujours le cas, ce qui est toujours une mauvaise idée, pour le coup… de ne pas avoir de modérateur dans le *chat*, je veux dire », précisa-t-il.

Le son coupé, ils purent dîner en conversant peu mais de façon assez sincère. Ils se racontèrent leur parcours, comment ils étaient entrés dans la police, dans quel but. Ils faisaient tout simplement connaissance, comme deux collègues qui savent qu'ils vont passer du temps à travailler ensemble et qui y prennent du plaisir. À un moment, toutefois, Mornay parut préoccupé. Marion le sentit hésitant, et lui demanda ce qu'il y avait.

« Il y a une question que je me pose, lieutenant, mais je…

— Tu peux arrêter avec les "lieutenant", tu sais… Appelle-moi Marion, et apprends à me tutoyer. C'est non seulement une tradition dans la maison, mais en plus, même si je suis plus âgée que toi, je suis pas ta grand-mère, non plus…

— Tout le monde se tutoie, dans la maison ?

— Oui, tout le monde.

— Le capitaine, je le tutoie ?

— Alors… le capitaine, j'irais pas jusque-là, mais ça viendra sûrement avec le temps. Mais t'allais me poser une question…

— Oui… Voilà. Je voudrais pas paraître désobligeant, ma question l'est vraiment pas, mais en même temps je veux pas donner l'impression de vous… de te manquer de respect, pardon.

— Vas-y. Si je fais voler mes makis à travers la pièce il sera toujours temps de te dire que t'as merdé…

— Eh ben… comment ça se fait que tu te retrouves à gérer une affaire de suicide ? Je veux dire, j'ai des collègues dans la police depuis moins longtemps que moi qui ont déjà été affectés à des affaires plus sérieuses que ça…

— J'ai pas vraiment le droit d'en parler. Tout ce que je peux dire, c'est qu'il arrive parfois qu'on se trouve au milieu d'un merdier politique, et que quand ça arrive il est normal que quelqu'un fasse office de fusible. Ça permet à tout le monde de garder son job. Plus ou moins. Sauf le fusible.

— Et là, le fusible, c'est toi ?

— C'est moi. Mais ne t'inquiète pas, je ne prends pas mal ta question, surtout venant du bleu qui a été désigné pour être l'assistant du fusible. » Elle lui tira un clin d'œil pour indiquer qu'elle ne l'avait réellement pas mal pris, et d'un geste sûr mena avec ses baguettes une bouchée de son plat à sa bouche.

« Et c'était quoi ? Une affaire criminelle ?

— Comme je t'ai dit, je n'ai pas le droit d'en parler. Ce que je peux te dire, en revanche, c'est que l'ordre de ne pas en parler émane du ministère des Affaires étrangères. C'est une histoire qui a embarrassé le ministère, ce qui a embarrassé à son tour le capitaine qui, pour prouver à sa hiérarchie qu'il dirigeait son commissariat comme un bon capitaine, m'a rangée dans un placard le temps que ça se tasse. C'est aussi sans doute pour ça qu'il hésite à accepter que notre affaire en soit réellement une. Il doit se dire que j'ai tellement envie de reprendre du service que je vois des criminels partout où je regarde.

— Et c'est le cas ?

— En temps normal, ce que je suis en train de faire pour la famille d'Alice, personne n'aurait l'idée de le faire, ni même le temps. Mais on a bien trouvé un début de piste, alors je me dis que je n'ai pas complètement tort. J'essaie de positiver, tu vois ? Tu es sur cette affaire autant que moi, t'en penses quoi ?

— Je pense qu'il y a quelque chose, comme tu dis... mais je n'ai aucune idée de quoi exactement.

— Moi non plus. Et notre rôle, c'est de comprendre ce qui se passe, pas d'avoir des idées. Avoir des idées, ça peut être dangereux, parce qu'on finit par ne voir que ce qu'on a envie de voir, de ne rechercher que des indices et des preuves qui confirment ce qu'on pense déjà savoir. Si tu veux entrer à la scientifique, garde ça dans un coin de ta tête : souvent, notre rôle consiste à tenter de démontrer que nos théories sont fausses, pour voir à quel point elles résistent… Enfin… en théorie, en tout cas. »

Quelque chose attira l'œil de Marion ; un message venait d'apparaître sur la fenêtre du *live* de Lola. Instinctivement, elle se dit que ce n'était pas normal, mais comprit rapidement, en voyant Étienne s'affairer sur son ordinateur, qu'il ne s'agissait pas d'un message apparu dans le *live*, mais d'un message de l'ordinateur indiquant que l'aspiration du site Internet lesamoureuxduvoyage.com était terminée.

« OK, on va pouvoir commencer, dit Étienne. Je cherche quoi ? Charon ?

— Pour commencer, oui. »

40.

Jonathan était en train de surfer sur Internet, et, même si tout était étrange, il était parfaitement à son aise. Car Jonathan n'était pas en train de surfer sur le web, comme le font quotidiennement des millions de personnes, mais sur le *dark web* – comme le font quotidiennement d'autres millions de personnes. Tout y est moins lisse, moins formaté, moins « marketé ». Le *dark web* est une partie d'Internet, et une partie non négligeable, qui plus est. La seule différence, et la plus importante, est que les sites n'y sont pas aussi simplement accessibles. Il faut faire appel à des protocoles différents, utiliser un navigateur spécial et, la plupart du temps, il faut connaître précisément l'URL, l'adresse des sites que vous souhaitez visiter. Et ces URL ne sont généralement pas plus élégantes que les sites auxquels elles conduisent. Il s'agit souvent d'une longue suite de caractères, des chiffres et des lettres ne formant aucun mot particulier, suivi d'une extension, classiquement « .onion ». Pourquoi le mot anglais *onion* ? Parce que, tel un oignon, le *dark web* est une succession de couches qu'il faut peler pour s'y enfoncer. Le *dark web*, c'est le Far West, un lieu où il ne faut pas s'aventurer sans protéger correctement son identité et sa localisation en amont. Car, lorsque vous ouvrez une fenêtre sur le *dark web*, vous ouvrez au *dark web* une fenêtre chez vous. C'est une portion d'Internet qui ne dispose d'aucune réglementation, d'aucune surveillance. Il est par exemple, comme sur le web, possible de télécharger un film illégalement, mais cela s'avérera plus difficile que sur le web classique. Parce que les activités illégales du *dark web* sont plus sérieuses : il est possible d'y acheter de la drogue, des armes ou même des personnes comme on achèterait un disque sur Amazon ; il est possible d'y engager un tueur à gages, de le payer en bitcoin pour son contrat et, au bout du compte, aucune information ne permettra de relier le tueur à son commanditaire.

Mais le *dark web* n'est pas uniquement le lieu des crimes et de la violence, c'est surtout pour beaucoup un lieu sans réglementation, et donc sans censure. Les mouvements politiques les plus subversifs peuvent s'y exprimer librement, tout comme les médias d'informations dites « alternatives ». Pour beaucoup, le seul vrai Internet libre est le *dark web*.

Pour Jonathan, c'était un lieu où il effectuait de nombreuses affaires, hors de toute comptabilité, hors de tout système d'impôt qui, selon lui, ne servait qu'à maintenir en place un système moribond sur lequel s'appuyaient allègrement les individus les plus mous de la société. Il les méprisait tellement qu'il refusait de les appeler des « assistés », tout en refusant également de les appeler des parasites. Pour lui, déshumaniser une partie de la population ne permettait que de rendre le problème plus abstrait, plus distant, un peu comme appeler Hitler un monstre. Dire qu'Hitler était un monstre, c'était pour lui finir par penser qu'il n'était pas dans la nature des humains de se comporter comme il avait pu le faire et s'assurer, à terme, de ne pas voir venir le suivant. En revanche, se rappeler qu'Hitler, malgré toutes ses atrocités, était un être humain, c'était garder à l'esprit ce dont sont capables les humains. Ainsi, ceux qui ne vivaient que grâce à l'exploitation d'un système mis en place pour les aider à survivre mais qui se contentaient de l'exploiter, justement, n'étaient pas des parasites. C'étaient des humains. Des humains exécrables, selon Jonathan, mais des humains tout de même.

Pourtant, si on le lui avait demandé, Jonathan ne se serait estimé ni raciste, ni xénophobe, ni homophobe, ni quelque autre forme de discrimination. Pour autant, il ne fallait pas au nom du « politiquement correct » refuser de regarder les difficultés du monde en face et, si Jonathan pouvait parfaitement comprendre qu'on pût, dans sa vie, être licencié, être au chômage et avoir des difficultés à retrouver un emploi, il appartenait à chaque individu d'avoir la dignité et la fierté suffisantes pour pouvoir se relever seul et ne pas être un poids pour l'ensemble de la société toute une vie durant. Lui aurait-on fait remarquer qu'il était facile de tenir un tel discours quand on vit bien au chaud chez ses parents qu'il ne l'aurait pas entendu. Il n'avait pas à s'excuser de ne pas vivre dans la misère, et le fait de n'y pas vivre ne lui retirait pas le droit de s'exprimer sur ce sujet. Nombreux étaient les gens qui en avaient d'ailleurs fait les frais par le passé sur Twitter.

Jonathan ne pensait jamais vraiment à tout ça, mais jamais rien de tout ça ne quittait véritablement son esprit. Et alors qu'il faisait des affaires sur le *dark web*, il avait dans le regard quelque chose de déterminé que ses propres parents ne lui connaissaient pas et n'auraient pas reconnu. Un mélange de fierté cynique et de détachement fataliste. Jonathan n'était pas un parasite, il n'était pas un assisté, il était un véritable humain. Il contrôlait parfaitement son destin. Il faisait ce qu'il avait à faire et qu'il savait faire le mieux.

41.

Dans un immeuble terne d'Ortachala, proche banlieue de Tbilissi en Géorgie, une équipe se met en place. Ils ont fini leur pause à la cafétéria et l'horaire est propice pour entamer leur mission. Ils ont reçu de nombreux messages, des messages qu'ils ne comprennent pas, aucun d'entre eux ne parlant le français, mais ils savent ce qu'ils ont à faire. Comme ses collègues, Piotr s'assoit à son bureau, devant un ordinateur, puis crée un compte Twitter. Un compte vide, anonyme, avec un nom et un pseudonyme qui ne signifient rien pour lui. Puis Piotr accède à une interface commune à toute l'équipe listant tous ces messages. Il clique sur le premier de ces messages, qui se retrouve immédiatement verrouillé. Ainsi, personne d'autre ne pourra envoyer le même message, c'est la meilleure garantie dont ils disposent pour éviter de passer pour des *bots*, des programmes qui enverraient automatiquement du spam.

Une fois le message verrouillé, Piotr le copie sans en altérer le moindre signe. Il clique sur un lien de l'interface, et un tweet apparaît sur son navigateur Internet. Il clique sur l'icône პასუხი, « répondre », et colle le texte enregistré dans ce nouveau tweet :

Meuf, t'est tellement vulgaire que même ton pseudo me donne envie de gerber

Piotr envoie le tweet. Il presse un bouton de validation sur son interface, retourne à la liste, et clique sur le message suivant qui n'est pas encore verrouillé. Il se déconnecte de Twitter, puis crée un nouveau compte. D'ici quelques minutes et en réponse à un même tweet, près de deux cents tweets seront partis de leur petit local, envoyés par une demi-douzaine d'employés qui tentent de tenir jusqu'à la fin de la semaine pour tenir jusqu'à la fin du mois pour tenir jusqu'à la fin de l'année, sans aucune conscience de ce qu'ils envoient. Piotr se doute que ce qu'il fait est immoral, qu'il s'agisse de vanter les mérites d'un produit qu'il ne connaît pas, de détruire l'image d'un produit qu'il ne connaît pas davantage, ou qu'il s'agisse d'une personne plutôt que d'un produit. Mais sa réalité est bien plus immédiate que toutes ces considérations. Sa réalité, c'est pouvoir se nourrir et nourrir sa famille au jour le jour. Son travail ne nécessite pas de compétence particulière, il ne paye pas très bien, mais il paye régulièrement, et le reste est de toute façon hors de sa portée. *Si je ne le faisais pas, il y a sans doute vingt personnes qui attendent en bas de l'immeuble pour prendre ma place. Alors autant que ce soit moi.*

*
* *

À près de quatre mille kilomètres de là, Lola vient de terminer son *live* et de poster sur les réseaux sociaux ; elle n'a aucune conscience de la vague qui va s'abattre sur ses tweets.

42.

Charon s'impatientait. C'était dans sa nature. Après avoir convaincu sa proie d'activer sa caméra pour son « grand voyage », prétendant l'accompagner pour qu'il ne soit pas seul pour son départ, Charon attendait son heure. Plus que voir sa proie mourir, Charon souhaitait se dévoiler, montrer son identité à sa victime. *Tu as fait de moi une victime, mais je suis désormais le bourreau, et tu mérites d'être exécuté pour ce que tu m'as fait, et que tu as sans doute fait à d'autres avant ou depuis moi.* Cependant, à mesure que l'heure approchait, Charon hésitait. C'était également dans sa nature. La chute de Pierre Banchereau aura été fulgurante. *Chute de Pierre, c'est marrant. Sa carrière qui a fini sa course effrénée dans un mur, sa femme qui s'est barrée avec sa jeune fille lorsqu'elle a appris pour sa liaison, et les pertes d'argent.* En à peine quelques jours, Pierre est passé de jeune cadre dynamique extrêmement prometteur qui présélectionnait déjà les options de son futur Roadster Tesla à *persona non grata* au comportement exécrable, au salaud que Charon savait qu'il était et dont désormais tout le monde voyait les horribles travers. *Un salaud. Un pervers narcissique.* Il existait sans doute bien des façons de décrire brièvement à quelle catégorie de personnes il appartenait, mais la vérité était bien plus simple. Il se servait. *Tout simplement.* Lorsque Pierre Banchereau voulait quelque chose, il se servait. Lorsqu'il voulait quelqu'un, il se servait. Et l'appropriation ne durait que le temps qu'il le voulait. Son charisme était une arme, et il l'utilisait en tant que telle. *Enfin, c'était le cas jusqu'à maintenant,* pensa Charon. *Là, il est nettement moins charismatique, seul dans sa grande maison vide.*

Est-ce que Charon ne devrait pas se satisfaire de cette victoire, sortir cette ordure de sa vie et passer à autre chose avant de basculer dans le crime ? Charon hésitait. Furieusement. En théorie, toute cette aventure lui plaisait énormément, provoquait une satisfaction euphorique, mais la réalité de la loque à l'écran, à deux doigts d'en finir, c'était une autre affaire. *Ne pas reculer lorsqu'on a passé le point de non-retour, c'est la règle.* Et il fallait respecter les règles. Elles n'étaient là que pour protéger Charon des conséquences de ses actes. Mais d'un autre côté, se dévoiler à sa proie était également interdit, c'était même la plus importante de toutes les règles. Pour se donner du courage, Charon se força à se rappeler tout le mal que Pierre lui avait fait. Mais pas comme cela pouvait arriver parfois. Cette fois, Charon le faisait sans rien omettre, sans rien nuancer, sans rien diluer. La violence brute, crue de ses interactions avec lui.

En plus, Charon avait bien organisé la chose : Pierre tenait déjà devant lui le pistolet qu'il avait hérité de son père, et qu'il n'avait jamais déclaré. *Il se sert.* Charon avait même réussi à le convaincre de ne pas se tirer une balle dans la tête, que le risque de se rater était énorme et que, dans ce cas, non seulement la souffrance serait intolérable, mais qu'en plus il finirait par continuer à vivre avec de lourdes séquelles. *C'est l'avantage des gens s'estiment plus malins que tout le monde, ils ne se pensent pas capables d'être dupés.* Pierre allait retourner l'arme contre sa poitrine et viser le cœur. *Ça prouverait au moins qu'il en a un.* Charon lui avait dit que ce serait immédiat, que ce ne serait pas douloureux.

Pierre essaya de positionner correctement l'arme, tenant la crosse à l'envers, son pouce contre la détente, les autres doigts sur l'arrière du pistolet. Soudain, Charon se mit à crier. Bien sûr, son micro n'était pas activé et Pierre ne put pas l'entendre, mais Charon se mit à crier de ne pas le faire, Charon voulait tout arrêter, tant qu'il n'était pas encore trop tard. Dans le même temps, dans un coin de sa tête, une voix, seule, ténue, lui répétait qu'il lui suffisait de ne rien faire, d'attendre, de ne pas regarder, que ce serait bientôt fini. Ce tumulte intérieur fut brusquement interrompu par une déflagration. Pierre avait tiré.

La détresse et le désespoir dans son regard avaient laissé la place à de la stupeur et de l'incompréhension. Il était toujours là. Pourquoi était-il toujours là ? Puis de la douleur. Son cerveau n'arrivait pas à traiter l'ensemble des informations qui lui arrivaient. Il ne pouvait plus respirer. Pire, il se noyait. Dans son propre sang. Tout son corps le brûlait. Enfin il vit quelque chose sur son téléphone, une silhouette d'abord, puis un visage. *Toi ?* pensa-t-il dans une brume de plus en plus épaisse.

Charon avait activé sa caméra, mais pas son micro. Impossible de tenir plus longtemps. Puis Charon coupa de nouveau sa caméra, et courut aux toilettes pour vomir. *C'est terminé*, dit la petite voix dans sa tête, mais rien n'y faisait, Charon en était malade. *Je l'ai tué*. Un dialogue intérieur s'installa tant bien que mal.

« *Je l'ai tué.*

— *Non, je ne l'ai pas tué, c'est lui qui s'est tué, je ne l'ai forcé à rien, et il le méritait.*

— *C'est à cause de moi si c'est arrivé.*

— *C'est à cause de lui et de lui seul que c'est arrivé.* »

Un bruit sec arracha Charon à ses pensées. Quelqu'un venait d'ouvrir la porte de la salle de bains. Charon paniqua. Pierre connaissait son identité. *S'il survit, alors tout est fini*. Une femme entra dans le champ de la vidéo et courut vers Pierre en hurlant. *Sa femme, sans doute. Elle ne devait pas être là*. Pierre tenta de dire quelque chose, pointa son téléphone d'un doigt ensanglanté, un doigt accusateur dirigé vers Charon. Mais il était déjà trop faible. Seuls des gargouillis émanaient de sa bouche. Son corps presque tout entier luisait de son propre sang.

Les règles, dit la voix dans la tête de Charon. Il lui fallut un long instant pour comprendre ce que cela signifiait. Les règles. Ce qu'il faut faire juste après. C'est une situation qui peut arriver, c'est pour ça qu'il y a des règles. Charon ne pouvait détourner le regard du spectacle de cette jeune femme qui essayait tant bien que mal de sauver son mari, mais qui paniquait parce qu'elle ne savait pas quoi faire. Elle finit par prendre son téléphone et appeler les urgences, et la vue du téléphone à l'écran percuta Charon qui comprenait enfin ce que la voix lui disait. *Il faut supprimer ma conversation avec Pierre, désactiver la caméra, couper la conversation avant que sa femme ne réalise qu'ils ne sont pas seuls*. Mais couper la caméra signifiait ne pas savoir si Pierre était vraiment mort.

Charon se sentait observé sans comprendre immédiatement pourquoi. La femme de sa victime regardait le téléphone de son mari, bien disposé contre le mur de la pièce. Alors Charon prit conscience qu'il n'était plus temps de se poser de questions, et activa les fonctionnalités prévues par le logiciel de la conférence : supprimer tous les messages écrits, puis couper la conversation. Une partie de Charon pria pour que Pierre ne survive pas, tandis que l'autre se demandait ce qui se passerait s'il survivait.

*
* *

Quelques heures plus tard, Pierre Banchereau était allongé dans un lit d'hôpital, entre la vie et la mort. « Le pronostic vital est engagé », « son état est critique », « il faut vous préparer au pire », voilà ce qu'a entendu Valentine Banchereau, son épouse. Elle ne savait pas quoi faire de ces informations, ne comprenait pas ce qu'elles signifiaient. *Il s'est tiré une balle dans la poitrine*. Elle était prête à le quitter, mais ne pouvait se résoudre à laisser le père de sa petite fille seul alors qu'il se battait de tout son corps pour trouver la force de simplement respirer. Elle se sentait coupable. Elle pensait être responsable de son geste.

Lorsque les policiers sont arrivés pour l'interroger, elle ne pensait plus au téléphone de son mari.

43.

Le lendemain matin, Lola arriva au commissariat plus tôt que prévu. Elle n'était pas paniquée, mais agitée, à tel point que le policier à l'accueil eut du mal à comprendre si elle était attendue ou si elle pouvait représenter un quelconque danger. Dans un commissariat, il n'était pas rare de voir entrer une personne énervée et, la plupart du temps, il suffisait de la faire baisser d'un ton pour se rendre compte qu'elle avait été agressée, ou qu'elle avait été convoquée et en était agacée. Mais parfois, la personne était trop énervée pour simplement entendre qu'elle devait se calmer, et la situation pouvait dégénérer rapidement.

Lola était énervée, c'était manifeste, répétait qu'on l'attendait, et tenait absolument à attraper quelque chose dans un sac de sport qu'elle portait en bandoulière. Le policier à l'accueil avait tout de suite remarqué ses piercings, ses nombreux tatouages, et trouvait suspect qu'elle se promène avec un sac de sport. Il lui avait intimé de se calmer tout en faisant signe à ses collègues alentour de se tenir prêts à la maîtriser si besoin était. Lola s'en rendit compte. Elle ferma les yeux, inspira profondément, tentant de retenir des larmes. Il fallait qu'elle parle calmement pour se faire entendre. Elle s'étonnerait plus tard de l'effort physique que cela lui avait demandé.

« Je dois voir l'inspectrice Lambert, j'ai rendez-vous avec elle dans une heure, mais ça ne peut pas attendre, finit-elle par dire, en respirant profondément à chaque virgule.

— Le lieutenant Lambert n'est pas encore arrivée, répondit l'homme à l'accueil. Vous pouvez patienter à côté, si vous le souhaitez, mais si vous me dites de quoi il s'agit, je pourrai peut-être vous aider en attendant. »

Il tentait d'apporter une assistance, Lola le voyait bien, mais elle ne voulait pas recommencer à raconter son histoire, son métier, sa communauté, les attaques qu'elle subissait, et voir dans le regard de son interlocuteur le fait que, peut-être, elle se noyait dans un verre d'eau. Elle allait s'asseoir sur une des chaises vissées par groupe de trois au sol en lino de ce qui devait être une salle d'attente, à côté d'un délinquant attendant d'être entendu et d'une vieille dame à qui on avait dérobé son téléphone portable, lorsqu'un inconnu l'interpella :

« Excusez-moi, vous êtes Lola ? »

Un jeune homme était entré dans le commissariat. Propre sur lui, il l'observait en s'approchant avec un regard que Lola reconnaissait bien. C'était celui de quelqu'un qui la voyait pour la première fois « en vrai » et qui n'était pas sûr qu'il s'agissait bien d'elle. *Je n'ai pas envie de rencontrer un fan maintenant,* pensa-t-elle. *Je n'ai pas envie de penser au fait que tu te pignoles en me regardant et que tu dois te demander s'il n'y aurait pas moyen de tenter quelque chose, là, maintenant.* Lola sourit, et avant qu'elle ait pu répondre gentiment qu'elle était occupée, l'homme poursuivit :

« Je m'appelle Étienne Mornay, je travaille avec le lieutenant Lambert, elle ne va pas tarder, je pense. Est-ce que tout va bien ? »

*
* *

Lola était assise au bureau d'Étienne lorsque ce dernier revint avec un café à son intention. Il sentait, à l'état de nervosité de la jeune femme, que quelque chose de nouveau s'était produit. Ils avaient, avec le lieutenant Lambert, suivi le *live* jusqu'à son terme et rien ne semblait s'être mal passé, mais il savait qu'on ne voyait pas ce qui pouvait se produire dans les coulisses. Peut-être son modérateur avait-il intercepté des menaces, ou peut-être avait-elle reçu de nouveaux messages sur son téléphone. Si Mornay avait de nombreuses questions à poser à Lola, il allait cependant attendre qu'elle prenne la parole. Il fallait qu'elle se rassure, qu'elle comprenne qu'il ne pouvait rien lui arriver ici et que des personnes compétentes étaient dévouées à l'aider.

Sans dire un mot, Lola ouvrit son sac de sport et en sortit son ordinateur portable, ainsi que son téléphone. Ce dernier était éteint, ce qui pour Étienne ne présageait rien de bon.

« J'ai fait un *live*, hier soir, dit-elle enfin. Tout s'était bien passé, j'avais demandé à Lydia, ma colocataire, de modérer le *chat*, et d'après elle il ne s'est rien passé de spécial… »

Étienne se retint de dire qu'ils avaient suivi le *live* ; il n'avait aucune idée de comment elle réagirait, d'autant qu'ils venaient à peine de se rencontrer. Il attendrait que Marion soit là.

« Après le *live*, comme je le fais toujours, j'ai posté une Story sur Instagram, pour remercier les gens, et en même temps ça fait du contenu régulier… Vous savez, c'est important de poster hyper régulièrement du contenu, parce que sinon les algorithmes ne nous montrent plus à nos *followers*. »

Étienne savait très bien comment fonctionnaient les réseaux sociaux.

*
* *

Si un utilisateur a plus d'une centaine d'amis sur un réseau social tel que Facebook, son fil d'actualité devrait être continuellement rempli de nouveaux posts, de nouvelles photos, de nouveaux commentaires à d'anciens posts ou à d'anciennes photos, etc. Or il s'avère que, face à une profusion d'information, le comportement naturel ne serait pas de chercher à filtrer, mais de quitter la plateforme. C'est la raison pour laquelle chaque réseau social dispose d'un ensemble de programmes informatiques, des algorithmes, dont le seul but est de filtrer les informations à la place des utilisateurs afin de présenter un contenu digeste supposément conforme à leurs préférences, leurs goûts et leurs attentes. Ce sont ces algorithmes qui font que plus on visionne des recettes de cuisine sur YouTube, plus la plateforme suggérera de visionner d'autres recettes de cuisine. L'avantage pour la plateforme est évident, car ces filtres incitent à rester plus longtemps, à assimiler plus de contenu et, au bout du compte, à voir passer plus de publicité. L'inconvénient est pour l'utilisateur, car le programme a tôt fait de l'enfermer dans ce qu'on appelle une bulle. À l'intérieur de celle-ci se trouve tout ce que la plateforme estime l'intéresser, et pour faciliter l'usage, elle en rend la sortie extrêmement difficile.

Sur Facebook, il y a ainsi des amis dont on ne voit jamais aucun contenu, alors même que ceux-ci restent actifs et publient régulièrement. Un des problèmes majeurs qui découlent de ce fonctionnement concerne la propagation des *fake news*. Les conspirationnistes tendent à s'enfermer dans des bulles avec d'autres conspirationnistes, rendant presque impossible l'accès à d'autres sources d'information. La porosité entre bulles est quasiment inexistante et parfois seules les attaques permettent d'apercevoir un autre point de vue sur la réalité. Il est notamment courant, sur Twitter, de s'attaquer à une personne qui ne partage pas son point de vue non pas pour débattre avec elle mais pour se réunir avec ceux qui le partagent.

Pour les influenceurs, les youtubeurs, les instagrameurs et autres people présents sur Internet, la difficulté consiste dans le fait qu'il est bien plus facile de sortir d'une bulle d'un internaute que d'y entrer. Ainsi, un influenceur qui arrêterait soudainement de poster du contenu disparaîtrait rapidement des contenus présentés à ses *followers*. Et y retourner est une épreuve dont personne ne comprend bien les règles mais dont tout le monde s'accorde à dire que la tâche est ardue.

*
* *

Pour Lola, une semaine sans poster pouvait signer la fin de sa carrière avant même qu'elle ne débute.

« Quand j'ai posté sur Twitter la petite vidéo d'une minute pour remercier les gens, les inviter à me rejoindre sur le prochain *live* et à s'abonner à mes différents comptes, tout ça s'est bien passé. Mais ce matin, quand je me suis levée, j'avais reçu plein de notifications : des centaines de messages, tous plus horribles les uns que les autres, venant de gens qui ne me suivent même pas, qui n'ont créé leur compte que pour m'attaquer. J'ai des abonnés qui ont tenté de leur répondre, mais ça a juste provoqué une nouvelle vague de messages. Je ne sais même pas pourquoi on m'a fait ça. »

Pendant qu'elle s'expliquait, Étienne Mornay s'installa au bureau de Marion et lança Twitter sur son ordinateur pour constater les faits. En effet, le compte de Lola avait été assailli.

Payer pour te regarder à poil ? C'est pas plutôt à toi de nous payer, grosse pute ?

Mais,

La pêche à la morue, ça commence tôt cette année LOL

rapidement,

Quel genre de pervers il faut être pour avoir envie de mater ça, srx

Étienne remarqua quelque chose…

Encore une qui s'est pas assez fait tripoter par son père quand elle était gamine

Une similarité avec une affaire qu'il avait passé des heures à décortiquer la veille : ces attaques ressemblaient à celles qu'avait subies Maxime Roques.

« Vous devriez mettre votre compte Twitter en "protégé" pendant quelques jours. Au moins, vous ne subirez plus d'attaque totalement étrangère, de cette façon.

— Mais je ne peux pas me permettre d'avoir un compte privé, il faut que les gens puissent s'abonner et pour ça, il faut qu'ils voient ce que je poste… »

Le ton était de nouveau en train de monter. Lola était frustrée, c'était manifeste.

« Je comprends. Peut-être même que quelques heures suffiraient. Souvent, les trolls ont besoin d'avoir le sentiment d'avoir gagné quelque chose ; mettre votre compte en privé, ou bloquer leurs comptes, cela peut suffire à les calmer, et c'est parfois préférable que de rester dans leur ligne de mire… »

Il a vraiment l'air de vouloir m'aider, pas de résoudre sa partie à lui de mon problème et de s'en laver les mains, mais

je pense qu'il ne comprend pas. Personne ne comprend. Ça se joue à rien, je ne peux pas m'effacer comme ça, même quelques heures. Et il n'est pas question que je cède. Je n'ai rien fait de mal. Lola ne répondit pas. Elle posa sa tête dans une main. Il était encore tôt, surtout pour elle qui n'était pas vraiment matinale, et elle était épuisée. Étienne vit que la jeune femme était à bout. Il se leva pour fermer la porte du bureau quand Marion Lambert entra et ferma derrière elle.

« Lola ? On n'avait pas dit 10 heures ? Tout va bien ? »

44.

Tandis que Lola relatait les derniers rebondissements de son affaire, Étienne Mornay étudiait son téléphone. Il pouvait enfin voir l'ensemble des messages qu'elle recevait, quel que soit le réseau social. Notamment les messages privés. Sur Instagram et sur Facebook, d'une part ; sur Snapchat, pour ceux qui étaient encore disponibles, et enfin les SMS.

De son côté, lorsque Lola lui avait parlé des centaines de tweets auxquels elle avait été confrontée depuis son réveil, Marion regarda brièvement son partenaire pour s'assurer que tous deux avaient bien fait le rapprochement avec l'affaire Roques. D'un simple geste de la tête, il lui avait fait comprendre que oui, et pour la première fois, Marion se dit que Lola était peut-être en danger de mort. Si son intuition était correcte, quelqu'un souhaitait la pousser dans ses ultimes retranchements, la pousser à se suicider. Dans le cas de Roques, si on se contentait des messages sur Twitter comme indication temporelle, il était mort à peine deux semaines après leur réception. Bien sûr, il y avait certainement un contexte propre à sa vie personnelle et celle de Lola était différente, mais la répétition laissait entendre qu'il y avait une stratégie, une méthode, avec des étapes claires, et dans un ordre donné. Peut-être que Marion avait tort, mais si elle avait raison, cela signifiait qu'une mécanique s'était mise en œuvre et qui ne s'arrêterait qu'au décès de Bénédicte Le Guerrec.

« On a peut-être quelque chose, dit soudain Étienne en observant le téléphone de Lola. Le numéro de l'appelant est masqué, donc il n'a sans doute pas été *spoofé*...

— Pas été quoi ? demanda Lola.

— *Spoofer* un numéro, précisa Marion, c'est appeler quelqu'un en affichant comme numéro d'appelant un autre numéro que le sien, soit un faux numéro, soit n'importe quel numéro.

— Et là, compléta Étienne, le numéro n'a pas été altéré, il a été seulement masqué. Donc celui qui vous a envoyé ces messages n'a pas cherché à vous aiguiller vers un autre numéro, il a simplement pensé que vous ne pourriez pas découvrir son numéro.

— Pourquoi ? Je peux ?

— Vous, vous ne pouvez pas, non... mais nous, on peut. »

Lola regarda un instant Étienne, pensant qu'il allait s'expliquer, mais il avait déjà reporté son attention sur le téléphone. Elle interrogea alors le lieutenant Lambert du regard. Celle-ci expliqua :

« Lorsque quelqu'un vous appelle, il peut décider de masquer son numéro afin que vous ne le voyiez pas. Mais pour que la communication puisse se faire, il faut bien que votre opérateur téléphonique puisse vous mettre en relation avec son opérateur téléphonique. Pour eux, le numéro n'est absolument pas masqué. Et nous pouvons le leur demander. »

Elle se tourna vers Étienne, l'air suspicieux.

« Mais c'est une opération qui prend quatre à six semaines…

— Je n'ai pas besoin d'autant de temps », répondit-il sans réfléchir, sans même lever les yeux du téléphone de Lola.

Après quelques secondes de silence, cependant, il sentit le regard insistant de Marion sur lui. Dans ses yeux, il lut de la colère : comment pouvait-il dire une chose pareille, non seulement après s'être déjà fait remonter les bretelles, mais qui plus est devant une civile ?

« Enfin, non, ce que je veux bien sûr, c'est…, bredouilla-t-il. C'est qu'on doit d'abord déposer une demande officielle et tout et tout, mais techniquement, je peux sortir le numéro rapidement, c'est un jeu d'enfant. On ne pourra rien en faire, dit-il à Lola, mais au moins on saura à quoi s'en tenir, par exemple si c'est quelqu'un de votre entourage… »

Marion ferma les yeux et soupira. *Il ne faut pas que ça dérape…* C'était à cause de ce genre de situation qu'elle était condamnée, depuis plus d'un an, à des enquêtes de voisinage et de l'administratif basique. *Mais si Lola est véritablement en danger, on n'a peut-être pas ce temps devant nous, et de toute façon le capitaine ne me laissera pas gérer cette affaire aussi longtemps. C'est un équilibre*, se rappela-t-elle. *En tout cas, c'est censé être un équilibre… Oh, et puis fuck l'équilibre !*

Elle fit « oui » de la tête à Étienne qui posa le téléphone sur le bureau, puis s'affaira sur le clavier de l'ordinateur devant lui, celui de Marion. Lola attrapa son téléphone pour montrer au lieutenant Lambert les tweets qu'elle avait reçus lorsque Mornay interrompit un instant sa frappe pour demander à Lola :

« C'est quoi, votre numéro, s'il vous plaît ? »

Lola le lui donna. Il se remit à tapoter sur son clavier. Quelques minutes plus tard, il reprit le téléphone et le brancha à l'ordinateur. Marion n'avait pas eu le temps de faire le tour de l'ensemble des messages reçus par Lola, mais en avait consulté suffisamment pour se faire une idée de la teneur générale. Lola lui parla alors des messages privés qu'il fallait également qu'elle voie. Aussi, dès que cela fut possible, Marion put récupérer le téléphone de Lola et la laissa lancer les applications concernées. Alors qu'elles démarraient, Marion put voir les photos qui y étaient enregistrées ; de nombreuses photos d'elle, nue sur quasiment chacune d'entre elles. Lola ne semblait pas en être gênée, ni même le remarquer. *C'est son travail, elle ne prête aucune attention au fait que nous la voyons ainsi.*

Les messages privés étaient de toutes sortes ; cela allait du flirt un peu léger à des propositions tarifées. Mais depuis la veille, la nature des messages semblait avoir changé. En plus des messages précédents qui continuaient d'affluer, de nouveaux messages, plus directs, plus radicaux, et dont le contenu balançait plus ou moins élégamment entre l'avertissement et la menace directe.

Tu vas finir par te faire violer dans une ruelle, si tu continues comme ça

Marion comprenait la confusion de Lola. Si elle-même recevait ce genre d'avertissement, devrait-elle l'interpréter comme un conseil destiné à l'effrayer ? comme une menace, un fantasme émanant d'un pervers ?

À force de vouloir exciter les gens, il ne faudra pas s'étonner si t'en croises qui refuseront que tu leur dises non...

Le langage était trop correctement rédigé pour un simple troll de collégien, c'était une évidence. Il ne s'agissait pas tant de l'absence de fautes d'orthographe ou de grammaire que de la construction classique des phrases, de la ponctuation. Marion visualisa mentalement un profil type. *Homme, évidemment, de 30 à 45 ans, éduqué, qui rejetterait spontanément une femme qui ferait de sa sexualité un atout assumé, mais qui dans le même temps la suivrait, peut-être passivement, sur les réseaux sociaux. Le genre d'homme qui prétendrait, peut-être même sincèrement, que les hommes et les femmes sont égaux, mais qui dans le même temps n'accepterait pas de vivre avec une femme qui gagnerait plus d'argent que lui. Le genre d'homme qui serait excité à la vue d'une femme sexy et qui joue de sa sensualité, mais qui n'assumerait pas de l'accompagner et serait maladivement jaloux.*

« Tu as tout ce que tu voulais avec le téléphone ? demanda Marion Lambert à Mornay.

— Euh… oui, répondit-il. On ne pourra pas en tirer grand-chose de plus. Les messages des réseaux sociaux ne sont pas stockés dans le téléphone, mais dans les bases de données des réseaux en question. Mais il ne faut pas les supprimer. Si on fait une demande officielle pour avoir des informations sur l'origine de ces messages, il faut qu'ils soient encore disponibles. Il ne faut donc ni les supprimer, ni même les signaler. J'ai fait des copies écran, mais c'est toujours mieux s'ils sont encore là. On ne veut pas qu'un

Facebook ou qu'un Twitter nous réponde que les messages ont été supprimés par l'utilisateur et qu'on ne peut plus les récupérer.

— Et pour l'ordinateur ? demanda Marion.

— Pour l'ordinateur… Lola, vous avez le *chat* dans votre *overlay* ? »

Lola répondit affirmativement à cette question, tandis que Marion fronçait les sourcils, ce qui n'échappa pas à Étienne.

« Par-dessus la vidéo, dans un *live*, on peut afficher le nombre de personnes présentes dans le *chat*, le dernier donateur ainsi que le montant de sa donation ; on peut mettre un habillage autour de la vidéo, comme un cadre, des motifs… bref, tout un tas de choses grâce à un calque au-dessus de la vidéo qu'on appelle *overlay*. Là, ce qui est intéressant, c'est que tous les messages du *chat* sont dans l'*overlay*. Donc si je télécharge les vidéos des derniers *lives*, on pourra voir tous les messages échangés. »

Lola sourit à l'idée de voir ce policier télécharger ses vidéos tandis qu'il tentait de garder un air impassible, froid, technique. Dans la tête d'Étienne Mornay, toutefois, un mantra était lancé en boucle : *Ne rougis pas, ne rougis pas, ne rougis pas…*

« Vous avez encore le *live* dans lequel on a envoyé votre adresse ? interrogea Marion.

— Euh… non, j'ai supprimé la VOD, je ne voulais pas que des gens puissent le regarder en différé et voir mon adresse, justement.

— Vous ne l'avez pas téléchargé avant ? relança Étienne.

— Non, reconnut Lola, désolée de n'y avoir pas pensé.

— Très bien, reprit Étienne, je vais télécharger les dernières vidéos disponibles et j'étudierai le contenu du *chat*, voir si des pseudos reviennent, s'il y en a en commun avec les messages que vous avez reçus, ce genre de choses… »

… *Ne rougis pas, ne rougis pas, ne rougis pas…*

« J'ai fait un *live* hier soir, tout s'est bien passé, enfin il me semble, mais faudra penser à le télécharger aussi.

— Oui, je sais, le *chat* est resté plutôt calme, répondit Étienne un peu vite.

— Ah ? Vous l'avez vu ? » demanda Lola en minaudant légèrement.

Ne rougis pas, ne rougis pas… surtout, putain ! Ne. Rougis. Pas…

« Et tu peux sortir des informations sur les gens du *chat* depuis la vidéo ? demanda Marion.

— Euh… non. C'est la mauvaise nouvelle. Lorsque le texte est imprimé dans la vidéo, pour l'ordinateur, ce sont des parties d'images de la vidéo ; toute information sur l'auteur est perdue. Il faudrait pour ça avoir accès directement au *chat*, en demander l'accès à la plateforme. Si on n'a pas le *live* dans lequel on sait que Charon s'est exprimé, on ne pourra pas faire de demande suffisamment précise. »

Lola réfléchit un instant. Elle se sentait coupable d'avoir supprimé ce qui était sans doute le meilleur élément de preuve à leur fournir. Et elle l'avait fait sous le coup de la peur, ce qui l'agaçait encore plus. Elle eut soudain une idée.

« Si je suis OK et que je vous donne les accès nécessaires, est-ce que vous pouvez surveiller mes prochains shows en temps réel ? »

Immédiatement, Marion sut où Lola souhaitait les emmener et décida de se montrer ferme :

« Lola, il n'est pas question que vous alliez titiller en direct la personne qui vous harcèle. À ce stade, nous ne savons pas s'il s'agit d'une mauvaise blague ou d'une menace réelle, alors nous devons partir du principe qu'il s'agit d'un vrai danger, et il n'est pas question de vous laisser jouer les appâts…

— D'autant qu'on ne sait même pas si Charon sera là, compléta Étienne.

— Ce n'est pas ce que je dis, précisa Lola. Je ne peux pas bosser dans la peur de faire mon métier, il faut que je continue à faire mes… mes shows… »

… Ne rougis pas… ne rougis pas…

« Si tout se passe bien, alors tant mieux. Mais si vous pouvez techniquement avoir accès aux informations des gens dans le *chat*, il ne faut pas s'en priver. Et si jamais ce cinglé était de nouveau là, je préférerais savoir que vous êtes derrière à surveiller. »

Marion hésitait.

« Je ne vais pas chercher la merde, je ferai mes prestations comme je les fais normalement. Hier, j'étais tendue…

— Ah bon ? »

La remarque avait échappé à Étienne, à qui Lola sourit, et il replongea sa tête dans l'écran de l'ordinateur de cette dernière.

Putain, mais j'ai 12 ans ou quoi ?

« J'avais toujours à l'esprit que ce taré pervers était peut-être là, qu'à tout moment il pouvait tenter quelque chose. Je n'ai pas envie de vivre comme ça, et je serais rassurée de savoir que vous veillez. De toute façon, vous allez chercher ces informations, non ? »

Marion jaugea la proposition. *C'est une mauvaise idée. Elle a parfaitement raison, mais ça n'en est pas moins une mauvaise idée.* Elle se tourna vers Étienne qui après quelques secondes, sentant le regard de sa supérieure, leva les yeux et lui fit simplement signe que c'était possible. Il pouvait mettre en place un système de surveillance. Ce serait totalement transparent pour les spectateurs, Lola elle-même n'en verrait rien.

« Très bien. Étienne, fais le nécessaire, pense à charger toutes les vidéos. Je m'occuperai des demandes aux opérateurs téléphoniques ; il faut qu'on puisse fournir des traces officielles le cas échéant. Lola, je vous demande vraiment de ne parler de ceci à personne. Nous ne sommes pas censés avoir le numéro de celui qui vous a envoyé les messages, et nous ne sommes pas censés surveiller votre activité en ligne, même avec votre accord. Il faut d'abord passer par tout un processus administratif, ce que nous allons faire bien sûr, mais en attendant d'être officiellement à jour, s'il vous plaît, gardez tout ça pour vous. D'accord ?

— Oui, bien sûr.

— Sur ce, je vais me faire un thé. Quelqu'un veut quelque chose ? »

Lorsque Marion sortit du bureau, Lola ne put s'empêcher de taquiner le policier qui faisait manifestement de son mieux pour ne pas avoir l'air embarrassé. Elle trouva ça mignon.

« Donc vous avez vu mon *live* d'hier ?

— Oui, bredouilla-t-il avec un ton détaché trahi par la tonalité particulièrement aiguë de sa réponse.

— Et ?

— Et… ?

— Ben… je sais pas… vous en avez pensé quoi ?

— Je ne… Vous savez… C'est pour le travail, je… »

Change de sujet, putain…

« Vous savez, il n'y a aucune raison d'être embarrass…

— J'aime bien *One Piece*, le manga. »

Ah, bravo. « J'aime bien One Piece. *» Parfait ! Excellent !*

Cette dernière réplique fit sourire Lola. Elle aimait bien minauder avec les hommes pour voir leur réaction. Celui-ci était charmant. Pas du tout son genre, car, même s'il avait sans doute quelques années de plus qu'elle, il avait l'air très jeune, mais charmant tout de même.

« Moi aussi », finit-elle par répondre, presque en chuchotant, un large sourire aux lèvres, le regardant droit dans les yeux, sans aucune hésitation.

45.

18 h 30. C'était l'heure parfaite. L'heure à laquelle les réactions étaient non seulement les plus nombreuses, mais les plus rapides. Les gens que Jonathan voulait provoquer, ou *trigger*, étaient des adolescents ; à 18 h 30, l'école était finie, et ce n'était pas encore l'heure du dîner. De plus, si tout se passait comme prévu, ça pouvait durer et toute cette population serait très active jusqu'à au moins 23 heures.

BabethStyle était une influenceuse beauté comme il en existait des centaines rien qu'en France, des milliers dans le monde. Comme beaucoup de ses consœurs, elle avait lancé sa chaîne Instagram pour présenter des habits, des conseils maquillage et autres tutos pour les jeunes filles qu'elle appelait ses « copines », mais, comme beaucoup de ses consœurs, elle ne proposait plus aujourd'hui qu'un mélange de codes promo pour avoir des réductions sur des crèmes, des fonds de teint ou des compléments alimentaires facilitant la perte de poids tout en permettant de se « détoxer », de bougies parfumées aux huiles essentielles facilitant la concentration pour préparer ses examens – très efficaces un mois avant le bac –, ou tout simplement de bouts de vlogs, photos ou vidéos narrant les événements de sa vie de façon romancée, qu'il s'agisse d'un voyage aux Maldives ou d'un aller-retour à la Poste. BabethStyle, que personne n'appelait simplement Babeth, avait plus de deux millions de *followers* sur Instagram, mais Instagram n'était pas le bon réseau pour ce que Jonathan avait en tête. Sur Instagram, le cœur d'un message était toujours une photo, ou une vidéo. Les commentaires sous la photo ou la vidéo disparaissaient rapidement au profit de nouveaux commentaires. L'interface n'était pas efficace pour générer du bruit. Fort heureusement pour Jonathan, BabethStyle disposait d'une large communauté sur Twitter. Plus de cinq cent mille abonnés. C'était largement suffisant pour se refaire une réputation.

Jonathan avait pris un gros risque en gardant le même compte que celui avec lequel il avait attaqué Skul plus tôt, mais s'il réussissait son coup, cela lui permettrait de sauver ce compte. C'était ainsi, et ainsi seulement, qu'Internet oubliait les erreurs du passé : en les enterrant sous des succès présents. Il avait tweeté sous un post a priori anodin de l'influenceuse. Et il avait produit du résultat. En à peine quelques minutes, il avait déjà plus de deux cents réponses à son tweet. C'était très bien. Il fallait maintenant développer la chose. Il répondait à certains commentaires, mais pas à tous. Il devrait vite montrer qu'il n'était pas seul, sinon il suffirait de le bloquer et l'affaire serait réglée.

Comme il l'avait fait auparavant avec Skul, il se rendit sur le même forum de trolls, avec le même compte qu'alors, et créa volontairement un *topic* similaire :

Dans le premier message du *topic*, il mit un lien vers son tweet. Il rebascula sur Twitter et attendit. En moins d'un quart d'heure, une demi-douzaine de trolls était arrivée, pour réagir au tweet originel, répondre aux défenseurs de l'influenceuse. Les insultes fusaient, les trolls s'en délectaient avec sarcasme, c'était le chaos. Moins d'une demi-heure après le tweet originel, BabethStyle se trouva obligée de le supprimer. Dans l'absolu, c'était déjà une victoire, mais Jonathan en voulait plus. Alors, lorsque la petite star des ados se fendit d'un nouveau tweet pour expliquer qu'elle était attaquée, qu'elle avait dû supprimer son tweet, que le monde dans lequel on vivait était horrible, Jonathan répondit avec une capture d'écran du message supprimé, ironiquement agrémentée des mots qui, plus tôt, lui avaient fait mettre un genou à terre :

Ça sert à rien de supprimer, Internet n'oublie jamais

Et c'était reparti. Tout le monde s'en donna à cœur joie, jusqu'à ce que BabethStyle, qui n'avait alors plus que deux choix, laisser couler ou se défendre, opte pour le pire des deux : elle mit son compte Twitter tout entier en mode protégé. Dès lors, seuls ses abonnés verraient ses messages. Jonathan savait bien qu'elle le remettrait en mode public dans les prochaines heures, ou les prochains jours, mais la victoire était totale et, s'il le souhaitait, il serait là quand elle rouvrirait cette porte.

De retour sur le forum, plus de quatre pages de commentaires attaquaient la jeune femme. Mais un commentaire fit dévier la conversation. Un commentaire qui renvoyait au tweet de Skul, un commentaire qui rappela à tout le monde : « L'*op* s'est quand même bien fait victimiser alors c'est facile de s'en prendre à une meuf pour faire le bonhomme. » Le sourire de Jonathan s'estompa un peu. La victoire était soudain un peu moins douce.

*
* *

Élisabeth Faure, âgée de 21 ans « bientôt 22 », que tout le monde aujourd'hui n'appelait plus ni Élisabeth ni Zaza ni Lizou ni Babeth, mais par la marque qu'elle s'était créée, BabethStyle, était seule dans son grand salon, la tête de son chien endormi posée sur sa cuisse. Il savait instinctivement quand elle avait besoin d'un câlin. Élisabeth avait beau avoir l'habitude, elle ne comprenait jamais vraiment. Elle veillait à ne jamais parler de politique, à ne jamais parler d'un film, d'un acteur, d'un réalisateur ou d'un chanteur s'il y avait le moindre risque que cela devienne « problématique ». Elle avait découvert la série *House of Cards* assez tardivement et avait exprimé sur Twitter son amour pour ce show sans savoir que Kevin Spacey, l'acteur principal, avait été au cœur de la tornade #meToo pour des histoires de harcèlement sexuel. Le retour de flammes avait été une leçon pour elle. Elle ne devait pas se risquer à quoi que ce soit de subversif. Son image était son gagne-pain, et son image devait rester lisse. S'il fallait s'exprimer vaguement sur les enfants maltraités, aucun problème. Si un fait divers avait causé la mort d'un enfant, il fallait rester silencieux, attendre de savoir ce qui s'était produit. Plus précisément, si les autres influenceurs se saisissaient du dossier ou non.

Mais là, l'injustice était totale. Elle avait mentionné un nouveau parfum de bougies aux huiles essentielles, c'était tout. Et le monde lui était tombé dessus. Pourquoi ce tweet plutôt qu'un autre ? Pourquoi elle plutôt qu'une autre ?

Le plus injuste dans tout ça, c'est qu'elle ne pouvait pas épancher sa peine. Elle ne pouvait pas expliquer à sa communauté ce qui la faisait souffrir. Parce que les rageux étaient toujours là, à l'attendre au tournant. Et qu'ils ne devaient pas savoir qu'elle était vulnérable. Ce serait le feu vert pour la mettre à mort. *L'odeur du sang.*

46.

Lola était prête mais, plus important encore, tout le système de surveillance était prêt également. Elle aurait été incapable d'expliquer comment cela marchait, mais elle savait qu'Étienne avait placé son ordinateur entre celui de Lola et le reste d'Internet. Tout ce qui arriverait durant son *live*, il le verrait, comme elle, et aurait accès à tout un tas d'informations dont elle ignorait qu'elles étaient accessibles. Et tout ça sans qu'Étienne soit dans la pièce. Il avait cependant accepté de l'accompagner chez elle et resterait dans le salon pendant toute la durée du *live*. Étienne avait aussi mis en place un logiciel espion sur le téléphone de Lola, même s'il n'était pas censé le faire. Étienne lui avait fait promettre de ne pas en parler à Marion Lambert, ce que Lola avait accepté sans discuter.

Lorsqu'ils étaient arrivés, Lydia n'était déjà plus là ; elle passait la soirée avec son homme. Étienne et Lola étaient seuls. C'était pratique. Il n'y avait rien eu à justifier auprès de Lydia, ni la présence d'un policier dans l'appartement ni le système de surveillance. Ils étaient seuls, mais Étienne était resté parfaitement professionnel. Il avait refusé une bière, continuait de vouvoyer Lola malgré son insistance, et avait réussi à la regarder dans les yeux sans trop rougir pendant plusieurs secondes lorsque, pour le taquiner, elle était sortie de sa chambre en nuisette et lui avait demandé ce qu'il en pensait. Il avait bredouillé ce qui devait ressembler à un « super » puisque sa tête avait machinalement hoché de haut en bas, sans toutefois oser la regarder dans son ensemble.

Marion Lambert ne les avait pas accompagnés. Elle suivrait le *live* dans son bureau, ou chez elle, et elle éplucherait les résultats de la recherche d'Étienne sur l'ensemble du site des Amoureux du voyage. Elle aurait largement de quoi faire.

Lola était prête. Elle se sentait rassurée par la présence d'Étienne. Il n'était pas impressionnant physiquement, il n'avait pas l'air d'un type habitué à jouer des poings, mais au moins elle n'était pas seule chez elle. Si quelqu'un entrait dans l'appartement pendant son *live*, elle ne s'en rendrait pas compte en voyant l'intrus pénétrer sa chambre. *Et puis, c'est un policier. Il doit au moins être armé, et avoir pris des cours d'autodéfense.* Il était 19 h 55, Lola démarra le *live*, comme elle le faisait toujours, avec un compte à rebours

04:00

Il fallait toujours quelques minutes aux internautes pour se connecter, alors l'écran du décompte permettait de faire patienter les premiers arrivés.

Lola retira brusquement ses talons hauts puis sortit de la chambre en courant. Étienne releva les yeux de son écran, inquiet, avant de constater qu'elle allait simplement chercher une petite bouteille d'eau. *L'envers du décor*, pensa-t-il. Elle but d'une traite la moitié de la bouteille, la reposa sur le comptoir, puis souffla un grand coup.

« *Let's go* », dit-elle autant à Étienne qu'à elle-même. Il ne dit rien. Elle repartit calmement.

01:23

De retour dans sa chambre, ses escarpins à nouveau aux pieds, elle attendait que le compte à rebours arrive à son terme pour basculer de l'écran d'attente à sa caméra, et déjà plusieurs personnes étaient présentes dans le *chat*, à se saluer.

00:51

Durant les dernières secondes d'attente, elle réfléchissait à une pose, puis décida de s'allonger sur son lit, à plat ventre, en appui sur les coudes.

00:27

Cela mettrait son décolleté en avant, et la cambrure naturelle de son dos ferait ressortir ses fesses. *Classique, mais efficace.*

00:05

Sur l'écran de son ordinateur, elle voyait ce que les internautes voyaient. Le compte à rebours terminé, elle pressa un bouton et apparut à l'écran.

« Bonsoir, comment allez-vous, mes petits chéris ? » demanda-t-elle à son public.

***

Marion sortit son plat cuisiné du micro-ondes et attrapa une fourchette. Poulet et pâtes aux champignons. Pas son plat préféré, mais il fallait bien manger. Elle déposa le plat en plastique sur la table de sa cuisine et commença à manger, sans réfléchir, se concentrant sur l'écran de son ordinateur portable. Elle avait ouvert dans une fenêtre le *live* de Lola mais ne le regardait pas. Elle étudiait les résultats de sa recherche sur le site des Amoureux du voyage. Étienne avait fait une copie de l'intégralité du site sur son ordinateur et lui avait montré comment effectuer une recherche et afficher les résultats. Celle sur Charon avait donné douze résultats dans huit pages distinctes du forum du site. Marion ouvrit les huit fichiers correspondant dans son navigateur web pour voir les pages. Elle nota les *topics* du forum en question puis ouvrit le vrai site des Amoureux du voyage et les y rechercha. Elle pourrait ainsi suivre l'intégralité des conversations ayant mené à parler de Charon. Ces huit pages étaient réparties sur trois *topics* distincts. Marion décida de traiter les sujets du plus ancien au plus récent.

Le premier sujet parlait de courage. L'auteur et créateur du sujet avait simplement posé la question :

Que faire quand je n'ai pas le courage de partir ?

Les premières réponses étaient plutôt bienveillantes, à la grande surprise de Marion, et tournaient toutes plus ou moins autour du même constat :

Peut-être que si tu n'as pas le courage, c'est que tu n'as pas vraiment envie de partir. Si tu penses que tu dois rester, il faut peut-être creuser dans cette voie, tu crois pas ?

C'est pas idiot, pensa-t-elle. *Les interlocuteurs sont peut-être également suicidaires, peut-être qu'ils fonctionnent un peu comme une thérapie de groupe. Ils parlent tous de leurs doutes, de leurs hésitations, ce n'est pas nécessairement une mauvaise chose.*

C'est toujours plus facile de rester là à se lamenter que d'avoir une seule fois le contrôle sur sa vie, non ? Je crois pas que c'est une question de courage. Je crois que t'attends du forum que quelqu'un t'explique que ta vie sert à quelque chose. On te connaît pas. On se connaît pas entre nous. Le seul à savoir si ta vie vaut quelque chose ici, c'est toi. C'est facile d'attendre que quelqu'un d'autre prenne la décision pour toi, mais c'est pas pour ça qu'on est là. On est là parce qu'on sait que le voyage est la seule décision qu'on peut prendre seul et qui impacte notre vie.

Il y avait plusieurs utilisateurs types sur le site des Amoureux du voyage, ou les AV, comme ils se nommaient eux-mêmes. Marion avait lu suffisamment de messages pour en être convaincue. Il y avait d'abord ceux qui voulaient participer, qui voulaient avoir leur part dans la dramaturgie de l'événement. Ceux-là ne prenaient pas de décision, ne donnaient pas de conseils trop directs, ils se contentaient d'être là, espérant sans doute avoir un impact dans la vie des autres mais jamais au point de prendre la responsabilité de les aiguiller.

Puis il y avait les convaincus, comme celui qui avait laissé ce long message. Ceux-ci avaient manifestement réfléchi aux tenants et aux aboutissants ; ils avaient fini par en extraire certaines directives, presque un mode de vie, et n'hésitaient pas à imposer sans tact leur vision des choses. Pour eux, la vie était merdique, personne n'assumait ses responsabilités, tout le monde courait pour rejeter la faute sur les autres en toutes circonstances, alors qu'on n'avait en réalité le contrôle sur rien, sauf le fait d'en finir. Ils n'étaient sans doute pas suicidaires, pensait Marion, mais assez nihilistes pour conseiller des suicidaires comme on conseillerait quelqu'un qui voudrait acheter un nouveau téléphone. Pour eux, rien n'avait de valeur particulière : ni les choses, ni les êtres, ni les décisions, ni les conséquences. La seule chose qui prévalait était l'idée selon laquelle ils n'étaient maîtres que d'une chose, décider de mourir. Même décider de vivre était hors de leur portée : maladie, accident, on pouvait mourir à tout moment. Mais décider de mourir, là, oui, c'était un levier personnel que chacun pouvait contrôler.

Et bien évidemment, il y avait les trolls. Ceux qui provoquaient pour provoquer. Ceux qui trouvaient que les dépressifs étaient hilarants, faisant abstraction du fait que, derrière l'écran, se trouvaient de réelles personnes en difficulté. Marion savait qu'ils n'étaient pas malveillants ou méchants, ils étaient simplement inconséquents. C'était sans doute pour cette raison qu'on visualisait souvent les trolls, à tort, comme des adolescents. *L'adolescence est, par nature, l'âge de l'inconséquence.*

Toutefois, à mesure qu'elle parcourait les messages, Marion devait se rendre à l'évidence : rien de ce qu'elle avait lu jusque-là n'était juridiquement problématique. Cela relevait de la discussion, parfois philosophique, mais n'évoquait presque jamais explicitement le suicide, et en tout état de cause il n'y avait jamais d'incitation. Ce sujet était pourtant prometteur. *Quelqu'un qui demande comment trouver le courage, ça devrait normalement susciter de l'incitation, au moins de l'encouragement. Mais pour l'instant, rien.* Pourtant, après une quinzaine de messages, ce qu'elle cherchait apparut enfin.

> Je ne sais pas où tu en es et ce que tu cherches, mais si jamais ce que tu cherches, c'est une impulsion, un coup de main, il faut que tu contactes Charon. C'est un *user* du forum qui ne participe jamais aux topics, mais il répond aux messages privés. Si tu veux de l'aide pour voyager, c'est l'homme qu'il te faut.

Le nom de Charon était souligné et, lorsque Marion le survola du curseur de sa souris, elle vit qu'il s'agissait d'un lien. *Sans doute pour le contacter.* Elle en parlerait à Étienne après le *live*, qu'il voie s'il était possible de retrouver le destinataire à partir de ce lien, même s'il y avait peu d'espoir – Marion avait beau ne pas être une spécialiste en informatique, elle savait au moins que les choses n'étaient jamais aussi simples. Elle nota l'information dans son carnet, finit son plat à moitié froid, puis poursuivit sa lecture. Les bruits en tout genre qu'émettait Lola depuis le *live* en arrière-plan étaient assez gênants, surtout sans l'image, mais Marion arrivait à ne pas y prêter attention. Jusqu'à ce que Lola prononce le mot « Charon ».

47.

Alors que Lola se cambrait sur son lit selon des angles impossibles, elle était furieuse intérieurement. Tout se passait bien, celui qui la harcelait ne s'était pas plus manifesté durant la soirée que lors du *live* précédent ; elle aurait pu penser que c'était une bonne nouvelle, un signe qu'il était passé à autre chose et qu'il allait enfin lui foutre la paix, n'étaient-ce les tweets de la matinée. Lola savait que la police ne serait pas derrière elle indéfiniment. Le *live* de ce soir était peut-être la seule opportunité qu'elle aurait de débusquer son agresseur. Lola refusait de vivre dans l'appréhension. Elle ne voulait pas dépendre, jour après jour, du bon vouloir d'un cinglé qui déciderait qu'aujourd'hui il ne ferait rien mais que demain serait un autre jour. Elle prit alors une décision. Elle s'était engagée à ne pas le faire, mais c'était sa vie, et elle devait la reprendre en main. Et tandis que le show se dirigeait sûrement vers un prétendu orgasme que tout son public attendait, Lola se mit à parler, ce qu'elle faisait rarement. À ce stade, normalement, elle se contentait de gémir et de remercier, en haletant, ceux de son *chat* qui lui envoyaient de l'argent. Mais ce soir, Lola commença à expliquer qu'elle savourait comment ses *followers* savaient la satisfaire, comment ils semblaient tous être des experts de son corps, comment elle fantasmait parfois de les avoir avec elle dans ce lit, comment elle rêvait que la main qui caressait ses seins n'était pas la sienne, mais celle de tel ou tel du *chat*.

C'était efficace. Les dons se multiplièrent. Le public était manifestement ravi. C'est sans doute pour cela qu'Étienne, dans l'autre pièce, ne remarqua pas que le *live* avait pris une tournure inhabituelle. Du moins pas avant d'entendre Lola prononcer le nom de Charon.

« Charon, lui, n'a jamais su me satisfaire… *soupir*… à cause de son impuissance. On dit souvent que ça arrive à tout le monde, que ce n'est pas grave, et c'est souvent vrai… *soupir*… Mais pas dans son cas. Charon est aussi impuissant aujourd'hui qu'il l'a toujours été. J'ai beaucoup de peine pour lui. Mais assez parlé de lui, il n'a strictement aucune importance... *soupir*... L'important, là... *soupir*... c'est ce que vous, vous me faites... *soupir*... Vous me rendez... *soupir*... complètement... *soupir*... folle... » Puis Lola reprit le cours de ses activités. *Si t'es derrière ton écran, connard, cap ou pas cap de venir t'exprimer devant tout le monde, maintenant ?*

*
* *

Putain, mais pour qui elle se prend ? La fureur de Charon semblait ne pas connaître de limites. *Non seulement cette pute continue de montrer ses miches comme si de rien n'était... et putain, déjà ça c'est pas normal... Avec tout ce que je lui ai envoyé, elle devrait quand même faire profil bas et fermer sa gueule, c'est pourtant pas compliqué... Mais en plus de ça, voilà qu'elle vient me provoquer... Impuissant, moi ? Mais elle est folle ou quoi ? Cette espèce de gouinasse mériterait de se faire sodomiser avec du barbelé...*

La voix de la raison était là, mais totalement inaudible. Si Charon y avait prêté la moindre attention, il aurait entendu ce qu'il savait au fond de lui : *c'est pour ça qu'il y a des règles, et qu'il faut les respecter. Surtout ne réagis pas.* Mais cette voix était inaudible. Alors Charon réagit. Il pensa d'abord envoyer un message dans le *chat*, mais c'était sans doute ce qu'elle espérait. L'ensemble des *viewers* lui tomberaient alors dessus et elle penserait avoir gagné. Et Charon n'envisageait pas qu'elle puisse gagner. Charon voulait que Lola ait peur, qu'elle souffre, puis qu'elle ait encore plus peur, puis qu'elle souffre encore plus. Quelques heures plus tôt, Charon aurait sans doute accepté qu'elle mette un terme à sa « carrière » et disparaisse de son radar.

Ce n'était pas pour cela qu'il l'avait désignée, mais il s'en serait peut-être satisfait. Plus maintenant. Plus que jamais, Charon voulait qu'elle mette un terme à sa vie pour disparaître à jamais.

Alors Charon attrapa son téléphone et réfléchit à un message. La première mouture était longue, détaillée, mais Charon ne l'enregistra pas. Elle ne devait pas voir à quel point Charon était heurté. Alors Charon en conçut un plus simple, masqua son téléphone et appela la messagerie de Lola pour l'y déposer. Lola le verrait après son *live*, et réfléchirait à deux fois avant de se permettre de telles libertés.

Pourtant, quelques secondes plus tard, un léger bourdonnement se fit entendre dans le *live*. Lola attrapa son téléphone sans se lever, le colla à son oreille, écouta le message vocal, puis éclata de rire avant de reposer son appareil.

Elle est complètement folle !

*
* *

Étienne peinait à croire ce qui se passait sous ses yeux. Lola venait-elle vraiment de mettre son agresseur au défi ? Avait-elle seulement la moindre idée du risque qu'elle prenait ? Même s'il avait conscience du courage qu'il avait fallu pour agir ainsi, c'était avant tout de l'inconscience manifeste. *Le lieutenant va me déchirer*, pensa-t-il, prêt à l'appeler pour lui dire qu'il n'y était pour rien. Mais avant d'avoir simplement composé le numéro de Lambert, quelque chose d'autre se produisit. Une alerte de son application espion. Lola venait de recevoir un appel. Directement sur sa messagerie. Étienne cliqua pour écouter le message. L'expéditeur étant inconnu, le policier savait avant même de lire que cela n'augurait rien de bon.

Tu n'as pas idée d'à quel point tu vas le payer

Pas de « tu vas voir, salope ». Pas d'injure. Pas d'insulte. Une menace pure, simple et directe. Étienne commença à chercher des informations sur l'appel lorsqu'il fut surpris par un éclat de rire. Il eut à peine le temps de basculer sur l'application du *live* de Lola pour la voir jeter son téléphone sur son lit. *Elle vient de recevoir le message, et elle se fout de sa gueule en direct.* Étienne ne put s'empêcher, au milieu de l'énorme foutoir qu'il pressentait imminent, d'éprouver de l'admiration pour cette femme. Soudain, alors qu'il avait toujours son téléphone à la main, celui-ci sonna. Il décrocha, inquiet.

« Qu'est-ce que c'est que ce bordel ?! »

*
* *

Marion Lambert était furieuse. Comment Étienne avait-il pu laisser la situation déraper ainsi ?

« Je suis désolé, lui répondit-il, j'ai été surpris autant que toi.

— Pourquoi t'as pas interrompu le *live* ?

— C'est arrivé trop vite. »

Ce n'était pas la vérité. Étienne aurait effectivement pu interrompre l'émission, il suffisait d'un clic, et il avait eu près d'une minute pour le faire. Mais il hésitait à expliquer pourquoi il ne l'avait pas fait.

« Lorsque Charon a balancé son adresse dans le *live* l'autre jour, elle a coupé sa diffusion en une seconde, ne me dis pas que tu n'as pas eu le temps…

— C'est juste que... »

Prends ton courage à deux mains !

« Je ne pense pas que ça aurait été une bonne idée. »

Il ne laissa pas Marion répondre et poursuivit :

« Elle a décidé seule d'appâter Charon, et je suis d'accord, c'est un risque qu'elle ne mesure pas, mais elle a réussi à le débusquer. Il est effectivement là, dans le public. »

Marion resta silencieuse. Elle réfléchissait. *Comment ça, il est devant le show ?* Elle remonta l'historique des messages du *chat*, mais ne vit nulle part mention de Charon.

« Il n'est pas intervenu dans le *live*, comment tu sais qu'il est là ?

— Il lui a laissé un message », répondit-il sans réfléchir.

En effet, Marion avait bien vu Lola écouter son téléphone puis éclater de rire. Mais comment Étienne savait-il que c'était Charon ? Il n'avait aucun moyen de...

« Est-ce que tu as trafiqué le téléphone de Lola ?

— Il fallait que je sache, si jamais il envoyait un message, que...

— Putain, mais c'est pas possible ! Étienne, si on suit des procédures, c'est parce que c'est seulement comme ça qu'on peut poursuivre ces criminels. Et on ne met pas la vie de civils en danger, bordel !

— Je sais, mais je te le jure, je n'ai rien fait qui rende le message irrecevable. Le message est arrivé normalement sur son téléphone. J'ai juste gagné du temps en voyant que c'était le même numéro que les précédentes menaces, c'est tout ! Et ça, on pourra l'obtenir de son opérateur téléphonique dans les règles... »

Marion expira bruyamment.

« Bon… Surveille la fin du *live*, et appelez-moi quand elle a fini. Et Étienne… pas une heure après, hein ? Vous m'appelez dès que c'est fini ! »

Elle raccrocha. Elle ne pouvait plus poursuivre ses recherches sur le site des Amoureux du voyage, elle était bien trop énervée. Et surtout, elle s'en voulait. Elle qui aimait contrôler le déroulement d'une opération avait filé les rênes à son collègue, et il n'avait pas agi comme elle l'aurait fait. Ce n'était ni par ambition, ni par manque de confiance, ni même par coquetterie. Elle aimait contrôler le déroulement d'une opération parce qu'elle savait ce qu'elle voulait obtenir, comment l'obtenir et, surtout, elle ne souhaitait pas déléguer la moindre responsabilité en cas d'échec. Elle bascula son écran sur le *live* et se concentra sur la fin. Elle voulait être là s'il se passait quelque chose. Et elle voulait savoir à quelle seconde précise elle devait commencer à attendre l'appel d'Étienne Mornay.

*
* *

Bon, dans tout ça, il y a quand même une bonne nouvelle, se dit Étienne. *Le message provient du même numéro que les menaces précédentes*. Lorsqu'il avait suggéré au lieutenant Lambert de remonter directement le numéro de l'appelant sans attendre l'opérateur, elle avait clairement refusé. Mais il l'avait tout de même fait. Ainsi, elle ne serait pas tenue pour responsable s'il se passait quoi que ce soit. Mais que pouvait-il bien se passer ? Ils auraient la réponse de l'opérateur dans quelques semaines, et le résultat serait le même. Et, en agissant rapidement, Étienne avait constaté qu'il s'agissait bien du même numéro. *Du coup, j'ai de bonnes raisons de penser que ce numéro est authentique*. En effet, qui s'amuserait à mettre en place une technique pour modifier son numéro de téléphone, pour ensuite masquer ce numéro ? *En revanche, pour trouver l'identité liée à ce numéro, il va falloir que je creuse, et ça prendra plusieurs heures… À moins que… Si on tape le numéro dans le téléphone de Lola, on pourrait déjà savoir s'il s'agit de quelqu'un de son répertoire. Ce n'est pas terrible d'avancer ainsi main dans la main avec la victime, mais au point où on en est, si ça nous permet d'identifier la menace, autant ne pas s'en priver. Et puis il y a peu de chance que ce soit quelqu'un qu'elle connaît. Sinon, cela voudrait dire que cette personne connaissait également Maxime Roques, peut-être même Alice, et Dieu sait qui encore…*

Étienne fut sorti de ses réflexions par Lola qui traversait la pièce en robe de bain, tout en sueur. *Le live est fini.* Elle alla se chercher à boire.

« Il faut qu'on appelle le lieutenant Lambert, lui dit-il. Ce que vous avez fait, c'est…

— Je vous ai mis dans le pétrin ? avec votre boss ?

— Alors… oui, déjà, c'est clair, mais c'est aussi potentiellement dangereux, ce que vous avez fait. Tant qu'on ne sait pas à qui on a affaire, on doit partir du principe que la menace est sérieuse, je vous l'ai déjà expliqué, et on ne peut pas vous laisser vous mettre en danger de la sorte.

— C'est gentil, mais je pouvais pas continuer comme ça. S'il en a après moi, de toute façon je suis déjà en danger, alors je préfère que ce soit lui qui se prenne la tête plutôt que moi.

— Bon, j'appelle le lieutenant et…

— Je vais prendre une douche rapide, et j'arrive. »

Étienne n'eut pas le temps de répondre que Lola était déjà partie ; il appela Marion Lambert.

« Passe-la-moi, dit-elle sans autre forme d'introduction.

— Elle prend une douche.

— OK, alors raconte-moi ce qui s'est passé. Elle t'a prévenu de ce qu'elle allait faire ? Ou bien c'est toi qui lui as laissé entendre que ce serait bien qu'elle aille le chatouiller ?

— Pas du tout, je vous… heu… je t'assure ! Je suis aussi surpris que toi. J'ai essayé de le lui expliquer, là, mais elle persiste à dire que c'est son choix et qu'elle l'assume : elle n'arrivait pas à penser à autre chose, elle voulait le faire réagir pendant qu'on était là à surveiller et, de toi à moi, je pense qu'elle a bien fait. Oui, c'est dangereux, mais on a bien avancé, là.

— Et en quoi est-ce qu'on a bien avancé, exactement ? »

C'était le moment de vérité. Le moment où Étienne allait se faire engueuler, peut-être même qu'il risquait son job. *C'est juste un mauvais moment à passer ; quand elle aura compris, elle se calmera.*

« Tout à l'heure, j'ai fait la recherche du numéro masqué, et j'ai eu un résultat.

— Quoi ? Mais je t'avais clairement dit que…

— Je sais, mais je l'ai quand même fait. Je n'ai rien dit à Lola, on n'est pas obligé d'en faire quoi que ce soit, mais si jamais, j'ai le numéro et le message de ce soir a été envoyé depuis le même numéro.

— Écoute-moi bien : tu ne lui dis rien. Je ne veux pas qu'elle prenne plus de risques, on verra ça demain matin.

— Marion, je pense qu'on devrait au moins s'assurer qu'il ne s'agit pas de quelqu'un de son entourage.

— Quand tu étais branché à son téléphone tout à l'heure, tu as récupéré son carnet de contacts ?

— Non, je voulais me limiter au strict nécessaire et…

— Alors, c'est non. On ne la mêle pas plus à tout ça, notre première priorité n'est pas d'arrêter le type qui lui court après. Ça, c'est notre deuxième priorité. Notre première priorité est d'assurer sa sécurité, on s'est compris ?

— Oui », finit-il par admettre.

Lola sortait de la salle de bains quand elle croisa la mine déconfite d'Étienne. Se sentant un peu coupable de l'avoir ainsi mis en porte-à-faux, elle attrapa son téléphone pour parler directement à Marion Lambert.

« C'est moi, dit-elle simplement. Écoutez, je suis désolée, mais je pense vraiment que c'était la bonne chose à faire. Et je vous assure qu'Étienne n'y est pour rien. »

*
* *

Marion Lambert n'appréciait pas particulièrement le fait qu'Étienne et Lola s'appellent par leur prénom ; Étienne Mornay était jeune, sans doute encore assez impressionnable et de toute façon pas assez expérimenté pour savoir qu'il faut conserver une distance avec les civils, qu'il s'agisse de victimes, de témoins ou de suspects, ne serait-ce que parce qu'on sautait rapidement d'une catégorie à la suivante et que parfois seul un regard distant permettait de s'en rendre compte. De plus, Marion ne voulait pas se laisser dépasser par la situation. C'était son enquête, sa responsabilité.

« Lola... ce que vous avez fait était incroyablement imprudent... mais je suis forcée de reconnaître que ça ne manquait pas de courage. Je vous invite, vraiment, sincèrement, à faire profil bas pendant les prochains jours. On ne sait pas à qui on a affaire, alors on doit partir du principe que la menace est sérieuse et...

— Étienne aussi m'a dit exactement la même chose. Mot pour mot. C'est bon, j'ai compris, et j'ai été sermonnée, promis, je ne le referai plus. En tout cas pas sans vous prévenir. »

Sans attendre de réponse, Lola rendit son téléphone à Étienne.

« Je fais quoi, maintenant ? demanda-t-il tandis que Lola quittait la pièce.

— Tu regardes ce que tu peux trouver sur Charon dans les informations du *live*. De mon côté, je vais continuer de creuser les infos du site des Amoureux du voyage, et on fait un point demain matin. Quant à Lola, remets-en une couche sur l'importance de faire profil bas. Pas de Story, pas de photo ; si quelqu'un mentionne le *live* de ce soir sur Twitter ou sur un autre réseau social, elle ne répond pas. On est OK ?

— Oui. Et pour le numéro de téléphone ? »

Marion soupira, espérant que Lola n'ait pas entendu.

« On fait un point demain, on verra à ce moment-là. »

Avant de raccrocher, elle se sentit obligée d'ajouter :

« Je sais que t'es en heures sup et que ta journée est terminée, mais je ne veux pas entendre parler d'une bière avec la victime, on est bien d'accord ?

— Oui, oui, bien sûr… »

Marion raccrocha, se prépara une tisane, rechercha une playlist musicale sur son ordinateur – *Du classique, purement instrumental, quelque chose qui se fondra bien dans le décor* – puis se remit au travail. Il lui restait de nombreuses pages du site à visiter. Elle devrait faire un point également avec son capitaine le lendemain matin, et il lui fallait des cartouches.

*
* *

« Quel numéro de téléphone ? »

C'était la troisième fois que Lola posait la question à Étienne, si bien qu'il finit par répondre.

« On a le numéro de la personne qui vous envoie des messages. On va faire une demande auprès des opérateurs téléphoniques pour savoir de qui il s'agit, ça nous permettra de savoir si c'est un gamin de 15 ans qui s'ennuie en Franche-Comté ou si c'est quelqu'un avec, potentiellement, un casier judiciaire…

— Ou quelqu'un que je connais ?

— Euh… oui, potentiellem… vous pensez à quelqu'un en particulier ?

— Ah, non… Non, non. Même pour plaisanter, je ne connais personne qui serait *cringe* à ce point.

— Personne qui vous voudrait du mal ? Quelqu'un qui désapprouve totalement vos… choix de carrière ?

— Y a certainement plein de gens qui désapprouvent mes… choix de carrière… »

Elle avait pris un malin plaisir à tenir le même instant de pause que lui.

« Mais aucun de mon entourage. »

Étienne hésitait. D'un côté, Marion avait été parfaitement claire, mais d'un autre, il était peut-être à quelques secondes d'identifier leur suspect.

« Lola… je peux vous demander quelque chose ? Mais ça reste entre nous…

— Oui, allez-y, tant que vous me sortez pas un truc *creepy*.

— Non, non, ne vous inquiétez pas. Est-ce que vous pouvez me passer votre téléphone portable ?

— Oui, bien sûr, pour quoi faire ? »

Étienne ne répondit pas.

« Qu'est-ce que vous voulez voir sur mon téléphone ? »

Toujours pas de réponse.

« Vous voulez voir si le numéro de téléphone que vous avez trouvé est dans mes contacts ? »

Il baissa les yeux. Un court instant. Mais Lola comprit qu'elle avait tapé juste, et alla chercher son téléphone. Lorsqu'elle revint dans le salon, son téléphone à la main, elle était prête à renseigner le numéro.

« Non, Lola, je ne peux pas vous laisser faire…

— Écoutez, je suis pas en sucre. Si quelqu'un en a vraiment après moi et qu'en plus c'est quelqu'un que je connais, il faut que je le sache. Je vous promets que je ne ferai rien. Mais je dois savoir. »

Étienne lutta intérieurement quelques secondes, puis dicta le numéro à Lola qui espérait autant qu'elle redoutait le moment où son téléphone lui dirait qu'il s'agit du numéro d'untel ou d'untel. Mais ce ne fut pas le cas. Le numéro ne correspondait à aucun contact de son carnet d'adresses. Toutefois, aussi discrètement et rapidement que possible, Lola pressa le bouton « appeler » pour raccrocher immédiatement. *Maintenant, le numéro est enregistré dans mon historique d'appel.* Elle n'en ferait sans doute rien, mais elle se sentait plus forte, et donc plus rassurée, de disposer à son tour d'une information privée que son agresseur avait tenté de lui cacher.

48.

Jonathan était de nouveau sur le *dark web.* Si l'URL du site n'avait aucun sens, le titre sur la page à l'écran était parfaitement lisible : *OnionWallet.* Comme des millions de gens le font chaque jour sur Internet, Jonathan était en train de consulter son compte en banque. Mais aucune banque n'était concernée : il consultait son portefeuille en cryptomonnaie, en bitcoin. Il s'assurait simplement de la bonne exécution d'une transaction qu'il attendait, et sourit en constatant que son portefeuille avait augmenté de quelques centimes.

Si les parents de Jonathan le traitaient comme un incapable, c'était parce que non seulement ils ne comprenaient plus le monde dans lequel ils vivaient mais, plus triste encore, n'avaient aucunement conscience du fait qu'ils ne comprenaient plus le monde dans lequel ils vivaient, si toutefois ils l'avaient un jour compris. Bientôt, Jonathan le savait, l'argent n'aurait plus cours. L'avenir était dans le *bitcoin*, l'*ethereum*, le *litecoin*, le *polkadot*... Les cryptomonnaies ne nécessitaient pas de banque et étaient parfaitement sécurisées. Cela faisait déjà plusieurs années que Jonathan, lorsqu'il le pouvait, demandait à être payé pour ses services en bitcoin, la plus célèbre et sans doute la plus pérenne des nouvelles devises. *Pas de charge, pas de taxe, pas de banque, pas de déclaration, ce pognon est le mien. Je l'ai gagné seul, je le garde seul.* Jusqu'à présent, Jonathan n'avait rien fait de cet argent, il n'en avait pas encore eu besoin, et le monde était encore trop jeune pour pouvoir se payer des produits du quotidien en cryptomonnaie. Mais Jonathan était patient et se contentait de la maison de ses parents.

Si son père voyait Jonathan se réjouir de voir son compte augmenté d'une douzaine de centièmes, il se satisferait sans doute de lui rire au nez en le traitant de guignol. Il ignorait que les quelques centimes de plus sur son compte valaient aujourd'hui plus de 6 000 €. Mais son père ne faisait aucun effort pour comprendre, et Jonathan avait tellement appris à ne plus l'espérer qu'il ne l'espérait vraiment plus.

La transaction constatée, il fit ce pour quoi il venait d'être payé. En quelques clics. Ce qu'il appréciait dans son travail, c'était son automatisation. Il n'avait quasiment plus rien à faire pour vendre ses services. Quelques mots, quelques clics, une transaction financière cryptée, quelques clics supplémentaires, et c'était fini. Il lui fallait moins d'une minute pour gagner plus que ses parents réunis en deux mois. Bientôt, il quitterait la maison. *Je partirai, libre, loin de tous ces cons, et quand ils comprendront, il sera trop tard, et ce sera bien fait pour leur gueule.*

49.

Marion Lambert fit un rêve étrange, cette nuit-là. Elle était dans la maison dans laquelle elle avait grandi, tout s'y passait comme si elle était de nouveau adolescente, mais dans le même temps elle était adulte et lieutenant de police. Elle suivait un reportage à la télévision, un de ceux où les journalistes accompagnent la BAC, la brigade anticriminalité, lors de descentes pour arrêter des dealers ou des proxénètes. Son père l'appelait de son bureau, à l'étage. Marion était déchirée entre l'envie folle de revoir son père décédé depuis des années et l'incapacité de détourner son regard de cette émission. Elle comprit d'ailleurs qu'elle n'était pas uniquement spectatrice, mais qu'elle faisait également partie de l'émission. Avec la logique aussi incompréhensible qu'imparable des rêves, elle décida qu'elle allait précipiter l'arrestation des suspects, ce qui provoquerait la fin de l'émission et, ainsi, la libérerait pour aller voir son père. Elle était devant le seuil d'une maison, en uniforme tactique de la police d'intervention, pistolet à la main. Il n'y avait plus qu'à enfoncer la porte. Ce serait simple, celle-ci étant littéralement une fine feuille de bois tenant à peine en place avec de la ficelle. Marion lança son pied en avant, droit dans la porte. Elle se déforma, ondula de façon grotesque, mais ne céda pas. Marion recommença. Et encore. Et encore. Rien à faire. Par son manque d'intégrité, la porte résistait aux assauts. Marion se réveilla.

*
* *

Arrivée au commissariat le lendemain matin, Marion Lambert sirotait son thé en faisait le tri dans ses découvertes de la veille lorsqu'Étienne Mornay arriva. Elle le salua sans lever les yeux de son écran d'ordinateur. Elle n'était pas fâchée après lui, en tout cas moins que la veille, notamment parce qu'elle savait qu'il était sous sa responsabilité et qu'il lui appartenait de reprendre le contrôle de la situation, mais surtout, elle avait trouvé quelque chose, et c'était plus important que le reste.

« J'ai trouvé quatre personnes différentes sur le site des AV à qui on a conseillé d'aller discuter avec Charon, et je suis presque sûre que l'une d'entre elles était Maxime Roques. Les dates concordent, la personne explique qu'elle se sent rejetée à cause de son homosexualité, ce qui est cohérent avec les messages haineux que tu as trouvés sur Twitter et, cerise sur le gâteau, dans une des discussions cette même personne parle de se jeter sous un train.

— Mais le capitaine a dit qu'on ne devait pas s'occuper de Roques…

— Ne pas s'en occuper, c'est une chose. C'en est une autre de faire comme s'il n'existait pas. Je n'ai pas contacté la gendarmerie, je ne me suis pas mêlée de leur enquête. Il est arrivé dans mes résultats sans que je le cherche particulièrement. »

Étienne avait posé sa veste et était déjà posté devant son ordinateur.

« C'est quoi, son pseudo sur le site ? Je vais voir ce que je peux trouver d'autre. Avec un peu de chance, je pourrai peut-être le géolocaliser, ça fera un élément de plus qui prouve qu'on est sur la bonne voie. »

Il fallut près d'une heure à Étienne pour trouver l'adresse IP du compte en question, et cela nécessita de se connecter directement à la base de données du site des AV. C'était relativement simple, mais encore une fois ce n'était pas tout à fait régulier, comme façon de faire. *Nous sommes clairement sur quelque chose, et si tout ce qu'on a trouvé tient la route, ça signifie que Lola est plus en danger qu'on ne le pense.* Comme si Marion avait lu dans ses pensées, elle dit :

« Il y a quand même quelque chose qui m'échappe, dans cette histoire. A priori, on court après quelqu'un qui pousse au suicide, ou qui assiste aux suicides comme spectateur. J'ai pas l'impression qu'on soit face à quelqu'un d'actif, d'agressif. Les attaques contre Lola sont plus directes. À notre connaissance, Alice n'a pas reçu de message de menace directe du même type que Lola. Elle a été harcelée en ligne, comme Maxime et Lola, mais j'ai l'impression que pour Lola, c'est plus… direct, oui, je vois pas d'autre mot. Comme si c'était… personnel… Au fait, t'as trouvé quelque chose sur le numéro de téléphone ?

— Pas encore, il faut que je trouve à qui il appartient.

— OK. Pas un mot à Lola tant qu'on n'en sait pas plus. »

Étienne ne dit rien.

« Il faut que je discute avec les familles d'autres victimes, reprit Marion. Tu as toujours les résultats de la recherche que t'avais faite dans les fichiers du TAJ ?

— Euh… oui, mais on n'a pas…

— Il me faut les dossiers sur Paris. Refais une recherche si jamais tu ne trouves rien. On cherche un suicide, à Paris, avec une visioconférence. Si tu peux chercher la mention de Charon, c'est bien, mais je veux également les résultats sans cette mention. Tu recherches sur les trente derniers jours, mais tu ne recherches que Paris. Tu peux faire ça ce matin ?

— Euh… oui, je peux, mais toi tu vas…

— Moi, je vais voir le capitaine. Il faut qu'on avance, là, et on va avoir du mal à avancer sans lui. »

Elle s'était levée et était sur le point de sortir du bureau lorsqu'Étienne se souvint d'une chose qu'il avait oublié de lui dire :

« Au fait, Marion, j'ai trouvé le créateur du site des Amoureux du voyage. C'est un gamin de 20 ans qui vit à Paris. Il s'appelle… » Il rechercha dans le bloc-notes sur son ordinateur où il avait noté l'information :

« Berthelot. Jonathan Berthelot.

— OK, trouve-moi une adresse ou un numéro de téléphone, on le convoquera dès que possible. »

*
* *

En traversant les couloirs qui la menaient au bureau de son capitaine, Marion Lambert formalisa rapidement tout ce qu'ils avaient appris sur cette affaire pour pouvoir présenter les faits de la façon la plus concise et la plus directe possible. Elle était aussi douée pour la synthèse que pour l'analyse, et elle savait qu'il faudrait être percutante pour convaincre son chef. Il serait hostile a priori, il n'aimait pas cette affaire, et l'avait exprimé clairement plus d'une fois. Mais c'était un homme intelligent et plein de bon sens. Ses réserves étaient purement techniques : il devait gérer des ressources et produire des résultats. Le gros de son travail consistait à gérer les priorités, et connaître le fin mot de l'histoire d'un simple suicide n'en était pas une. Marion devait lui démontrer que l'affaire était plus importante qu'il n'y paraissait, en le braquant le moins possible. Elle passa devant le bureau de la secrétaire qui, d'un simple geste de la tête, lui fit signe qu'elle pouvait entrer.

« Capitaine, j'ai du nouveau. »

Le capitaine leva la tête, et invita Marion à s'asseoir en soupirant.

« Ce qu'on va faire, c'est que tu vas me laisser parler pendant une minute sans m'interrompre, je vais te dire où on en est, et après, seulement, tu me diras ce que t'en penses. »

Marion attendait une réaction de sa part, un signe qu'il était d'accord. Après quelques secondes de silence, il dit d'un ton légèrement agacé : « Bon, ben vas-y, je t'écoute ! »

« On a plusieurs suicides récents, deux qu'on a identifiés de manière formelle mais on en suspecte plusieurs autres, avec des modalités similaires : la victime a été harcelée en ligne avant de se suicider, elle a visité le site lesamoureuxduvoyage.com qui "aide" les gens à se suicider, et a participé à une visioconférence au moment de sa mort. En outre, le harcèlement subi est démesuré au regard de la victime. Dans le cas de Maxime Roques, ce sont des centaines de messages reçus quasi au même moment, des messages de personnes qui, quelques minutes plus tôt, n'avaient pas de compte sur Twitter et ne suivaient pas Maxime Roques. Alice, l'adolescente qui s'est suicidée il y a quelques jours, a échangé avec on ne sait qui au moment de son suicide. Mais Maxime, lui, a échangé avec un dénommé Charon, également au moment où il se jetait sous un train. Je ne peux pas encore le prouver, mais je te garantis qu'Alice discutait également avec ce même Charon, qui est décrit sur le site des Amoureux du voyage comme la personne à contacter quand on a envie d'en finir. Jusque-là, tu me suis ?

— Je te suis, oui, mais je préfère te dire de suite que je ne suis pas spécialement ravi d'entendre parler de Maxime Roques, j'espère que t'as pas…

— Je n'ai pas interféré avec l'enquête de la gendarmerie, je ne les ai pas appelés, je n'ai pas cherché à connaître les résultats de leur enquête. On a simplement recherché le compte Twitter de Maxime Roques et on a trouvé ce que je t'ai dit. Par ailleurs, il a visité le site des Amoureux du voyage peu avant son décès, il y parle de se jeter sous un train et des gens lui disent de contacter Charon. »

Le capitaine eut une réaction qui faillit échapper à Marion. C'était très subtil, mais il s'était figé un instant et, sans tourner la tête, s'était mis à observer le mur sur sa gauche. *Il est en train de réfléchir,* pensa Marion. *Il commence à voir qu'il y a peut-être effectivement quelque chose.*

« Et on a une jeune femme, Bénédicte Le Guerrec, qui a porté plainte il y a deux jours pour harcèlement en ligne. Tout dans son cas concorde avec ce qu'on a déjà. Elle a été harcelée sur Twitter exactement comme Roques, même mode opératoire, des centaines de nouveaux comptes qui viennent l'insulter et la menacer, le tout dans une fenêtre de quelques minutes. Et elle a été directement menacée sur un de ses *lives* par un individu nommé Charon.

— Ses *lives* ? Ses *lives* de quoi ?

— C'est un modèle de charme, elle fait des spectacles érotiques en direct sur Internet. »

Marion attendit un instant la réaction de son chef. Lola était le maillon faible de son histoire, elle le savait. Les policiers apprenaient, dans leur formation, à se méfier des polars, des fictions insensées avec des rebondissements à chaque minute. Dans la réalité, les crimes étaient presque toujours simples. Le coupable était l'amant, ou le mari, ou l'employé, ou un drogué. Parfois, il suffisait d'être au mauvais endroit au mauvais moment. Et Marion savait qu'en prononçant les mots « spectacles érotiques », immédiatement le capitaine penserait à un pervers, tout comme en entendant « en direct sur Internet » il penserait à une blague de mauvais goût. Parce que c'était presque toujours le cas. Les femmes qui montraient leur corps s'exposaient en retour à être emmerdées par tous les tordus qui les voyaient passer, et les menaces sur Internet étaient souvent le fait d'adolescents ou de jeunes adultes qui pensaient qu'être cachés derrière un pseudo leur donnait le droit de faire peur à qui ils souhaitaient sans aucune conséquence. Donc Marion attendit une réaction de son capitaine. Elle appréhendait le moment où elle lirait dans son regard qu'elle l'avait perdu et que, finalement, cette affaire n'était pas si importante. Mais il ne réagissait pas. Lui aussi attendait. Il finit par briser le silence en regardant sa montre-bracelet :

« Il te reste dix secondes…

— Elle reçoit des menaces directes par téléphone. Sur son téléphone privé. L'individu qui la harcèle lui a envoyé un message avec son adresse et lui a dit qu'elle paierait. Et je pense qu'il s'agit de la même personne qui a balancé son adresse publiquement sur Internet et qui se fait appeler

Charon. Et je pense qu'il s'agit du même Charon. Et je pense qu'il y a d'autres victimes qui nous ont échappé jusqu'à maintenant. Voilà. »

Le capitaine resta silencieux un long moment, et il n'était pas question que Marion brise ce silence. Ce n'était ni spécialement un bon signe, ni un mauvais. Mais il réfléchissait. Il était clairement intrigué. Quant à savoir s'il estimait qu'il y avait matière à quelque chose de sérieux, s'il allait effectivement considérer qu'il y avait un lien entre ces cas, c'était impossible à prédire. Il était illisible. *Au pire,* se rassura Marion, *les menaces que reçoit Lola suffisent à elles seules à justifier une enquête. De toute façon, il me suivra là-dessus. Mais pour le reste...*

« Combien d'autres victimes ? »

Sans rien montrer, Marion se détendit un peu.

« Difficile à dire. Quelques-unes. Pour l'instant, je suis incapable de dire depuis combien de temps ce système est en place, mais si tu me demandes une estimation au doigt mouillé, vu comment on a trouvé des cas concordants, je dirais que sur les derniers mois on doit au moins être à une demi-douzaine de victimes.

— Écoute, il faut que je réfléchisse, parce que ce que tu me racontes est un peu confus...

— C'est normal. »

Marion se jeta sur cette perche lancée.

« Mornay fait seul le boulot de recherche d'au moins trois personnes. On fouille dans le TAJ, parallèlement à ça on cherche sur les réseaux sociaux et, parallèlement encore, on étudie toutes les infos sur les cas qu'on connaît déjà.

— Et ce Charon, on a quelque chose sur lui ?

— Rien jusqu'à Lola... Bénédicte Le Guerrec... Lola, c'est son "nom de scène". Pour l'instant, c'est le seul cas où on voit directement des menaces. Il masque son numéro, mais on a fait les demandes pour avoir ses informations auprès des opérateurs téléphoniques. Sauf que, tu connais l'histoire, ça va prendre deux mois pour qu'on ait tout ça.

— Impossible d'en savoir plus en attendant ?

— Alors… si… mais il est possible que t'aies pas envie d'en savoir trop pour l'instant sur comment on bosse… »

Il se frotta le visage d'une main. Ce n'était pas ce qu'il avait envie d'entendre, c'était logique, mais Marion devait être claire avec lui.

« Mais ne t'inquiète pas, on ne va pas chercher d'info qu'on ne trouvera pas de toute façon par ailleurs… on va juste… plus vite. Je pense que la menace est sérieuse, et on fait ce qu'il faut pour protéger Bénédicte Le Guerrec.

— Donc vous savez qui c'est ?

— Charon ? Non, pas encore. Mais on a le numéro et on le saura dans quelques heures. Partant de là, on y verra sans doute plus clair.

— Bon, du coup tu veux quoi ? »

Marion tenta de rester calme.

« Plusieurs choses : déjà, il faudrait qu'on puisse protéger Lola, justement ; ensuite, je serais pas contre un coup de main, parce qu'on a déjà ras la gueule de boulot sur cette affaire, Mornay et moi, et enfin… j'aimerais pouvoir accéder au dossier Roques. »

Il réfléchit de nouveau longuement, et Marion savait qu'il avait envie de la suivre. Il était probablement en train d'évaluer ce qu'il pouvait ou ne pouvait pas se permettre de faire.

« Pour cette Lola, je ne peux pas détacher une équipe H24 pour sa protection. Mais je peux organiser une patrouille qui surveille en bas de chez elle et qui s'éloigne pas trop, au cas où. Par contre, je ne vais pas pouvoir t'affecter plus de monde, on est déjà ric-rac. Pour Roques… pour Roques, je vais voir ce que je peux faire, mais j'aimerais en avoir un peu plus dans le dossier, parce que si on part dans des trucs interservices, on risque d'avoir pas mal de monde qui va vouloir se mêler de tout.

— Je compte aller voir des familles d'autres victimes aujourd'hui, justement. Avec un peu de chance, je trouverai peut-être des éléments supplémentaires.

— D'autres suicides ?

— Oui. Je me limite à la région et aux suicides de moins d'un mois. Si je trouve rien, j'étendrais à trois mois.

— Bon, tiens-moi au courant. Rapidement. Si tu veux que je bouge, il me faut du concret. Et quand je dis concret, je veux dire un rapport écrit.

— Dès qu'on aura eu officiellement les infos qu'on a déjà trouvées, je te ferai ça, compte sur moi. »

Marion se leva.

« Encore une chose, Marion… de toi à moi… tu sais que t'es encore un peu sur la sellette, ici, oui ? »

Elle ne répondit pas.

« Tu es sûre de ton coup ? Si tu penses qu'il est préférable pour l'enquête que je la refile à quelqu'un d'autre…

— Non, je suis sûre de mon coup, c'est mon affaire. En revanche… de toi à moi… il y a un truc qui m'inquiète un peu.

— Je t'écoute.

— Si on chope les gens qui sont derrière tout ça, je ne suis pas certaine de savoir pour quel motif on pourrait les arrêter. Je veux dire, peut-être que Charon a d'une manière ou d'une autre causé la mort de plusieurs personnes, mais aujourd'hui, avec ce qu'on a sur lui, il repartirait vraisemblablement avec rien de plus qu'une amende. »

Elle avait décidé d'être transparente avec son capitaine, c'était nécessaire, il fallait qu'elle regagne toute sa confiance, et cette information était délicate. Dans la hiérarchie des choses qu'il ne pouvait pas se permettre, entre une affaire ignorée et une affaire menée à son terme mais sans aucun résultat, le capitaine préférerait sans doute la première.

« C'est le problème du procureur, mais c'est trop tôt pour s'en préoccuper, répondit-il simplement. Pour l'instant, vois ce que tu peux trouver. Si on peut montrer que ce type en a vraiment après ton actrice porno, on aura peut-être de quoi le coffrer. Ah, Marion… j'ai pas besoin de le dire, mais ça va mieux en le disant, alors… si t'as besoin de quoi que ce soit, tu viens me voir… sauf quand il faut pas, on est bien d'accord ?

— Oui, on est parfaitement d'accord. »

C'était sans appel. Il venait de lui dire qu'il lui faisait confiance, y compris si elle sortait des clous, mais qu'il ne la protégerait pas si elle déconnait. *Ça me va,* se dit Marion en repartant vers son bureau. *Je risque peut-être mon job, et je sais mesurer ce risque, mais au moins je peux le faire comme je l'entends.* Ce n'est qu'en entrant dans son bureau qu'elle se rappela qu'elle serait également responsable des actions de son partenaire et que, si lui déconnait, il faudrait qu'elle le couvre. Et la première priorité, c'était la sécurité de Lola.

50.

« Oui, j'ai fait comme vous m'avez demandé, pour l'instant. Aucun post, pas de Story, rien. »

Cela avait moins coûté à Lola qu'elle ne l'aurait pensé, mais il était encore tôt. Cela étant, il fallait qu'elle ait une vision de là où elle allait ; elle ne pouvait pas simplement se contenter de disparaître d'Internet en attendant que ça se tasse.

« Est-ce que vous avez prévu de faire quelque chose, aujourd'hui ? lui demanda Marion.

— Bah, du coup, non. Normalement, aujourd'hui, je suis off, donc pas de *live*, mais je suis quand même censée poster deux ou trois photos, répondre à des messages, ce genre de choses.

— Bon, pour tout ce qui concerne les messages privés, vous pouvez y aller, mais uniquement avec des fans que vous connaissez déjà et dont les messages ne sont pas équivoques. »

Ça va drôlement limiter les échanges, pensa Lola. S'imaginer qu'elle connaissait ses fans, c'était mal comprendre comment les choses se passaient en ligne. Alors oui, elle pourrait lire en diagonale les messages auxquels elle n'avait pas encore répondu, peut-être répondre à ceux qui lui demandaient conseil… bref, elle se débrouillerait.

« Très bien, je fais comme ça. De votre côté, vous avez pu avancer sur l'identité du type qui me harcèle ?

— On est sur le coup, on a fait des demandes pour récupérer le numéro de téléphone et identifier le propriétaire, mais ça peut prendre un certain temps. D'ici là, on va organiser des patrouilles régulières dans votre coin. Vous ne les verrez pas, ne vous inquiétez pas, on ne vous envoie pas de gardes du corps, hein… C'est juste qu'en cas d'urgence, si vous m'appelez, ils seront chez vous en deux ou trois minutes. Mais du coup, il faudra me prévenir si vous sortez.

— Ah…

— Oui. Et idéalement, je préférerais que vous ne sortiez pas. En tout cas aujourd'hui. Vous pouvez rester chez vous ?

— Euh… bah oui, du coup, je peux. »

Cela commençait à devenir un peu frustrant. Lola considérait que ce n'était pas à la victime de se cacher ou de se terrer, mais dans le même temps il fallait se montrer pragmatique et s'il y avait un réel danger, il valait mieux ne pas s'exposer.

« Mais juste aujourd'hui, ajouta-t-elle.

— Oui, de toute façon je vous tiens au courant de comment on avance. »

Elles s'étaient remerciées, saluées, puis avaient raccroché. Lola envoya immédiatement un SMS à Lydia pour la prévenir, mais sans trop en dire, comme on le lui avait demandé :

> Je reste à la maison aujourd'hui. Tu veux bien chiller avec moi ?

Lydia et elle étaient amies depuis suffisamment longtemps pour que Lydia comprenne qu'elle le lui demandait comme un service. Et quelques secondes plus tard, Lola reçut une réponse :

> Bien sûr, pas de problème. Je peux être là dans une heure. Tout va bien ?

Ne pas parler des menaces, ne pas parler de la surveillance policière, ne surtout pas parler du live *de la veille, Lydia n'approuverait pas.*

Oui, tout va bien. C'est juste que j'ai pas envie de rester seule aujourd'hui

À quoi Lydia répondit quasi instantanément :

Pas de pb. J'arrive

C'était vrai qu'elle n'avait pas envie d'être seule. Non seulement Lola, sans vraiment y croire, ne se sentait pas tout à fait à l'aise avec l'idée d'être menacée, mais de plus exister en public était devenu une seconde nature chez elle, et rester loin des réseaux sociaux risquait de s'avérer agaçant.

*
* *

« Normalement, elle reste chez elle aujourd'hui, rapporta Marion à Étienne. Nous, on en est où, là ?

— J'ai fait la demande pour identifier le propriétaire du numéro de téléphone, j'ai également fait la demande pour identifier le numéro appelant des menaces qu'a reçues Lola, qui est donc le même numéro, hein… Et j'ai relancé la recherche que tu as demandée sur le TAJ. J'ai isolé quatre affaires qui pourraient coller, dont deux qui sont vraiment prometteuses. Les deux autres, j'y crois moyen, mais bon, elles sont là. »

Marion feuilleta rapidement les dossiers, à commencer par les moins prometteurs qui, comme Étienne l'avait annoncé, ne l'étaient vraiment pas. Les deux autres, en revanche, étaient bien plus intéressants.

« Comment ça se fait qu'ils ne soient pas sortis dans nos premières recherches ?

— Dans l'un, on parle de visioconférence, mais pas d'ordinateur ni de téléphone. Je sais pas qui a écrit ce rapport, mais bon… Pour l'autre, c'était une TS, donc l'affaire ne rentrait pas dans nos critères. »

Une tentative de suicide, songea Marion. *Si la victime est encore en vie, alors on tient peut-être quelque chose de concret qui va nous permettre de lier le harcèlement de Lola aux suicides.*

« Sinon, j'ai regardé sur le site des Amoureux du voyage, et c'est compliqué de trouver des infos sur les utilisateurs, ceux qui parlent de contacter Charon. J'ai essayé vite fait de me connecter directement à la base de données du site et…

— T'as pas fait ça !

— Non, je l'ai pas fait, j'ai pas réussi. Le site est très correctement protégé.

— T'as l'air surpris. Pourquoi ?

— Ben… sur le principe, c'est un peu un site à la con. Je veux dire, c'est pas un site marchand, on peut s'inscrire en mettant n'importe quoi comme adresse e-mail et comme nom, on ne donne pas d'infos perso pour s'inscrire… bref, y a pas grand-chose à protéger, en fait. Alors, c'est pas anormal que ce soit sécurisé, mais c'est pas non plus hyper courant. On est quand même sur un *framework* assez basique et… »

Marion leva les yeux au ciel.

« En français, s'il te plaît…

— Le logiciel utilisé pour ce site est un logiciel super classique que des millions de sociétés ou associations utilisent. Si tu veux créer le site de l'amicale des joueurs de boules du bois de Vincennes, c'est typiquement ce genre de logiciel que tu utilises. Et je connais bien ces logiciels. Ils sont à peu près *safe*, mais ils ne sont pas non plus sécurisés comme peut l'être le site d'une banque, par exemple.

— C'est le cas, ici ?

— Difficile à dire précisément, vu que je suis pas entré… mais disons que c'est sérieux. »

Étienne regarda à nouveau son écran, comme s'il allait y trouver une réponse.

« Je ne serais pas étonné d'apprendre que le petit Jonathan Berthelot touche sa bille en informatique. »

Marion songea qu'il faudrait convoquer le créateur du site au commissariat, ne serait-ce que pour lui faire comprendre que proposer à des dépressifs de l'aide pour se suicider n'était pas nécessairement très malin, en plus d'être illégal.

« Trouve-moi ses coordonnées, reprit Marion, on va le convoquer. Avec un peu de chance, il acceptera de lui-même de nous donner accès à sa base de données.

— J'aimerais bien savoir comment certains utilisateurs ont entendu parler de Charon, alors que ce dernier n'a jamais posté sur le site, reprit Étienne autant pour Marion que pour lui-même. C'est un gars qu'on ne voit nulle part, il n'existe pas sur Internet, ne poste jamais rien, sauf peut-être de façon très confidentielle comme sur le *live* de Lola, et pourtant il y a des gens qui savent que c'est vers lui qu'il faut se tourner. Ça ne semble pas très naturel.

— Tu penses à quoi ? Des rabatteurs ?

— Par exemple. Ou peut-être que Charon lui-même utilise d'autres comptes. »

Selon Marion, il y avait plusieurs possibilités. Soit Charon était un tueur opportuniste, qui ne choisissait pas ses victimes à l'avance mais profitait de l'apparition d'une situation favorable pour les pousser à la mort ; soit, au contraire, il prenait soin de les sélectionner. En revanche, ils ignoraient si Charon était un tueur qui était passé à l'acte ou s'il se *contentait* d'accompagner des gens prêts à mourir.

« Il faut qu'on arrive à mettre au jour le mode opératoire de Charon. C'est comme ça qu'on déterminera son niveau de dangerosité. Parce que c'est une chose de trouver quelqu'un de suicidaire, de lui expliquer que la vie ne vaut rien et qu'il devrait en finir, mais c'en est une autre de trouver quelqu'un et d'en faire un suicidaire.

— Attends, tu parles de lui comme d'un tueur en série, fit remarquer Étienne. Tu penses vraiment qu'on est face à ce genre de gars ?

— Pour l'instant, je n'en suis pas sûre, mais tout porte à croire que ce type est bien plus dangereux qu'on ne le pense…

— Mais pour qu'il y ait "tueurs en série", il faut qu'il y ait un lien entre les victimes. Or, là, même si on ignore leur nombre exact, pour celles qu'on connaît, elles n'ont rien en commun : Maxime et Alice n'habitaient pas dans la même région, il s'agit d'un homme et d'une femme, ils n'avaient pas le même âge, pas les mêmes occupations, ne se connaissaient pas. Si on ajoute Lola, à part le fait qu'elle habite à Paris, ça fait une troisième personne qui n'a rien à voir avec les deux premières.

— Ce n'est pas si unique que ça, répondit Marion. Israel Keyes, aux États-Unis, a tué sans doute plus de sept personnes entre la fin des années 1990 et le début des années 2010, sans que les enquêteurs ne trouvent jamais aucun lien entre les victimes. Il pouvait faire des centaines de kilomètres pour trouver une nouvelle proie, préparait ses crimes des mois à l'avance, planifiait absolument tout, il était parfaitement redoutable et n'a pu être arrêté que parce qu'il a été assez con pour utiliser la carte bancaire d'une de ses victimes.

— Tu ne penses quand même pas qu'on est face à quelqu'un qui planifie des pensées suicidaires à l'avance, si ?

— Peut-être qu'il les provoque… »

Devant l'air un peu ahuri d'Étienne, Marion se sentit obligée de modérer son propos :

« Je sais, c'est un peu tiré par les cheveux, mais je t'assure que c'est ce qui me vient quand je pense à lui. La similarité des messages envoyés sur Twitter à Maxime Roques et à Lola me fait dire que tout est organisé. Que ça n'ait rien à voir et que Charon se contente d'être là juste au dernier moment, je n'y crois pas. Vu qu'il a contacté directement Lola, je me dis qu'il a pu entrer en contact avec d'autres personnes. Et peut-être même qu'il a en menacé ou harcelé des dizaines, en sachant très bien que c'est la plupart du temps un coup d'épée dans l'eau.

— Comme du spam ?

— Quoi ?

— Tu sais, les e-mails de spam qu'on reçoit tous, tous les jours. Je me dis tout le temps qu'il faut être particulièrement stupide pour répondre à un mail de ce type, mais il suffit qu'une personne sur mille réponde pour que ce soit un business rentable. Alors peut-être que ce que tu veux dire, c'est qu'il s'en prend à cent personnes en sachant que si, sur ces cent personnes, une seule est vraiment affectée, ça fait une victime. Mais ce serait très risqué de sa part, ça laisserait énormément de traces numériques. Pour ma part, je pense vraiment que le type en question est un fantôme sur Internet. À vrai dire, je n'arrive même pas à m'expliquer comment quelqu'un dont je ne trouve aucune trace nulle part peut s'être aussi directement exprimé sur le *live* de Lola, sans compter les messages qu'il lui a laissés. Je veux dire… aujourd'hui, c'est si facile de masquer son numéro de téléphone et de le remplacer par un numéro bidon… Non, là, le gars qui d'un côté semble techniquement plutôt au point, dans le cas de Lola, il semble assez basique en fait. »

Marion évaluait ce qu'elle venait d'entendre. Elle réfléchissait.

« Alors quoi, tu penses qu'il commet des erreurs ?

— Ben, déjà, oui, j'espère… mais c'est aussi que je pense que c'est un gars qui a eu de la chance. Peut-être que, pour une raison ou une autre, il s'est retrouvé à conseiller quelqu'un qui voulait en finir, il a pris son pied lorsque cette personne s'est donné la mort, alors il a voulu recommencer. De fil en aiguille, il s'est retrouvé à conseiller des gens sur le site des AV, a peut-être même créé quelques comptes bidon sur le site pour inciter les gens à le contacter en privé. Arrivé à Lola, peut-être que ça ne lui suffit plus et qu'il veut prendre une part active dans sa mort. Sauf qu'il n'est pas préparé et qu'il fait des conneries. »

Marion réfléchit. *Si seulement…* Mais elle n'y croyait pas. Elle avait la sensation que la situation était plus complexe, sans pour autant pouvoir mettre le doigt dessus.

« Je vais aller parler à la victime de la TS que tu m'as sortie et à la famille de la victime de l'autre dossier. Peut-être qu'on aura plus d'infos sur ce qui s'est passé, et surtout sur ce qui s'est passé avant. De ton côté, j'aimerais que tu continues de creuser le site des AV, notamment, les gens qui ont parlé de Charon. J'aimerais savoir si ce sont des réguliers du site, s'ils ont participé à d'autres pages du forum ou si leur compte n'a servi qu'à parler de Charon. »

Marion attrapa sa veste et se dirigea vers la sortie.

« Et pour Lola, on fait quoi ? demanda Étienne.

— Rien pour l'instant. Elle reste chez elle aujourd'hui. Le mieux à faire dans l'immédiat est de trouver celui qui lui envoie des menaces, pour estimer l'urgence du danger. Si c'est un gamin à Biarritz, on sera déjà plus tranquille que si c'est son voisin de palier. Mais Étienne, quoi que tu trouves, pas un mot. Elle n'a pas besoin de savoir. Après son coup d'hier soir, je n'ai aucune confiance dans sa capacité à ne pas se mettre en danger bêtement. »

51.

Tandis qu'elle roulait vers sa première destination dans le 15e arrondissement, Marion tentait de se faire l'idée la plus claire possible de qui elle recherchait. Elle pensait à voix haute.

« Pour Lola, je cherche un homme, blanc, entre 30 et 45 ans, éduqué. Son vocabulaire est propre, ses messages bien écrits. Un homme qui a peut-être eu une mère possessive, ou un père qui détestait les femmes. Difficile à dire. Pour Alice, je cherche un homme plus jeune, peut-être la vingtaine, mais sans aucune idée de ce qu'il pouvait lui dire si tant est qu'il lui parlait, je ne connais rien de ses motivations. Mais là, ça va encore. C'est avec Maxime que ça coince. Pourquoi s'en prendre à un homosexuel ? Est-ce que c'était un crime homophobe ? Ça semble ce qu'il y a de plus logique, mais ça ne colle pas avec Alice. Ça peut coller avec Lola. Un type qui s'en prendrait à tout ce qu'il considérerait comme… quoi… indécent ? impudique ? »

Marion se souvint de l'attitude de son capitaine au sujet de l'activité de Lola. Peut-être que Charon considérait que Lola était une prostituée. Du coup, peut-être que, de son point de vue, Lola et Maxime étaient tous deux des dépravés. *Et Alice qui était une adolescente enceinte… ça pourrait coller. C'est vraiment alambiqué, mais ça tient.*

Plus elle y pensait, plus l'idée s'affirmait dans l'esprit de Marion : Charon était un tueur opportuniste. Même si elle se forçait, à chaque mention, à se dire que « tueur » était exagéré, elle avait du mal à en douter. *Principe de précaution. Charon trouve ses victimes sur Internet, et Internet est un vivier sans fond. Peut-être qu'Étienne a raison. Peut-être que c'est comme du spam. Des milliers de gens harcelés sur la toile, dont quelques dizaines jusqu'à être au bout du rouleau, par le hasard de la vie, et Charon qui attend, tapi quelque part, qu'une victime se présente à lui. Si c'est ça, on va avoir un mal de chien à le débusquer. Et si c'est ça, alors peut-être que Lola est notre meilleure chance. Mais si c'est ça, Lola n'est pas assez fragile pour l'intéresser. Tant mieux,* se força-t-elle à penser. *Tant mieux pour elle. Mais tant pis pour nous.*

52.

Lorsque Lydia arriva à l'appartement, elle était essoufflée. *Elle a dû monter les étages en courant,* se dit Lola.

« Qu'est-ce qui se passe ? Ça va ? »

Lola ne voulait pas inquiéter son amie. Alors elle s'excusa, lui assura que tout allait bien. Elle avait envie de lui raconter ce qui s'était passé depuis la veille, mais elle allait d'abord la laisser reprendre son souffle, se poser, peut-être qu'elles allaient se préparer un thé, se caler devant une série à la con qu'elles ne regarderaient que d'un œil en papotant. Lola avait envie de parler à son amie, mais surtout elle voulait une journée ennuyeuse. L'ennui lui semblait être devenu un luxe. Peut-être qu'à la fin de la journée elle s'en voudrait de n'avoir rien fait, mais qu'importe. Elle espérait simplement qu'elle ne le regretterait pas. Qu'une seule journée off ne suffirait pas à la faire disparaître des écrans de sa communauté… Et si elle postait une Story, juste une, pour expliquer qu'elle prenait sa journée ? Oui. Il fallait qu'elle le fasse. Oui. Elle allait le faire. Elle jetterait peut-être un œil à ses messages, lirait quelques commentaires, mais elle n'interviendrait pas. Sauf peut-être en privé, avec les habitués. Ou en tout cas pour les messages qui n'étaient pas particulièrement sensibles. Oui… Elle ferait attention. Mais non, elle n'abandonnerait pas ses fans toute une journée.

Quelques minutes plus tard, Lola avait raconté à Lydia comment, suite à la vague de haine qu'elle avait reçue sur Twitter, elle était convenue, avec la police, de faire un *live* qu'ils surveilleraient, comment elle avait tenu tête à Charon, comment elle l'avait publiquement humilié durant son *live*, tant et si bien qu'il avait réagi et lui avait de nouveau envoyé un message, comment la police avait trouvé son numéro et comment ce n'était plus qu'une question d'heures avant qu'ils le « chopent ». Lydia avait écouté, sans rien dire, et avait beaucoup de mal à cacher sa peur. « Ce n'est pas un film », avait-elle dit à Lola, elle ne pouvait pas prendre autant de risques.

« C'est certainement un gamin qui se la raconte, une grande gueule, répondit Lola.

— Oui, mais si ce n'est pas le cas ? Si c'est vraiment quelqu'un de sérieux ? de dangereux ?

— Ne t'inquiète pas, je te dis, ils vont le trouver en "deux-deux". Un des flics, Étienne, mignon comme tout, c'est un as de l'informatique. Il a déjà le numéro. Je devrais pas le dire, normalement, parce qu'il a dû pirater Orange ou je sais pas qui pour le trouver, mais il l'a.

— Mais les flics, ils ont le droit de pirater ton opérateur ?

— Ils font aussi la demande officielle, comme s'ils avaient pas le numéro, tu vois ? Pour gagner du temps. Je pense qu'il s'inquiétait pour moi, il voulait s'assurer que c'était pas quelqu'un que je connais.

— Mais t'as un ticket, ou quoi ? » sourit Lydia.

Lola avait toujours eu du mal dans ses relations avec les hommes, Lydia le savait mieux que personne. Déjà avant qu'elle ne s'expose publiquement, Lola avait un tempérament… compliqué. C'était un cœur d'artichaut qui pouvait s'amouracher du premier gars gentil qui lui passait sous le nez ; il suffisait que le type soit mignon et attentionné ou, comme le disait Lola, « chou ». Mais très vite elle avait besoin que l'homme s'affirme dans la relation. Pas qu'il cherche à la dominer ou quoi que ce soit, elle ne le supporterait pas, mais elle avait un caractère fort et attendait du répondant. Elle ne cherchait pas un macho, elle n'aimait pas les machos, mais elle cherchait… son égal, en quelque sorte. Quelqu'un de gentil qui n'était pas avare de câlins, mais qui était capable de lui tenir tête quand il n'était pas d'accord. Et ce n'était pas simple, parce que Lola était une vraie tête de mule. Encore moins depuis que Lola s'exposait nue sur la toile : Lola vivait tellement sa vie publique qu'elle se transformait peu à peu en ce qu'elle prétendait être.

C'est normal, pensait Lydia. *C'est un mécanisme de défense qu'elle a peaufiné avec les années. Pas étonnant qu'elle se reconnaisse dans la philosophie des Suicide Girls. On a si souvent considéré son physique comme une faiblesse qu'il lui a fallu du temps et beaucoup de souffrance pour accepter son corps comme une force.* Lydia avait connu Lola lorsqu'elle tentait, encore sous le nom de Bénédicte, d'exister dans le regard des hommes autrement que physiquement. Entre ceux qui cherchaient à la détenir, et ceux qui cherchaient simplement à l'exposer, elle aurait pu mal tourner. Elle avait été fragile, par moments. Très fragile, même. Lydia avait pour elle été un phare dans la tempête, un point fixe dans un tourbillon. Lydia savait au fond d'elle qu'elle avait permis à Lola de sortir la tête de l'eau et d'admettre que si c'était par son physique qu'elle devait s'affirmer, alors c'était ce qu'elle ferait. C'est de cette époque que datait son premier tatouage. Elle avait immédiatement tapé fort. Un large enchevêtrement de lianes et de fleurs qui courait sous ses seins et en soulignait les courbes. C'est à cette époque qu'était née Lola.

Elle était forte, désormais. Bien plus qu'elle ne l'avait jamais été. Mais elle n'était pas invincible.

« Mais non, t'inquiète, c'est un bébé, dit Lola.

— Hein ? demanda Lydia pour qui, tirée de ses pensées, cette phrase n'avait aucun sens.

— Étienne ! Il est totalement choubidou, mais c'est un bébé. Depuis qu'il m'a vue sur Internet, il n'arrive plus à me regarder sans virer écarlate, c'est mignon comme tout. Il fait celui que rien ne touche, mais c'est tellement maladroit, je t'assure, j'adore.

— Oui, donc, on est d'accord, t'as un ticket…

— Mais arrête… »

Lola se dirigea vers la cuisine. Lydia en profita pour se rendre aux toilettes. Tandis qu'elle se soulageait, Lola l'interpella à travers la porte :

« On n'a plus de tisane au fenouil ?

— En tout cas, y en a pas aux toilettes. Si t'en trouves pas dans le placard à thé, c'est qu'on n'en a plus.

— Ah, merde, j'avais vraiment envie d'une infusion, là…

— T'inquiète, j'ai mon esclave qui vient pour le déjeuner, t'as qu'à lui dire d'en acheter avant de venir, ça lui prendra cinq minutes. D'ailleurs, regarde s'il manque autre chose, tant qu'à faire… »

Son « esclave ». Lola souriait chaque fois que Lydia parlait ainsi de Rémi. Lydia était une grande gueule : elle ferait n'importe quoi pour son mec. C'était plutôt elle, l'esclave de la relation ! Mais ils avaient leur équilibre, et leur couple fonctionnait plutôt bien.

Lola attrapa le téléphone de Lydia et le déverrouilla. Elle ouvrit le carnet de contacts et rechercha Rémi, mais ne le trouva pas.

« Y a rien à R dans ton répertoire…

— Cherche à P comme "plan Q" », lui cria Lydia à travers la porte.

Lola avait trouvé le numéro de Rémi. Elle pressa le bouton « message » et lui écrivit :

Choupinou, tu peux acheter de la tisane au fenouil avant de venir ? Et achète aussi des capotes, Lola est chaude et veut qu'on fasse un plan à trois, mais je sais pas où elle a traîné

C'était totalement puéril, mais ça amusait Lola. La réponse de Rémi ne se fit pas attendre :

???

OK… Lorsqu'une blague ne fonctionne pas, inutile d'insister.

Je déconne. C'est Lola. Par contre, c'est vrai pour la tisane, stp

Et tandis que Lydia sortait de la salle de bains, un dernier message apparut.

T'es con, mdr. OK pour la tisane

Lydia vit immédiatement au regard de Lola qu'elle avait fait une connerie, et qu'elle en était fière. Lorsqu'elle lui prit son téléphone des mains, elle peina à se retenir d'en rire.

« Il va vraiment finir par croire que tu veux qu'on fasse un truc à trois ; le jour où ça va tomber, je te préviens, ce sera à toi d'expliquer que tu veux pas.

— Mais qui a dit que je voulais pas ? » répondit Lola en attrapant son amie par la taille.

Soudainement sérieuse, Lydia répondit à Lola :

« Attention, quand même. Rémi est cool, mais il est pas détendu à ce point. Ce genre de blagues, ça va si c'est pas trop insistant. »

Lola relâcha son amie.

« Nan, mais je déconne, t'inquiète…

— Je sais, mais juste… voilà… et puis je sais pas comment ton fiancé policier le prendrait, s'il savait… »

Lydia fut surprise de voir Lola rougir à cette évocation. Elle avait fait mouche, Lola devait vraiment en pincer pour ce type, en tout cas plus qu'elle ne l'admettait.

53.

Charon était à l'arrêt, assis au volant de sa voiture. Sur son téléphone, il se rendit sur différents forums de trolls, sur chacun desquels il expliqua qu'il avait *doxé* Lola, qu'il avait publié son adresse en ligne, et qu'elle avait porté plainte. Charon décrivit Lola comme une femme qui méprisait les hommes et croyait que son physique lui donnait tous les droits. Il veilla, dans son exposé, à mentionner le terme de « féminazie », contraction des termes « féministe » et « nazie », parce qu'il savait que cette simple mention suffirait à exciter une bonne partie des participants. Les membres du forum sur lequel il se trouvait détestaient les féministes qu'ils considéraient comme des femmes détestant les hommes pour des motifs qui ne les concernaient pas. La plupart n'avaient pas 25 ans, n'avaient jamais mis « une main au cul » d'une secrétaire, n'avaient jamais constaté de distinction de salaire entre les hommes et les femmes et, d'une manière générale, estimaient ne jamais avoir fait preuve de sexisme. Pourtant, selon eux, les féministes en avaient après eux comme après tous les hommes. Ces femmes qui pensaient qu'il leur était possible de vivre sans homme, du moins tant qu'il n'y avait pas une araignée dans la maison, étaient les féminazies. Avec le temps, chaque relation qui n'avait pas fonctionné, chaque rencontre avortée, chaque tentative de drague qui s'était soldée par un échec pouvait, de près ou de loin, être attribuée à un changement de mentalité résultant du travail de sape des féminazies. Si vous couchiez avec une femme et qu'elle le regrettait le lendemain, elle pouvait désormais décider d'appeler cela un viol. Les féminazies avaient formé un règne de la terreur, et les membres de ces forums étaient des résistants. Ils estimaient qu'il y avait même, dans leur combat, quelque chose d'héroïque.

Charon savait qu'ils avaient tort, mais il s'en moquait ; il voulait des résultats. Alors il termina son message en pointant vers les comptes Twitter, Instagram et Snapchat de Lola, sans autre forme d'incitation. Son message passerait pour un témoignage, pas une provocation. Mais Charon savait pertinemment que, dans quelques minutes, Lola croulerait sous des notifications, serait submergée de mentions plus violentes les unes que les autres. Il verrouilla son téléphone, puis sortit de la voiture.

54.

Jonathan avait eu le cœur brisé. Il ne savait pas pourquoi il y repensait maintenant. À sa dernière « vraie » petite amie. Une jeune femme qu'il avait rencontrée au hasard de la vie, en entrant dans une boulangerie. L'histoire semblait tellement inventée de toutes pièces qu'il y avait cru de tout son être. C'était comme dans les films. Ils s'étaient immédiatement compris, ne supportaient pas de ne pas se voir. Il était sorti avec des filles auparavant, mais c'était la première fois qu'il se sentait *en relation* avec quelqu'un. Les premières semaines avaient été féeriques. Puis la réalité avait repris ses droits. « Une relation est quelque chose qui se construit », lui avaient appris ses parents, mais il n'était pas d'accord. Pour lui, une relation devait aller de soi.

Après tout, la femme avec qui il vivrait devrait bien l'accepter *tel qu'il était*, alors pourquoi devrait-il veiller à être différent ? Pourquoi devrait-il faire le moindre effort pour être quelqu'un d'autre ? Évidemment, le corollaire était qu'il devrait accepter sa petite amie *telle qu'elle était*. Et une fois les premières heures passées ensemble à se découvrir et à ne voir en l'autre que le meilleur, les défauts avaient fait leur apparition. Au début, ils avaient leur charme, ils apportaient du piquant à la relation. Mais ils s'étaient très vite imposés. Trop vite. Pour Jonathan, sa merveille, celle qui tenait son cœur entre ses mains, n'était certes pas parfaite, mais rien n'était jamais parfait et elle était aussi proche qu'il était possible de l'être. Ce qu'il refusait de voir, c'est qu'elle tentait de s'accommoder, elle. Elle savait se montrer patiente, accepter qu'il vive de ses écrans et n'apprécie pas le grand air autant qu'elle l'aurait souhaité. Et puisqu'il refusait de le voir, il ne se rendait pas compte qu'en revanche lui ne faisait aucun effort, tandis qu'elle était toujours disponible pour lui. Elle avait tenté de le lui expliquer. Il avait tenté d'argumenter. Oui, avait-elle admis, il avait raison, ils ne s'appartenaient pas, il devait pouvoir jouer avec ses amis ou quoi que ce soit qu'il faisait avec eux, et elle devait l'accepter. Mais une relation amoureuse n'est pas un contrat juridique dont chaque partie se doit de respecter ses engagements. Lorsqu'elle perdit finalement patience, malgré les arguments, elle finit par partir. Et lui brisa le cœur. Bien plus que sa fierté ne l'autorisait à l'admettre. Il avait mis des mois à envisager de nouveau l'avenir. Mais quel avenir ?

Sans aller jusqu'à dire que le temps lui avait redonné de l'espoir, il lui avait au moins permis de soigner ses blessures. Mais la cicatrice était sale, épaisse. Ce qu'il avait reconstruit était ni plus ni moins qu'une carapace, afin que personne ne puisse jamais le faire souffrir de nouveau. Puisque le monde était injuste, alors autant prendre ce qu'il souhaitait sans jamais se préoccuper de son prochain. Oui, il était devenu cynique, et oui, si on le lui avait fait remarquer, il en aurait rejeté la faute sur elle. C'était un mal mondial désormais, qui traversait les frontières et les générations : plus personne n'était responsable de rien. Jonathan n'avait rien à se reprocher ; on l'avait brisé, il était naturel qu'il se protège. Il n'avait pas reçu ce qu'il estimait mériter, alors il était normal qu'il se serve.

Il bâtissait un empire, il n'avait pas le moindre doute sur ce point. C'était certes encore balbutiant, mais « Rome ne s'est pas construite en un jour ». Cependant, on oubliait trop souvent que Rome avait fini par tomber. Alors Jonathan bâtissait un empire, brique par brique. Il pourrait bientôt « voler de ses propres ailes », selon l'expression de sa mère. Évidemment, il le pouvait déjà ; mais tant qu'il pouvait bénéficier d'un service complet à domicile, chambre, repas, linge, etc. pourquoi se compliquerait-il déjà la vie ailleurs ?

Ponctuellement, pourtant, il se rappelait comme il avait été heureux auparavant. Il se souvenait d'avant, et il se sentait vide. Et seul. Dans ces moments, il avait besoin de parler à quelqu'un, d'échanger avec des gens. Il avait besoin de contact humain. « L'homme est un animal social », avait-il entendu, et c'était seulement dans ces moments qu'il comprenait le sens de cette phrase. Mais Jonathan n'avait personne à qui parler. Ses amis n'étaient pas des amis, avec qui discuter du sens de la vie ; seulement des gens qui appréciaient sa compagnie en ligne lorsqu'il était de bonne humeur. Jonathan évitait donc Internet quand il se sentait seul. C'était paradoxal, mais il avait vite compris que les gens qu'il fréquentait sur Internet reconnaissaient l'odeur du sang, et se retourneraient contre lui sans aucune forme de honte. Surfer sur Internet lorsqu'on était triste était le meilleur moyen d'en prendre plein la gueule.

Alors Jonathan tenait bon. Il regardait des séries télé sans vraiment les regarder, tentait de faire diversion. Seulement, au bout de quelques heures, Internet lui manquait trop. C'était bien plus fort que lui, et il retournait sur les forums. Avec un peu de chance, il irait mieux d'ici peu, et ça se passerait bien. Si ce n'était pas le cas, il passerait d'abord un peu de temps chez les Amoureux du voyage. La misère des autres avait le don de lui redonner le sourire.

55.

Lola avait fini par craquer. Affalée sur le canapé, lovée sous un plaid, cela faisait quelques minutes qu'elle était sur son téléphone. Les messages déferlaient sur Twitter ; les commentaires et les signalements pullulaient sur Instagram. Ça ne pouvait pas être le fruit du hasard. Des internautes, clairement des trolls, venaient répondre à des tweets vieux de plus de deux ans. Tout son compte était infesté. Et elle ne répondait pas. Il ne fallait pas. Elle ne devait même pas mettre son compte en privé. Elle devait être invisible. Quand un de ses *followers* tentait de la défendre, il était rapidement submergé à son tour. C'était si étrange, si surréaliste, que Lola ne prenait même pas la mesure de la teneur des messages.

On devrait te jeter dans une cellule avec douze violeurs en série, ça t'apprendrait à faire la pute

Vingt-cinq *likes* pour ce tweet. Qui pouvait bien valider un tel contenu ? Certains messages étaient plus recherchés que d'autres :

> Si tu n'aimes pas les hommes, continue ce que tu fais... à force, tu finiras bien par tous les dégoûter

Mais dans l'ensemble, tout tournait autour de quelques sujets simples : elle était une femme, elle exposait son corps, elle revendiquait sa féminité et son indépendance, elle méritait de se faire violer jusqu'à ce que mort s'ensuive.

Ne pas réagir, ne pas répondre, ne rien signaler. Éteindre ce putain de téléphone.

Lola savait qu'il se passait quelque chose de significatif. Les pervers et les cons faisaient partie de son quotidien numérique. Mais jamais en si grand nombre, jamais de façon aussi coordonnée. Alors elle ne pouvait pas éteindre son téléphone. Elle observait la situation comme un lapin se fige devant les phares d'une voiture. Impossible de détourner le regard. Soudain, l'écran changea. Un appel. Elle décrocha sans réfléchir.

« Lola ? C'est Marion. Lambert. »

56.

Marion avait hésité avant d'appeler Lola, mais elle avait fini par faire ce que son père lui conseillait souvent face à un dilemme : « Dans le doute, fais ce qui est juste. » Elle venait de sortir de son deuxième rendez-vous, et sa vision de l'affaire était désormais non seulement plus claire, mais plus dramatique. Lorsqu'elle était arrivée dans l'appartement de celle qui avait tenté de se suicider, elle avait été surprise de tomber sur une jeune femme ordinaire à l'apparence épanouie. Il était difficile d'imaginer spontanément que la personne qui se tenait face à elle avait, seulement quelques semaines plus tôt, attenté à sa propre vie. L'entretien avait été, pour l'enquête de Lambert, aussi court que décevant. Oui, la jeune femme sortait d'une période difficile durant laquelle elle avait subi énormément de pression sur Internet suite à une rupture un peu compliquée ; une vidéo d'elle avait circulé sur des sites pornographiques. Si elle ne savait pas d'où venaient ces images, elle reconnaissait pourtant leur authenticité. « Je ne savais pas qu'il y avait une caméra », s'était-elle contentée de dire. Elle avait fini par se retrouver sur le site des Amoureux du voyage, sans trop être capable d'expliquer comment elle l'avait découvert. Puis elle avait avalé tout ce que son armoire à pharmacie contenait de médicaments : ibuprofène, paracétamol, etc. Elle avait ensuite appelé les urgences qui l'avaient acheminée jusqu'à l'hôpital où on s'était occupé d'elle à coups de lavages d'estomac et de perfusions en tout genre.

Elle avait fini, quelques jours plus tard, lorsqu'elle se sentait mieux, par aller porter plainte au commissariat pour harcèlement et *revenge porn*, non pas, selon ses propres dires, dans le but de faire arrêter qui que ce soit, mais plus pour se reconnaître elle-même comme la victime d'une situation qui avait failli lui coûter la vie et dont il fallait désormais sortir. Elle avait des jours avec et des jours sans. Elle n'avait jamais rencontré sur Internet qui que ce soit qui s'appelait Charon. Marion lui avait souhaité bonne chance et était partie.

C'est son second rendez-vous qui avait tout changé. Elle était arrivée dans un foyer encore visiblement endeuillé par la perte d'un proche, alors elle s'était présentée comme une lieutenant de police mais sans préciser la nature exacte de son enquête. Elle avait prétendu faire un simple « suivi de routine » et s'en était immédiatement voulu du manque de tact de la formulation. Mais la femme qui l'avait accueillie ne s'en était pas offusquée. Son mari s'était donné la mort trois semaines plus tôt, le monde s'était arrêté de tourner et n'avait pas encore repris sa course. Elle n'avait d'abord pas compris, et ne le comprendrait sans doute jamais, mais une fois le choc initial passé, elle s'était rappelé certains événements, très insignifiants a priori, mais qui avaient jour après jour pris une teinte bien sombre.

Son mari n'allait pas bien, elle le savait et cela n'était pas une surprise. Il venait de rater une affaire qui était censée non seulement lui faire gagner beaucoup d'argent, mais également à ses associés.

« Mon mari était un entrepreneur dans l'âme, vous comprenez ? Il avait toujours de bonnes idées, et se lançait dans leur réalisation grâce à quelques amis fortunés qui pouvaient investir de l'argent dans ses affaires. Ce n'était souvent pas d'énormes sommes, mais cette affaire-ci était spéciale, il n'arrêtait pas de me le dire. C'était son "gros coup", celui qu'il attendait depuis des années et qui allait faire de lui un rentier. Ses associés l'ont suivi presque sans réfléchir… Enfin… c'est l'impression que ça m'a donnée, en tout cas. Et il y a un peu moins de deux mois, tout est tombé à l'eau. Je ne sais ni pourquoi ni comment, mais tout s'est arrêté. C'est là que j'ai compris que ses amis avaient perdu beaucoup d'argent dans cette affaire. Parce qu'ils n'arrêtaient pas de l'appeler. Younes n'était pas défaitiste ou fataliste. Il savait qu'il était possible de rebondir.

Mais il avait perdu la confiance de ses amis. C'est à ce moment que ça a commencé sur Internet.

— Sur Internet ?

— D'abord sur LinkedIn, quelqu'un a piraté son compte. Et a modifié tout son CV pour le faire passer pour un minable, mais avec en plus des méchancetés. J'invente, je me rappelle plus exactement, mais des mensonges comme : "De 2003 à 2005, a fait perdre 40 000 € à telle entreprise grâce à son incompétence", ce genre de choses. Ensuite, il a reçu des mails d'insultes, beaucoup de mails. Il faisait comme si rien ne se passait, mais je voyais bien que ça le touchait. Et puis il s'est mis à parler avec quelqu'un… C'est facile, maintenant, je me refais le film en permanence et je vois bien que j'aurais dû me rendre compte, mais sur le moment, je n'ai pas fait attention. Il parlait par messagerie, ils s'envoyaient des messages, mais Younes veillait toujours à quitter la pièce où j'étais quand ça arrivait.

— Vous savez avec qui il échangeait ?

— Pendant un moment, j'ai pensé que c'était une femme. Je me suis dit qu'il n'allait pas bien et qu'il cherchait peut-être le réconfort dans les bras d'une plus jeune. Je me suis dit qu'il avait honte d'avoir échoué et qu'il pensait peut-être qu'il m'avait déçue. Alors il cherchait une petite jeune qui le verrait comme un grand entrepreneur. J'ai honte aujourd'hui d'avoir pensé tout ça et, en même temps, vous ne savez pas à quel point j'aurais aimé avoir raison…

— Ce n'était pas une femme, n'est-ce pas ?

— Il ne m'a jamais rien dit. Mais un jour, pendant qu'il était dans la salle de bains, j'ai pris son téléphone. Il n'y avait rien, ni dans ses SMS ni sur WhatsApp. Mais j'ai vu qu'il avait une autre application de messagerie. Quand je l'ai lancée, j'ai vu toute la conversation qu'il avait eue. Mais c'était avec quelqu'un… comment dire… quelqu'un qui essayait un peu de l'accompagner dans sa tristesse, vous voyez ?

— Comme un psychologue ?

— Un peu… mais peut-être moins professionnel. Comme dans les films, vous savez, les films américains où les alcooliques se réunissent en groupe pour discuter…

— Les alcooliques anonymes ?

— Oui, voilà… Ils parlaient de ce qu'ils avaient fait dans leur vie. Enfin… c'est surtout Younes qui parlait de sa vie. Mais l'autre tentait de le consoler, de lui expliquer que ce n'était pas sa faute. Mais il était maladroit. Parce que, d'un côté, il lui disait qu'il n'était pas responsable, et de l'autre, il essayait de le convaincre que c'était le monde qui était responsable de son malheur. Et quand Younes… »

Elle avait marqué un temps d'arrêt. C'était encore trop récent pour en parler. Alors Marion Lambert avait hoché la tête pour signifier qu'elle comprenait de quoi elle parlait.

« Quand c'est arrivé, après quelques jours, j'ai voulu contacter cette personne. Pour l'informer. Mais il n'y avait plus rien sur l'application. Plus de messages, rien. Younes a sans doute tout effacé pour ne pas que je le trouve. »

Ça, ou alors c'est son interlocuteur qui a tout effacé, avait pensé Marion.

« Vous vous rappelez comment s'appelait l'individu avec qui votre mari discutait ?

— Je ne risque pas de l'oublier, parce qu'avec le recul c'était un très mauvais présage. Il s'appelait Charon. Comme celui de la mythologie, celui qui accompagne les morts. »

Lorsque Marion était retournée à sa voiture, son cerveau était en ébullition. Les réflexions fusaient dans son esprit. *Si Charon échange avec les personnes avant qu'elles se suicident, il ne peut pas être un simple spectateur. S'il les pousse à passer à l'acte, en ce qui me concerne, c'est un tueur. Et si chaque fois que j'ouvre un dossier, je tombe sur lui, c'est non seulement un tueur, mais un tueur en série, invisible et particulièrement efficace.* Marion s'était efforcée de rester calme et rationnelle, mais c'était difficile. Elle n'avait cherché de dossiers que sur les dernières semaines, et elle était déjà confrontée à trois suicides liés à Charon. Combien d'autres victimes allait-elle trouver dans toute la France sur l'année écoulée ? Ou sur les cinq années écoulées ? Depuis combien de temps pouvait-il être en activité ? Le cas de Lola devenait soudain urgent ; Marion pouvait-elle se permettre d'avancer sur ce dossier au rythme des demandes officielles et des perquisitions ? Devait-elle mettre Lola en garde ? La jeune femme avait montré qu'elle était capable de se comporter de façon inconsciente face au danger. La tenir informée, c'était courir le risque qu'elle recommence à provoquer Charon. Mais ne rien lui dire, c'était la laisser reprendre le cours normal de sa vie sans suffisamment se soucier des risques. Or Lola avait besoin d'être visible. Lui demander de mettre un terme à sa carrière n'était ni une solution acceptable pour Lola ni une réponse acceptable pour Marion qui souhaitait avant toute chose arrêter cet individu.

Marion pensa à son père. *Dans le doute, fais ce qui est juste.* Alors elle prit son téléphone, et appela Lola.

*
* *

« Lola ? C'est Marion. Lambert.

— Oui ?

— Je ne vous dérange pas ?

— C'est la merde, répondit Lola sans crier. Depuis ce matin, je croule sous les notifications. Je reçois des insultes de partout, sur tous mes réseaux, je ne sais plus quoi faire, là.

— Vous ne répondez surtout à rien, il ne faut…

— Non, je ne réponds à rien, mais je ne peux pas rester là sans rien faire. Il faut que je réagisse, vous ne vous rendez pas compte de ce que…

— Lola, écoutez-moi. Calmez-vous un instant et écoutez-moi. Attentivement. »

Plusieurs secondes de silence rapprochèrent les deux femmes. Marion reconnaissait ce qu'elle entendait à l'autre bout du fil. Une respiration forte, rapide. Puis plus lente. Puis un soupir. Un gros soupir. *Elle va m'écouter, mais elle n'a pas envie de m'entendre.*

« J'ai de nouvelles informations au sujet de Charon. Je ne peux pas rentrer dans les détails, mais s'il s'agit bien de la même personne que nous avons trouvée dans d'autres dossiers, alors il n'en est pas à son coup d'essai, il a déjà au moins trois cadavres derrière lui, et… je pense qu'il veut vous voir morte. Vous êtes toujours là ? »

Pas de réponse. Elle est en train d'encaisser la nouvelle ; c'est une bonne chose. Peut-être que j'arriverai à la cadrer.

« La bonne nouvelle, Lola, reprit Marion, c'est qu'on est sur ses traces et qu'on va bientôt pouvoir l'identifier. La mauvaise, c'est qu'en attendant, il va vraiment falloir que vous fassiez profil bas.

— C'est quand, bientôt ? Parce que c'est de mon métier qu'on parle, aussi. Si j'arrête ne serait-ce qu'une semaine, ce sera terminé et il faudra tout reprendre à zéro. Je ne sais pas si vous vous rendez compte de ce que ça représenterait, d'arrêter une semaine…

— Ça risque de prendre plus qu'une semaine, répondit calmement Marion. On va tenter d'accélérer, mais c'est de votre vie qu'il s'agit, Lola.

— Et Étienne, il peut pas aller plus vite ? »

« Étienne ». Comme si c'était un vieil ami. Il va falloir que je lui mette les points sur les i, à Don Juan.

« On est obligé de respecter certaines procédures, Lola, et ces procédures prennent du temps. Si on outrepasse nos droits, alors oui, on trouvera peut-être notre gars plus rapidement, mais on perd toute possibilité de l'arrêter.

— Je comprends », répondit Lola.

Mais en fait, non, elle ne comprenait pas. Elle ne comprenait pas que la police perde son temps à remplir des formulaires en attendant qu'elle se fasse tuer, à moins qu'elle accepte de se terrer chez elle pendant Dieu sait combien de semaines.

« Bien. Je vais faire resserrer votre protection et je vais essayer de passer vous voir cet après-midi, si ça vous va. D'ici là, Lola, vous ne sortez pas de chez vous sans m'avoir d'abord prévenue, on est bien d'accord ? Vous avez mon numéro, vous m'appelez à n'importe quelle heure…

— Oui, ça marche. Merci. À tout à l'heure. »

Marion raccrocha. Elle allait passer un savon à Étienne Mornay dès qu'elle le verrait.

57.

Après avoir raccroché, Lola vit apparaître sur l'écran les derniers tweets à son sujet. Sans réfléchir, elle quitta Twitter. Elle devait appeler Étienne. Il pourrait certainement découvrir l'identité de son agresseur plus vite que le lieutenant Lambert ne voulait le reconnaître. Il fallait qu'elle sache. Elle ne pouvait pas vivre dans la peur, surtout si la menace était bien réelle.

Elle ouvrait l'historique de ses appels pour retrouver le numéro d'Étienne quand on frappa à la porte. Lourdement. Des gros coups sourds, gras, lents. Lola releva la tête en direction de l'entrée, pas franchement inquiète, mais pourtant mal à l'aise. Comme s'il venait de se passer quelque chose d'incongru. Elle aurait eu du mal à l'expliquer, mais elle avait la sensation d'un chatouillement très léger, ténu, au fond de la gorge. Comme le souvenir d'une démangeaison. Avant même que Lola ait eu le temps de réagir, Lydia ouvrit la porte. Rémi portait dans ses bras assez de bières pour tenir un siège, un siège long et arrosé ; à ses poignets pendaient des sacs plastique remplis de vivres composés pour leur grande majorité d'huile et de sel. *C'est Rémi qui a frappé à la porte avec son pied. C'est ça que tu as entendu, Lola. Tu peux te détendre.*

Mais la sensation était toujours là. Plus forte, même. La démangeaison mentale en venait presque à émettre un son. Lancinant. Une note. Celle du diapason de M. Millet, le professeur de musique au collège. Celle de la tonalité du téléphone qu'on décroche. Lola se mit également à entendre comme un souffle, court et régulier, rapide, dans sa tête. *Womp womp.* Non, pas dans sa tête. Dans son cou, et contre ses tempes. *Womp womp. C'est mon rythme cardiaque.* Lola n'avait pas ressenti ça depuis l'adolescence, précisément depuis la période la plus sombre de son adolescence. Elle avait toujours eu du mal à le décrire. Ce qu'elle avait trouvé de plus proche pour parler de cette sensation à Lydia, à l'époque, c'était ce qu'elle appelait une « panique froide ».

« Tu sais, lui disait-elle alors, c'est comme si tu paniquais tout en étant parfaitement calme. Ça donne une impression super bizarre, comme si tu t'attendais à t'évanouir d'un instant à l'autre…

— Comme une crise d'angoisse ?

— Un peu… la sensation au ventre en moins. Et c'est toujours super diffus, tu vois ? C'est là sans raison. Comme avoir le vertige dans ta chambre : y a aucune raison d'avoir le vertige, mais tu l'as. »

Lola pensait peu à cette période. Elle avait non seulement tourné la page sur ce chapitre de sa vie, mais elle avait aussi, pensait-elle, changé de livre. Elle était désormais quelqu'un d'autre. Quelqu'un de solide. Elle se força à reprendre son téléphone, le plus nonchalamment possible, histoire de se donner une contenance. Quand soudain le bruit se fit plus rapide. *Womp womp. Le téléphone ! Ça a un rapport avec le téléphone…* Lola n'arrivait plus à prêter la moindre attention à ce qui se passait dans le reste de la pièce. Rémi était en train de vider les sacs sur le comptoir en discutant avec Lydia, mais Lola n'entendait rien. Rien d'autre que son sang qui allait et venait. *Womp womp.* Elle déverrouilla son smartphone et sur l'écran apparut ce qu'elle avait consulté en dernier : l'historique de ses appels. Avaient défilé le numéro de Marion, le numéro d'Étienne, le numéro de son agresseur.

On lui avait posé une question. Lola tourna la tête vers Lydia.

« Quoi ?

— Tu veux toujours une tisane ? Parce que sinon, nous, on attaque la bière direct. En plus, elles sont bien fraîches.

— Euh… Non. Oui, une bière. Très bien. Merci. »

Lola referma son téléphone. *Ça va disparaître.* La sensation allait passer. Il fallait qu'elle fasse comme si de rien n'était, et tout irait bien. Elle se leva. Elle se dirigea vers le comptoir. Fit la bise à Rémi. « Oui, ça va, et toi ? » lui répondit-elle sans trop y prêter attention. *Ça va disparaître.* Rémi parlait beaucoup, faisait de grands gestes. Lydia riait. *Ils s'aiment vraiment beaucoup, ces deux-là. C'est dommage… Dommage ? Pourquoi, dommage ? Et pourquoi ça ne disparaît pas ?* Loin de disparaître, la sensation s'épaississait. Le bruit, l'épaisseur du sang dans ses veines étaient plus présents. *Pourquoi ça ne disparaît pas ?* Lola se retourna vers son amie qui lui tendait une bière et lui sourit machinalement en la prenant. L'expression sur le visage de Lydia changea, subtilement. *Elle doit se rendre compte que quelque chose ne va pas.* « Non, ça va », lui assura Lola. Elle but une gorgée de bière, mais ne sentit rien. Ni la fraîcheur, ni le goût, ni l'amertume. *Womp womp.* Soudain, un flash, en baissant les yeux vers le comptoir, là où était posé le téléphone de Lydia. *Womp womp. Ça a un rapport avec le téléphone de Lydia !* Alors tout devint clair dans le cerveau de Lola.

Ce que son esprit avait enfin réussi à lui faire entendre était pourtant simple. Elle avait résisté aussi longtemps qu'elle avait pu, en vain. L'information était bien trop importante : le cerveau de Lola avait reconnu le numéro de son agresseur. Et Lola venait de comprendre pourquoi : elle l'avait vu dans le téléphone de Lydia. Elle reprit sa bouteille à la main.

Charon, l'homme qui me harcèle depuis des jours, ce numéro de téléphone…

C'est alors que Rémi choqua le goulot de sa bière contre celui de Lola. Pour trinquer. « Dans les yeux », dit-il en la fixant, un large sourire aux lèvres.

Partie 3

« Je comprends qu'il existe dans la traque
un point de non-retour et qu'après celui-ci
il n'est plus question de reculer »

Les Règles de Charon

Les règles existent pour ma protection. Leur respect me garantit suffisamment de distance avec ma proie pour me rendre juridiquement inattaquable. Je comprends les risques que j'encours à ne pas suivre à la lettre les règles suivantes.

1. Je ne dois ni inciter ma proie ni la provoquer. Je dois au contraire l'aiguiller, subtilement, la conseiller et l'accompagner vers sa propre fin.
2. Dès que la proie est sélectionnée, je dois rejeter toute implication personnelle.
3. Je ne dois jamais entrer en contact direct avec la proie autrement que par mon application de messagerie.
4. Je comprends qu'il existe dans la traque un point de non-retour et qu'après celui-ci il n'est plus question de reculer.
5. Au-delà de ce point, je dispose de plus de latitude pour m'exprimer directement, je dois donc redoubler de prudence.
6. Je dois attendre le terme avant de couper la conversation.
7. Je dois purger la conversation après le terme, et je ne dois pas le faire avant.
8. Quels que soient les conditions ou le contexte, je ne dois jamais me dévoiler à ma proie.

58.

Étienne avait dépiauté le site des Amoureux du voyage dans tous les sens possibles, et se trouvait désormais contraint par le peu d'informations qu'il avait. Oui, il avait trouvé toutes les mentions de Charon disponibles sur le site, il était capable de dire sur quelles pages du forum elles apparaissaient, qui en était l'auteur et quel était le message, mais il ne savait rien de plus. Cependant, un sentiment d'abord ténu s'était épaissi au cours de son étude. Alors que le pseudonyme était chaque fois différent, l'utilisateur qui mentionnait Charon usait toujours plus ou moins des mêmes tournures de phrases pour en parler, comme s'il s'agissait toujours du même auteur. Alors Étienne avait continué à creuser. Les utilisateurs en question étaient-ils auteurs d'autres messages sur le forum ? Participaient-ils aux discussions ? *Non. Rien.* Pour la plupart, lorsqu'il affichait leurs informations disponibles, il s'agissait chaque fois de comptes récents, créés quelques jours auparavant, tout au plus. Sa conclusion était logique : ces comptes n'étaient créés que dans le but de diriger des gens du forum vers Charon. Et sa conviction était faite, même si elle ne reposait que sur une forte intuition. *Il s'agit sans doute chaque fois de la même personne. Peut-être Charon lui-même.* Il devait en avoir le cœur net.

Avec le lieutenant Lambert, ils convoqueraient bientôt le créateur du site et, avec ou sans son aide, accéderaient à la base de données du site. Ils sauraient alors si les messages étaient envoyés de la même machine. Mais il se passerait des jours avant d'en être assurés. Charon ferait-il une nouvelle victime d'ici là ? Si Lola était effectivement en danger immédiat, n'était-il pas de la responsabilité d'Étienne de faire le nécessaire pour arrêter Charon ? *Je pourrais me connecter directement à la base de données, juste pour savoir. De toute façon, on finira par avoir l'info, autant ne pas perdre de temps. On ne va pas risquer la vie de qui que ce soit pour des raisons de délais administratifs, si ?* Voilà ce que s'était dit Étienne Mornay avant de se connecter, non sans difficulté, au serveur hébergeant le site des Amoureux du voyage. Il ne lui fallut que quelques minutes pour déterminer le langage de programmation utilisé pour créer le site et, partant de là, quelques secondes à peine pour trouver le fichier de configuration permettant de se connecter à la base de données. *J'y suis.*

La base de données était bien conçue, et Étienne y trouva rapidement la table des utilisateurs du site, celle qui enregistrait toutes les informations concernant les gens qui s'étaient au moins une fois connectés avec un identifiant et un mot de passe. Il y avait là le pseudonyme de l'utilisateur, son mot de passe chiffré, illisible – ce qui était sans importance, Étienne ne cherchait pas de mot de passe –, la date de création du compte et la date de dernière modification du compte. Enfin, il y avait un numéro, intitulé *user_id.* Mais pas d'information de localisation, pas d'adresse IP, et bien évidemment pas de nom ou de prénom. Pourtant, Étienne n'était pas déçu. *De toute façon, ce ne serait pas fiable.* Et il disposait du *user_id*, un numéro qui, comme un numéro de Sécurité sociale ou l'immatriculation d'une voiture, était unique.

Une base de données bien conçue est une base de données contenant un maximum d'informations mais dont aucune n'est redondante. Ainsi, lorsque l'utilisateur d'un forum écrit deux messages, il est nécessaire que les deux messages soient enregistrés, et, pour tous deux, que leur auteur soit identifiable. Mais il est nécessaire aussi que les informations de l'auteur n'apparaissent qu'une seule fois. Si, par la suite, celui-ci décide de changer de pseudonyme, tous les messages seront mis à jour automatiquement sans avoir besoin d'être modifiés. Étienne savait que les informations de navigation d'un utilisateur, telles que son adresse IP, peuvent changer sans pour autant que l'utilisateur ne change de mot de passe, par exemple. Ces informations ne devaient donc pas être stockées au même endroit. *Et c'est à cela que servent les clés, les identifiants uniques tels que user_id. À lier des informations disjointes.* Étienne creusa dans la structure de la base de données pour déterminer à quelles tables était liée la clé *user_id*. Il trouva celle des messages, ainsi que plusieurs autres tables dont celle qu'il espérait trouver, une table qui enregistrait à des fins d'archivage les informations de connexion.

Il y lança une recherche en n'affichant que les résultats concernant les utilisateurs qui avaient mentionné Charon sur le site et, lorsque ceux-ci apparurent à l'écran, son visage s'éclaira. Sous ses yeux se figea un tableau dont une colonne affichait, pour chaque ligne, l'exacte même donnée. *C'est la même adresse IP. Il s'agit bien chaque fois de la même personne ou, en tout cas, du même ordinateur. Ou, si on veut vraiment « vraiment » être précis,* pensa-t-il en souriant, *du même réseau local.* Les auteurs de ces messages sur le forum étaient donc bien soit la même personne, soit plusieurs personnes qui vivent toutes dans le même appartement. *Bonjour la probabilité !*

Étienne ouvrit un navigateur Internet et chercha sur Google « localisation adresse IP ». Il cliqua sur le premier résultat et fut redirigé vers un site qui donnait la géolocalisation d'une machine ou d'un réseau par son adresse IP. Ce n'était pas précis, mais c'était un début. Étienne renseigna l'adresse IP qu'il avait trouvée, la valida, et le site afficha rapidement une réponse. L'ordinateur de l'auteur de ces messages sur le site des Amoureux du voyage était situé dans la région de Tbilissi, en Géorgie. Étienne Mornay ne s'attendait pas à ça ; ça n'avait aucun sens. Il avait évacué de son esprit l'idée selon laquelle l'auteur de ces messages serait passé par un VPN, c'est-à-dire un réseau-relais lui permettant de masquer son identité. En effet, il était assez courant, lorsqu'on souhaitait préserver son anonymat sur Internet, de passer par un réseau tiers qui masquait ses informations personnelles, un réseau privé virtuel, ou VPN, et il n'était pas rare que ces relais se situent dans des pays d'Europe de l'Est, comme la Roumanie ou l'Ukraine, voire la Géorgie. Mais il serait absolument exceptionnel que l'adresse soit toujours la même, à plusieurs semaines d'utilisation d'écart. *À moins que…* Étienne était obligé d'envisager toutes les possibilités, et l'une d'entre elles était que l'information n'était pas fiable. Après tout, il pouvait toujours y avoir des bugs dans l'enregistrement des données et, au lieu d'enregistrer l'adresse IP de l'utilisateur, le programme enregistrerait toujours la même adresse, une mauvaise adresse. *Si le créateur du site a voulu tester le fonctionnement de l'enregistrement, il a pu mettre une adresse à la con, et ensuite il a oublié de l'enlever.* C'était possible, en effet, mais si tel était le cas, alors tous les utilisateurs du site partageraient cette même adresse IP. Étienne lista les cinquante premières informations de connexion. *Des adresses IP différentes.*

Pour pouvoir plus tard présenter ces informations à Marion de façon claire, il devait faire le point. Les utilisateurs du site des Amoureux du voyage qui mentionnaient Charon n'étaient pas des utilisateurs réguliers du site ; ils ne postaient qu'à une seule occasion, pour diriger des gens vers Charon, ils partageaient la même adresse IP. Donc il s'agissait probablement de la même personne, et celle-ci était située à Tbilissi en Géorgie. *Qu'est-ce que c'est que ce bordel ?*

Son téléphone sonna et le fit sursauter.

« Allô ?

— Étienne ?

— Oui, qui est-ce ?

— C'est Lola. »

La jeune femme avait beau chuchoter, elle avait l'air paniqué. Et semblait appeler d'une cathédrale.

« Lola, est-ce que ça va ? Où êtes-vous ?

— Dans ma salle de bains.

— Dans votre salle de bains ? Mais… Tout va bien ?

— C'est Rémi ! Celui qui m'envoie des menaces, c'est le mec de ma coloc ! J'ai trouvé son numéro sur le téléphone de Lydia et je…

— Surtout restez calme. Vous êtes seule ?

— Pourquoi j'irais m'enfermer dans ma salle de bains si j'étais seule ? Il est là ! Dans l'appartement ! Et je ne sais pas quoi faire… »

Le cerveau d'Étienne se mit à tourner à plein régime.

« Il sait que vous savez ?

— Non… enfin… j'en sais rien… J'ai rien dit, mais je suis en totale panique, alors il risque de le voir et là je ne sais pas ce que…

— Ne vous inquiétez pas. Restez exactement où vous êtes, je vous rappelle dans une minute.

— D'accord, mais faites vite…

— Oui, oui… juste une minute. »

Il raccrocha. Il fallait appeler Marion, elle saurait exactement quoi faire. *Quand elle va savoir comment Lola connaît le numéro, je vais prendre cher,* se dit-il. Mais il s'inquiéterait de cela plus tard. Il y avait urgence.

59.

Jonathan venait de recevoir un e-mail automatique provenant d'une adresse qu'il connaissait bien, puisqu'il l'avait lui-même configurée, mais dont il n'avait à ce jour jamais reçu le moindre message. Il interrompit la lecture de sa série. Il était tout à fait capable de faire plusieurs choses en même temps avec, en bruit de fond, le détective Jake Peralta qui se prenait pour Bruce Willis dans la série *Brooklyn 99*, ou Abed Nadir qui faisait l'éloge de tel ou tel film dans *Community.* Mais pas avec un e-mail de cette adresse. C'était un e-mail automatique envoyé par un de ses serveurs. Ce genre d'e-mail était envoyé dès lors qu'un événement donné se produisait sur celui-ci. Le message était aussi succinct que clair : quelqu'un s'était connecté directement sur son serveur, celui sur lequel il hébergeait ses différents sites Internet ainsi que l'environnement de test de ses applications. Il se mit à son ordinateur et se connecta à son tour au serveur. Tout semblait à sa place. Le serveur web tournait toujours normalement, ainsi que les services de bases de données. *L'intrus n'est pas venu foutre le bordel dans mes fichiers, c'est déjà ça. Donc il cherchait quelque chose.* Il alla dans le répertoire *logs/* qui archivait tout ce qui se passait sur la machine et lista les fichiers par date de modification. Le fichier *mysql.log,* qui archivait toutes les actions de la base de données, avait été modifié à peine quelques secondes plus tôt. Si cela n'avait en soi rien d'étonnant, puisque chaque internaute qui se connectait sur le site des Amoureux du voyage ou y postait un message interagissait avec la *database*, la base de données, ce qui était surprenant, en revanche, c'était les requêtes qui avaient été exécutées. Jonathan connaissait très bien le fonctionnement de son site et savait ce qui pouvait être ou non commandé à la *database*. Plusieurs requêtes sortaient du lot. La première était une recherche des informations utilisateurs à partir de leur pseudonyme, la deuxième était une recherche des informations de connexion à partir de l'identifiant *user_id* de ces utilisateurs, et enfin la troisième listait les adresses IP des utilisateurs connectés. À son tour, Jonathan exécuta la première, puis la seconde requête. Les résultats révélaient des adresses IP identiques. Rapidement, il comprit que l'intrus cherchait à trouver une seule personne donnée. Mais pourquoi ?

Il songea un instant à modifier manuellement ces adresses afin qu'elles diffèrent, mais décida de ne pas le faire. Il n'avait rien à se reprocher, mais il était suffisamment paranoïaque pour penser que modifier ce genre d'informations pourrait lui être reproché si quoi que ce soit de sérieux était lié à ces données. Il n'était pas responsable de l'adresse IP des utilisateurs de son site et rien n'interdisait à une personne de créer plusieurs comptes depuis la même machine. C'était même chose courante : vous voulez retourner sur un site, vous ne vous rappelez plus votre mot de passe, alors vous recréez un compte. *Simple comme bonjour.*

Par acquit de conscience, il alla lui-même chercher les informations à sa disposition concernant ces utilisateurs à la même adresse IP et, rapidement, eut un mauvais pressentiment. En ce qui concernait les informations des utilisateurs mêmes, il n'y avait pas grand-chose à redire : un pseudo, une adresse e-mail, des dates de création de compte cohérentes. Jonathan eut soudain une intuition. Une mauvaise intuition. Tout en effectuant sa recherche suivante, pour la première fois depuis longtemps, il se sentit angoissé. Il ne fut hélas pas surpris de constater que les utilisateurs concernés n'avaient, chacun, posté qu'un seul message. La forme était différente, mais le fond était toujours le même. Une invitation à contacter Charon.

Jonathan connaissait les risques liés à Charon, avait de nombreuses fois échangé avec diverses personnes à ce sujet, mais avait toujours pensé être suffisamment distant pour ne pas être lui-même en danger. Là, c'était différent. Il hébergeait le site. Il savait qu'il ne pouvait pas être tenu pour responsable de l'existence de ces messages, mais il n'aimait pas une telle proximité. *Les rabatteurs de Charon doivent être plus prudents. Bordel, est-ce qu'ils ne connaissent pas le fonctionnement des VPN pour être cons à ce point ?*

Que faire ? Il avait envie de supprimer toutes les informations de connexion des utilisateurs, de vider la table entièrement. Cela n'affecterait pas le fonctionnement du site, et ça supprimerait ce lien gênant entre eux et lui. Sauf que l'intrus avait déjà vu ces informations. Et s'il était de la police ? *Non. S'il était de la police, ils seraient venus frapper à ma porte pour me demander l'accès à la base de données. Ils n'ont pas le droit de s'introduire sur mon serveur sans que je le sache. Et s'ils le font, alors ce qu'ils trouvent ne vaudra rien devant un tribunal. Mais est-ce que c'est vraiment une carte que je veux jouer ? Si je supprime les infos et que j'ai effectivement affaire à la police, ils ne pourront rien faire, mais ils sauront que j'ai supprimé des infos. Et ils me lâcheront plus.* Jonathan ne voulait pas se retrouver dans le collimateur des flics. Il n'avait rien à se reprocher, il le savait, il y veillait. Non. Il ne supprimerait pas les données de connexion. *Cela fait partie des infos que n'importe quelle base de données collecte, et je n'ai pas à me soucier de ce que plusieurs utilisateurs partagent la même adresse IP.*

Il nota tout ce qu'il put trouver sur l'intrus, ce qui se limita à l'heure de connexion au serveur. C'était vraiment peu. Peut-être devrait-il songer à repenser la sécurité du serveur. Si une intrusion était toujours possible, il devrait savoir comment en apprendre plus sur celui qui s'inviterait sur ses machines. Cela faisait partie du métier.

Frustré, Jonathan se déconnecta du serveur et relança sa série. Son esprit, toutefois, était ailleurs. Il ne se préoccupait plus depuis longtemps de ce que Charon pouvait lui causer comme problème. Peut-être aurait-il dû. *Ou alors je suis juste en train de me faire des films et il y a une explication plus simple à ce hacking.* Mais si cette explication existait, il ne la trouva pas.

60.

Marion était furieuse. Furieuse contre elle-même de n'avoir pas senti le coup venir, mais évidemment furieuse contre son partenaire. *C'est pas possible de merder à ce point !*

« Charon est Rémi, le petit ami de la colocataire de Lola, il est actuellement chez elles, et elle s'est enfermée dans la salle de bains pour t'appeler, c'est bien ça, Étienne ? »

C'est la merde, pensa-t-elle. *Il va falloir envoyer en urgence une brigade d'intervention.* Elle pria pour qu'il ne soit pas trop tard.

« Rémi ? Mais ça n'a aucun sens… Tu es en ligne avec elle, là ?

— Non, j'ai raccroché pour t'appeler.

— Quoi ? Tu veux dire que tu as raccroché avec une victime dont l'agresseur n'est séparé d'elle que par une porte ?

— Comment voulais-tu que je te prévienne ? Je vais la rappeler juste après. Il ne sait pas qu'elle sait…

— Attends, comment tu sais qu'il ne sait pas qu'elle sait ? Et comment elle, elle sait que c'est lui ?

— Elle a reconnu son… »

Étienne s'était interrompu. Ou alors la ligne avait coupé.

« Étienne ? T'es là ? J'ai pas entendu ce que tu disais, ça a coupé… Elle a reconnu quoi ? »

Après quelques secondes d'hésitation, Étienne répondit enfin :

« Elle a reconnu son numéro. »

Immédiatement, plusieurs émotions parcoururent le corps de Marion Lambert. La surprise de cette réponse, l'excitation de savoir que le dossier venait d'avancer, l'inquiétude pour Lola, et un peu plus loin, mais qui se frayait un chemin sûr dans la tête de l'inspectrice, la colère. Elle comprit ce qui s'était passé avant qu'Étienne ne s'explique : il avait confié le numéro à Lola, ce qui était au moins aussi dangereux que stupide, et elle avait reconnu ce numéro.

« Tu lui as donné le numéro ? Tu lui as donné le numéro et elle l'a entré dans ses contacts ? Non mais tu te rends compte des risques que tu prends ? Et que tu lui fais prendre ?

— Non, attends, c'est pas si simple. J'étais à côté d'elle quand elle l'a tapé, elle a vérifié dans son téléphone et il ne correspondait à aucun de ses contacts. Je ne sais pas ce qui s'est passé ensuite pour que finalement elle sache à qui il appartient ! Je voulais juste gagner du temps, j'ai pensé que c'était suffisamment urgent pour…

Marion explosa.

— Tu ne dois pas penser, tu m'entends ? Quand je te dis de ne pas faire une chose, tu n'as pas le droit de réfléchir pour estimer si tu peux outrepasser ce que je te dis… Attends… Comment ça, tu étais à côté d'elle ? Tu lui as donné le numéro hier ?

— Oui. »

Marion tentait de réfléchir. Vite. Il y avait plus urgent que la légèreté d'Étienne Mornay. Si Lola était en danger, il fallait la protéger. Mais si le petit ami de sa colocataire ne se doutait de rien, il ne fallait pas éveiller ses soupçons avant d'avoir du solide.

« Rappelle Lola, dis-lui qu'on lui envoie quelqu'un dans les prochaines minutes. Un gars en uniforme qui va lui demander d'aller au commissariat pour des renseignements complémentaires. Qu'elle ne dise rien à sa colocataire, encore moins à son mec. Si c'est effectivement Charon, je ne veux pas qu'il nous glisse entre les pattes ou qu'il risque de s'attaquer à elle. Tu dis à Lola d'accompagner le flic qu'on lui envoie, on se retrouve au commissariat.

— Ça marche.

— Étienne ? J'en ai pas fini avec toi. On va d'abord s'occuper de ça, mais je veux pas que tu t'imagines qu'il ne va pas y avoir de conséquences. » Elle raccrocha.

*
* *

Comme convenu, Étienne rappela Lola, lui expliqua ce qui allait se passer. Lola protesta qu'il ne fallait pas laisser à Rémi une chance de s'échapper, mais Étienne ne lui laissa pas le choix. Elle devait faire ce qu'il lui disait et en aucune manière ne tenter quoi que ce soit. Ils n'allaient pas le perdre de vue, une autre équipe le surveillerait. Étienne brodait, bien sûr, mais il était essentiel que Lola soit en sécurité. Il lui demanda si elle était habillée, ce qui interloqua Lola.

« Je sais pas si c'est une blague pour détendre l'atmosphère, Étienne, mais je ne suis pas vraiment d'humeur, là…

— Non ! Je veux dire : est-ce que vous êtes prête à quitter l'appartement ? Le policier qu'on vous envoie n'aura aucune idée de pourquoi il est là, je ne veux pas qu'il discute un quart d'heure avec Rémi. C'est pour ça que je vous demande, si ce n'est pas déjà le cas, de vous habiller pour être prête à partir rapidement. »

Lola se regarda dans le miroir de la salle de bains. Elle était dans une tenue qu'elle qualifierait de pyjama. Un pantalon de survêtement et un tee-shirt bien trop large pour elle. Elle pourrait tout à fait sortir de chez elle ainsi, mais ce n'était pas dans ses habitudes. Lorsqu'elle sortait, elle partait toujours du principe qu'elle pouvait croiser des fans et son style était toujours plutôt étudié. Vu les circonstances, elle n'éveillerait les soupçons de personne en sortant dans une tenue plus décontractée, mais là c'était trop. Il fallait qu'elle se change. Au moins qu'elle change de t-shirt.

« J'en ai pour cinq minutes, répondit-elle.

— On vous envoie la cavalerie dans six, conclut-il. Et… Lola… je compte sur vous… pas un mot à qui que ce soit. Ni à votre colocataire, ni à son petit ami…

— Vous ne pouvez pas dire au policier de nous chercher toutes les deux ? J'ai vraiment pas envie de le laisser avec elle...

— Écoutez... il est souvent seul avec elle, et il n'en a manifestement pas après elle. Donc on fait comme on a dit. Préparez-vous, on arrive. »

Il raccrocha. *Il n'en a manifestement pas après elle*, se répéta-t-il, comme pour se convaincre. En réalité, il n'en savait rien. Mais si Lola réussissait à quitter l'appartement sans éveiller la curiosité de ce Rémi, alors il n'y avait effectivement pas de raison qu'il s'en prenne à sa colocataire.

*
* *

Après s'être rafraîchi le visage, Lola sortit de la salle de bains d'un pas qu'elle espérait naturel. *On n'est jamais naturel quand on réfléchit à l'être.* Heureusement, il n'y avait que quelques pas jusqu'à sa chambre, et aucun d'entre eux ne lui ferait croiser Lydia ou Rémi. Arrivée devant sa penderie, elle retira son tee-shirt et enfila un soutien-gorge et un top aux fines bretelles. Elle se scanna du regard dans le miroir de la porte de son armoire. *Ça passe.* Elle allait sortir de sa chambre mais se figea devant la porte. Elle n'y arriverait pas. Elle n'arriverait pas à retourner au salon et à soutenir le regard de Rémi en attendant que la police arrive. Elle n'arriverait pas à avoir l'air de rien, et Lydia s'en rendrait compte. C'était son amie depuis trop longtemps pour ne pas remarquer qu'elle n'allait pas bien. Et, lorsqu'elle serait partie, Lydia expliquerait à Rémi que quelque chose n'allait pas. Parce qu'elle n'avait aucune raison de ne pas le faire. Lola faisait les cent pas dans sa chambre. *Je vais attendre ici qu'ils arrivent. Comme ça, quand ils seront là, je serai prête à partir.* Mais ça n'allait pas non plus. Si elle ne sortait de sa chambre que pour rejoindre des flics qui se pointaient chez elle, alors qu'elle s'était isolée depuis dix ou quinze minutes, ça allait attirer l'attention. *Ils vont croire que j'ai appelé la police. Il faut que je les rejoigne. Avant que la police arrive.* Elle se dirigea vers la porte de sa chambre et posa sa main sur la poignée. *Maintenant.* Son cœur battait horriblement fort. Elle ferma les yeux, respira profondément. *Inspire... encore... encore... Bien... Maintenant souffle... Voilà... Sois forte, putain ! Maintenant ouvre les yeux.* Elle ouvrit les yeux...

Sors !

... et quitta sa chambre.

61.

En attendant l'arrivée de Lola et de Marion au commissariat, histoire de faire quelque chose, ne pas simplement rester planté là, à attendre que quelque chose se passe, Étienne finissait son rapport sur le site des Amoureux du voyage. Il était convaincu qu'il serait suspendu avant la fin de la journée, mais comptait tout de même d'ici là apporter une nouvelle pierre à cette enquête. Si le lieutenant Lambert focalisait pour l'instant son attention sur Charon, Étienne n'oubliait pas qu'elle en avait aussi après celles et ceux qui participaient à provoquer ces suicides. Dans les cas qu'ils avaient pu identifier, les victimes avaient été harcelées en ligne avant de se donner la mort, et le lieutenant

Lambert pensait qu'il y avait peut-être complicité entre Charon et un groupe de trolls. Que ce groupe soit organisé ou non, le résultat était le même : ils s'en donnaient à cœur joie pour pousser des individus au bout du rouleau, puis Charon leur donnait l'impulsion finale. Cela faisait froid dans le dos. D'après Marion, il était possible que personne ne puisse être tenu pour responsable de quoi que ce soit de sérieux devant un tribunal, et c'était un drame supplémentaire. *La dernière des injustices.* Lola était pour l'instant la seule à leur connaissance envers qui Charon exprimait des menaces directes, et pour laquelle il enfreignait clairement la loi. Dans les autres affaires, Charon aurait pu passer pour un internaute ayant essayé d'empêcher les autres victimes de se suicider et ayant échoué. Mais avec Lola, ils avaient la preuve que Charon était agressif.

Toutefois, quelque chose clochait. Quand Étienne avait appris à Lambert, quelques minutes plus tôt, que Rémi était Charon, le lieutenant avait dit que ça n'avait aucun sens. Il n'avait pas saisi cette réaction – *déjà parce que je me suis immédiatement pris une énorme avoine…* –, il n'avait pas l'expérience du lieutenant. Il devait être passé à côté de quelque chose. Mais quoi ? Que sait-on de Charon ? Il pousse des gens au suicide. Ça, c'est le texte. Mais le sous-texte, quel est-il ? Quel genre de personne pousse-t-il au suicide ? Pourquoi ? Que veut-il ? Que cherche-t-il ?

Étienne se dit qu'il regardait trop de séries télé : comme dans ces fictions qu'il affectionnait, il cherchait des preuves, des indices, des empreintes, des traces, des éléments qu'il pouvait tenir dans la main pour, par une simple observation, en déduire que le tueur, c'était lui. Ou elle. Ou quelqu'un d'autre. Mais la réalité des enquêtes était très différente. Dans la réalité, il y avait des flics comme

Marion Lambert qui cherchaient des réponses aux questions importantes : qui et pourquoi.

Alors Étienne se mit à réfléchir. Comme Marion le ferait. *Charon est un tueur en série. Tout ce qu'il y a de plus classique. Un sociopathe qui a besoin de la mort d'autres personnes pour vivre, c'est son moteur. Un tueur en série classique. À la seule différence qu'il ne s'approche jamais physiquement de ses victimes… Merde, mais c'est ça !* pensa Étienne. Voilà pourquoi Marion ne trouvait pas de sens à ce que le petit ami de Lydia, quelqu'un de résolument proche de Lola, soit le tueur prudent et distant après lequel ils couraient. *Si Charon choisit ses victimes de façon à ne pas pouvoir être identifié, pourquoi s'en prendre alors à Lola ?* Étienne Mornay devait en convenir : si ce Rémi était effectivement Charon, alors il ne comprenait plus après qui ils couraient… Ce n'était pas une raison suffisante pour ne pas creuser la piste, et il n'y avait aucun doute que Marion creuserait la piste, avec ou sans son aide. Et elle irait où les indices la mèneraient. Mais Étienne comprit qu'il ne fallait pas réduire l'enquête à cette seule piste, et reprit la rédaction de son dossier.

62.

« Tu t'es habillée ? demanda Lydia.

— Je te l'ai déjà dit, il est trop tôt et j'ai pas encore assez bu pour me promener à poil devant ton mec », répondit Lola en espérant avoir l'air naturel.

Lydia rit, Rémi rougit légèrement ; elle avait dû donner le change malgré la peur. Si toutefois Lydia la trouvait différente ou stressée, elle pourrait toujours l'attribuer à la situation actuelle. *Après tout, il est normal que je sois stressée, non ?* Lola priait pour que la police arrive rapidement. Tandis que les minutes passaient, Lola réussit à se calmer. Elle était désormais de nouveau capable de réfléchir sereinement, et se mit à douter d'elle-même. Pour quelle raison Rémi en aurait-il après elle ? Si on lui avait demandé ce qu'elle pensait de lui, ses premiers mots auraient été : c'est un mec bien, un mec gentil. Pas le genre à s'imposer ou à tenter de s'imposer, pas le genre à vouloir expliquer la vie à sa petite amie, pas le genre à ne pas respecter les femmes. Non, ça ne collait pas. S'il était bien l'homme qui la menaçait, alors il avait caché son jeu de façon magistrale… et ça non plus, ça ne collait pas. Même son sens de l'humour était téléphoné, un peu naïf. Il ne semblait pas y avoir chez lui la moindre once de vice ou de roublardise. *En vrai, il est un peu ennuyeux.* Voilà. Il était un peu ennuyeux. Pas le genre de Lola. *Pas assez excitant, ou trépidant, ou quoi que ce soit qui fasse un peu monter le cardio.* Une idée s'immisça dans la tête de Lola : et si le numéro de téléphone n'était pas le sien ? Si c'était juste un numéro qui ressemblait au sien ? Elle devait en avoir le cœur net.

Discrètement, mais sans chercher à le cacher, Lola attrapa le téléphone de Lydia qui traînait sur le comptoir et le débloqua. Il ne lui faudrait que quelques secondes pour retrouver le numéro de Rémi. Elle pourrait ensuite tranquillement le comparer au numéro dans son propre téléphone, et alors elle saurait. Elle avait ouvert le carnet de contacts de son amie lorsqu'on sonna à la porte. Lydia se tourna vers Lola en se dirigeant vers l'interphone. Elle n'attendait évidemment personne. Lola y était presque.

Elle allait voir le numéro de Rémi, le mémoriser juste pour quelques secondes, puis elle pourrait renvoyer les policiers chez eux. Elle n'aurait pas besoin de les suivre, elle ne déclencherait rien qui allait nécessairement ruiner la relation de Lydia avec son copain, voire son amitié avec Lydia. Il fallait qu'elle sache pour pouvoir encore tout annuler. Après, il serait trop tard. Lydia ne lui pardonnerait jamais d'avoir imaginé que son mec voulait la tuer… Le simple fait de le verbaliser mentalement suffisait à se rendre compte à quel point c'était une idée ridicule. *Voilà !* Lola y était. Elle regarda le numéro plusieurs fois, enregistra mentalement chaque paire de chiffres, les scandait dans sa tête pour ne pas les oublier. *06… 25… 12…* Elle reposa le téléphone de Lydia.

« C'est la police… »

Lydia avait l'air étonné. Alors Lola prit un air étonné à son tour. *06… 25… 12…*

« Tu les attendais ? demanda Lydia.

— Non, pas du tout…

— Ils ont peut-être du nouveau, intervint Rémi.

— Oui… peut-être, répondit Lola.

— Mais non ! Ça se saurait s'ils étaient capables de résoudre des trucs en vingt-quatre heures ! »

Lydia souriait. Ce sourire de la personne qui pense avoir fait un bon mot. Mais ni Rémi ni Lola ne réagirent. *06… 25… 12…* Puis Lola eut une idée.

« Tu leur ouvres ? Je vais voir si l'inspectrice ne m'a pas envoyé un mail, elle avait dit qu'elle me tiendrait au courant, si ça se trouve elle l'a fait. »

Parfait… Maintenant, je peux regarder mon téléphone… 06… 25… attends… 06 25 et quoi ensuite… 12 ?… Oui, 12… je crois que c'est 12… et après…

Tandis que Lola déverrouillait son téléphone pour accéder à son historique d'appels à la recherche du numéro de son agresseur, deux policiers en uniforme occupaient à présent le seuil de l'appartement.

« Mademoiselle Le Guerrec ?

— Non, je suis la colocataire. C'est elle, Bénédicte Le Guerrec. »

Elle avait insisté sur le nom complet en souriant à Rémi. Mais aucun sourire ne vint en retour.

« Mademoiselle Le Guerrec, c'est le lieutenant Lambert qui m'envoie vous chercher. Il faudrait que vous nous suiviez au commissariat, elle a besoin de quelques informations supplémentaires...

— Attendez, vous êtes venus l'arrêter ? demanda Lydia.

— Non, pas du tout... euh... Vous n'êtes pas en état d'arrestation, ou placée en garde à vue, ou quoi que ce soit, mademoiselle, répondit-il à l'attention de Lola dont le regard alternait de son téléphone au policier qui parlait. Vous êtes tout à fait libre... C'est juste que... le lieutenant Lambert a demandé de venir vous chercher, mais je pensais que vous étiez au courant, du coup... »

Lola avait à peine entendu ce que le policier venait de dire. Dire qu'elle avait presque réussi à se convaincre qu'elle s'était trompée... Ce n'était pas le cas : le numéro était bien le même. Elle prit soudain conscience de ce que le policier venait de dire. *Je pensais que vous étiez au courant.* Elle n'osait pas lever les yeux. Il fallait qu'elle réagisse. Et qu'elle réagisse avec calme.

Elle releva la tête vers le policier en agitant son téléphone.

« Oui, je viens de voir qu'elle m'avait envoyé un mail. Je mets une paire de chaussures et j'arrive. »

Elle enfila une paire de baskets, accompagna les policiers et quitta l'appartement.

Une fois derrière la porte, tandis qu'elle laçait ses chaussures, elle entendit Rémi dire à Lydia :

« Qu'est-ce qu'on fait, du coup ?

— Ben, on a l'appartement pour nous deux, j'ai bien une idée de ce qu'on pourrait faire… Et je suis à peu près certaine que Lola a un costume de policière sexy dans son armoire, si tu veux qu'on fasse une reconstitution, lui répondit Lydia.

— T'es bête », dit-il simplement.

Un mec bien, gentil. Peut-être un peu ennuyeux…

63.

Marion arriva la première au commissariat et exigea d'Étienne qu'il lui raconte tout et n'omette aucun détail.

Et elle fut rassurée de constater qu'elle savait déjà presque tout. Étienne avait trouvé le numéro de téléphone de l'appelant de façon parfaitement illégale, mais ils auraient bientôt le numéro par voie officielle. Il y aurait donc, dans le meilleur des cas, un problème chronologique à résoudre. S'ils n'obtenaient légalement le numéro que dans plusieurs semaines, ils ne pourraient pas interroger le suspect. Ils pourraient toujours faire surveiller Lola, pour la protéger, mais le capitaine avait été clair : il ne les laisserait pas ainsi occuper des ressources à plein temps sans une réelle raison. Il faudrait alors le mettre dans la boucle… il n'aimerait pas ça. Il les soutiendrait peut-être, c'est du moins ce qu'espérait Marion, mais il n'aimerait vraiment pas ça.

Cela étant, même s'ils n'arrivaient pas pour le moment à justifier leurs conclusions, ils avaient identifié un suspect. Si Marion réussissait à trouver la raison pour laquelle Rémi s'en prenait à Lola, alors celle-ci pourrait suffire à s'intéresser à son cas et le numéro de téléphone, lorsqu'ils l'obtiendraient légalement, ne ferait que consolider leur dossier.

Étienne parla également du site des Amoureux du voyage, des membres qui renvoyaient vers Charon et qui semblaient tous écrire sur le même ordinateur, quelque part en Géorgie, membres qui par ailleurs n'avaient jamais participé à aucune autre discussion et dont le seul message, toujours le même, était en substance : « Vous devriez contacter Charon, il pourra vous aider. » Quand Marion aurait fini avec Lola, elle s'intéresserait au créateur du site pour voir ce qu'il avait à lui apprendre. Avec un peu de chance, il leur donnerait un accès tout ce qu'il y a de plus officiel à la base de données et ils pourraient alors justifier de ce qu'Étienne avait déjà trouvé.

« On ne peut pas travailler comme ça, dit-elle calmement à Étienne une fois qu'il eut terminé son exposé. Dans ce dossier, les deux preuves que nous avons pour l'instant sont des pièces que tu as obtenues en piratant des serveurs informatiques ou en outrepassant mes ordres ! Je ne veux même pas savoir comment tu as accédé à ces machines, ça ne m'intéresse pas. Ce qui m'intéresse, ce sont mes enquêtes. Et ce n'est pas une façon acceptable d'enquêter. »

Étienne regardait le lino usé du commissariat, tout en opinant de la tête comme un enfant qui se fait gronder par ses parents. Il finit par répondre :

« Parfois, des preuves obtenues de façon illicite sont admissibles…

— Pas lorsque c'est la police qui les obtient de cette façon, Étienne ! Ce dont tu parles, c'est du cas où quelqu'un qui se fait menacer enregistre une conversation, ce genre de choses. Un policier qui pirate un opérateur téléphonique pour retrouver un numéro de téléphone, c'est pas la même histoire. C'est le genre de trucs qui te fait virer de la maison… »

Marion s'interrompit alors que deux policiers en uniforme entraient dans son bureau. Ils escortaient Lola qui, à son tour, entra.

*
* *

Lola raconta comment elle avait découvert le numéro de Rémi, mais elle peinait à y croire elle-même. Elle ne voyait aucune raison pour laquelle il lui en voudrait, qui plus est au point de menacer sa vie.

« Et si c'était juste une blague qu'il faisait ?

— Si c'était le cas, il l'aurait déjà dit. Vous êtes allée déposer plainte, il a vu que vous étiez secouée par ces menaces… je ne pense pas qu'il s'agisse d'une blague. »

Assis face à Lola mais derrière Marion, Étienne assistait à la conversation sans intervenir. Il avait besoin de se faire oublier un peu. Il approuvait cependant ce que Marion pensait.

« Et si ce n'était tout de même pas lui ? Si quelqu'un d'autre avait utilisé son numéro de téléphone, pour nous embrouiller ? demanda Lola.

— Je pense que c'est une possibilité technique, répondit-elle en jetant un regard à Étienne qui, d'un signe de tête, confirma l'éventualité, mais j'en doute également. Si c'était le cas, ça voudrait dire que soit Charon aurait, totalement par hasard, utilisé le numéro de quelqu'un de votre entourage proche, soit qu'il l'a fait exprès, ce qui serait particulièrement sophistiqué venant de quelqu'un qui, jusqu'à maintenant et à notre connaissance, n'a jamais mis en place de tels mécanismes pour se cacher. Il se contente d'être anonyme. Ça me semble trop compliqué. Je vais plutôt tenter de comprendre pour quelle raison il en aurait après vous.

— Mais j'en sais rien !

— Je comprends, Lola, mais il va falloir qu'on creuse un peu. Et pour cela, je vais devoir vous interroger. »

La transformation était subtile, mais Lola la remarqua. Jusqu'alors, Marion Lambert lui avait toujours semblé être pleine d'empathie. Elle avait désormais quelque chose dans le regard qui suintait l'inspectrice de police. Lola allait clairement se faire cuisiner, mais elle faisait confiance au lieutenant Lambert.

« Depuis quand est-ce que vous connaissez Rémi… Rémi… Rémi comment, d'ailleurs ?

— Préaud, avec un “d”, pas comme un préau. Je le connais depuis qu'il sort avec Lydia, donc ça doit bien faire… presque… quatre ans. Ça faisait pas longtemps qu'on avait emménagé ensemble, Lydia et moi et…

— Leur relation, vous la décririez comment ?

— Comment ça ?

— Est-ce qu'ils s'entendent bien ? Est-ce qu'ils s'engueulent souvent ? Est-ce qu'il leur arrive de casser de la vaisselle ou d'en venir aux mains ?

— Quoi ?! Non, c'est pas du tout le genre. Lydia, ça peut lui arriver de hausser le ton, mais je crois pas avoir jamais entendu Rémi s'en prendre à elle. En plus, perso, je pense qu'il ne ferait pas le poids.

— Ah bon ?

— Non. Lydia, je l'adore, c'est ma meilleure amie depuis le lycée, mais quand elle a une idée en tête, y a rien à faire pour la déloger. Quand ils se prennent le bec, c'est toujours lui qui finit par revenir, jamais elle. Même quand elle a tort. Et même quand elle a tort, et qu'elle sait qu'elle a tort.

— Est-ce qu'ils ont déjà eu des complications dans leur relation ? Notamment, peut-être avec une tierce personne ?

— Comment ça ?

— Est-ce qu'ils ont déjà rompu ou été sur le point de rompre à cause d'une personne qui aurait interféré dans leur relation, homme ou femme ?

— Non, bien sûr que non, c'est un couple sûr. Ils sont comme tout le monde, j'imagine, ils ont des hauts et des bas, mais depuis quatre ans, aucun des deux ne prend de décision un peu importante sans en discuter avec l'autre auparavant.

— Comment ça se fait qu'ils vivent pas ensemble ? »

Étienne venait de poser sa première question. Marion réprima une envie de se tourner vers lui pour lui faire de gros yeux : il n'était pas censé intervenir. Elle admit cependant que la question était pertinente.

« La question s'est pas vraiment posée, je pense. Lydia et moi on a emménagé ensemble dès qu'on est arrivées sur Paris, il y a bientôt trois ans. Il était pas question qu'elle vive avec Rémi à l'époque et, depuis, on vit ensemble, elle et moi. En plus, financièrement, on n'est pas assez stable elle et moi pour pouvoir avoir chacune son appart…

— Mais Lydia, elle, pourrait vivre avec Rémi. À eux deux, ils devraient pouvoir s'en sortir », compléta Étienne.

Vas-y mollo, pensa Marion. Elle croisa les bras afin de pouvoir discrètement, sans que Lola s'en aperçoive, pointer un index vers Étienne qui pigea instantanément le sens de ce geste : *arrête ce que tu fais !*

Mais il était trop tard, songea Marion en observant le sourire de Lola s'estomper. Peut-être que si Lydia vivait encore avec elle, c'était parce que Lola ne pouvait pas faire autrement. C'était sa meilleure amie, bien sûr qu'elle n'allait pas la laisser sur le carreau.

« Vous pensez que c'est à cause de moi qu'ils ne vivent pas ensemble ? C'est ça ? C'est ridicule ! Lydia sait très bien que si elle veut partir vivre avec son homme, elle le fait et je trouverai une autre coloc...

— Qu'est-ce que Rémi pense de votre activité ? »

Marion avait volontairement changé de sujet. Il fallait laisser retomber la pression si elle voulait obtenir une réponse objective et raisonnable. La plupart des gens, lorsqu'ils sont interrogés, surtout par la police, s'imagine qu'ils sont jugés par leur interrogateur, que chaque réponse qu'ils fournissent est disséquée pour en extraire une facette de leur personnalité. C'est presque toujours faux. Ce qu'un policier attend lorsqu'il interroge un suspect, un témoin, ou qui que ce soit, c'est une information la plus factuelle et la plus sûre possible. Et cette volonté de préserver l'image qu'on a de soi est le premier frein à cet objectif.

« Rien... Enfin, rien de spécial, il n'a jamais dit quoi que ce soit, pourquoi ?

— Lola, désolée d'insister, mais vous ne faites pas un métier classique. Ça ne serait pas choquant qu'il s'exprime à ce sujet, si ?

— Je sais pas si ce serait choquant ou pas, je dis juste qu'il n'a jamais rien dit de spécial. Et c'est déjà beaucoup. La plupart des hommes que j'ai rencontrés depuis que je fais ce travail ont toujours quelque chose à dire sur ce que je fais. Plus encore pour des personnes qui me connaissaient avant et qui pensent pouvoir juger "ce que je suis devenue". »

Elle avait mimé les guillemets avec ses doigts. Marion n'avait aucune difficulté à entendre ce que Lola disait. Elle-même en avait entendu de toutes sortes lorsqu'elle avait décidé de changer de voie professionnelle pour intégrer les services de police. Des amis étudiants qui, soudainement, la regardaient comme quelqu'un qui se serait révélé membre d'une secte, ou du Ku Klux Klan. Et il ne s'agissait que d'intégrer la police. Pour nombre des amis de Lola, elle devait sans doute faire figure d'actrice porno, une future *pornstar* dont ils pourraient plaisanter lors de dîners entre amis.

« J'imagine qu'il en a déjà parlé avec Lydia, mais elle ne m'a rien dit. Je pense qu'elle a dû le briefer, lui expliquer que c'était comme ça, et je pense qu'il a juste dû dire "OK" parce que, encore une fois, je pense qu'il s'en fout. Je crois pas que ça lui pose le moindre problème, ce que je fais. Et pourquoi est-ce que c'est important pour vous, cette question ?

— Parce que Charon en a après votre activité. Il s'en prend à vous pendant vos *lives*, il vous attaque sur vos réseaux sociaux, toutes les insultes qu'il vous lance tournent autour de votre sexualité...

— Il s'en prend à moi comme on s'en prend généralement aux femmes sur Internet. Quand une femme est attaquée sur Internet, neuf fois sur dix il est question de viol, d'une manière ou d'une autre... »

Marion réfléchissait. Lola n'avait pas tout à fait tort, mais elle ne pouvait pas imaginer que cela ne soit pas un sujet, au moins entre Rémi et Lydia... Soudain, elle prit conscience qu'il y avait une piste qu'elle n'avait pas explorée.

« Et avec Lydia ?

— Quoi, avec Lydia ?

— Vous faites des séances photo avec Lydia, qu'en pense-t-il ? »

Lola s'apprêtait à répondre, mais se figea.

« Lola ? quelque chose ne va pas ? » la relança Marion qui sentait qu'elle avait mis le doigt sur un point sensible.

« Oui ? répondit-elle distraitement, comme si on venait de la sortir d'un rêve éveillé.

— Les séances photo avec Lydia, il doit bien en penser quelque chose ?

— Euh… oui, sans doute… bien sûr…

— Et ?

— Et… J'en sais rien. On n'en a jamais parlé.

— Vous n'en avez jamais parlé avec Rémi ? » s'étonna Étienne. Mais cette fois Marion ne quitta pas des yeux le visage de Lola pour y déceler la moindre modification. Et quelque chose s'y produisit. Un tremblement. Subtil. De la mâchoire inférieure. Et ses yeux se mirent à briller. *Elle sent monter les larmes et tente de les retenir. On a peut-être trouvé quelque chose.*

« Je n'en ai jamais parlé avec Lydia, finit-elle par admettre. Je suis toujours partie du principe qu'on faisait ça pour s'amuser, que c'était marrant, mais je crois que j'ai jamais pensé au fait que ça pouvait affecter Rémi.

— Rémi, il est jaloux ?

— Non, je ne crois pas. En tout cas, il n'a pas peur que je lui pique Lydia, si c'est là où vous voulez en venir…

— Non, ce n'est pas là où je veux en venir. Rémi n'est pas jaloux que des inconnus puissent voir des photos érotiques de sa petite amie simulant un rapport sexuel avec vous ?

— Je ne pense pas », chuchota Lola.

Elle n'y croit pas elle-même. Je crois que j'ai ce qu'il me faut, pas la peine de la torturer plus longtemps.

« Merci, Lola, vous avez été très bien. Vous pouvez vous reposer un peu, maintenant. Est-ce que vous voulez quelque chose à boire ? De l'eau, un café, un thé ? »

Marion envoya Étienne chercher un thé pour Lola et se remit devant son ordinateur. Il fallait qu'elle fasse rapidement une demande de perquisition. Mais elle en revenait toujours au même problème : comment justifier cette demande ? Tant qu'ils n'avaient pas obtenu officiellement le numéro de téléphone... Mais Marion refusait d'attendre en laissant Lola à la merci de ce type s'il était effectivement celui qu'elle pensait.

Pendant ce temps, Lola commençait à douter. D'elle-même, de tout.

« Non, mais c'est pas possible, Rémi, c'est un type en or, on a dû se tromper, c'est pas son numéro. Ou alors c'est quelqu'un qui utilise son numéro pour qu'on pense que c'est lui... Vous m'avez dit tout à l'heure que c'était possible, non ? » Marion ne répondit pas et alors qu'Étienne était de retour, Lola lui posa la même question.

« Euh... techniquement, oui, c'est possible, mais je ne pense pas que ce soit le cas... Je suis désolé...

— Pourquoi ce serait pas le cas ? »

Parce qu'on n'est pas dans un film, et que la réalité est résolument simple, banale, pour le meilleur ou pour le pire.

« Parce que je pense que c'est beaucoup trop... tiré par les cheveux. Désolé... »

Lola se ferma. Elle pesait cette réponse en tentant d'éluder le choc qu'allaient produire les événements qui se présentaient devant elle si toute cette histoire était vraie.

Le silence s'installa dans le bureau sans âme. De longues secondes avant que Marion le brise.

« Il y a un moyen simple de le savoir, intervint-elle. On va demander à son opérateur téléphonique le détail de ses communications. Si c'est bien son téléphone qui a été utilisé pour vous envoyer des messages, on pourra les retrouver... Enfin, on verra à quels moments et à qui il a envoyé des messages ; mais si quelqu'un a usurpé son numéro depuis un autre téléphone, on ne trouvera rien. Et on sera fixé. »

Marion se leva.

« Étienne, tu restes avec Lola, il faut que j'aille dépatouiller deux, trois trucs avec le capitaine si on veut que ça avance. »

En sortant du bureau, elle lui fit signe de la rejoindre et, avant de partir, lui dit d'une voix basse mais autoritaire : « Tu ne la lâches pas une seconde. »

64.

Le capitaine se frottait le visage à deux mains. Il n'en croyait pas ses oreilles. Le lieutenant Lambert voyait bien ce qu'il devait avoir en tête. À peine avait-il accepté de lui confier une affaire un peu sérieuse qu'elle nageait dans les emmerdes ; comment avait-elle pu bosser avec des preuves irrecevables, pirater un opérateur téléphonique, surveiller les communications d'un téléphone sans aucune trace écrite préalable, ne fût-ce qu'un accord de Mlle Le Guerrec ? Si elle décidait, soudainement, qu'elle n'avait jamais donné son accord pour que son téléphone ou son ordinateur soient surveillés, qu'est-ce que le lieutenant Lambert pourrait y faire ?

Marion avait tenté au mieux de couvrir Étienne Mornay, mais le capitaine n'était pas né de la dernière pluie et savait très bien qu'elle était non seulement incapable techniquement de commettre ces délits, mais que même si elle en avait été capable, elle ne l'aurait jamais fait. Comment avait-elle pu simplement le permettre ? *Il doit déjà s'imaginer qu'Étienne m'a mise devant le fait accompli.* Cependant, l'urgence n'était pas de sauver la carrière de son jeune gardien de la paix, même si elle se promettait qu'elle essaierait. L'urgence était de permettre une perquisition concernant ce Rémi Préaud. Parce que si elle ne se trompait pas, s'il était leur homme, il avait au moins trois cadavres derrière lui, sans doute plus, et Bénédicte Le Guerrec était la suivante sur la liste.

Il finit par redresser la tête, inspira profondément les yeux fermés, puis les rouvrit pour fixer Marion en soupirant lourdement.

« Mettons de côté cette histoire de téléphone deux secondes, et redis-moi ce que tu as, parce que t'as beau m'en parler comme si c'était une affaire d'État, pour l'instant, en ce qui me concerne, c'est pas clair.

— On a Maxime Roques, 21 ans, qui se suicide…

— Je vous ai formellement interdit de vous mêler de cette histoire, non ?

— Et dès que tu nous l'as dit, on a lâché l'affaire ! Mais quand on l'a trouvée, voilà ce qu'on a eu : Maxime Roques était harcelé sur Internet par des inconnus, il a fini par se rendre sur le site "Les Amoureux du voyage", un site sur lequel les utilisateurs se refilent des combines pour se suicider ; de là on l'envoie vers une conversation privée avec un individu nommé Charon. Quand il se suicide, on retrouve son téléphone qui n'est pas verrouillé et qui indique qu'il était en communication avec ce Charon quelques minutes plus tôt, vraisemblablement au moment où il a décidé de se jeter devant un train lancé à pleine vitesse. Ensuite, on a Alice, 16 ans, l'adolescente qui s'est suicidée il y a quelques jours… celle sur laquelle j'ai enquêté. Elle était harcelée depuis plusieurs semaines sur Internet par ses amis, mais également par des inconnus. Elle a visité plusieurs fois le site des Amoureux du voyage et, au moment de son suicide, elle était en conversation vidéo avec un individu indéterminé, mais dont je suis absolument certaine qu'il s'agissait de Charon. »

Marion parlait d'une voix calme et posée ; il fallait faire sentir au capitaine la gravité de la situation.

« Enfin, j'ai découvert ce matin même que Younes Naouri, 40 ans, entrepreneur parisien, s'est donné la mort il y a trois semaines. Les circonstances ? On a piraté ses réseaux sociaux, on l'a harcelé en ligne, il a eu de nombreuses conversations avec un individu qui se faisait appeler Charon. Là, je te parle uniquement des cas qu'on a trouvés en cherchant rapidement, en se limitant à un mois et, à l'exception de Maxime Roques, en se limitant à l'Île-de-France. Je pense qu'on est face à un système organisé qui mène des gens au suicide, qu'à la tête de ce système il y a Charon qui pousse directement les victimes au-delà de leurs derniers retranchements, qu'il le fait en étant en conversation avec eux, parce qu'il veut les voir mourir, mais à distance, parce qu'il veut rester invisible. Et j'en ai rencontré une autre, ce matin, qui a fait une TS avant d'avoir été mise en contact avec Charon. Tout le reste est identique : harcèlement en ligne, les forums des Amoureux du voyage. Elle a heureusement été prise en charge et va mieux, maintenant, mais perso, ça me fout les boules de me dire que c'est peut-être sa tentative de suicide qui lui a sauvé la vie.

— Et la jeune Le Guerrec ?

— Elle est harcelée en ligne depuis plusieurs jours et…

— C'est une actrice porno ! Évidemment qu'elle est harcelée en ligne par des débiles…

— Elle est harcelée en ligne depuis plusieurs jours, mais de la même manière que Maxime Roques : des centaines de messages sur Twitter d'inconnus qui ne la suivent même pas, le tout en quelques minutes à peine. Et surtout, elle a été menacée sur le *chat* de ses *lives* et par téléphone par un type qui se fait appeler Charon. Si on suit ce qui se passe sur Twitter, Lola en est à peu près au point où Maxime Roques en était une dizaine de jours avant sa mort.

— Et le numéro de téléphone de celui qui lui envoie des menaces, ce Charon, c'est le petit ami de sa copine, c'est ça ?

— Rémi Préaud, le petit ami de sa colocataire, oui.

— Et on a quelque chose sur lui ?

— Rien. Rien d'autre que les menaces envoyées par téléphone.

— Qui sont signées Charon ?

— Qui sont signées… Non, les vocaux ne sont pas signés, et le SMS non plus… Ce sont les messages dans son *live* qui sont signés Charon.

— Et comment tu sais qu'il s'agit de la même personne ?

— Elle a reçu un SMS avec un plan situant son domicile et des menaces quasiment au même moment où Charon, en *live*, balance son adresse dans le *chat* ; je n'aime pas les coïncidences, même si je sais qu'elles existent, mais là on est loin…

— Et pourquoi est-ce qu'il la menace ? On a la moindre idée d'un début de motif un peu valable ?

— C'est encore tôt pour être clair là-dessus. Mais ce que j'ai déjà, c'est que Lola a fait plusieurs fois des séances photo érotiques avec sa colocataire, la petite amie de Rémi Préaud, que ces photos d'elles, ensemble, nues, sont très… évocatrices… graphiques, même… et ont été publiées sur le site de Lola. Je suis pas certaine que ça plaise à son mec d'imaginer des inconnus en train de… voilà… »

Le capitaine resta silencieux de longues secondes, songeur, respirant fortement et faisant non de la tête, ce qui rassura Marion. *Il est en train de considérer le truc. Il fait non de la tête parce que ça l'emmerde de devoir mettre les mains dans le cambouis et qu'il sait que ça risque d'être un casse-tête niveau procédure. Sinon il m'aurait déjà envoyée chier.* Il s'agitait sur son fauteuil. *OK, il y a plus, là. Il cherche. Il cherche un angle. C'est bon, il va nous soutenir. Mais en même temps, s'il s'agite, c'est parce que ça va être chiant de trouver un angle.*

« Bon ! s'exclama-t-il soudain. Y a clairement pas matière à le mettre en garde à vue pour l'instant. Je vais passer deux ou trois coups de fil pour voir si on peut un peu urger les opérateurs téléphoniques, mais en attendant, je vois vraiment pas ce qu'on peut faire. Il faudrait que ta victime reste loin de ce gars, idéalement qu'elle reste loin d'Internet aussi, mais j'imagine que ça va être compliqué… »

Marion jubilait. Le lieutenant était en train de faire exactement ce qu'elle espérait. *J'attends… Il veut qu'on y arrive.*

« Tu penses que tu pourrais l'interroger sans le braquer ? reprit-il.

— J'en sais rien, je le connais pas.

— Mais sur le principe ?

— Sur le principe ? Sur le principe, je peux tenter des trucs, mais si ça ne donne rien, alors il saura qu'on est sur ses talons et on n'aura rien contre lui…

— OK, OK… »

J'attends…

« … Tu penses que tu peux me laisser vingt-quatre heures ?

— Pour ?

— Pour trouver quelque chose…

— En vingt-quatre heures, t'auras jamais le numéro, même en cas d'urgence tu sais bien qu'ils mettent des jours à réagir…

— Je sais… mais bon, je peux peut-être demander un service à des copains… mais je promets rien, hein ? Et je t'ai rien dit, surtout !

— Oui, je dois pouvoir faire traîner Lola une journée.

— Très bien, on fait comme ça, je te tiens au courant. Et pour le site ?

— Le… ?

— Les machins du voyage, là. T'as prévu quelque chose ?

— Les Amoureux du voyage ? On a trouvé le créateur du site, je pensais aller lui rendre visite pour voir s'il nous laisserait accéder à sa base de données. On a commencé aussi à préparer une perquisition, mais avec un peu de chance, le gars voudra pas faire le malin devant nous et nous donnera accès plus rapidement, c'est un jeune informaticien de vingt piges qui n'a pas de casier ni rien…

— OK, fais ça. Et occupez-vous de la fille jusqu'à demain. Elle ne rentre pas chez elle. Du moins pas sans escorte.

— Ça, ça risque d'être compliqué… mais je m'en occupe, se reprit-elle rapidement. Je vais voir comment on fait. »

*
* *

Lorsque Marion quitta le bureau, son capitaine resta songeur, immobile, pendant plusieurs minutes. Oui, le dossier était mince, mais Lambert avait toujours eu énormément d'instinct, et si elle ne se trompait pas, ils étaient face à une affaire peut-être bien plus sérieuse qu'ils ne le pensaient. Les mots de son lieutenant résonnaient encore dans sa tête, les cas qu'elle lui avait présentés étaient le résultat d'une recherche rapide et limitée. Qui pouvait savoir combien de cadavres réellement attribuer à ce Charon ?

65.

Jonathan venait de lancer une conversation audio sur Discord, application de *chat* et de conversation qu'il n'utilisait que pour parler à ses équipiers lorsqu'il jouait en ligne. Mais cette fois, c'était professionnel. Il se préparait à parler en anglais, mais surtout à écouter l'anglais dégueulasse de son interlocuteur. *Les seuls à avoir un pire accent anglais que les Russes, c'est les Indiens.* Lorsqu'il avait débuté sa carrière de développeur indépendant, il s'était vite rendu compte que nombre de tâches qu'il réalisait pouvaient l'être par des sous-traitants. Il s'était d'abord tourné vers le Maroc ou la Tunisie, pour des raisons linguistiques, et parce qu'il y avait peu de décalage horaire ; mais les équipes sur place n'étaient pas assez compétentes. Ils pouvaient débiter des pages web au kilomètre, mais dès qu'il demandait des tâches plus complexes, il n'y avait plus personne. Avec des Indiens, c'était différent. Ils étaient compétents, mais ils le prenaient pour un con. Il leur arrivait de ne pas faire ce qu'il avait demandé et prétendaient que c'était sa faute : soit il n'avait pas été clair dans ses demandes, soit il avait changé d'avis sur ce qu'il voulait. De plus, le décalage horaire était trop important et il lui fallait parfois attendre deux jours pour finaliser un travail de quelques heures. Enfin, tout devait passer par écrit, parce que Jonathan était infoutu de comprendre un mot de ce qu'on lui racontait. Il avait fini par trouver le bon compromis en Ukraine et en Géorgie. C'était certes plus cher qu'en Inde ou qu'au Maroc, mais le décalage horaire était raisonnable, l'anglais était acceptable et surtout, il y avait des gens compétents. *Tu m'étonnes qu'ils sont compétents, c'est de cette partie du monde que sortent quasiment tous les virus informatiques de la planète*... Jonathan avait mis en place une chaîne de sécurité, c'est-à-dire des maillons successifs dont le but était de garantir, en tout premier lieu, sa propre sécurité. Comme il avait appris il y a bien longtemps qu'une chaîne est aussi solide que son plus faible maillon, il avait rejeté le facteur humain le plus loin possible de lui. Parce que le facteur humain était toujours le maillon le plus faible d'une chaîne de sécurité informatique. Une des plus importantes leçons de programmation qu'il avait reçues était que la plupart des problèmes d'ordinateur trouvaient leur origine entre le clavier et le fauteuil de l'utilisateur.

L'interlocuteur de Jonathan décrocha.

« *Mister Jonathan, how are you?*

— *Good, good...* »

Jonathan débuta la conversation en étant le plus professionnel possible, mais en coupant court au *small talk* ; il n'appelait pas pour prendre des nouvelles des enfants ou une connerie de ce genre. Il demanda si, en respect des protocoles qu'il avait mis en place, l'équipe géorgienne veillait bien à se connecter depuis un VPN différent chaque fois qu'ils se connectaient à l'extérieur ; l'interlocuteur lui assura que c'était bien le cas. Est-ce qu'il en était bien sûr ? Jonathan rappela brièvement l'importance de n'être pas traçable et d'afficher à chaque connexion une adresse IP différente... Et l'interlocuteur de s'offusquer gentiment, avec un ton un peu triste dans la voix : comment pouvait-il douter d'eux alors qu'ils travaillaient si bien ? *Il se fout de moi, c'est pas vrai !*

« Je vous envoie une adresse IP dans le *chat*, dit Jonathan. Dites-moi si c'est une adresse à vous. »

Jonathan écrivit dans la discussion l'adresse IP qu'il avait trouvée dans la base de données des Amoureux du voyage. Après quelques secondes, il eut une réponse. « C'est bien l'adresse de notre réseau, je ne comprends pas. » *Sans déconner, si je me fais chier à vous préparer des procédures, c'est pas pour le plaisir de vous faire lire des PDF.* Tout ceci était du cinéma, Jonathan le savait bien. Il allait y avoir un moment de silence, puis il allait entendre à l'autre bout de la ligne qu'il ne comprenait pas, que quelque chose avait dû mal se passer, qu'ils avaient dû croire qu'ils étaient connectés via un VPN directement en France, qu'il s'excusait... Jonathan n'était pas dupe. Il savait bien que ces gars étaient capables de réutiliser la même capsule de café dix fois de suite, alors ils n'allaient pas payer une connexion VPN à chaque nouvelle connexion. *En vrai, c'est presque un peu ma faute, à ne pas leur expliquer la nature de ce qu'ils font.* Mais ça ne servait à rien de gueuler, ils ne reconnaîtraient rien. Il était plus efficace d'aller de l'avant.

« Bon, on va revoir le protocole dans le détail, toi et moi. » Et alors qu'il commençait à reprendre, un par un, les fichiers qu'il avait rédigés, Jonathan se demanda depuis combien de temps ils ne respectaient plus les règles et, surtout, s'ils avaient laissé des traces derrière eux ailleurs. *Ils ne doivent pas être le maillon faible.*

66.

Lola était agitée, elle doutait de tout. Elle ne savait plus si elle pouvait se fier à sa première impression. Lorsqu'elle avait reconnu le numéro de Rémi, elle était sûre. Mais plus le temps passait, plus cela semblait impossible. Si Rémi avait eu quelque grief contre elle, elle s'en serait rendu compte. Ou Lydia s'en serait rendu compte et le lui aurait dit. Il n'était pas pensable que Lydia soit au courant et n'intervienne pas. Lydia était sa meilleure amie. Sa seule amie. Elle avait des copains, bien sûr, des gens qu'elle pouvait appeler pour sortir prendre un verre ou l'aider à déménager, mais Lydia était la seule personne que Lola pourrait appeler si elle avait besoin de cacher un corps. Se tromper sur Lydia, ce serait comme si le monde s'effondrait. Et le monde s'effondrerait.

Puis il y avait eu la question du lieutenant Lambert. Comment Rémi vivait-il l'insistance de Lola à faire participer Lydia à ses activités ? C'était une question raisonnable, qui faisait sens. Mais, dans le même temps, Lydia n'avait jamais montré la moindre réticence, ils avaient dû en parler. *Si Rémi avait un problème avec ça, est-ce que Lydia l'aurait écouté ? Si sa décision était prise, est-ce qu'elle aurait accepté de ne pas le faire ?* Lydia était une forte tête, et quand elle voulait quelque chose, il était impossible de lui faire changer d'avis. Et si Rémi n'avait pas été d'accord, ça n'aurait rien changé.

Étienne, toujours assis en face de Lola, sentait qu'il se passait un millier de choses simultanées dans la tête de la jeune femme, mais la laissait tranquille. Il voyait bien que Lola nageait en plein doute quand Marion entra dans le bureau.

« Lola, il va falloir que je convoque Rémi au commissariat. Mais il me faut une raison pour ça. Du coup, j'ai besoin de savoir : est-ce que vous avez parlé avec lui de ce qui s'est produit ? Des menaces, des tweets, des SMS, tout ça ?

— Avant que je porte plainte, on en a parlé avec Lydia et lui, oui. C'est Lydia qui m'a convaincue d'aller porter plainte. C'est bien la preuve qu'ils n'y sont pour rien, s'exclama-t-elle soudain. Si c'était Rémi, il m'aurait convaincue de ne pas y aller, m'aurait dit que ça ne... servirait...

— Oui ? »

Lola se rappelait maintenant. Lydia avait insisté pour qu'elle aille porter plainte, arguant que c'était à ça que servaient les impôts ou un truc du genre. Lola, quant à elle, pensait que ça ne servirait à rien et Rémi... Rémi était d'accord avec elle. Il pensait que ce serait une perte de temps.

« Rémi pensait que porter plainte serait une perte de temps, que ça ne donnerait rien, mais il n'a pas insisté parce que Lydia était inquiète. Si c'est vraiment lui qui m'envoie ces messages, pourquoi n'a-t-il pas essayé de me dissuader de porter plainte ?

— Il a peut-être pensé qu'on ne remonterait pas jusqu'à lui, dit Étienne.

— Ou alors ce n'est pas lui, reprit Marion. Lola, je ne cherche pas à faire enfermer à tout prix le petit ami de votre colocataire, je cherche des réponses. Je veux trouver la personne qui vous menace, et je veux l'arrêter. Quelle qu'elle soit. Si ce n'est pas Rémi, alors ce n'est pas Rémi. En revanche, je veux pouvoir l'interroger ici. Le problème, c'est que je n'ai pas de raison valable de le faire, vous comprenez ? Du coup, si vous me dites que vous en avez parlé avec lui, alors je peux lui demander gentiment de venir nous raconter ce dont il se rappelle, en tant que simple témoin de l'enquête.

— Le truc, c'est que j'en ai surtout parlé avec Lydia...

— Très bien, dans ce cas on demande aussi à Lydia de venir. Est-ce que vous pensez qu'il y a des chances qu'ils en aient parlé ensemble ?

— Oui, sans doute. Surtout le soir où Lydia s'est chargée de la modération, ils devaient être ensemble. »

Marion ne laissa rien paraître, mais Lola venait sans s'en rendre compte de lâcher une information potentiellement importante. En effet, si Lydia et Rémi étaient ensemble le soir où Lola était en *live*, ça pourrait expliquer pourquoi il ne s'était rien passé. Il faudrait vérifier si Lydia et Rémi étaient ensemble pendant les autres *lives*, ceux durant lesquels Lola avait effectivement reçu des menaces.

« OK, alors on les fait venir tous les deux. On va leur demander tout ce dont ils se rappellent, officiellement pour être sûr que vous n'avez rien oublié. Lola... il ne faut rien leur dire, d'accord ?

— Oui… oui, bien sûr.

— Très bien. Donnez-moi le numéro de votre amie Lydia. »

67.

Un simple mot.

Bonjour

Un simple mot. Qui allait sans doute conduire à d'autres mots. Qui allaient, si tout se passait bien, conduire à la mort de celle qui l'avait écrit. C'était ironique pour tellement de raisons ! Oui, c'était un bon jour. C'était la première conversation que Charon avait avec cette proie. Le système était malheureusement parfaitement rodé ; Mariama Mbaye s'était perdue, elle ne trouvait plus personne sur qui compter et n'imaginait plus d'issue possible. Le processus avait été cependant plus compliqué que Charon ne le pensait. Retourner ses amis contre elle s'était fait assez naturellement, Mariama était bien trop fière pour faire le premier pas et leur expliquer qu'ils se trompaient à son sujet, mais les liens qu'elle entretenait avec les membres de sa famille étaient étroits. Charon avait pensé abandonner en constatant que ses frères et sœurs la soutenaient envers et contre tous. Et puis il avait sorti de sa poche un joker qui avait fait flancher sa jeune sœur. Tout s'était ensuite lentement effrité. Avec de la patience, même les liens les plus solides pouvaient se déliter. C'était lent, frustrant, mais efficace. Il y avait toutefois un bon côté. Charon savait que plus le lien était solide à l'origine, plus il serait difficile à briser, mais il serait d'autant plus difficile à rebâtir ensuite. Cela avait pris des semaines, bien plus que Charon ne le pensait, mais Mariama avait fini par se retrouver seule. Elle avait erré jusqu'à atterrir chez les Amoureux du voyage, où des rabatteurs l'avaient menée à lui.

Bonjour

Avant de répondre, Charon pensa à la première règle. *Aiguiller. Subtilement.*

Bonjour, je m'appelle Charon.

Attendre les réponses était un supplice, c'est aussi pour cette raison que les règles existaient, pour garder la tête froide. Le système avait beau être huilé, il avait beau y avoir des trolls, des rabatteurs et tout un tas de mécanismes permettant de mener la proie à Charon, lorsque cette messagerie était ouverte, il n'y avait que lui. Personne d'autre. Plus de procédure à suivre, plus d'étape suivante autre que la dernière, la mort de la proie. Et les règles à respecter. À la lettre.

On m'a dit que vous pouviez peut-être m'aider

Charon se doutait qu'une fois la conversation lancée, les choses seraient plus rapides, plus fluides. Il se doutait également que c'était une fois la conversation lancée qu'il faudrait savoir ne pas s'emballer, ne pas pousser. Pour l'instant, il fallait briser la glace.

> Je ne sais pas si je peux vous aider, mon expérience m'a appris qu'on peut surtout s'aider soi-même, mais je serai ravi d'être un soutien. Et reconnaître que vous avez besoin d'aide est sans doute la preuve que vous aurez le courage nécessaire pour y arriver

Une fois le message envoyé, Charon le relut et se rendit compte qu'il avait merdé. *Il faut aiguiller, et pour aiguiller, il faut toujours ouvrir une voie. Je ne l'ai pas fait.* Sans attendre de réponse, il compléta son message.

> Raconter son histoire est à la fois une épreuve difficile et une libération. Si vous êtes d'accord, j'aimerais beaucoup connaître votre histoire.

Charon saurait bientôt si sa proie allait mordre à l'hameçon. Peut-être faudrait-il s'y reprendre à plusieurs fois. Après tout, du point de vue de Mariama, il serait logique à ce stade d'hésiter. Tout le monde lui avait tourné le dos, pourquoi ferait-elle confiance à un inconnu ? À ce stade, Charon doutait toujours. Mais ce doute était agréable, excitant. Charon se sentait comme un adolescent qui allait demander à une fille de sortir avec lui pour la première fois ; l'attente était insoutenable, et puis, lorsqu'elle disait oui, c'était la libération. Charon attendait cette libération. Le prochain message, même s'il était anodin, serait très éclairant.

> Tout le monde m'a tourné le dos, je n'ai jamais été aussi seule.

Charon dut relire le message plusieurs fois pour s'en convaincre. Elle n'avait pas simplement mordu à l'hameçon. Elle s'était jetée hors de l'eau directement dans sa poêle à frire. *La première règle, bordel. La première règle.* Il aurait été très facile de se planter à ce moment-là, de penser que c'était plié, que la partie était terminée. C'était justement l'erreur à éviter, c'était justement pour ça qu'il y avait des règles. *Garder la tête froide, simplement aiguiller, subtilement.*

Nous sommes tous seuls. Nous naissons seuls, et nous mourrons seuls. Durant notre courte existence, nous faisons des rencontres, et je chéris toutes les rencontres que j'ai pu faire. Je suis désolé d'apprendre que vous vivez des moments difficiles, mais je mentirais si je ne disais pas que je suis également ravi, car sans ces épreuves, je ne vous aurais peut-être jamais rencontrée

J'espère ne pas en avoir trop fait. Les doutes furent de courte durée. Non, Charon n'en avait pas trop fait. Mariama Mbaye commença à raconter son histoire presque sans se préoccuper des messages de Charon. Elle vidait son sac. Elle devait sans doute pleurer à chaudes larmes de son côté de l'écran. Un flot de paroles à peine interrompu çà et là par des réponses de Charon. Charon n'avait presque même pas besoin d'aiguiller, elle était sur sa lancée. *Ce n'est pas étonnant. Cette connasse n'a jamais été capable d'écouter qui que ce soit.*

68.

Lorsque Rémi et Lydia arrivèrent au commissariat, Étienne les reçut à l'accueil et les accompagna jusqu'au bureau du lieutenant Lambert, dans lequel elle les attendait avec Lola. Il fallait les mettre à l'aise, ne pas les faire se sentir suspectés de quoi que ce soit.

« Nous avons besoin de vous pour valider quelques éléments qui pourraient avoir échappé à Lola. Vous pourriez être d'une grande aide pour votre amie. »

Lydia se dirigea immédiatement vers son amie qui était assise, calme, sérieuse.

« Ça va ?

— Oui, ça va. »

Marion ne put s'empêcher de penser que la réponse était trop courte, trop formelle. Pas naturelle. Mais elle savait aussi que ce genre de détails échappent aux civils, qui plus est quand ils ne se doutent de rien.

« Merci d'être venus aussi vite, je ne vais pas abuser de votre temps, voilà comment les choses vont se passer. Lola nous a fait une description des événements, et il y a quelques éléments qu'on a besoin de confirmer, ce qui est parfaitement normal. Dans des circonstances comme celles-là, il est naturel que Lola puisse s'emmêler les pinceaux sur un horaire, ou omettre un détail qui peut être anodin pour elle mais important pour nous. Du coup, ce que je voudrais faire, c'est vous interroger tous les deux sur ces éléments pour que vous puissiez, le cas échéant, compléter, corroborer ou éclairer sur ce qui s'est passé. Vous me suivez, jusque-là ? »

Lydia et Rémi écoutaient le lieutenant avec attention. Ils acquiescèrent.

« Ce qu'on va faire, c'est vous entendre séparément ; comme vous êtes deux, ça nous donnera deux fois plus de possibilités de comprendre ce qui s'est passé. Je précise, même si je pense que ça va de soi, mais je sais qu'on peut facilement être un peu déstabilisé quand on est au commissariat, avec des policiers autour et tout, y a un côté un peu… voilà, on peut être impressionné, c'est normal… »

Marion parlait vite, digressait, tentait de donner un aspect véritablement informel à la situation, espérant que ça les mettrait un peu à l'aise. Sortir à tout prix du cliché de la fonctionnaire assise derrière sa machine à écrire et qui pose des questions du type « Nom, profession ? ».

« Bref, je ne sais plus ce que je voulais dire… *petit rire…* Ah oui ! Évidemment, vous n'êtes pas en état d'arrestation ou en garde à vue ou je ne sais quoi… *nouveau petit rire…* donc si quelque chose ne va pas, si vous avez besoin de réfléchir à un élément ou un autre, vous pouvez prendre votre temps, y a vraiment aucun problème et, surtout, j'insiste, on ne compte pas sur vous pour nous apporter la pièce maîtresse qui nous aurait échappé… *encore un rire…* donc si vous ne connaissez pas la réponse à une question, dites simplement "je ne sais pas" ou "j'étais pas là" et on passe à la question suivante. C'est bon pour vous ? »

De nouveau, ils acquiescèrent, non sans s'être d'abord jeté quelques regards et des sourires en coin. *Ce sont mes ricanements*, pensa Marion. *Ils me trouvent un peu ringarde. C'est parfait.*

« Lydia, si vous êtes d'accord, on va commencer avec vous. Étienne, est-ce que tu veux bien accompagner Lola et Rémi à la machine à café ? Je te fais signe quand j'ai fini. » Sans attendre, elle s'assit et invita Lydia à faire de même, face à elle. L'entrevue serait assez rapide, mais Marion devait tout de même veiller à ce qu'elle soit aussi détaillée que possible. Sa mission était simple, en théorie. Elle devait donner à Lydia l'impression qu'elle l'interrogeait sur les événements afin de confirmer l'histoire de Lola, mais devait en réalité obtenir un maximum d'informations sur Rémi, notamment sur l'éventuelle motivation qu'il aurait à nuire à Lola ainsi que sur les opportunités pratiques de le faire dont il aurait pu disposer. Tout ce qu'elle allait entendre ferait officiellement partie de son enquête et il fallait qu'elle soit précise. Elle ouvrit un document sur son ordinateur dont Lydia ne voyait pas l'écran.

« Simplement, pour la forme, j'ai besoin que vous me donniez votre nom complet… ou votre vrai nom si Lydia est un pseudonyme.

— Non, non, c'est mon vrai prénom. Lydia Marquant, Q-U-A-N-T, et Lydia c'est d'abord un "y" et puis un "i".

— Ça marche. »

Marion prit un instant, comme pour se préparer intérieurement, et commença.

« Depuis combien de temps est-ce que vous habitez avec Lola… enfin, je veux dire avec Bénédicte Le Guerrec ? »

*
* *

La vieille machine à café trônait le long d'un des murs d'une large pièce rectangulaire à la peinture défraîchie, avec, au sol, une espèce de lino sans âge, sur lequel étaient posées trois tables hautes et rondes en plastique usé. Sur les murs, quelques prospectus relatifs aux réflexes à avoir en cas d'attaque terroriste ou à la possibilité de s'engager dans la police, un tableau de liège sur lequel étaient punaisés quelques documents administratifs ou syndicaux.

Lola peinait à simplement rester neutre. Imaginer que Rémi la menaçait lui était insupportable. C'était impossible. Une immense perte de temps, et qui risquait de la brouiller avec Lydia. Étienne se dirigea vers la machine à café, sortit un badge et demanda à Rémi et Lola ce qu'ils souhaitaient. Leur boisson à la main, ils s'installèrent tous les trois autour d'un des mange-debout, se regardant sans rien dire. *Ça commence pas fort*, se dit Étienne. Rémi fut le premier à briser le silence.

« Je ne sais pas trop ce que je vais avoir à raconter, tout ce que je sais de cette histoire, c'est Lola qui me l'a dit. »

Alors que Lola s'apprêtait à lui répondre, Étienne les interrompit :

« Non, s'il vous plaît, intervint Étienne, je vais vous demander de ne pas parler de l'affaire. Je sais, c'est un peu… c'est un peu con, mais c'est important. On vous interroge séparément pour avoir un maximum de détails, vous voyez ? Ce qu'on veut éviter, c'est que vous, Rémi, par exemple, vous vous rappeliez d'un détail simplement parce que Lola vous l'aura raconté mais que vous n'aurez pas vous-même vu ou vécu.

— Ah, d'accord », répondit simplement Rémi.

Il avait l'air songeur, presque perplexe, comme s'il cherchait une formulation.

« Je peux vous poser une question ? finit-il par demander au gardien de la paix Mornay.

— Bien sûr, allez-y.

— Je vous avoue que je suis un peu surpris. Je veux dire, y a des gens tous les jours qui se font insulter en ligne, et je pensais pas que ça déclencherait une vraie enquête de police… enfin… ce que je veux dire, c'est que j'ai l'impression que ça ne donnera rien. Vous avez pas peur de perdre votre temps ?

— Je ne dirais pas qu'on perd notre temps. Ça arrive qu'une enquête ne mène nulle part, oui, et c'est assez frustrant, sans doute, mais ça fait partie du boulot : les pistes que nous suivons ne sont pas toutes bonnes.

— Je comprends, mais vous ne pensez pas que le gars qui envoie des menaces à Lola, en vrai, c'est juste un gamin qui s'ennuie et qui a trop regardé de films ? »

Discrètement, Étienne jeta un œil à Lola et sembla détecter dans son expression de l'approbation.

« C'est peut-être le cas. Mais tant qu'on n'en est pas certain, on doit partir du principe que la menace est réelle. Notre rôle premier, avant même d'arrêter des criminels, c'est de protéger la population. Donc protéger Lola. Et Lydia, aussi, d'ailleurs…

— Comment ça ?

— Lydia vit dans le même appartement que Lola, donc si Lola est réellement en danger, alors cela signifie que Lydia l'est potentiellement aussi… »

Rémi réfléchit un instant avant de reprendre :

« Nan… je pense vraiment que c'est beaucoup de bruit pour pas grand-chose, et que personne n'est en danger.

— Et vous avez sûrement raison. *« Parfait,* pensa-t-il, *si on est d'accord là-dessus, il devrait rester zen.* » Mais dans le doute, on préfère partir du principe qu'il y a danger et se mobiliser pour rien plutôt que ne rien faire et prendre le risque qu'il vous arrive quelque chose », conclut-il à l'attention de Lola.

Cette dernière était restée silencieuse tout au long de la conversation.

« Non… Je suis désolée, Étienne, mais vraiment je pense que c'est une connerie, qu'on soit là, finit par lâcher Lola. Je suis désolée, Rémi, mais je…

— Lola, l'interrompit Étienne, on en a déjà parlé. Je suis sûr que vos amis comprennent et que ça ne les dérange pas d'être ici. »

Étienne la fixait avec insistance. Son regard était parfaitement explicite. *On fait comme on a dit.* Il voyait dans les yeux de Lola qu'elle hésitait, que toute cette mascarade la dépassait et qu'elle voulait faire machine arrière. Elle était sur le point de reprendre la parole lorsque Rémi intervint :

« T'inquiète, Lola, c'est juste une heure ou deux. Et sans ça, on aurait jamais eu l'occasion de savoir, une bonne fois pour toutes, que le café du commissariat est… comment dire… enfin, il est pas très bon, quoi. Pas d'offense, hein ? » Il ricana, sans doute fier d'avoir pu vanner un policier, et Étienne sourit. *Monsieur joue les petits subversifs à l'aise dans un commissariat, mais monsieur fera moins le malin devant le lieutenant Lambert.*

« Oh, ne vous inquiétez pas, on risque pas de s'offenser, on est au courant. »

*
* *

« Le soir où l'adresse de votre appartement a été publiée pendant une représentation en direct de Lola, vous étiez avec votre petit ami, Rémi. Que faisiez-vous ?

— Euh… on regardait la télé, je crois. Enfin, non, pas la télé, on regardait une série sur Netflix.

— D'accord. Vous ne regardiez pas le *live* de Lola ?

— Houlà, non… Ce serait trop bizarre…

— D'accord. Donc avant que Lola ne vous prévienne de ce qui s'était produit, vous n'en aviez pas la moindre idée, c'est bien ça ?

— Euh, oui, c'est ça.

— Vous avez dîné ensemble, ce soir-là ? Je veux dire, avec Rémi…

— Oui.

— Vous étiez ensemble tout le temps ?

— Comment ça ?

— Est-ce que vous étiez tous les deux ensemble pendant la soirée ou est-ce qu'à un moment vous étiez séparés ?

— Non, on était ensemble toute la soirée, je vous ai dit…

— Même pas de pause pipi ? L'un d'entre vous a pu aller aux toilettes…

— Ah… peut-être, je me rappelle plus bien… Ça change quelque chose ?

— Je ne sais pas… Si vous me dites que Rémi est allé aux toilettes et que, pendant ce temps, l'un d'entre vous a reçu un message de Lola, ça pourrait expliquer que l'autre ne s'en rappelle pas.

— Ah… non, je ne crois pas que… si, OK, à un moment Rémi est parti aux toilettes, oui.

— Longtemps ?

— Longtemps ! Bah, écoutez, non… enfin, quelques minutes, quoi…

— Vous sauriez dire à quelle heure ? »

Lydia regarda Marion avec un air soupçonneux. Où diable voulait-elle en venir avec ces questions ? Y a-t-il vraiment des gens qui savent dire à quelle heure leur mec est parti pisser ? Et quel rapport avec Lola ?

Marion remarqua le changement de son expression. *Ne pas la braquer.*

« Non, je ne sais pas dire à quelle heure Rémi est parti aux toilettes.

— OK, merci quand même. Vous avez bu de l'alcool ? Pris des substances ? Du cannabis, quelque chose ?

— Est-ce que c'est pertinent ? »

Marion arrêta de tapoter sur son clavier. Lydia la défiait du regard.

« Dans l'absolu, non, ce n'est pas pertinent. Et de vous à moi, si vous me dites que vous avez pris un joint, je ne vais pas le noter. J'ai simplement besoin de savoir si vous aviez les idées claires. Si vous me dites que vous vous êtes sifflé une bouteille de vodka à deux, je saurai que vos souvenirs de cette soirée peuvent être… imparfaits… »

Lydia réfléchit quelques instants.

« Non, on n'a pas fumé de joint. Mais on a pris une bière. Peut-être que Rémi en a pris deux, je ne suis pas certaine. En tout cas, on n'était pas ivre, ça, c'est sûr.

— Vous ne buvez jamais ?

— Si, parfois, à des soirées. Pas quand on se fait un plateau télé tous les deux, y a pas grand intérêt.

— Très bien. Donc, lorsque Lola a coupé son *live*, elle vous a contactée…

— Oui, elle m'a envoyé un SMS… »

Lydia ouvrit son sac et en extirpa son téléphone. Après quelques secondes, elle compléta sa réponse.

« Voilà. 23 h 11 », dit-elle en montrant l'écran de son téléphone au lieutenant.

Appelle-moi. Urgent !!

« OK, donc j'imagine que vous l'avez appelée ?

— Oui, immédiatement. Elle m'a dit qu'un pervers avait balancé notre adresse en public, alors je lui ai dit qu'on arrivait.

— Rien de plus ? Réfléchissez bien, parfois le moindre détail a son importance.

— Non, non… c'est tout… Elle m'a dit : "Quelqu'un a balancé l'adresse de l'appartement dans le *chat*", elle avait l'air secoué, donc j'ai dit à Rémi : "Il s'est passé un truc pendant le *live* de Lola, elle est en *bad*"… enfin, je veux dire, "elle va pas bien, donc on y va", puis j'ai dit à Lola qu'on arrivait et j'ai raccroché. Et on s'est mis en route. Le temps de se préparer, vite fait, on est parti, quoi… cinq minutes plus tard, même pas…

— C'est tout ?

— Oui, je crois…

— Très bien. Ensuite, vous êtes arrivée à votre appartement, et là que s'est-il passé ? »

69.

Lorsque Charon avait coupé la conversation, le fait qu'il y en aurait d'autres ne faisait aucun doute. Mariama pensait être au bout du rouleau, disait l'être, mais elle n'était clairement pas encore prête à mettre fin à ses jours. Elle cherchait du réconfort, elle voulait qu'on la plaigne. *Les gens qui se suicident ne veulent pas qu'on les plaigne, ils veulent qu'on culpabilise de n'avoir pas su les plaindre*. Mais Charon ne se sentait pas coupable. Charon ne faisait rien.

Rien d'autre que discuter. Aiguiller, sans doute, mais sans s'impliquer. *Les règles sont parfaites*. Elles étaient conçues de telle sorte qu'une fois Mariama décédée, Charon pourrait presque se rendre au poste de police, raconter l'intégralité des faits, et ressortir parfaitement libre. Il y aurait sans doute à redire sur ses idées, sa moralité, mais rien d'illicite. Charon était satisfait de la conversation, mais savait qu'il faudrait s'armer de patience. La patience n'était pas son fort. Mais c'était le prix à payer. Il lui faudrait attendre que Mariama reprenne contact. *Ne pas lancer de conversation. Lancer une conversation pourrait être interprété comme de la provocation ou de l'incitation. Et il ne faut pas provoquer. Ni inciter. Simplement attendre. Elle reviendra. Parce qu'elle ne comprend pas le mal que je lui souhaite. Elle reviendra. Parce que je suis la seule personne qui l'écoute. Elle reviendra. Parce que c'est ce que font les chiens.*

70.

Après près de quarante minutes d'audition, Marion libéra Lydia. Le lieutenant avait demandé à Étienne de lui envoyer Rémi sans lui laisser une chance de parler avec Lydia, et ils n'avaient pu échanger que quelques mots dans le couloir.

« Ça va ?

— Ouais, tranquille. »

En se dirigeant vers le bureau de Marion, Rémi entendit Lydia lui dire, beaucoup trop fort à son goût :

« Ne t'inquiète pas, j'ai rien dit pour la cocaïne dans ton tiroir à slips ! »

Mais putain, cette meuf est folle ! Rémi, le visage cramoisi, jeta un œil aussi discret que gêné à Étienne. Il souriait. Tandis que Lydia rejoignait Lola autour de la table ronde qu'elle n'avait pas quittée, elle entendit un homme en uniforme lui dire tout en sortant de la pièce : « Je l'aurais plutôt vu porter des caleçons, celui-là. »

« Y a une ambiance de feu dans ce commissariat », dit-elle pleine d'entrain à Lola. Mais Lola ne répondit pas. Elle était perdue dans ses pensées. Elle avait l'air bien trop sérieux.

« Ho ! À quoi tu penses ?

— Quoi ?

— Je demande à quoi tu penses.

— Rien de spécial. Je réfléchissais. Comment ça s'est passé ?

— Elle est bien, ton inspectrice. Elle a l'air efficace, et pas chiante. Par contre, je suis pas sûre que ça apporte quoi que ce soit, de nous interroger.

— Elle voulait savoir quoi ?

— Des détails sur ce que j'ai vu, que je confirme ce qu'on s'est dit quand tu nous as raconté, ce qu'on a fait. Bref, qu'on confirme ce qu'elle savait déjà, j'imagine. »

Lola ne répondit rien. Son air maussade trahissait cependant un trouble intérieur, cela ne faisait aucun doute pour Lydia. Elles se connaissaient depuis des années, mieux que personne, et se lisaient l'une l'autre comme un livre ouvert.

« Lola, qu'est-ce qui se passe ?

— Rien…

— Lola, c'est moi, arrête ton cinéma, je vois bien qu'il se passe quelque chose… »

Étienne réapparut au bout du couloir. Il remarqua l'air sérieux des deux amies en pleine conversation. *Il ne faut pas que Lola lui dise qu'on soupçonne son mec, ça va tout faire foirer.* Il pressa le pas.

« Ça s'est bien passé ? demanda Étienne au seuil de la pièce.

— Oui, très bien », répondit Lydia sans quitter Lola des yeux avant de reprendre la conversation là où Étienne l'avait interrompue :

« Qu'est-ce que tu ne me dis pas ? »

Lola regarda le jeune policier. Qui tenta une diversion.

« Vous savez, dit-il à Lydia, Lola est sous pression depuis plusieurs jours, alors c'est normal qu'elle se sente un peu…

— Excusez-moi, l'interrompit Lydia. Je sais que vous voulez l'aider, et c'est très bien, merci beaucoup, mais là j'essaie d'avoir une conversation avec ma meilleure amie. »

Étienne ne pouvait rien faire de plus sans risquer d'aggraver la situation. Il attendit que Lola réponde, impuissant.

« C'est… c'est juste que j'en ai marre. De tout ça. J'ai envie de retrouver ma vie d'il y a une semaine. Tout ça est allé trop loin. Non seulement ça m'empêche de bosser, mais en plus maintenant, regarde, vous vous retrouvez vous aussi à vous faire interroger au commissariat… C'est… c'est totalement insensé… »

Intérieurement, Étienne soupira, soulagé.

*
* *

« Rémi Préaud. Rémi avec un "i", Préaud comme un préau, mais avec un "d" à la fin.

— Merci. Je voudrais que vous reveniez sur la soirée de mardi dernier, lorsque Lola a reçu ses premières menaces par téléphone. Où étiez-vous ? Avec qui ?

— Mardi soir, j'étais avec Lydia, ma petite amie, Lydia Marquant, on était chez moi. On a dîné devant Netflix... »

71.

Il fallait en avoir le cœur net, la situation était critique. Pierre Banchereau n'était semblait-il toujours pas mort. Sur Facebook, ses proches parlaient peu, mais il n'était apparemment pas possible de lui rendre visite. *Il doit être entre la vie et la mort. S'il se réveille, et qu'il arrive à parler, il dira tout. Il m'a reconnu, c'est une certitude.* Après quelques recherches, Charon avait trouvé l'hôpital et avait composé le numéro du standard. Charon n'avait pas trop réfléchi à quoi dire, mais les mots lui étaient venus assez naturellement lorsqu'une femme avait décroché.

« Bonjour, je vous appelle pour un renseignement. Je sais que Pierre Banchereau est chez vous, mais je n'arrive pas à savoir s'il est possible de lui rendre visite ou si c'est interdit.

— Redites-moi le nom, s'il vous plaît ?

— Pierre Banchereau, E-A-U à la fin, merci... »

Sans dire un mot, son interlocutrice avait suspendu la conversation et une musique d'attente se lança. *Du Vivaldi, très original.* Charon prit soudain conscience que son numéro de téléphone n'était pas masqué... *Et s'ils attendaient mon appel ? Si Pierre s'était réveillé, qu'il avait parlé et qu'ils attendaient mon appel ? Et si la police était en train de localiser ma position et qu'on me faisait attendre pendant qu'une brigade était en route pour venir m'arrêter ?* Charon avait failli raccrocher lorsque la standardiste avait repris.

« Oui... vous êtes toujours là ?

— Oui, oui, je suis là.

— Non, malheureusement, les visites de ce patient sont interdites, je suis désolée... »

Charon avait enfreint trop de règles. Pris trop de risques. Il fallait savoir.

« Je comprends, mais... C'est juste que... je m'inquiète beaucoup pour lui, peut-être pouvez-vous me rassurer : est-ce que c'est son état de santé qui rend les visites impossibles ?

— Malheureusement, je ne peux pas vous en dire plus à son sujet.

— Je comprends, je comprends. Sinon, juste, une autre question pour quand il pourra recevoir des visites ; c'est quoi, les horaires, chez vous ?

— Les horaires de visites sont sans interruption de 10 heures à 18 heures.

— Je vous remercie. Vraiment. Beaucoup, merci. Je suis dans la région uniquement cette semaine, après je dois partir et j'aurais vraiment aimé le voir avant de partir...

— Bon... Je ne vous ai rien dit, hein... mais disons qu'il y a vraiment peu de chance qu'on lui ouvre des visites avant pas mal de temps...

— Je comprends, merci. Bonne journée... et bon courage !

— Merci, pareillement. »

Il devait être entre la vie et la mort. Pierre était un personnage qui l'avait tellement traumatisé que Charon n'arrivait pas à se décider, ne savait pas s'il était préférable qu'il meure ou qu'il vive. *Est-ce que je pourrai vivre avec le poids de sa mort sur la conscience ? Après tout, c'est lui qui s'est tiré dessus, je n'y suis pour rien. Et il le mérite. Largement. Il a détruit tellement de vies, et pas seulement la mienne. Les connards dans son genre, pour être aussi agile dans la façon dont il m'a fait souffrir, ça ne peut pas être sa première fois. S'il meurt, j'aurai peut-être la boule au ventre, mais au moins ce sera réglé. S'il vit… S'il vit… Il ne faut pas qu'il vive…* Charon espérait que la décision se prendrait d'elle-même, que quelqu'un sur Facebook publierait un post pour annoncer son décès, mais il fallait également songer au pire. S'il risquait de s'en sortir, il allait peut-être falloir aller à l'hôpital et terminer le travail. À cette simple évocation, Charon courut aux toilettes pour vomir. *Peut-être que j'en ai pas tout à fait fini avec ce salaud…*

72.

« Comme je vous l'ai déjà dit ! Lola a appelé, Lydia a décroché, puis elle m'a dit qu'il y avait eu un problème et que Lola avait besoin d'elle, j'ai dit que je venais avec elle et j'ai dit à Lola de préparer des bières, pour déconner ! Après, j'ai enfilé des chaussures et on s'est mis en route… »

Rémi n'était pas encore vraiment énervé, mais il était déjà bien agacé. Cela faisait au moins cinq fois qu'il racontait cette histoire.

« On n'était même pas là, pourquoi c'est si important pour vous ce qu'on faisait pendant ce temps ?

— Si ça ne vous fait rien, c'est moi qui pose les questions, répondit sèchement Marion. Avant l'appel de Lola, vous avez passé la soirée avec Lydia, c'est bien ça ?

— Encore une fois, oui.

— Et vous ne vous êtes pas séparés, ne serait-ce que quelques minutes ?

— Pour la millième fois, non.

— Pourtant Lydia dit que vous êtes parti dans la salle de bains pendant plusieurs minutes.

— Ah… C'est possible, oui… Désolé, mais je ne me rappelle pas chaque fois que je vais pisser…

— Pendant plusieurs minutes au moment où Lola recevait des appels anonymes…

— Attendez… vous dites quoi, là ? Vous pensez que c'est moi qui ai envoyé ces messages ? Pourquoi j'enverrais des messages ?

— Je répète, c'est moi qui pose les questions, répondit-elle calmement. Vous allez voir, c'est très simple : avez-vous appelé Lola ?

— Non !

— Très bien, donc vous pouvez me montrer votre téléphone et on peut constater ensemble que ces appels n'existent pas ? »

C'était du bluff, évidemment. Marion se doutait bien que si c'était le cas, l'historique des appels aurait été effacé. Ce qui importait, c'était la façon dont Rémi allait réagir.

« Non, absolument pas. Je vais pas vous montrer mon téléphone si vous pensez que c'est moi qui l'ai appelée. Pourquoi je ferais ça ?

— Parce que quand on est innocent, on cherche normalement à le prouver. Surtout quand c'est aussi simple que montrer son historique d'appels. »

La perche était grosse, mais Marion savait que dans l'excitation du moment, ça pouvait passer. Rémi sortit son téléphone de sa poche sans cacher son exaspération, le débloqua, et alors qu'il allait ouvrir l'historique de ses appels, Marion lui fit signe de s'arrêter.

« Attendez, dit-elle d'un ton soudain moins agressif. Il faut que je voie votre écran pendant que vous manipulez votre téléphone. Pour être certaine que vous ne modifiez pas l'historique de vos appels. »

Rémi soupira. Il tendit son téléphone vers Marion pour qu'elle le voie, et ouvrit son historique.

« Vous pouvez remonter les appels jusqu'à mardi ? »

Il fit dérouler les appels aussi loin qu'il le pouvait, plus d'une dizaine de jours et, comme elle le soupçonnait déjà, aucun appel à destination de Lola. Marion eut soudain une idée.

« Je peux ? » dit-elle en tendant la main.

Rémi lui tendit son téléphone avec une expression sur le visage parfaitement lisible et qui signifiait : « Tenez, faites-vous plaisir, faites ce que vous voulez, je n'ai rien à me reprocher et je commence à en avoir assez de vos insinuations. »

Marion prit le téléphone, retourna sur la page d'accueil de l'interface et ouvrit l'application Photos. Rémi eut à peine le temps de demander au lieutenant « Mais qu'est-ce que vous faites ? » que Marion lui montrait l'écran du téléphone. Sur celui-ci, on voyait une capture d'écran, trouvée dans l'onglet « Photos supprimées », de l'application Maps désignant d'une punaise la localisation exacte de l'adresse à laquelle Lydia et Lola vivaient.

« Qu'est-ce que vous pouvez me dire à ce sujet ?

— Qu'est-ce que je peux… Quoi ? Je comprends pas…

— Cette image, là, qu'est-ce que c'est ?

— C'est… le plan de chez Lydia…

— Et que fait-il dans vos photos récemment supprimées ?

— Je… non… Je ne sais pas…

— Lola a reçu une image en tout point similaires par SMS le soir en question, accompagné d'une menace : "Je sais où tu habites." Vous ne trouvez pas ça curieux ?

— Écoutez, j'ai pas envoyé de message à Lola, ni ce soir-là ni un autre soir… Je ne sais pas ce que ça fait là, mais je ne lui ai pas envoyé de message… Pourquoi je lui enverrais des messages, ça n'a aucun sens ! C'est la meilleure amie de ma fiancée… J'ai aucun problème avec elle, on s'entend bien et tout…

— Je comprends. Mais vous aussi, vous devez me comprendre. Je dois étudier toutes les pistes, relever tous les indices, sans aucun a priori. Là, je vois ça sur votre téléphone. Peut-être que ce n'est rien, mais pour me convaincre, il faudrait que je sache ce que ça faisait là en tout premier lieu.

— Je ne sais pas quoi vous dire… Je… Des fois, ça arrive, je le tiens comme ça – il mime son geste – et ça prend une photo de l'écran, que je supprime immédiatement, alors peut-être que c'est ce qui s'est passé… Ou alors quelqu'un a mis ça sur mon téléphone… Vraiment, je… Je n'ai pas envoyé de message à Lola, il faut me croire ! »

Marion réfléchit : cette photo n'était pas à proprement parler une preuve de quoi que ce soit, mais au moins elle avait obtenu le téléphone de Rémi de sa propre main et avait un élément qui permettait de poursuivre les investigations sans avoir besoin de recourir au numéro qu'Étienne avait obtenu. C'était déjà ça. S'il fallait se concentrer sur Rémi, le dossier n'était plus sur le point de s'effondrer.

« Est-ce que vous laissez souvent votre téléphone sans surveillance ?

— Non, pas vraiment…

— Est-ce qu'il est possible que votre petite amie ait pris cette photo ?

— Possible, possible… oui, j'imagine que tout est possible, mais vraiment… pourquoi Lydia prendrait-elle une photo, sur mon téléphone, de son adresse ? »

Marion ne répondit pas, se contentant de fixer Rémi. Il allait comprendre où elle voulait en venir, s'en offusquerait, mais au moins penserait qu'elle n'en avait pas spécialement après lui et se détendrait peut-être suffisamment pour dire ou faire une connerie.

« Quoi, vous pensez que c'est Lydia qui a envoyé des menaces à Lola ? Mais pour quoi faire ? Et je vous signale que c'est Lydia qui a insisté pour que Lola aille porter plainte, pourquoi elle aurait fait ça ? »

Marion prit un air embêté, un air qui voulait dire « oui, vous avez raison, je suis sans doute à côté de la plaque », posa le téléphone devant elle et se remit à son ordinateur. Il fallait qu'elle note ce qui venait de se produire et laisser mariner un peu le témoin. Après quelques minutes à écrire, elle reprit son interrogatoire. Elle semblait avoir abandonné cette histoire de photo et se concentrait désormais sur les événements suivants, combien de temps avaient-ils mis avant de partir, ce qu'ils s'étaient dit une fois sur place, etc. Lambert ne tirerait rien de spécial du reste de l'interrogatoire, mais elle devait noyer la découverte de la photo sous une avalanche de détails inutiles.

73.

« Pourquoi ça prend autant de temps ? »

L'interrogatoire de Rémi était plus long, ce qui étonnait Lydia. Que pouvait-il bien avoir à raconter de plus qu'elle alors qu'elle-même habitait avec Lola ? Mais ce qui intrigua le plus Lydia, c'était l'expression sur le visage de Lola. Elle connaissait cette mine basse au regard fuyant, la même que le jour où Lola avait gaffé et proposé du réconfort à Mehdi, l'ex de Lydia, alors que cette dernière ne l'avait pas encore quitté.

« Bon, dit-elle d'un ton sec pour forcer Lola à relever la tête. Qu'est-ce qui se passe ? Accouche ! »

Lola jeta un regard à Étienne qui allait prendre la parole lorsque Lydia reprit :

« Je suis désolée, je ne veux pas faire de scène ni rien, mais j'aimerais parler avec mon amie, là. Est-ce que vous pouvez nous laisser seules deux minutes ?

— Je suis désolé, répondit Étienne, mais je ne peux pas... »

Lydia resta sans voix. *Il se trame quelque chose.* Les entendre séparément, elle et Rémi, passait encore, mais empêcher Lydia de parler à Lola seule à seule, qui plus est après avoir été entendue, c'était autre chose. Elle défia Étienne du regard et insista :

« Lola, ça fait longtemps qu'on se connaît et qu'on ne se cache rien. Dis-moi tout de suite ce qui se passe... »

Lola hésita un instant. Étienne l'exhortait à se taire du bout des yeux, mais Lydia la fixait aussi et tenait bon.

« On pense savoir qui m'a appelée l'autre soir et m'a laissé des menaces... Le numéro était masqué, mais c'était celui... c'était celui de Rémi. »

Elle avait parlé lentement, mais accéléra le rythme :

« Mais je suis sûre que c'est une erreur, que le gars qui me poursuit a fait croire que c'était Rémi pour nous mettre sur une fausse piste. Ça peut pas être lui, vraiment, je suis désolée… »

Lydia avait l'impression d'avoir reçu un coup de poing. Elle était sonnée. Ne savait ni quoi en penser ni comment réagir. Pendant un bref instant seulement, à la suite duquel elle sut précisément comment réagir.

« Et c'est pour ça que vous nous avez interrogés ? demanda-t-elle à Étienne. Il est en train de raconter sa vie en pensant aider Lola alors que vous le soupçonnez de la menacer de mort ? »

Elle se tourna de nouveau vers Lola.

« Et tu laisses faire ? J'imagine que je suis aussi suspecte, dans ce cas, non ? Après tout, j'ai bien pu aussi envoyer des messages avec le téléphone de mon mec, non ? C'est pour ça que vous nous surveillez, lança-t-elle de nouveau à Étienne. Pour vous assurer qu'on ne va pas… quoi ? La menacer ? La forcer à mentir ?

— Écoute, tenta Lola, je sais que ça ne peut pas être lui, c'est normal qu'ils vérifient, justement pour vous innocenter et…

— Te fatigue pas. »

Lydia rangea son téléphone dans son sac et se dirigea vers la sortie.

« Quand Rémi aura terminé, dites-lui que je l'attends devant l'entrée, dehors. »

Malgré les tentatives de Lola pour la retenir, elle sortit.

« Vous n'auriez vraiment pas dû, dit Étienne.

— C'est ma meilleure amie, elle a le droit de savoir si son mec est un…

— Vous lui avez dit pour le numéro de téléphone… On n'est pas censé avoir ce numéro de téléphone, Lola. C'est pour ça qu'on a organisé cet interrogatoire. »

J'ai vraiment merdé, pensa Lola. *Et le connard qui me harcèle court toujours.*

*
* *

Le téléphone de Rémi vibra un court instant. Ce dernier déverrouilla l'appareil pour lire le message qu'il avait reçu.

On se casse. Ils pensent que c'est toi qui envoies ces messages. Je t'attends dehors.

« C'est un message de Lydia. Elle me dit que vous pensez que c'est moi qui envoie les messages à Lola…

— Comme je vous l'ai dit, je dois étudier toutes les possibilités et je…

— Ça suffit, répondit-il en se levant. Je m'en vais.

— Vous ne devriez pas faire ça…

— Est-ce que je peux y aller ?

— Oui… Oui, vous pouvez y aller… »

Rémi sortit du bureau, laissant derrière lui Marion, pensive. Qu'allaient-ils faire, maintenant ? Elle était convaincue que le téléphone avait bien servi à envoyer le SMS avec la carte, ce qui confortait l'idée que ce même téléphone avait aussi servi à passer les appels. *C'est possible, bien sûr, mais il y a quelque chose qui cloche.* Elle comprit rapidement ce qui la tracassait. Même en imaginant qu'il en ait suffisamment après Lola pour vouloir lui nuire, quel rapport y avait-il entre Rémi Préaud, Maxime Roques, Younes Naouri et Alice ?

Étienne entra dans le bureau.

« J'ai vu Rémi partir, ça s'est mal passé ?

— Pas vraiment, non… Ça se passait plutôt comme prévu, puis il a reçu un message de Lydia. Il s'est levé et il est parti.

— OK, ça, c'est un peu ma faute, du coup, répondit-il, penaud.

— Non… c'est la mienne », compléta Lola.

Il a fallu le laisser partir, songeait Marion, *pourtant tout me dit que c'est lui. Je ne suis pas encore convaincue de ce qui l'a motivé à s'en prendre aux autres victimes, mais je n'ai aucun doute quant à sa culpabilité. Je vais le prouver, et je vais l'arrêter.*

74.

Les services de police avaient été alertés. C'était la procédure en cas de blessure par balle. Certes, Pierre Banchereau avait peut-être effectivement tenté de se suicider, mais il y avait plusieurs éléments à vérifier. D'abord, il était rare qu'un homme se tire dans la poitrine pour mettre fin à ses jours. La posture n'avait rien de naturel. De plus, l'arme qui avait servi n'était pas enregistrée et l'épouse de la victime elle-même ne la connaissait pas. Pour le lieutenant en charge de l'affaire, il n'était pas impossible qu'il s'agisse d'un suicide. Mais il était plus plausible qu'il s'agisse d'un crime. Selon toute probabilité, l'épouse était coupable. Mais, là encore, au moins deux éléments venaient réduire l'évidence du scénario. Il était en effet exceptionnel qu'une femme tue son mari avec une arme à feu. Ensuite, le coup avait été tiré à bout portant, voire à bout touchant, et il n'y avait pas de trace de lutte. Les analyses toxicologiques du sang de la victime menées dès son arrivée à l'hôpital n'avaient rien révélé. Ainsi l'homme, assis par terre contre un mur lorsqu'il avait reçu le projectile – les projections de sang étaient nettes, à peine à plus de 60 cm du sol –, n'avait pas cherché à se débattre alors qu'on pressait une arme chargée contre sa poitrine. Son téléphone était en face de lui, sans qu'on sache trop pourquoi, et il était verrouillé. Bien entendu, l'épouse ne savait pas comment déverrouiller l'appareil.

Pour quelle raison un homme resterait-il au sol pour se faire tirer dessus par une femme, la sienne de surcroît, qui devait au bas mot peser 30 kilos de moins que lui ? Et pourquoi celle-ci aurait-elle appelé ensuite les urgences pour tenter de le sauver ? Elle n'avait pas changé un mot de sa version depuis la découverte du corps de son mari : elle était arrivée et avait trouvé son époux, là, au sol. Pour elle, c'était une tentative de suicide.

Donc si ce n'était ni l'épouse ni un suicide, alors il s'agissait d'un meurtre commis par quelqu'un d'autre. Vu les circonstances, il n'était pas question d'un cambriolage qui aurait mal tourné, mais d'un acte réfléchi. Les médecins étaient très pessimistes ; il n'y avait que très peu de chances qu'il survive aux prochains jours et encore moins qu'il se réveille. Mais la police avait tout de même pris la décision de faire surveiller la victime. C'est comme ça que le lieutenant en charge de l'enquête avait appris que quelqu'un avait appelé l'hôpital pour savoir s'il était possible de rendre visite à la victime. Il avait un numéro de téléphone. Bientôt, il aurait un nom et une adresse. Cela ne donnerait peut-être rien, mais s'il s'agissait d'un crime, alors celui qui avait tiré voudrait sans doute s'assurer que le boulot était terminé.

75.

Lola était finalement rentrée chez elle. Le lieutenant Lambert avait demandé à Étienne de la raccompagner et de s'assurer que tout était en ordre. Comme Lola le craignait, Lydia n'était pas à l'appartement et elle ne répondait à aucun de ses messages. Elle savait que quelque chose s'était peut-être brisé entre elles. *Elle doit se sentir trahie. Elle doit penser en plus que si je croyais vraiment Rémi coupable et que je ne lui ai rien dit, ça signifie que je me foutais de ce qu'il pouvait lui faire.*

De son côté, Étienne avait reçu comme consigne d'accompagner Lola chez elle et de rester « aussi longtemps que nécessaire ». C'étaient les mots du lieutenant. *Qu'est-ce que ça peut bien vouloir dire,* se demandait-il. *Est-ce que je suis censé simplement m'assurer qu'elle est seule et qu'elle va bien ? Est-ce que je dois rester la nuit ? Lola va finir par me virer, on n'est plus particulièrement en odeur de sainteté auprès d'elle.* Il eut une idée.

« Lola, j'ai faim, j'imagine que vous aussi ; si ça vous dit, je peux commander à dîner…

— Non merci, je n'ai pas faim. »

Ce n'est pas gagné.

« Mais commandez ce que vous voulez, moi, il faut vraiment que je prenne une douche », ajouta-t-elle en se dirigeant vers la salle de bains.

Bon. Elle ne va pas me virer, c'est déjà ça.

En réalité, Lola ne voulait pas rester seule. Si celui qui lui courait après avait réussi à se faire passer pour Rémi auprès de la police, alors c'était sans doute plus sérieux qu'elle n'avait bien voulu l'admettre jusque-là. Ce n'était pas le bon soir pour rester seule, et Lydia ne rentrerait certainement pas aujourd'hui. Sans doute pas non plus le lendemain. Au-delà…

*
* *

Marion Lambert s'efforçait de se montrer rationnelle. Au fond d'elle une voix lui criait que Rémi était bien l'homme qu'elle cherchait. Cette voix intérieure, son intuition, son instinct, peu importait son nom, était un outil parfois précieux mais qu'il fallait savoir mettre en sourdine, ce que Marion tentait désespérément de faire. Elle avait d'excellents arguments pour lui couper le sifflet : il n'y avait aucune raison de penser que Rémi connaissait à la fois Maxime Roques, Younes Naouri et la petite Alice. Alors peut-être choisissait-il ses victimes au hasard, mais dans ce cas Lola ne cadrait pas. Il la connaissait, et il la connaissait sans doute très bien. Peut-être avait-il des motifs de lui en vouloir ; peut-être Lola essayait-elle de faire de sa petite amie un modèle de charme ; peut-être Lola la draguait-elle… Il y avait de nombreuses possibilités.

Cependant, il était techniquement possible que Rémi soit un leurre. Charon aurait pu se faire passer pour lui. Mais dans ce cas comment Rémi se serait-il retrouvé en possession de la photo que Charon avait envoyée quelques jours plus tôt à Lola pour lui indiquer qu'il savait où elle habitait ? *C'est une impasse. Pour l'instant, en tout cas, c'est une impasse. Quand on aura officiellement le numéro de téléphone, il y aura matière à creuser pour de vrai, avec ou sans le concours de l'intéressé. Mais pour l'instant, il n'y a rien de plus à faire.*

En réalité, Marion savait ce qu'elle avait à faire : étudier les autres pistes. Or la seule autre piste consistait en un ensemble de messages envoyés sur le site des Amoureux du voyage depuis une même adresse IP, quelque part en Géorgie. *Ce n'est pas bon. Soit l'adresse IP est bidon et je ne suis pas plus avancée, soit l'adresse est correcte et c'est totalement en dehors de ma juridiction.* Mais c'était l'autre piste. Elle irait le lendemain parler au créateur du site des AV. *Avec un tout petit peu de chance, il se montrera coopératif.*

Marion ne pouvait pas se douter d'à quel point elle avait tort et raison dans le même temps. Elle avait tort de penser que la piste géorgienne ne donnerait rien, mais elle avait raison de penser que Jonathan Berthelot se montrerait coopératif. Il allait même, contre toute attente, leur livrer Charon sur un plateau d'argent. Plateau qu'il serait extrêmement difficile de saisir.

76.

« Je peux vous poser une question ? Et si c'est pas mes oignons, vous me le dites… »

Étienne avait l'air grave, sa question devait être sérieuse. Lola venait à peine de se poser sur le canapé. Elle n'avait pas particulièrement envie de parler, mais elle ne voulait pas de silence. Alors, d'un signe de tête, elle accepta d'entendre sa question.

« Est-ce que ça vaut le coup ? Je veux dire... votre activité... je juge pas, hein... mais est-ce que ce n'est pas un nid à emmerdes ? Je veux dire... vous savez que vous allez être emmerdée par tous les détraqués qui traînent sur le web, et il y en a un paquet... »

Lola était agacée. Bien sûr qu'il la jugeait. Il allait peut-être même essayer de la « sauver ».

« Je ne fais rien d'illégal, répondit-elle simplement. Je suis majeure, vaccinée, si j'ai envie d'exposer mon corps parce que j'estime que je peux le faire, ou parce que j'en ai envie, ou parce que... peu importe la raison, en fait, si je le fais... Vous pensez que je devrais me cacher simplement parce que si je m'expose, je vais me faire emmerder ? Laissez-moi vous poser une question différente. Si une femme porte une minijupe, ou un décolleté, elle sait qu'elle risque de se faire accoster dans la rue. Est-ce que ça veut dire qu'elle ne doit pas s'habiller comme elle le souhaite ?

— Non, bien sûr, mais vous savez bien que ce n'est pas pareil... Là, ce que vous faites, c'est très... sexuel, tout de même. Une femme qui s'habille de façon sexy ne cherche pas à exciter tous les hommes qu'elle va croiser. Là, il me semble quand même que l'objectif de ce que vous faites, c'est exciter des hommes, non ?

— Et des femmes...

— Oui, et des femmes...

— Et comment expliquez-vous le fait que je ne me fasse jamais emmerder par des femmes ?

— Je ne l'explique pas. Encore une fois, je ne dis pas que ce que vous faites est mal, d'ailleurs je ne le pense pas... je dis simplement que si vous savez qu'en le faisant vous risquez d'attirer des pervers, est-ce que ça en vaut la peine ? »

C'était une vraie question. Il ne se passait pas un mois sans que Lola ne se la pose. Mais elle trouvait toujours la même réponse.

« Ce n'est pas une raison suffisante pour ne pas être moi-même. Je ne devrais pas avoir à me cacher simplement parce que je prends des risques à m'exposer. Ce n'est pas comme ça que devrait marcher le monde…

— Oui, mais c'est comme ça qu'il marche.

— Peut-être… peut-être… »

Lola ne savait pas trop quoi dire. Étienne avait l'air sincèrement inquiet à son sujet, il ne donnait pas l'impression de penser qu'elle était responsable de ce qui lui arrivait.

« Vous savez pourquoi j'ai choisi le nom Lola ?

— Parce que Bénédicte Le Guerrec, c'est moyen glamour ?

— Ha ha, oui… Sauf que j'ai décidé de m'appeler Lola bien avant de commencer… sur Internet. Bénédicte Le Guerrec, pour mes parents, c'est une experte-comptable mariée avec deux enfants et qui habite dans un pavillon en banlieue de Rennes. Vous me direz : c'est pas si mal, et c'est même très bien, si c'est ce que vous souhaitez. Mais ce n'est pas ce que je voulais, moi. J'ai eu une adolescence un peu… chiante, on va dire, avec les hommes. Et je me suis promis de m'affirmer non seulement en tant que personne, mais également en tant que femme. Je ne veux pas juste être une personne "forte et indépendante", je veux être une "*femme* forte et indépendante". Qu'on le veuille ou non, on vit encore dans un monde d'hommes, façonné par les hommes pour le plaisir des hommes. Et je veux montrer qu'on peut être une femme de ce monde-là, et j'insiste bien, *de ce monde-là*, sans pour autant accepter cette espèce d'asservissement tacite. »

Étienne écoutait, patiemment. Il entendait ce que Lola lui disait, mais ne pouvait s'empêcher dans le même temps de penser qu'on pouvait s'affirmer sans pour autant exercer ce genre d'activité. Il pensait que cela revenait tout de même à se dessiner une cible sur le corps.

« Et pourquoi vous avez choisi Lola, alors ?

— À cause d'un film. Un film allemand.

— Houlà !

— Oui, je sais… C'est un film des années 1990 qui s'appelle *Cours, Lola, cours*.

— Jamais entendu parler, admit Étienne.

— Pourtant c'est un classique !

— Un classique "classique" ? Ou un classique du cinéma allemand ?

— Non, un classique "classique". C'est l'histoire d'une fille, Lola, dont le mec fait des affaires avec des gens pas très recommandables, genre des dealers de drogue… et à cause d'un enchaînement d'événements, il va perdre beaucoup d'argent qu'il devait leur apporter. Donc il est dans la merde et il demande à Lola de l'aider. Et elle a uniquement vingt minutes pour le faire, sinon son mec mourra.

— Et c'est bien ?

— Ce qui est bien, surtout, c'est la façon dont c'est raconté, parce qu'en fait on voit plusieurs fois la même histoire, mais avec des petites différences, comme : qu'est-ce qui se passerait si Lola prenait le métro au lieu du bus, ce genre de choses.

— Pour montrer l'effet papillon ?

— Oui, voilà, mais en moins con que dans le film *L'Effet papillon*, parce que, bon…

— Il est bien, ce film, non ? J'avais bien aimé, moi…

— Disons simplement qu'il a mal vieilli. Bref, en tout cas, dans ce film *Cours, Lola, cours*, on a d'un côté le mec de Lola qui subit les conséquences d'événements anodins contre lesquels il ne peut rien, et d'un autre côté Lola qui décide de courir pour battre, en quelque sorte, la fatalité ou son destin. C'est quelque chose qui me parle, ça, voyez ? Du coup, j'ai choisi Lola.

— Bon, je regarderai ce film, ça a l'air bien.

— Oui, alors, attention, quand même, c'est un film allemand des années 1990. Musicalement, c'est une heure et demie d'Eurodance.

— Ah…

— Oui…

— Et vous courez, aussi ? »

La question était si improbable que Lola ne put s'empêcher de pouffer.

« Oui, ça m'arrive, répondit-elle. Il faut bien que j'entretienne… »

Elle termina sa phrase par un ample mouvement des bras pour désigner l'ensemble de son corps.

« Oui, bien sûr », répondit Étienne, un peu gêné.

Un silence s'installa naturellement. Aucun des deux ne savait trop où regarder, mais chacun des deux savait qu'il ne fallait pas fixer l'autre. Pourtant, après quelques secondes, leurs regards se croisèrent, et personne ne baissa les yeux. La tension était palpable. *Il va quand même pas essayer de m'embrasser…*, pensa Lola, incapable de savoir comment elle réagirait. Les secondes s'écoulèrent. Peut-être cinq, peut-être cinquante, c'était difficile à dire. Étienne prit une inspiration et allait dire quelque chose lorsque son téléphone sonna. Il sourit. Lola sourit à son tour, puis baissa les yeux.

Étienne attrapa son téléphone et décrocha.

« Oui, lieutenant ? » dit-il pour que Lola sache qu'il s'agissait du lieutenant Lambert.

Après avoir acquiescé à quelques reprises, il pressa un bouton sur son téléphone pour mettre le haut-parleur.

« Lola, vous êtes là ?

— Oui…

— Comme je le disais à Étienne, j'appelais pour savoir si tout allait bien de votre côté. J'ai assigné une patrouille au domicile de Rémi, il est avec Lydia et on me fera signe si jamais ils décident de sortir. Le cas échéant, je veillerai à ce qu'ils n'approchent pas de chez vous sans que vous le sachiez et qu'on ait des gens à proximité prêts à intervenir. C'est bon pour vous ?

— Euh… oui…

— Très bien. Étienne, rappelle-moi quand tu seras parti, il faut que tu me briefes sur les détails techniques pour demain.

— Ça marche. »

Il raccrocha et se leva.

Lola ne voulait pas qu'il parte, mais était bien trop fière pour lui demander de rester.

« Surtout, s'il se passe quoi que ce soit, vous n'hésitez pas à m'appeler immédiatement, d'accord ? dit-il comme s'il avait lu dans les pensées de la jeune femme.

— Oui, bien sûr…

— Voilà… et… je vous appelle demain dans la matinée pour venir aux nouvelles.

— Ça marche…

— Ah, et… Lola… s'il vous plaît… pas d'Internet ce soir… pas de Twitter, de Snapchat ou de je ne sais quoi… »

Lola ne répondit pas. Bien sûr qu'elle irait sur ses réseaux. A minima sur la plateforme OnlyFans ; comme cette plateforme était payante, on y trouvait nettement moins de trolls et de rageux en tout genre, même si on y croisait quand même quelques pervers. Il fallait qu'elle reprenne le contrôle de sa vie ; les deux ou trois détraqués qui lui faisaient des propositions indécentes, elle saurait les gérer. Mais d'abord, Lola essaierait de joindre Lydia. Il fallait qu'elle lui parle, qu'elle s'excuse, qu'elle éclaircisse la situation.

Elle raccompagna Étienne à la porte, le salua et verrouilla l'entrée de l'appartement, verrous et chaînette. *Je ne suis pas rassurée, mais il va falloir faire avec, c'est comme ça.* Elle envoya plusieurs SMS à Lydia, qui restèrent sans réponse. Dans les situations qu'elle ne contrôlait pas, Lola pensait souvent à cet adage dont elle ne connaissait pas l'origine mais qu'elle avait entendu dans la série *Sherlock* : « *It is what it is.* » C'est ce que c'est. C'est la situation telle qu'elle est. Il est inutile de chercher à lutter contre la situation, puisque c'est la situation. Ce n'est pas un équilibre, c'est un instant T. La situation. Il faut l'accepter, l'embrasser, et réagir en fonction d'elle. Ne pas la nier. Ne jamais la nier.

77.

Arrivé à sa voiture, avant de démarrer, comme le lui avait demandé Marion, Étienne la rappela. Elle lui demanda de rester où il était et de surveiller l'immeuble, et enchaîna :

« Maintenant, dis-moi ce que je dois savoir sur ce gars, là, qui a créé Les Amoureux du voyage, je vais lui rendre une petite visite demain.

— Jonathan Berthelot, c'est son nom. C'est déjà pas mal de savoir ça… »

Étienne regretta immédiatement sa réponse.

« On parlera de la possibilité de faire de l'esprit quand tu seras capable de respecter mes directives et de ne pas mettre la victime dans la confidence de l'enquête, qui plus est lorsque l'enquête n'avance pas de façon régulière, si tu veux bien.

— Oui, pardon… Je suis désolé.

— OK. Du coup, ce Jonathan Berthelot, qu'est-ce qu'il faut qu'on en tire ?

— Idéalement, un accès complet à sa base de données et un accès *admin* à son serveur.

— Et tu penses qu'il va me recevoir comment ?

— Spontanément, je dirais qu'un informaticien refusera de nous donner quelque accès que ce soit. Si en plus il regarde des séries télé, il va nous demander si on a un mandat.

— Oui, mais dans la réalité, quelqu'un qui n'a jamais eu de soucis avec la police et qui voit débarquer un lieutenant de la criminelle, il ne fait pas le malin, si ?

— J'imagine que non…

— Donc, en résumé, si j'obtiens les accès "admin" et à la base de données, on est d'accord que tout son site nous sera accessible ?

— Oui, c'est le meilleur accès qu'on peut avoir…

— Et s'il refuse, qu'est-ce qui nous faudrait comme accès a minima ?

— Il nous faut au minimum la possibilité de lancer les requêtes qu'on veut sur la base de données. L'idée n'est pas d'y modifier quoi que ce soit, mais qu'on ait un accès complet en consultation. Ensuite, sur le serveur, faudrait qu'on ait accès à tous les *logs* de la machine.

— Tous les quoi ?

— Les fichiers d'archivage. Les serveurs enregistrent des informations sur tous les événements qui s'y produisent : lorsque quelqu'un se connecte, consulte une page, envoie un message. Quand le serveur est redémarré ou quand il y a un bug, tout est stocké, dans des fichiers texte qu'on peut ensuite consulter. Ce sont les fichiers de *log*.

— OK, merci, je pense que j'ai ce qu'il me faut. »

Étienne s'en voulait un peu de ne pas pouvoir plus aider son lieutenant sur les aspects techniques, mais il avait ses ordres et tiendrait sa position.

« Tu penses que ça donnera quelque chose ?

— Franchement ? Je n'en sais rien, mais ça ne fera pas de mal de secouer un peu ce gars, parce que je pense qu'il n'a pas conscience de ce qui se passe sur son site. Et s'il en est conscient, on fera plus que le secouer. En attendant, tu restes devant l'immeuble, interdiction absolue de dormir. S'il se passe quoi que ce soit, ton premier appel est pour moi, on s'est compris ?

— Oui, c'est parfaitement clair, ça marche.

— Bon, eh ben, bonne nuit le bleu.

— Oui, bonne nuit. »

Si j'avais su, j'aurais pris un iPad, ou au moins un livre, pensa Étienne avant de lancer un jeu sur son téléphone.

*
* *

« Je te connais, je sais très bien que tu vas la rappeler ! Peut-être pas ce soir, peut-être même pas demain, mais tu vas la rappeler… »

Lydia écoutait Rémi tout en fixant l'écran de son téléphone. Les messages de Lola étaient insistants.

Je suis désolée pour ce qui s'est passé, rappelle-moi

Il faut qu'on parle, vraiment. Rappelle

Je sais que tu es fâchée, mais faut qu'on parle

« Non, je ne crois pas, finit-elle par répondre. Là, c'est allé trop loin. Elle nous a fait venir au commissariat pour qu'on se fasse interroger par une flic qui te soupçonne de vouloir la tuer, et elle a fait tout ça sans rien nous dire…

— Tu veux dire sans rien *te* dire.

— Déjà… Regarde à quel point c'est moche : si Lola pensait effectivement que tu étais un dangereux psychopathe qui cherche à la tuer, alors pourquoi ne pas me prévenir ? Si c'était le cas, je serais moi aussi en danger.

— Écoute. En ce moment, elle va pas bien, elle est un peu hystérique avec ces histoires de menaces, mais je t'ai toujours dit qu'elle était pas stable…

— Stable ou pas, j'en ai rien à foutre, je suis pas sa mère…

— Je dis pas le contraire. Je dis simplement que tu ne peux pas lui en vouloir d'être irrationnelle alors que c'est sa nature… »

Le regard de Lydia se déplaça brusquement de son téléphone vers Rémi.

« Du coup, quoi ? Tu veux que je l'appelle et que je lui dise qu'il n'y a pas de problème ?

— Non, c'est pas ce que je dis. Je dis que même si tu lui fais bien comprendre qu'elle a déconné et que tu mets des mois à lui pardonner, ça ne changera rien au fait que ça recommencera. C'est comme pour les photos…

— Quoi, les photos ?

— Les photos que vous faites ensemble, tu m'as toujours dit que t'avais pas spécialement envie de les faire, que c'était elle qui insistait.

— Oui, mais en fait ça ne me dérange pas plus que ça.

— Ça te dérange pas plus que ça ? Ça te dérange pas plus que ça qu'on publie des photos de toi à poil avec sa main sur ta…

— On va encore parler de ça, là, maintenant ? Ces photos, je les fais si j'ai envie de les faire. Je ne vais pas les faire juste parce que Lola insiste, mais je ne vais pas non plus ne pas les faire juste parce que ça t'emmerde…

— Mais c'est sur Internet ! Si un jour on a des enfants, tu veux vraiment que leurs potes se partagent les photos de leur mère en train de se galocher avec une meuf en se tripotant les nichons ?

— Ah ouais, donc toi t'es déjà vingt ans dans le futur à protéger des enfants qui n'existent pas… »

Rémi ferma les yeux, prit une grande inspiration, comme s'il cherchait à rester calme.

« Ce que j'essaie de te faire comprendre, dit-il enfin, c'est que Lola, c'est ta meilleure amie, tu l'aimes, c'est cool, mais c'est un nid à emmerdes ! Elle n'est pas stable, elle est totalement dépendante de toi pour beaucoup trop de trucs, c'est… c'est pas sain, votre relation.

— Arrête, c'est pas un nid à emmerdes, qu'est-ce que tu racontes ?

— Elle a essayé de me faire passer pour un tueur ! Auprès des flics ! »

Lydia ne savait pas quoi répondre. *Y a rien à répondre, là, il a raison, c'est un fait.* En même temps, ce n'était pas comme si Rémi n'avait jamais tenté de la prévenir. Il n'avait rien de spécial contre Lola ; il trouvait sa compagnie plutôt agréable, elle était amusante et pleine de vie, mais il y avait toujours eu quelque chose qui le dérangeait. Même s'il ne s'était jamais permis d'employer un tel vocabulaire, il la voyait comme une sorte de parasite dont Lydia serait l'hôte. Lola était une *drama queen*, il lui fallait constamment des histoires, il fallait qu'elle se fâche avec les gens, que ce qui lui arrive soit épique en toutes circonstances. Elle ne pouvait pas supporter l'idée d'être simplement normale, comme tout le monde. Depuis qu'elle avait décidé de devenir une Suicide Girl, elle avait tenté de convertir Lydia, et si Rémi ne s'y était jamais véritablement opposé, il avait exprimé des réserves à de nombreuses reprises. *Il a tenté de me prévenir plusieurs fois, mais je ne voulais rien voir. Lola est mon amie depuis si longtemps que je me suis habituée à ses frasques. Mais s'il avait raison ? Si Lola avait effectivement toujours besoin de conflits ? Peut-être qu'il faut que je prenne mes distances, au moins pour un temps.*

« Sincèrement, depuis le temps qu'on en parle, tu ne penses pas qu'il est temps que tu viennes vivre avec moi ? »

La demande n'était pas romantique, mais à la décharge de Rémi, il s'était fait rembarrer près d'une dizaine de fois depuis la première où Lydia avait refusé.

« Viens vivre avec moi.

— Mais non… »

Lydia se demanda si, cette fois-ci, le moment n'était pas venu. Rémi revint à la charge.

« Écoute ce que je te propose. Garde ton appartement pour l'instant, mais viens vivre avec moi, au moins quelque temps. Tu pourras retourner chez toi quand tu veux, mais je pense vraiment qu'il faut que tu mettes un peu de distance entre Lola et toi… »

Vivre avec lui pendant quelque temps, mettre de la distance avec Lola. Lydia ne savait pas si le moment était venu de vivre avec son homme, mais il était temps de prendre un peu de recul et de ne plus être plongée en permanence dans le monde fou de Lola.

« Tu sais quoi ? D'accord.

— D'accord ? Vraiment ? C'est formidable, je…

— Mais c'est temporaire, juste le temps que…

— Oui, oui, pas de problème…

— Juste le temps qu'on règle ce truc, elle et moi.»

Lydia attrapa son téléphone et envoya un message à Lola.

Je passe demain chercher quelques affaires, je vais emménager chez Rémi pour quelque temps. Pas envie qu'on se parle pour l'instant, dis-moi quand tu ne seras pas là

Rémi avait beau être très excité à l'idée qu'enfin Lydia vienne vivre avec lui, il ne pouvait pas s'empêcher de se dire qu'au bout d'un moment, la situation se tasserait, que Lola et Lydia se réconcilieraient, et que tout recommencerait.

78.

Estelle s'était réveillée. Elle pensait avoir entendu un bruit, mais peut-être avait-elle rêvé. Les yeux mi-clos, elle attrapa machinalement son téléphone sur sa table de chevet pour y lire l'heure.

6 : 02

Elle ne devait pas se lever avant au moins une heure. Elle reposa son téléphone et fermait les yeux lorsque le bruit retentit de nouveau, parfaitement net. On frappait à la porte. La chambre fut soudain baignée de lumière. Khalid, son mari, venait d'allumer.

« C'est quoi, ça ? » demanda-t-il en se levant. Elle se redressa et le vit enfiler un pantalon de jogging et quitter la pièce. *Qui peut bien frapper ainsi à la porte à 6 heures du matin ?* Des voix étouffées lui parvenaient, quand soudain elle crut entendre distinctement : « C'est la police. » *C'est une blague ? Qu'est-ce que la police vient foutre chez nous à 6 heures du matin, c'est n'importe quoi… À moins que…*

Son cœur s'emballa. Elle tenta de sortir de son lit mais ne sentait plus ses jambes. Elle crut qu'elle allait vomir, ou s'évanouir. Elle ne pouvait plus bouger. Elle avait envie de hurler à son mari de ne pas ouvrir, mais ne pouvait pas émettre un son. Elle était assise sur le rebord du lit, en nuisette, forcée de se tenir d'une main au mur, lorsqu'elle entendit la porte s'ouvrir. *C'est terminé*, pensa-t-elle. Elle fut submergée d'une vague de regrets, pensa à tous ces moments où elle s'était dit : « C'est une connerie, arrête. » Elle avait choisi de ne pas arrêter, et maintenant, il était trop tard. Il aurait suffi qu'elle rentre plus tôt de ce fameux cocktail ce soir-là, et tout aurait été différent. Si elle était rentrée, alors elle aurait encore une vie, et son couple aurait encore un avenir.

Elle fut soudain tirée de ses pensées. *Ma fille !* Estelle et Khalid avaient une fille de 8 ans, Malika. Elle allait être réveillée par cette intrusion. *Elle va avoir peur. Qu'est-ce qu'elle va devenir quand elle comprendra ?* Estelle fut prise d'une irrépressible envie de serrer sa fille dans ses bras. D'un pas lourd, elle réussit à quitter la chambre et à rejoindre le salon.

Six ou sept personnes s'y tenaient debout, en plus de Khalid, qui discutait avec un des policiers qui tenait un carnet à la main. Tout le monde était calme. Lorsqu'ils constatèrent qu'Estelle les avait rejoints, ils s'interrompirent. Tous les yeux étaient rivés sur elle. Elle chercha le regard de son mari, ne serait-ce que pour savoir. Savoir s'il savait, s'il avait compris, s'il était déçu, s'il avait honte d'elle. Tout ce qu'elle lisait dans ses yeux, c'était de l'incompréhension. Le policier au carnet se retourna vers Khalid.

« Y a-t-il d'autres personnes dans l'appartement ?

— Ma fille, seulement. Elle dort dans la pièce, là. Il faut que j'aille voir si elle…

— Un instant, s'il vous plaît. »

Il s'approcha alors d'Estelle.

« Madame Trabelsi ? Estelle Trabelsi ?

— Oui, murmura-t-elle, surprise elle-même par la faiblesse de sa voix.

— Bonjour madame, je suis le lieutenant Guillot, police nationale. Nous avons des questions à vous poser, si vous voulez bien nous suivre… »

Les yeux de Khalid étaient sur le point de s'exorbiter : qu'est-ce que la police pouvait bien vouloir à sa femme ?

« Non, elle n'est pas d'accord ! Qu'est-ce que vous lui voulez ?

— Monsieur Trabelsi, s'il vous plaît, comme je vous l'ai dit, nous…

— Ça va, répondit Estelle, une larme perlant au coin de l'œil. Je peux aller m'habiller d'abord ?

— Oui, bien sûr, allez-y. »

Estelle repartit vers leur chambre, discrètement suivie par une des collègues du lieutenant Guillot. Elle pleura seule, dans la salle de bains, tandis que Khalid tentait de comprendre ce qu'on pouvait bien reprocher à sa femme. On ne lui dit rien. Des centaines de scénarios s'enchaînaient dans son esprit. Est-ce que sa femme était soupçonnée de quelque chose ? Est-ce qu'elle avait été victime de quelque chose ? Est-ce qu'elle avait été violée ? Rien ne concordait. Estelle était un amour de femme, elle n'avait rien à se reprocher, elle n'aurait pas fait de mal à un moustique. Si elle avait été violentée, Khalid était convaincu qu'il l'aurait su, qu'elle le lui aurait dit, mais même si ce n'était pas le cas, la police ne débarquerait pas ainsi pour entendre une victime, ça ne pouvait pas être ça… Non, c'était nécessairement une erreur. Ça ne pouvait être qu'une erreur.

Lorsqu'Estelle reparut dans le salon, elle était habillée et prête à partir, le visage encore rougi de larmes. Elle demanda l'autorisation d'aller embrasser sa fille, qui lui fut accordée. Elle ressortit quelques minutes plus tard de la chambre de sa fille en la portant dans ses bras, la tendit à son mari, puis les embrassa.

« Je vais appeler un avocat, ils doivent se tromper, c'est sûr, surtout tu ne leur dis rien, ils ne peuvent pas t'arrêter sans raison comme ça. »

Estelle posa sa main sur la joue de son mari pour lui signifier que tout allait bien se passer. Le lieutenant Guillot intervint :

« Votre femme n'est pas en état d'arrestation. Elle n'est pas non plus en garde à vue, je tiens à être parfaitement clair avec vous, madame Trabelsi nous suit de son plein gré. S'il y a un changement dans ce statut, nous vous tiendrons informé. »

Ils allaient quitter l'appartement lorsque le lieutenant demanda à Estelle si elle avait bien pensé à prendre son téléphone. Alors qu'elle faisait signe que oui, elle s'effondra intérieurement. *Ils savent. Tout est fini.*

79.

Il était près de 9 heures lorsque Marion Lambert sonna à la porte des Berthelot. Elle se présenta à la femme qui avait ouvert la porte – *50 ans, propre sur elle, bien éduquée, sans doute femme au foyer* – et demanda à voir Jonathan, s'il habitait encore à cette adresse. Le visage de la mère de Jonathan se transforma et Marion tenta d'y déceler quelque chose. *Elle ne semble pas surprise que la police cherche son fils.* Sans dire un mot, elle disparut dans un long couloir en criant le nom de son fils.

Marion l'entendit frapper deux coups contre une porte, l'ouvrir sans attendre la réponse et dire :

« Jonathan, la police est là, ils veulent te parler. »

Le jeune homme, visiblement endormi, répliqua par un borborygme.

« Jonathan, debout. Il y a une femme de la police qui est là, ils te cherchent. Je ne sais pas ce que tu es encore allé faire avec tes bêtises sur Internet, mais la police est là. »

« Il arrive, cria-t-elle à Marion du bout de l'appartement. Est-ce que je peux vous proposer du café ? J'allais justement m'en servir une tasse.

— Volontiers », répondit le lieutenant en longeant le couloir jusqu'à la cuisine.

En attendant le fils prodigue, la mère de Jonathan tentait de tirer les vers du nez à Marion pour savoir ce qu'on pouvait bien vouloir à son fils. Lambert décela dans la voix de son interlocutrice de la curiosité, presque de l'excitation, mais pas d'inquiétude. Marion avait déjà vu ce comportement chez certains parents de délinquants, lorsqu'ils pressentent que leur enfant est un voyou alors que la société exige d'eux qu'ils soient fiers de leur progéniture en toutes circonstances : ils se sentent d'abord coupables, puis ce sentiment change au moment où ils comprennent qu'ils vont peut-être enfin avoir la confirmation de leur impression et être libérés de cette culpabilité.

Voilà ce que pensait lire Marion dans le ton de la mère de Jonathan. Elle ne se laissa cependant pas cuisiner ; elle n'avait aucune intention de discuter avec elle de l'affaire. En revanche, elle avait des questions. Que faisait son fils de ses journées ? Est-ce qu'il travaillait dans cet appartement ou avait-il un bureau ailleurs ? En quoi consistait son travail ? Gagnait-il sa vie ? Mais la plupart de ces questions ne trouvèrent en guise de réponses que des éclats de rire sans doute parfois forcés.

« Il passe ses journées à jouer à ses jeux vidéo, il ne sort quasiment jamais de sa chambre, c'est une immense feignasse qui ne risque pas de gagner sa vie ; on se demande souvent avec son père ce qu'on a bien pu rater pour mériter ça... Pourtant, c'était un si gentil garçon. Vous l'auriez vu, quand il avait quoi... 10... 11 ans... il était tellement mignon... Quel dommage que ça grandisse, hein... Vous-même, vous avez des enfants ? »

OK, donc leur fils est une grande déception pour eux. Il n'est pas question que je l'interroge devant sa mère. De toute façon, il est majeur, il peut bien être entendu n'importe où, je n'ai pas besoin de me coltiner sa mère.

« Non, je n'ai pas d'enfant », répondit Marion sans prêter le flanc à une quelconque suite de conversation.

Lorsque Jonathan émergea de sa chambre, il était habillé mais sa chevelure trahissait un réveil récent. Marion Lambert se leva pour se présenter et en profiter pour l'observer. *Jeune homme, 20 ans environ, se tient droit, calme, n'a pas le regard fuyant, ne s'offusque pas de ma présence. Ce n'est pas le profil d'un voyou ou d'une petite frappe.*

« Qu'est-ce que je peux faire pour vous ? demanda-t-il simplement.

— Y a-t-il un endroit où on peut parler sans déranger votre mère ? »

Et avant que la mère puisse répondre que cela ne la dérangeait pas, Jonathan donna une réponse à laquelle Marion ne s'attendait pas.

« J'imagine qu'on pourrait aller au poste, ce serait sans doute plus pratique pour vous, non ?

— Euh… oui, on pourrait. Cela dit, on risque d'avoir besoin de votre ordinateur. J'aimerais en savoir davantage à propos d'un site Internet que vous avez créé.

— Je ne garde rien sur mon ordinateur. S'il s'agit d'un site que j'ai créé, on pourra y accéder de votre bureau. J'imagine que vous avez Internet », conclut-il, le sourire en coin.

Il essaye d'être charmant ou de jouer au malin avec moi. Son comportement n'est pas celui d'un délinquant. Peu importait : s'il acceptait de son plein gré de venir au poste, la suite serait plus facile pour Marion.

Avant de partir, devant le visage stupéfait de sa mère, il ne put s'empêcher de lui lâcher un « T'inquiète, maman, je vais au commissariat pour aider la police, tu peux retourner devant la télé ». Une alarme silencieuse s'alluma dans la tête de Marion. *Son comportement n'est pas celui d'un délinquant, mais ça pourrait être celui d'un psychopathe…*

*
* *

Étienne attendait que Marion le relève de sa position et faisait de son mieux pour ne pas piquer du nez, mais la nuit avait été très longue. Il ne s'était rien passé. Du tout. À peine un promeneur avec un chien très tôt ce matin-là, mais rien de plus. Bien sûr, la rue était bien plus vivante depuis un peu plus d'une heure, mais la nuit avait été d'un ennui infernal.

Soudain, vers 9 heures, Lydia apparut, à pied, au coin de la rue ; elle se dirigeait vers son immeuble. Elle monta et redescendit une vingtaine de minutes plus tard, visiblement énervée, en tirant derrière elle une valise à roulettes. Étienne se douta qu'elle avait dû se disputer avec Lola. Il décida alors de son propre chef de monter voir la jeune femme pour s'assurer qu'elle allait bien.

Il sortit de son véhicule, fit un détour de quelques dizaines de mètres pour acheter du pain et des viennoiseries à la boulangerie la plus proche, et sonna à l'interphone.

« Quoi encore ?

— Euh… C'est Étienne !

— Ah… OK, montez… »

Oui, elles ont dû bien se prendre le bec. Un déclic se fit entendre, Étienne poussa la lourde porte et entra dans l'immeuble.

Partie 4

« On est loin d'avoir fini, et la journée va être particulièrement longue pour vous »

80.

Malgré ce qu'en pensait son partenaire, le lieutenant Guillot était serein ; il savait qu'il tenait son suspect et qu'il obtiendrait rapidement des aveux.

« Mettons qu'on se connaît pas et que t'es pas de la maison, OK ? Je débarque chez toi avec une équipe à 6 heures du matin sans rien expliquer, et je demande à ta femme de nous suivre, OK ? Maintenant, ta femme ne me demande pas ce qu'il y a, elle ne demande pas si c'est une erreur ou simplement ce qu'on cherche à obtenir comme information auprès d'elle, OK ? Elle demande simplement si elle peut embrasser sa fille avant de partir, puis elle nous accompagne sans rien dire. Sincèrement, est-ce que tu penses vraiment que ta femme ne sait pas pourquoi on la fait venir ? »

L'argumentaire était convaincant. Mais tous deux savaient qu'ils n'avaient quasiment pas d'éléments dans cette enquête. Il suffisait au suspect de se taire et ils ne seraient pas plus avancés. Or Guillot croyait dur comme fer que le suspect était rongé par les remords, comme c'était souvent le cas dans les crimes passionnels, qu'il avait commis l'irréparable après avoir été poussé dans ses derniers retranchements et ne savait pas comment vivre avec ce poids sur les épaules. Guillot était là pour alléger la conscience du suspect, c'était son boulot ce matin-là.

Il entra dans son bureau où Estelle Trabelsi l'attendait, assise, encadrée par deux gardiens de la paix. Il s'assit, déverrouilla son ordinateur et ouvrit un nouveau fichier de déposition.

« Avant toute chose, madame Trabelsi, encore merci de nous avoir accompagnés de votre plein gré. Je vais devoir commencer par quelques questions administratives, et ensuite on va juste avoir une conversation, vous et moi, OK ? Votre nom complet, nom de jeune fille inclus, votre adresse et votre date de naissance, s'il vous plaît. »

*
* *

« Elle croyait que je dormais, c'est pour ça qu'elle est venue si tôt. Elle est juste passée prendre quelques affaires en attendant d'organiser son déménagement. Elle m'a même pas laissé le temps de m'expliquer ! J'ai essayé de lui dire que je n'y croyais pas non plus, qu'il fallait qu'on étudie toutes les possibilités, même si c'était que pour innocenter Rémi, mais elle a rien voulu entendre. Elle m'a sorti des "ouais… de toute façon… avec toi c'est toujours pareil". Mais qu'est-ce qui est toujours pareil ? J'ai eu l'impression qu'elle me sortait dix ans de trucs qu'elle se retenait de me balancer à la gueule. Je l'ai jamais vue énervée comme ça, en tout cas pas après moi, et vraiment j'en ai ma claque, d'elle, là. Elle a même pas cherché une seconde à me comprendre ! Elle a commencé à m'expliquer que j'arriverais à rien sans elle, que j'étais pas capable de vivre seule, même juste de payer mon loyer toute seule. Mais pour qui elle se prend ? »

Lola semblait incapable de s'arrêter. Étienne écoutait sans rien dire. Il se doutait qu'intervenir ne servirait à rien à ce stade ; Lola avait besoin d'évacuer. Elle était très en colère, et ça ne présageait rien de bon. Étienne avait suivi un cursus de psychologie pendant sa formation et savait qu'après la colère viendrait une grande tristesse. Il se demanda si Lola était suffisamment forte pour supporter l'étape suivante. Il pensa à Maxime Roques, à la petite Alice, et à toutes les victimes dont il ignorait l'existence. Le schéma était chaque fois le même. Du harcèlement en ligne, puis de l'isolement. Et s'ils avaient eu tort sur toute la ligne ? Et si Charon s'est effectivement démerdé pour faire accuser le copain de la meilleure amie ? Est-ce qu'il n'avait pas anticipé le fait que Lola se fâche avec eux ? *Lola a certainement plein de relations, mais a-t-elle vraiment des amis, autres que Lydia ? Est-ce qu'on n'a pas tout simplement aidé Charon à faire le ménage dans l'entourage de Lola ?*

Après l'isolement, l'étape suivante serait de pousser la dépression jusqu'aux portes du site des Amoureux du voyage et, là, Charon prendrait le relais. Mais Lola en savait trop ; elle n'irait jamais s'ouvrir à Charon. *Quelle que soit son identité, Lola sait qu'il est responsable de tout ce merdier.* Une nouvelle pensée traversa l'esprit d'Étienne. *Et si Charon avait plus d'une méthode ? Si les AV n'étaient qu'un moyen parmi d'autres ? Peut-être que Lola n'est pas si loin de craquer… Si les événements qui se sont déroulés suffisaient à la mener à en finir ?* Étienne s'inquiétait pour Lola. Peut-être était-il en train de développer son instinct de flic…

*
* *

« Est-ce que vous savez pourquoi vous êtes ici ?

— Parce que vous m'avez demandé de vous suivre », répondit naïvement Estelle.

Ça ne va peut-être pas être aussi simple que je l'imaginais, pensa Guillot.

« Bien sûr, répondit-il avec un sourire bienveillant, mais savez-vous pourquoi on vous a demandé de nous suivre ?

— J'imagine que vous avez des questions sur une enquête et que vous pensez que j'ai peut-être les réponses à ces questions.

— C'est très bien, vous avez raison, c'est exactement ça. Est-ce que vous savez de quelle enquête il pourrait s'agir ? »

Guillot attendit quelques secondes, pour lui laisser le temps de réfléchir, mais aucune réponse ne vint.

« Comment connaissez-vous Pierre Banchereau ? »

Cette question fit à Estelle l'effet d'une gifle.

« Pierre Banchereau ?

— Oui, Pierre Banchereau, comment le connaissez-vous ?

— Là… ça ne… ça ne me dit rien, je ne suis pas sûre de le connaître…

— Pourtant vous avez appelé l'hôpital hier soir, l'hôpital dans lequel il recevait des soins, vous avez appelé pour savoir s'il y avait moyen de lui rendre visite…

— Je… ne… Hier soir, vous dites ?

— Écoutez, votre numéro de téléphone a été identifié, l'hôtesse d'accueil qui a décroché a fermement identifié la voix d'une femme. Est-ce qu'une autre femme que vous a eu accès à votre téléphone hier soir ?

— Non, je…

— Écoutez, madame Trabelsi, on peut tourner en rond pendant longtemps, mais vous et moi savons que vous avez passé ce coup de téléphone. J'ai discuté avec la femme de Pierre Banchereau qui n'a aucune idée de qui vous êtes. Si jamais c'est quelque chose qui vous inquiète, personne n'a besoin de savoir comment vous le connaissez. C'est peut-être un ami de la famille, un collègue de travail, un amant occasionnel, je ne suis pas là pour juger, et je ne suis certainement pas là pour faire mon rapport à votre mari. Je suis là pour comprendre. »

Il attendit. Les larmes commençaient à s'amonceler dans les yeux d'Estelle Trabelsi. *Elle va craquer*, soupira-t-il intérieurement.

« J'ai connu Pierre il y a deux ans de ça, par mon travail… Au début, c'était un type charmant, séduisant. Je savais qu'il était marié, et il savait que j'étais mariée. Alors pendant quelque temps, c'était juste… verbal, vous voyez… On se cherchait l'un l'autre, on prenait souvent des cafés dans ses locaux, et puis… un jour, on est allé déjeuner, et le déjeuner s'est éternisé, on a parlé lui et moi de ce qu'on faisait de nos vies. Il avait l'air de tellement bien comprendre les difficultés auxquelles je pouvais faire face, il était tellement à l'écoute que… que je me suis laissé séduire. »

Elle pleurait, désormais. *Un crime passionnel tout ce qu'il y a de plus classique*, pensa Guillot, toutefois surpris par la rareté de l'utilisation par une femme d'une arme à feu.

« Ce n'est que quelques semaines plus tard que j'ai compris ce qu'il était vraiment. Un pervers narcissique.

— Comment ça ?

— Il me rabaissait constamment. Dès le moment où il a eu ce qu'il voulait, il ne me voyait que quand il le décidait, lui, ne répondait à aucun de mes messages mais ne supportait pas que je ne sois pas toujours disponible pour lui, c'était…

— Et vous n'avez pas essayé de le quitter ?

— C'était impossible… Vous ne pouvez pas comprendre. J'avais besoin de lui. Tout le temps. À chaque geste du quotidien, à chaque détail pendant la journée, je pensais à lui, à ce qu'il en penserait, à si cela lui ferait plaisir.

— Est-ce qu'il vous a violentée ou menacée si jamais vous le quittiez ?

— Pas vraiment, non. Mais il m'a fait comprendre que je n'étais personne sans lui. Et vous savez quoi ? Je le croyais... Ça a failli ruiner mon mariage. Je ne pensais presque même plus à ma fille. Ce type a détruit ma vie, et il m'a fallu beaucoup de temps pour me reconstruire. »

Pour ce qui est du mobile, on a de quoi faire. Il faut juste que je comprenne pourquoi elle est passée à l'acte, et que je puisse déterminer comment elle s'y est prise. Une fois qu'elle aura avoué lui avoir tiré dessus, il ne me restera plus qu'à savoir à quel point le geste était prémédité. Si l'arme était à lui, je serais tenté de penser que c'est arrivé sans prévenir, presque comme un accident.

« Quand est-ce que vous avez cessé de vous fréquenter ?

— Il y a un peu plus d'un an.

— Comment ça s'est passé ?

— Il s'est totalement désintéressé de moi. J'ai appris par la suite que c'est parce qu'il avait mis le grappin sur une autre femme, comme j'ai sans doute succédé à une autre. Je pense qu'il a enchaîné conquête sur conquête et que j'ai été un simple maillon dans sa médiocre existence.

— Il s'est désintéressé de vous ?

— Oui. Il ne m'envoyait plus de messages. La seule fois où il a répondu... »

Elle s'était brusquement interrompue. *Elle est sur le point d'admettre quelque chose.* Estelle fixait Guillot, pesant manifestement le pour et le contre. Il vit dans son regard l'exact moment où elle décida de lâcher prise.

« La seule fois où il a répondu, c'est lorsque j'ai menacé de prévenir sa femme. Il était furieux… Mais comprenez-moi, j'étais dans une position où l'avoir furieux en face de moi, c'était mieux que ne pas l'avoir du tout. Je me raccrochais à ce que je pouvais. Je voulais le voir une dernière fois, c'était tout ce que je me disais, tout ce qui comptait. Il a fini par céder, on s'est vu une dernière fois dans notre hôtel habituel et on a couché ensemble. Il a fait de moi tout ce qu'il voulait… J'étais prête à tout pour qu'il reste. Mais, en se rhabillant, il m'a dit que si je le recontactais, il enverrait des photos à mon mari. C'est là que j'ai compris que c'était fini.

— Quand vous dites qu'il a fait de vous tout ce qu'il voulait…

— J'ai pas vraiment envie de rentrer dans les détails, si ça ne vous fait rien.

— Écoutez, je suis désolé si c'est inconfortable, mais j'ai vraiment besoin de comprendre la nature de…

— Il m'a sodomisée avant de jouir dans ma bouche. Il m'a dit que c'était ce qu'il voulait. Je n'ai même pas eu la lucidité de comprendre que ce qu'il cherchait en réalité, c'était à m'humilier. C'était ça qui lui permettait de se sentir plus grand que les autres, tout le temps. Rabaisser tous les gens qui l'entouraient, mais en les poussant à l'admirer. C'était un salaud de la pire espèce, une ordure… »

Elle hurle presque, elle pleure, mais elle parle de lui à l'imparfait. Pour elle, il est mort, cela ne fait aucun doute.

« Et les photos dont vous parlez ?

— Quand on se fréquentait, il me demandait de lui envoyer des photos de moi, nue, de mes seins, de mon sexe, de mon cul… Son grand truc, c'était d'exiger des photos de moi pendant que j'étais de sortie avec mon mari. Ça l'excitait de savoir que je lui appartenais pendant que je prétendais être avec ma famille et… si je veux être parfaitement honnête… je pense que ça m'excitait un peu aussi.

— Et votre mari n'a jamais rien su ?

— Il doit se douter qu'il s'est peut-être passé quelque chose, mais je crois qu'il ne veut pas savoir. Il ne m'a jamais rien demandé en tout cas. Il doit penser que c'était une phase, que c'est terminé et que je suis de retour auprès de lui. Je pense que c'est ce qui compte pour lui.

— Votre mari ne l'a jamais rencontré ?

— Jamais, non. Enfin… pas à ma connaissance, mais allez savoir… Non, je pense que si Pierre avait rencontré mon mari, il me l'aurait dit… Oui, c'est sûr qu'il me l'aurait dit.

— Merci pour toutes ces réponses, madame. Est-ce que je peux vous proposer un verre d'eau ? Une cigarette ? Histoire de se poser quelques minutes.

— Non, je vous remercie, je préfère qu'on en finisse au plus vite, j'ai envie de mettre tout ça derrière moi une bonne fois pour toutes.

— Très bien. Mais si vous voulez faire une pause à un moment donné, n'hésitez pas. »

Parce qu'on est loin d'avoir fini, et la journée va être particulièrement longue pour vous…

*
* *

« Jonathan Berthelot, B-E-R-T-H-E-L-O-T, je suis né le 16 mai 2001, et je suis informaticien. À mon compte. Enfin, en free-lance, quoi.

— Vous êtes le créateur du site Internet lesamoureux-duvoyage.com ?

— Tout à fait, j'ai écrit le code qui fait tourner le site, sauf certains bouts qui existaient déjà avant ;

— C'est un site que vous avez créé pour un client ? C'était une commande ?

— Euh… non, pas du tout, je l'ai créé comme ça, je trouvais que ça manquait et que ce serait pas mal que ça existe, et c'est la règle sur Internet. Quand on ne trouve pas quelque chose, il faut vite le créer.

— Et le but du site, c'était quoi ? Je veux dire : comment est-ce qu'on se dit "tiens, je vais créer ce site-là, maintenant" ? »

Marion Lambert veillait à travailler doucement son « client ». Il était venu de son plein gré et elle cherchait à obtenir de sa part des informations qu'il n'était absolument pas tenu de lui confier. Mais au fond d'elle, elle n'arrivait pas à passer outre le fait que le site Internet dont Jonathan Berthelot était responsable était un site qui permettait aux gens suicidaires de se rencarder sur la façon la plus efficace de se foutre en l'air.

« À l'origine, le but de ce site était de permettre aux gens qui avaient tenté de se suicider de témoigner, de raconter par quoi ils étaient passés. Ils racontaient leur histoire : comment ils avaient touché le fond, comment ils pensaient en avoir fini avec la vie, et comment ils remontaient la pente.

— Vous devez avoir remarqué que la teneur des messages a évolué, ce n'est plus tout à fait ce qu'on y trouve, aujourd'hui.

— Oui, je le vois bien. Mais c'est le principe des forums, c'est une parole libre. Les gens peuvent parler, anonymement, se raconter des vies qui ne sont pas les leurs, se conseiller, se répondre. Moi, je me contente de fournir un cadre technique, rien de plus. Je veille à ce que les gens puissent lire ou écrire des messages quand ils le souhaitent. Après, je prends mes responsabilités d'hébergeur très au sérieux, je suis au courant de la loi et de ce que je dois faire pour éviter qu'il se passe des trucs illégaux sur mon site…

— Comme quoi, par exemple ?

— Avec la loi sur la confiance dans l'économie numérique, la LCEN : en tant qu'hébergeur, je ne suis pas responsable de ce que les gens écrivent sur le site. Mais je dois être capable de supprimer les messages problématiques, comme les insultes ou les messages racistes, dès qu'on me les signale. Sur le site, vous avez dû le voir si vous y êtes allée, il y a toujours possibilité de signaler n'importe quel message.

— Et quand on vous signale un message, que faites-vous ?

— En théorie, il faudrait que je regarde, au cas par cas, chaque message signalé, et que j'arbitre si je dois supprimer ou non. En pratique, je ne veux pas assumer la responsabilité de laisser un message qui pourrait être jugé illégal ensuite, alors je supprime tout ce qu'on me signale.

— Gardez-vous les messages supprimés ?

— C'est-à-dire ? »

Je ne suis peut-être pas un génie de l'informatique, mais ne me prends pas non plus pour une buse…

« Conservez-vous dans un fichier de *logs*, ou dans votre base de données, les messages supprimés ?

— Oui, par défaut, oui. Mais pendant un temps seulement. Après, c'est de l'espace disque perdu…

— Combien de temps les gardez-vous ?

— C'est variable. Quand j'y pense, je me connecte et je purge les messages supprimés.

— La dernière fois que vous avez effectué cette purge, c'était il y a combien de temps ? À vue de nez ?

— À vue de nez, je dirais deux ou trois mois… vous savez, il y a très peu de signalements, c'est un site qui est relativement peu visité… »

Marion savait qu'elle avait peut-être là une ouverture. S'il pensait qu'elle recherchait des messages haineux supprimés, il serait peut-être enclin à ouvrir les portes de son serveur plus facilement qu'elle ne l'espérait.

« Seriez-vous d'accord pour nous donner accès à votre serveur pour qu'on puisse voir ces messages et ces *logs* ?

— Oui, bien sûr. Vous recherchez quelque chose en particulier ? »

Marion fut déstabilisée autant par la facilité avec laquelle Jonathan coopérait que par le fait qu'il venait de poser une question. C'est le problème que pose une discussion informelle : chacun peut questionner l'autre.

« Je ne peux pas trop entrer dans les détails, c'est lié à une affaire en cours.

— Ah, oui, je comprends, je ne voulais pas… je ne veux pas interférer dans votre enquête, c'est juste que je peux sans doute vous aider à trouver ce que vous cherchez.

— C'est gentil à vous, mais il est nécessaire que ce soit quelqu'un de la police qui effectue ces recherches.

— D'accord, je comprends. En tout cas, y a pas de problème, je peux vous donner tous les accès dont vous avez besoin, si ça peut vous aider à arrêter des criminels. »

Marion se dit qu'elle allait devoir rapatrier fissa Étienne au commissariat. De son côté, Jonathan était en train de réduire mentalement son champ des possibles. Il n'était pas encore sûr de comprendre ce que cette inspectrice voulait, mais elle n'avait vraiment pas l'air d'être sur ses traces à lui. *Si elle cherche des messages explicitement incitatifs, elle risque d'être déçue*, pensa-t-il sans se défaire de son air bienveillant.

*
* *

Étienne tentait de consoler Lola depuis plusieurs minutes. Il avait du mal à trouver la bonne distance. D'un côté, il avait envie de la serrer dans ses bras, pensant sincèrement que cela lui ferait du bien ; mais il savait que ce n'était pas très professionnel et risquait d'être mal interprétée.

Soudain, Lola se leva. « Il faut que je me remette au travail », annonça-t-elle. Étienne remarqua qu'elle le fixait, comme si elle attendait quelque chose de lui, une réponse.

« Comment ? demanda-t-il.

— Est-ce que vous avez besoin d'autre chose ? parce qu'il faut vraiment que je m'y mette, répéta-t-elle.

— Euh… non. Mais si vous voulez, je peux rester, ça ne me dérange pas. »

Il ne devait pas la laisser seule, pas tant que Marion ne lui donnerait pas de nouvelles instructions. D'un autre côté, il ne pouvait pas rester chez elle contre son gré.

« Non, merci. Vraiment, merci pour tout. Mais il faut que je me prépare, que je fasse des Stories, que je poste pour expliquer pourquoi j'ai été absente depuis quelque temps. Ne vous inquiétez pas, je ne dirai rien de l'enquête, je ne parlerai pas du tout de l'affaire. Il faut que j'avance, maintenant, et je préfère être seule, si ça ne vous fait rien. »

Le message était clair, et Étienne n'avait pas l'intention d'insister. Il se leva et, avant de quitter l'appartement, insista sur le fait qu'il restait disponible, qu'il ne s'éloignerait pas et qu'elle pouvait l'appeler quand elle le souhaitait.

*
* *

Quelques secondes plus tôt, une ombre était passée devant la porte de l'appartement et y avait collé son oreille. En entendant que quelqu'un s'approchait, l'ombre était montée d'un étage. Elle avait vu l'homme descendre. Sa colocataire était partie, puis l'homme était parti, Lola devait maintenant être seule. L'ombre décida d'attendre encore quelques minutes afin de s'assurer que personne ne revenait, puis se dirigea vers la porte de l'appartement.

C'est contraire à toutes les règles, pensa l'ombre. Mais chaque minute qui passait était un risque. Les règles étaient là pour protéger, mais le danger auquel l'ombre faisait actuellement face était plus grand.

Je n'ai plus le choix. Lola doit mourir.

81.

Il fallait rester vigilant. Le lieutenant Guillot était un homme expérimenté, il savait prendre son temps. Même si Estelle Trabelsi, face à lui, semblait vouloir tout raconter et se libérer, il ne fallait pas bâcler les choses. C'était comme la pêche à la ligne : il fallait parfois laisser le poisson reprendre son souffle, sa distance, pour mieux l'attraper, à l'usure, sans casser la ligne. Pourtant, quelque chose gênait le lieutenant. Ce qu'il voyait dans le visage de la femme qu'il interrogeait, c'était de la honte, de la colère aussi, mais pas de culpabilité.

« Parlez-moi des événements de cette semaine », dit-il de la voix la plus neutre qu'il pouvait.

Estelle Trabelsi regarda en l'air, fixa les murs, la table, les affiches derrière le lieutenant. Elle réfléchissait. Guillot attendit. Patiemment.

« En fait, ça n'a pas vraiment commencé la semaine dernière, mais il y a plutôt, je ne sais pas, je dirais deux ou trois semaines, par là…

— Racontez-moi.

— Ça a commencé comme prévu. Il a d'abord été enquiquiné sur Internet, et puis il y a eu des ajouts sur son compte LinkedIn, pour indiquer son comportement vis-à-vis des femmes. Ça a commencé à prendre de l'ampleur…

— Qu'entendez-vous par “ça a commencé comme prévu” ?

— Eh bien, tout se passait comme on m'avait dit que ça se déroulerait… »

Immédiatement, Guillot pensa préméditation, organisation. L'idée d'un crime passionnel s'estompait. Elle reprit :

« Il fallait qu'il aille mal… Et comme je ne voulais pas me retrouver face à lui, comme je n'étais pas sûre que j'aurais eu la force de résister… c'était le seul moyen. »

Guillot ne comprenait plus : était-elle en train de dire qu'elle ne l'avait jamais revu ? Elle était en train d'avouer qu'il y avait un travail de sape qui s'opérait sur lui, qui était prévu, organisé… Le lieutenant décida que le moment était peut-être venu de tirer deux ou trois coups secs sur la canne à pêche, histoire de retendre la ligne.

« Parlez-moi de l'arme.

— L'arme ?

— Oui, l'arme… comment vous l'êtes-vous procurée ?

— Moi ? Mais je n'ai… je n'ai aucune arme, j'ai horreur des armes ! C'est le pistolet de son père qu'il a utilisé ! »

Le lieutenant s'interrompit brutalement, surpris.

« Vous dites que c'est lui qui s'est tiré dessus ?

— Évidemment, qui voulez-vous que ce soit d'autre ? Quoi, vous pensez que c'est moi qui lui ai tiré dessus ? Comment est-ce que j'aurais pu faire ça ? Je n'étais même pas là !

— Si vous n'étiez pas là, comment savez-vous que M. Banchereau s'est tiré dessus ou à qui appartenait l'arme ?

— Parce que j'ai tout vu ! Avec son téléphone ! Il avait activé sa caméra pour que je voie...

*
* *

Étienne venait de raccrocher avec Marion. Elle avait besoin de lui dès que possible au commissariat. Si Étienne avait eu son ordinateur portable, il aurait sans doute pu accéder au site des Amoureux du voyage depuis sa voiture, et serait ainsi resté près de l'immeuble de Lola, prêt à intervenir à tout moment. Mais il ne l'avait pas, et Marion ne pouvait plus consacrer de ressource à la surveillance-protection de Lola. Alors Étienne s'était mis en route.

En l'attendant, Marion poursuivit sa discussion avec le jeune Jonathan Berthelot.

« Ça fait longtemps que vous créez des sites Internet ?

— Vous voulez dire professionnellement ? Ça doit faire un peu plus de deux ans, peut-être trois. Mais j'ai commencé bien avant. J'ai codé mon premier site Internet, c'était... bon, c'est un peu honteux, ne riez pas, c'était au collège, je voulais faire une application de messagerie pour les célibataires de ma classe, et pour rencontrer des élèves d'autres classes, même d'autres écoles. Mais ça n'a pas marché. C'est le problème des réseaux sociaux. Il faut qu'il y ait suffisamment de monde pour que ça marche, et après ça marche presque tout seul, mais tant qu'on n'atteint pas cette masse critique, c'est toujours super triste. Vous avez l'impression que vous n'avez pas d'ami, alors vous ne revenez plus. Les gens préfèrent Instagram ou Snapchat, parce que tout le monde y est. Mais bon, c'était… c'était il y a cinq ou six ans, quand même. Oui, je devais avoir quelque chose comme 14 ans, puisque j'étais en troisième. Je pensais même que ça pouvait me rendre un peu populaire, vous voyez le genre… »

Il était souriant, ouvert, n'émettait aucun signe pouvant laisser planer un doute quant à son honnêteté ou, du moins, son naturel. Pourtant, pour Marion, quelque chose sonnait un peu faux. Elle avait du mal à le pointer du doigt, mais… il avait l'air presque trop à l'aise. En soi, ce n'était la preuve de rien, mais il était tout de même au commissariat en train de se faire interroger par un officier de la Criminelle. N'importe qui, dans sa situation, y compris les victimes, ressentait de l'inconfort. *Il ne devrait pas être autant à l'aise.* Bien sûr, il était possible que le jeune homme cachât son jeu et fût en réalité intimidé par la situation, mais si tel était le cas, il ferait un extraordinaire joueur de poker.

« Votre activité est-elle lucrative ?

— Ça va, répondit-il nonchalamment. Je gagne assez d'argent pour ce dont j'ai besoin au quotidien, mais pas assez pour quitter la maison de mes parents et me trouver mon propre appartement. Enfin… sauf à vivre dans une chambre de bonne ou un truc comme ça. Le problème, c'est que comme je n'ai pas de patron, je n'ai pas de fiche de paye, alors monter un dossier pour devenir locataire, c'est hyper compliqué.

— Même pas en colocation ?

— Si, j'imagine que ça pourrait fonctionner, mais j'ai pas envie de vivre avec quelqu'un que je connais pas. J'ai pas envie de soirées à la maison jusqu'à pas d'heure. Et j'aime déjà pas faire le ménage, mais alors nettoyer les saletés d'un autre, non merci… J'ai pas besoin de grand-chose, mais je tiens quand même à un petit confort. »

Jonathan était parfaitement serein. Ils pouvaient bien étudier son compte en banque, ses dépenses, ses achats, ils ne trouveraient rien. Il ne faisait pas de folies, alors rien ne les rendrait suspicieux. S'ils s'y connaissaient un peu et qu'ils décortiquaient son ordinateur, ils se rendraient compte qu'il y en avait pour plus de 10 000 € de matériel dans un seul ordinateur, entre les cartes graphiques et les disques durs SSD. *Mais vu la machine que se traîne Lambert sur son bureau, je doute qu'ils aient la moindre idée de la valeur de mon matos.* Il se retint de sourire.

« Vous n'avez jamais eu envie de signer un CDI dans une entreprise ? J'ai cru comprendre que les informaticiens n'avaient pas de problème pour trouver du travail.

— Pourquoi, vous voulez m'embaucher ? »

Il rit. Elle rit aussi. Puis il demanda sur le ton de la connivence :

« Excusez-moi… est-ce que c'est possible d'avoir un café, s'il vous plaît ? »

Tout ceci me semble de plus en plus forcé, pensa Marion tout en lui souriant.

*
* *

Lola était sortie de la douche, le corps encore roulé dans une serviette de bain, sa chevelure dans une autre. Face au miroir de la salle de bains, elle se maquillait. Cela faisait plusieurs jours qu'elle était quasiment devenue invisible sur les réseaux, il fallait qu'elle marque les esprits. Dans la glace, elle constata qu'elle avait l'air fatigué, stressé. Rien qu'une lotion, une crème ou une poudre ne saurait masquer. Elle ne put s'empêcher de penser que ces derniers jours lui avaient causé énormément de tort, et qu'elle aurait mieux fait de ne rien faire. *Je me suis emballée toute seule dans cette histoire. J'ai laissé les flics me balader, j'ai laissé Lydia m'inquiéter, j'ai laissé ce connard de Charon me pourrir la vie, et je ne peux m'en prendre qu'à moi-même.* Elle qui se voulait si forte, si indépendante… il avait suffi de quelques jours seulement pour que sa vie manque de basculer. Elle devait reprendre les choses en main. Il fallait revenir sur les réseaux, plus forte que jamais. Les choses se tasseraient rapidement avec Lydia, et tout cela ne serait bientôt qu'un mauvais souvenir. Elle pourrait même raconter l'anecdote un jour à ses fans. *Voilà comment j'ai décidé de ne pas baisser les yeux face à un pervers qui me harcelait, j'ai poursuivi dans la voie que je m'étais tracée…*

Elle retira la serviette qui lui enserrait les cheveux et envisagea la possibilité de faire une courte Story avec les cheveux mouillés. C'était le milieu de la matinée ; elle pouvait prétendre qu'elle venait de se lever, cela plairait à beaucoup de ses fans. *Malgré ce que peuvent en penser les gens, ce qui marche le mieux auprès des fans, c'est de sentir qu'ils partagent mon intimité, qu'ils sont dans mon quotidien, qu'ils connaissent et reconnaissent mon appartement, le carrelage de ma salle de bains.* Et tandis qu'elle mettait la touche finale à un *smoky* léger pour faire ressortir ses yeux, l'ombre fermait la porte d'entrée de l'appartement derrière elle.

L'ombre retira ses chaussures pour ne pas faire de bruit sur le parquet du salon et avança ainsi, à pas feutrés, vers la chambre de Lola. Des sentiments contradictoires traversaient l'esprit de Charon. *Il est encore temps de s'en aller… mais si je m'en vais maintenant, elle gagne. Et si elle gagne, j'ai tout perdu. Je refuse de tout perdre. Il n'est pas question de transiger. Lola doit mourir. Ça ira vite. Un mauvais moment à passer, et tout sera réglé. Les mauvais souvenirs s'estomperont rapidement, et on oubliera jusqu'à l'existence de Lola. Courage. Calme. Détermination. Lola. Doit. Mourir.*

82.

Estelle était dans tous ses états. Elle avait demandé un peu d'eau et arrivait à peine à tenir le verre, de ses deux mains, sans en renverser. Elle s'excusait sans cesse, elle ne comprenait pas ce qui se passait, ne comprenait plus rien. Le lieutenant Guillot lui avait accordé une pause, mais était resté face à elle, à l'observer en silence. Elle lui donnait soudain l'impression d'une victime qui, sortant à peine d'un état de choc, commence à comprendre ce qui est arrivé. Elle ne lui faisait plus penser à une femme qui tue l'homme qui l'a éconduite dans un accès de colère, à une femme qui, excédée d'avoir été humiliée, a organisé la mort de son bourreau. Encore moins à une femme qui se serait battue et aurait, pour se défendre, tiré sur celui qu'elle avait un jour aimé à en devenir folle. Elle ressemblait à une femme qui se dénonce à la police pour avoir conduit sans ceinture de sécurité et se retrouve mise en examen pour meurtre.

Pourquoi, soudain, le ciel semblait-il lui tomber sur la tête ?

« Je ne comprends pas… Je n'ai pas… »

Estelle, de son côté, avait pris conscience qu'elle était suspecte, mais pas de ce qu'elle pensait. Ils croyaient qu'elle avait tiré. Qu'elle s'était rendue chez lui, qu'elle s'était saisie de son arme, et qu'elle avait tiré. Comment pouvait-elle leur prouver que ce n'était pas le cas ? Il était seul chez lui quand il s'est donné la mort, personne ne pouvait dire qu'elle n'était pas là. Elle était seule au moment des faits, elle y avait scrupuleusement veillé. Elle était prête à assumer d'avoir assisté passivement au suicide de Pierre Banchereau, de n'avoir pas appelé les urgences, mais elle ne voulait pas être condamnée pour meurtre, c'était injuste. Elle pensait à sa fille ; elle ne supporterait pas d'en être séparée. Elle pensa ensuite à son mari. Comment allait-il prendre toute cette histoire ? Allait-il vouloir la quitter ? Allait-il demander la garde exclusive de leur fille ? Pourrait-il un jour lui pardonner ?

« Je ne suis pas allée chez Pierre ce jour-là. Je vous répète, je… Sur Internet, il parlait d'en finir. Sa femme l'avait quitté, sa carrière était fichue, il ne voulait plus rien d'autre que mourir. Il a allumé sa caméra, a posé son téléphone sur le sol de sa salle de bains, il s'est adossé contre le mur, a visé sa poitrine et…

— Madame Trabelsi, voilà une chose que je ne comprends pas. Si vous avez assisté à la scène, vous allez sans doute pouvoir m'aider. »

Estelle écouta attentivement le lieutenant. *Tout ce que vous voulez*, voilà ce que ses yeux lui criaient.

« S'il voulait en finir, en admettant qu'il s'agisse de son arme, pourquoi se tirer dans la poitrine ? La position me semble très inconfortable. Pourquoi ne pas se tirer une balle dans la tête ? »

Estelle cherchait la bonne réponse à apporter. Elle ne pouvait pas lui avouer que c'était elle qui lui avait suggéré de se tirer dans la poitrine. Mais il lui semblait primordial d'avoir réponse à toutes les questions. *Pour qu'il me croie, je ne dois pas donner l'impression de cacher quoi que ce soit.*

« Je crois qu'il ne voulait pas toucher à son visage, pour la personne qui le trouverait. »

Estelle avait beau être satisfaite de sa réponse, c'était pour Guillot une ineptie. C'était certes possible, mais il n'imaginait pas que ce qu'il venait d'entendre soit la vérité, pour au moins une raison.

« C'est lui qui vous l'a dit ? Avant de tirer, il a dit qu'il ne voulait pas toucher à son visage ?

— Je ne me rappelle plus, je...

— Allons... vous me dites qu'il s'est tiré dans la poitrine parce qu'il ne voulait pas toucher à son visage, mais vous ne vous rappelez plus s'il vous l'a dit ?

— Je... je crois qu'il l'a dit, oui... mais avant...

— Avant ? Avant quand ?

— Longtemps avant, pas juste avant de se tirer dessus. »

Estelle n'arrivait plus à avoir les idées claires. Elle était prête à tout raconter. Elle ne voulait pas aller en prison. Elle n'avait rien fait. *Je n'ai rien fait. Ce salaud s'est foutu en l'air tout seul, je n'y suis pour rien.* Soudain, elle eut une révélation. *Je suis ici de mon plein gré, je ne suis ni en état d'arrestation, ni en garde à vue. Je peux m'en aller, si je le souhaite. Je veux m'en aller. Maintenant.*

« Je voudrais m'en aller, maintenant, s'il vous plaît.

— Je pense qu'il serait préférable que vous restiez et que vous nous racontiez tout ce qui s'est passé. »

Le ton commença à monter.

« Je vous ai dit ce qui s'est passé… Je n'ai pas tiré sur lui, je n'ai… je n'ai rien fait ! Je… je veux m'en aller. »

Elle se leva et attrapa sa veste.

« Vous avez dit que je venais volontairement, que vous ne m'arrêtiez pas. Je vais m'en aller, maintenant…

— Madame Trabelsi, s'il vous plaît, veuillez vous rasseoir…

— Je m'en vais… Au revoir. »

D'un signe de tête du lieutenant, un gardien de la paix s'interposa pour empêcher Estelle de quitter le bureau.

« Madame Trabelsi, commença le lieutenant Guillot dans un soupir, il est actuellement 11 h 12 et vous êtes placée en garde à vue pour la tentative d'assassinat de Pierre Banchereau. Cette garde à vue durera 24 heures et pourra, le cas échéant, être prolongée. Vous avez le droit de contacter un proche ainsi que votre employeur, vous avez le droit à une visite médicale et vous pouvez demander à être assistée par un avocat. Est-ce que vous comprenez ce que je viens de vous dire ? »

Estelle se tourna vers le lieutenant, le visage blême, incapable de répondre quoi que ce soit. *Tentative d'assassinat… Pierre est toujours en vie ?*

*
* *

Étienne était rapidement arrivé au commissariat. Sans même prendre le temps de dire bonjour en passant l'accueil, il avait couru jusqu'au bureau du lieutenant Lambert, en face de qui un jeune homme d'une vingtaine d'années était tranquillement assis, un pied sur l'autre genou. Une fois les présentations faites, Marion s'excusa auprès de Jonathan et attira Étienne hors de son bureau.

« Pour l'instant, il nous donne absolument tout ce qu'on veut ; tu es censé chercher des messages supprimés du forum après signalement mais archivés, encore disponibles quelque part sur le serveur. Mais tu sais ce que tu cherches, n'est-ce pas ? »

Étienne fit oui de la tête et ils retournèrent dans le bureau. Il tira une chaise, s'installa et, avec l'aide de Jonathan, se connecta au serveur. Il ne laissa le jeune homme toucher le clavier que pour entrer son mot de passe.

« C'est la procédure, dit-il. Il faut que ce soit moi, ou un autre policier, ou éventuellement un huissier, qui effectue les opérations. Pour le cas où je trouve quelque chose, on ne pourra pas prétendre que vous l'avez ajouté...

— Oui, ou que je l'ai supprimé si vous ne trouvez rien.

— Euh... oui, en effet. »

Putain, il a du répondant, pensa Étienne, un peu vexé à l'idée qu'il pourrait ne rien trouver.

« Ça ne vous dérange pas, si je regarde ce que vous faites ?

— Non, bien sûr... aucun problème, répondit Étienne en croisant le regard de Marion.

— Bien. Jonathan, dites-nous où est-ce qu'on peut trouver ces fameux fichiers *logs* dont vous me parliez ?

— Moi, je ne vous ai pas parlé de fichiers *logs*, c'est vous qui en avez parlé. Je ne pense pas que vous y trouverez quoi que ce soit d'intéressant. En tout cas les messages signalés et supprimés ne s'y trouvent pas... »

Il attendit quelques secondes, puis ajouta :

« Maintenant, si vous tenez à les voir, ils se trouvent dans des sous-répertoires de */var/logs*, mais je vois que votre collègue sait déjà où ça se trouve... »

Il jetait régulièrement un œil à l'écran devant lequel s'affairait Étienne. Il ne donnait pas l'air de s'en préoccuper, mais il regardait. Souvent. Marion le nota. *Peut-être qu'il est inquiet. Ou peut-être que, comme tous les informaticiens du monde, il n'aime pas voir quelqu'un tripoter sa machine. Il faut que je l'occupe.*

« Les utilisateurs du site lesamoureuxduvoyage.com sont tous situés en France ?

— Je n'ai pas fait de suivi particulier sur la localisation des utilisateurs, mais le site est en français, donc je pense que c'est majoritairement le cas. Il y a sans doute aussi des Belges, des Suisses, et plus généralement toute la francophonie.

— Rien en Europe de l'Est ? »

Putain d'enfoirés de Géorgiens, pensa Jonathan. *C'est bien ça qu'ils cherchent. Et ça doit être ce gars qui est entré sur mon serveur.*

« Peut-être, je ne sais pas. Comme je vous l'ai dit, je ne surveille pas la localisation des gens. S'il y a quelqu'un qui parle français en Ukraine ou en Pologne et qui va sur le site, je n'ai pas moyen de le savoir.

— Ou si quelqu'un passe par un VPN, compléta Étienne sans se retourner, en transférant des fichiers de *logs* depuis le serveur vers son ordinateur.

— Oui, tout à fait », confirma Jonathan en regardant ce que faisait Étienne.

Il est en train de copier le fichier des connexions au site, celui des appels à la base de données, et Dieu sait quoi encore. Il se tourna vers Marion, il était temps d'avancer et d'arrêter cette mascarade.

« Pourquoi en Europe de l'Est ? Vous cherchez quelque chose en particulier ?

— Nous avons eu plusieurs affaires qui faisaient intervenir des trolls, et ces affaires nous menaient en Europe de l'Est. Généralement du côté de l'Ukraine... ou de la Géorgie. »

Elle avait attendu avant de parler de la Géorgie. Elle comptait sur une réaction, quelque chose de visible sur le visage de Jonathan, qui lui ferait se dire qu'il savait quelque chose. Mais elle ne lut rien. De son côté, Jonathan pensait toujours plus vite. Il fallait qu'il respire pour garder les idées claires, sinon il risquait de dire ou faire une connerie. Il se contenta d'acquiescer et but une gorgée de son café tiède. Il jeta un coup d'œil vers Étienne et constata que celui-ci avait changé de répertoire. Il était maintenant dans les fichiers contenant les pages du site. *Tu ne trouveras rien d'autre ici que des vieux templates PHP, des pages génériques sans aucun contenu. Tu fais pas honneur à ton insigne, là.*

« Oui, j'imagine bien, répondit-il à Marion le nez dans son gobelet. Ils sont forts en sécurité, dans ce coin du monde. Je crois bien que c'est eux qui ont inventé les chevaux de Troie... »

Il se tourna vers Marion et déduisit de son expression qu'elle savait de quoi il parlait.

Puis il se tourna de nouveau vers Étienne et comprit ce que ce dernier cherchait dans les fichiers du site Internet. *Putain, le gars, sous mes yeux il ouvre le fichier de config pour trouver le mot de passe de la base de données, il a peur de rien, lui.* Effectivement, Étienne se connecta à la base de données et lança une commande *dump*, qui lui permettait de télécharger l'intégralité de la base de données.

« Euh, qu'est-ce que vous faites, là ? demanda Jonathan.

— Je fais une copie de votre base de données, comme ça je suis sûr de ne rien corrompre par accident », répondit immédiatement Étienne qui s'était préparé à l'éventualité de cette question.

Jonathan se demanda s'il devait intervenir, interdire une telle copie. *Y a-t-il quelque chose dans cette base qui pose problème ? De toute façon, si le mec a déjà accédé à mon serveur, il a déjà ce qu'il cherchait, il veut juste l'obtenir légalement.* Une goutte perla sur la tempe de Jonathan, qu'il s'essuya machinalement. Cela n'échappa pas au lieutenant Lambert. *Il cache quelque chose. Et s'il cache quelque chose, alors peut-être qu'il sait quelque chose.* Elle décida de tenter un bluff.

« Parlez-moi de Charon, maintenant, s'il vous plaît... »

*
* *

« Salut les chéris, j'espère que vous avez bien dormi et que vous avez fait de beaux rêves... Moi, j'ai dormi comme un bébé mais je me suis réveillée excitée comme une puce, alors je suis vite allée prendre une douche pour tester la fonction massage... »

Elle est en train de poster une Story. En sortant de la chambre de Lola, Charon entendit la voix de la jeune femme enfermée dans la salle de bains. Charon se dirigea vers l'autre chambre, celle de Lydia, et ferma la porte le plus discrètement possible. En ouvrant son téléphone, et après avoir veillé à baisser le son à son strict minimum audible, Charon constata que Lola était en direct sur OnlyFans. En coupant le son et en collant son oreille au mur, Charon entendait distinctement Lola.

« ... c'était tellement bon et... oups, pardon... »

Sur l'écran de son téléphone, la serviette de Lola glissa, dévoilant un de ses seins qu'elle recouvrit immédiatement, mais maladroitement, laissant apparaître son mamelon.

Cette espèce de pute s'est certainement entraînée pour que ça ait l'air si naturel. Il lui fallait attendre qu'elle termine. Charon était déterminé à en finir une bonne fois pour toutes. *Là, tu peux pérorer, mais dans quelques minutes, tu feras moins la maligne. Dans quelques minutes, en vrai, tu ne feras plus rien du tout, alors souris tant que tu peux pour l'inst...* Une nouvelle pensée s'engouffra dans l'esprit de Charon, qui dégagea toutes les autres. *Elle sourit. Elle a l'air heureuse... Peut-elle se suicider quelques minutes après avoir posté en direct ?*

C'était sans doute possible, oui. Mais ça ne sentait pas très bon.

« ... se retrouve ce soir pour un *live* comme vous les aimez, dites-moi dans les commentaires ce que vous souhaitez que je porte et je ferai mon possible pour vous exaucer. Vous n'aurez droit qu'à un vœu, mais le génie de la bouteille sera trèèèès sexy... »

Un live ce soir ? Là, ça pue carrément. Qui donne rendez-vous à son public avant de se foutre en l'air ? Il faut que je fasse quelque chose, maintenant, ou que j'abandonne. Charon savait qu'en abandonnant maintenant il faudrait tout recommencer. La police était déjà intervenue une fois, elle n'était pas passée loin. *Si j'avais respecté les règles, on n'en serait pas là, je dois faire le nécessaire, en finir, et passer à autre chose, commencer un nouveau chapitre.*

Charon eut une idée, et d'un mouvement du pouce fit apparaître le *chat* sur l'écran de son téléphone.

Ça y est, tu es enfin seule ? Même ta meilleure amie, ta seule amie t'a quittée ?

C'était risqué, niveau prudence ça frôlait même l'inconscience, mais le résultat espéré ne se fit pas attendre. Un silence pesant inonda le mur de la salle de bains et, quelques secondes plus tard, Charon constata sur son écran l'effet de son message. Lola s'était figée. Elle ne souriait plus. Il lui fallut près d'une dizaine de secondes pour se remettre à parler, presque comme si de rien n'était. *Dix secondes, c'est très long ; le malaise a été palpable.* « … bref, on se retrouve ce soir, vers 21 heures sur ma chaîne. Venez nombreux ! » Elle conclut d'un clin d'œil, puis coupa le direct. Elle sortit en trombe de la salle de bains et se dirigea vers sa chambre. *C'est ma chance.* Charon entendit la porte claquer et se dirigea à son tour vers la chambre de Lola. Il l'entendit sangloter et ne put s'empêcher de s'en sentir satisfait. Il posa sa main sur la poignée et, doucement, la fit pivoter.

83.

Mariama Mbaye avait envoyé plusieurs messages à Charon, tous restés sans réponse. Elle s'impatientait. L'avait-il également abandonnée ? Faute d'une réponse, elle avait tenté de joindre sa petite sœur, qui ne lui avait pas répondu. Pire encore, elle était tombée sur sa messagerie après seulement une sonnerie. *Elle m'a filtrée*, avait pensé Mariama. *Elle refuse de me parler, ne veut pas entendre ma version de l'histoire.* Mariama se mentait souvent à elle-même, mais elle commençait à avoir de plus en plus de mal à tenir le rythme de ses mensonges. Elle avait causé du tort à plusieurs femmes au cours de sa vie. Elle n'y était pas pour grand-chose, elle avait beaucoup de succès auprès des hommes, et ces derniers ne s'embarrassaient pas du fait qu'ils partageaient déjà la vie de quelqu'un pour tenter de la séduire. Elle aimait être désirée, elle aimait être séduite, et elle aimait être caressée par un homme qui la désirait. Elle aimait se sentir belle et pensait ne pas devoir en avoir honte. Si ces hommes étaient infidèles, c'était leur problème, pas le sien. Elle n'allait pas les chercher, elle ne les allumait pas, ne les tentait pas – un de ses plus gros mensonges – ; ils venaient par eux-mêmes, des mots doux plein la bouche, des cadeaux plein les bras, des étoiles plein les yeux. Elle se sentait princesse.

Bien sûr, si elle avait été honnête envers elle-même, elle aurait reconnu que, si elle se sentait princesse, c'était parce que les hommes la préféraient à leur compagne ; si elle se sentait désirée, c'était parce que ces hommes étaient indisponibles et qu'elle ne s'engageait à rien, avec aucun d'entre eux. Et si elle avait été parfaitement honnête envers elle-même, elle aurait reconnu qu'elle avait toujours été jalouse de sa petite sœur. Plus mignonne, plus gentille, plus agréable à vivre, plus intelligente, plus vive, plus… tout. Et son homme, plus charmant que n'importe quel homme qu'elle aurait pu, elle, présenter à ses parents, cet homme, comme les autres, avait succombé. Cet homme, le joyau du trésor familial, s'était entiché de Mariama. Elle avait prétendu résister un temps, mais jamais fermement. Si Mariama était honnête, elle le reconnaîtrait. Elle avait toujours laissé une porte entrouverte, s'était toujours assurée que celui qui devait devenir son beau-frère gardait sur elle un œil frustré.

Elle envoya un nouveau message à Charon.

Est-ce que vous êtes là ? J'ai vraiment besoin de parler, je ne me sens pas bien du tout et je n'ai personne d'autre.

Lorsque, quelques heures plus tard, Charon découvrirait ces messages, il serait trop tard. Mariama aurait ingéré tout ce que contenait son armoire à pharmacie, et décéderait seule après avoir convulsé longtemps sur le carrelage froid de sa salle de bains. Charon ne serait pas satisfait, mais frustré. S'il le pouvait, Charon demanderait à être remboursé.

84.

Le lieutenant Guillot s'impatientait. Il était agacé, frustré. Tout avait si bien commencé ! Mais il n'avait pas eu le choix. Elle connaissait l'arme, connaissait le mode opératoire de la victime, savait que ça s'était produit dans sa salle de bains, que le téléphone de la victime était allumé et positionné face à cette dernière. Estelle Trabelsi était, d'une manière ou d'une autre, liée à cette tentative d'assassinat. Certes, il n'y avait aucune trace de lutte alors que les brûlures sur le point d'entrée de la balle chez la victime indiquaient clairement que le coup avait été tiré à bout portant. Mais peut-être Pierre Banchereau avait-il été drogué avec une substance indétectable comme du GHB. Si tel était le cas, Estelle Trabelsi aurait très bien pu porter elle-même le coup à la victime. Elle avait un mobile : elle avait reconnu qu'ils avaient eu une relation amoureuse et qu'elle l'avait mal vécue. Elle avait reconnu avoir été rejetée. *Et là, pour le coup, je comprends pourquoi c'est la poitrine qui était visée. D'abord, parce qu'elle aura voulu lui briser le cœur comme il a brisé le sien, et ensuite parce qu'il est sans doute extrêmement difficile, même pour quelqu'un de déterminé, de faire exploser la tête de celui que vous avez aimé.*

Il y avait cependant des détails qui ne collaient pas. Pourquoi le téléphone était-il posé contre le mur face à la victime ? Pourquoi Estelle Trabelsi avait-elle accepté de suivre Guillot et de subir cet interrogatoire ? Pourquoi avoir inventé cette histoire rocambolesque de coup de fil en visio au moment de passer à l'acte, alors qu'il était plus simple de répondre « je ne sais pas » ? Pourquoi s'évertuer à livrer une histoire tout bonnement incroyable ?

Estelle Trabelsi avait, comme elle en avait le droit, appelé son mari pour le prévenir qu'elle était en état d'arrestation. Puis elle avait appelé un avocat que son mari lui avait conseillé. Il était en chemin, et il était hors de question désormais de demander quoi que ce fût d'autre à madame Trabelsi que son nom, son âge et sa profession. Guillot devait attendre. Alors il attendait. Le téléphone sonna ; il décrocha. Il ne dit pas un mot de toute la durée de l'appel, hochant la tête, pesant les conséquences de ce qu'il entendait. Il remercia son interlocutrice, puis raccrocha. *Le motif de la garde à vue a changé. Il s'agit désormais d'un assassinat, et plus d'une tentative.*

*
* *

Jonathan restait impassible. Cela avait été subtil, mais Marion Lambert avait bien vu que l'évocation de Charon l'avait troublé.

« Comment, vous dites ?

— Charon, parlez-moi de lui.

— Je ne vois pas de qui vous parlez…

— C'est un utilisateur du site. Du genre discret. Il se sert de rabatteurs, peut-être d'autres alias créés par lui-même, pour inciter les gens les plus désespérés à communiquer avec lui. »

Merde, pensa Jonathan. *Ils savent. Reste calme, ils ne savent rien qui me relie à Charon.*

« Si c'est un utilisateur du site, il doit être dans la base de données.

— Il n'y est pas, répondit sèchement Étienne.

— Comment vous le savez ? Vous ne vous êtes pas encore connecté… »

Étienne regarda Marion. Il savait qu'il avait merdé.

« Écoutez, reprit Jonathan, si on se parlait un peu franchement deux minutes ? Je sais que vous vous êtes déjà connectés à mon serveur et à ma base de données. D'un côté, je suis rassuré de savoir que c'est la police et pas un hacker chinois de 12 ans, mais d'un autre côté je suis moins rassuré parce que… parce que vous êtes la police ! Vous n'êtes pas censés faire des choses comme ça !

— Je ne vois pas du tout de quoi…, commença Étienne, ce qui provoqua un soupir de la part de Jonathan.

— Arrêtez un instant, s'il vous plaît. Promis, je dirai rien. De toute façon, c'est bon, je vous ai donné accès à ma machine. Tout ce que vous avez trouvé illégalement, vous pouvez le trouver maintenant en parfaite légalité. Si vous me disiez ce que vous cherchez, je pourrais peut-être vous aider. Je vous l'ai dit, je suis pour qu'on arrête des criminels. »

Marion se recula sur son fauteuil, en signe de détente.

« Les rabatteurs de Charon utilisent une adresse IP en Géorgie, dit-elle. Est-ce que vous savez quelque chose à ce propos ?

— Je ne sais rien à propos de ce Charon. Si des gens malintentionnés utilisent mon site pour faire des… Bref, peu importe ! Si des gens malintentionnés utilisent mon site pour faire leurs affaires, je suis prêt à vous aider à les trouver… »

Jonathan ne pensait plus à observer ce que faisait Étienne, et celui-ci continuait de fouiller le serveur. Il décida d'étudier le contenu des répertoires classiques de ce type de serveurs, à commencer par le répertoire d'accueil de l'*admin*, ainsi que les répertoires des utilisateurs.

« Écoutez, reprit Marion calmement, il circule sur votre site Internet des gens qui sont désespérés au point d'envisager le suicide comme seule solution. Sur le même site, d'autres gens vont les approcher pour leur suggérer de prendre contact avec un dénommé Charon et, quelques jours plus tard, ces gens se suicident bel et bien. Ce qui se cache, là, gros comme un camion, ça s'appelle de l'incitation au suicide, a minima. Et ce que vous faites, puisqu'on se parle franchement, c'est de l'assistance. Vous facilitez la réalisation de ce délit. Si vous avez eu la moindre connaissance de la chose, ça fait de vous un complice.

— Mais je n'en savais rien, je vous le jure ! »

Je savais que ça pouvait arriver un jour. Reste calme. Tout a été correctement préparé, ils n'ont rien qui permette de remonter jusqu'à toi, ce n'est pas le moment de craquer.

« Vous connaissiez l'existence de Charon, ça se lit sur votre visage comme le nez au milieu de la figure ! attaqua Marion. Vous croyez que je cours après un webmaster ? Je veux faire tomber un tueur ! Si vous êtes un tant soit peu sincère quand vous prétendez vouloir nous aider, vous comprenez qu'il faut nous parler, maintenant !

— Mais qu'est-ce que je fais, depuis une heure ? Je ne fais que ça, vous parler ! »

Jonathan était énervé, presque furieux. *Un peu trop, peut-être*, pensa Marion.

Pendant ce temps, Étienne faisait défiler les noms de fichiers dans des répertoires divers aux noms incongrus pour des néophytes : */etc, /usr, /root*… mais ne trouvait rien. Rien d'intéressant. Quand soudain il relança sa commande de recherche en incluant les fichiers cachés. La liste fut beaucoup plus longue. Si longue qu'elle fit défiler plusieurs fois l'écran, ce qui, du coin de l'œil, attira l'attention de Jonathan.

« Qu'est-ce que vous faites encore ? »

*
* *

Alors que la porte allait s'ouvrir, le téléphone de Charon vibra. Il relâcha la poignée, espérant l'avoir fait en silence, puis repartit vers la chambre de Lydia. Il attendit que la sonnerie s'arrête. Il ne pouvait pas répondre ; il ne savait même pas encore quel mensonge il inventerait pour se bâtir un alibi. L'oreille près de la porte de la chambre, à l'affût d'un mouvement de Lola, ignorant si elle avait remarqué quoi que ce soit. Le téléphone vibra de nouveau.

T'es où ?

Le message s'était affiché sur l'écran verrouillé. Charon décida de mettre son téléphone en mode avion et avait commencé à ouvrir la porte de la chambre lorsqu'il vit, en face, celle de Lola s'entrebâiller. Il repoussa immédiatement la porte et attendit. *Des bruits de pas qui s'éloignent, elle se dirige vers le salon. C'est le bon moment.* Charon s'engagea aussi dans le couloir puis, d'un geste vif, enserra de son bras le cou de Lola. *Une clé d'étranglement tout ce qu'il y a de plus classique. Dans dix secondes maximum, tu dors.* Le cri de Lola fut étouffé par son incapacité à respirer, son cerveau sembla s'éteindre et tout en elle se déconnecta. Elle paniquait. Au loin, elle se voyait faisant des moulinets avec ses bras pour tenter d'attraper un peu de l'air qui l'entourait, en attraper pour prendre une inspiration, juste une. Ses poumons commençaient à brûler, elle n'était pas en apnée, elle n'avait pas pu prendre sa respiration. Tout commençait à s'éloigner encore plus, à se troubler, à s'estomper. Puis plus rien. Le calme. *Est-ce que je suis morte ? Tout est noir, tout est si calme, serein. Si c'est cela, alors ce n'est pas désagréable de mourir. Je ne vois rien, mais pourtant je sais que je bouge. Comment puis-je bouger ?*

Charon tira une Lola inconsciente vers sa chambre. Le cou de la jeune femme était en train de rosir. Était-ce simplement le sang qui revenait irriguer la tête ? Charon avait-il laissé des traces de strangulation ? Pour la première fois, la prison lui traversa l'esprit. Jusqu'alors, Charon avait gardé ses distances, commis certes des actes répréhensibles, mais rien de grave. Cette fois, Lola pourrait l'identifier si elle reprenait connaissance. *Il ne faut pas qu'elle reprenne connaissance. Et je ne dois pas laisser de traces.* Charon jeta Lola sur son lit comme on jette un sac de pommes de terre, sans ménagement. Son corps glissa le long du lit, et elle s'effondra au sol. Sa tête émit un bruit sourd en frappant le sol sans qu'aucun muscle ne vienne, par réflexe, tenter d'amortir la chute. *Si elle s'est ouvert le crâne, alors ça pourra passer pour un accident. Ce n'est pas si mal.* Charon attendit de voir une flaque de sang grossir sous la tête de Lola, *comme dans les films*, mais rien ne vint. Charon était dedans jusqu'au cou, et devrait s'en sortir en se salissant les mains. Pour de vrai. Hors de toute règle.

85.

Estelle Trabelsi était en entretien privé avec son avocat depuis près d'une demi-heure. Le lieutenant Guillot était tenu par la procédure, il ne pouvait rien faire. Il ne pouvait rien accélérer, il ne pouvait pas intervenir. Il pouvait bien envoyer de temps à autre un gardien de la paix pour leur dire de se presser, mais ils n'étaient pas obligés d'en tenir compte. L'avocat passa une tête dans le bureau du lieutenant Guillot et le prévint que sa cliente était prête à être entendue.

Lorsqu'Estelle revint dans le bureau, elle semblait plus que fatiguée ; on aurait dit qu'elle avait vieilli de dix ans. Elle avait manifestement beaucoup pleuré pendant son entretien avec son avocat. Le lieutenant les invita tous deux à s'asseoir et attendit que l'avocat lui fasse signe de commencer, lorsque sa cliente se sentirait prête.

« Tu racontes simplement ce qui s'est passé, depuis le début, comme tu m'as raconté, lui avait-il conseillé. Personne ici ne cherche à te piéger, le lieutenant de police veut des réponses, comprendre ce qui s'est passé. Si tu ne sais pas quelque chose, tu dis "je ne sais pas", tu ne cherches pas à remplir les trous, ce n'est pas ton travail, c'est le leur. Tu ne supposes rien, tu n'imagines rien, tu racontes ce que tu sais, rien d'autre. » Estelle fit un signe de tête à son avocat qui, à son tour, invita le lieutenant Guillot à commencer.

Après les formalités administratives d'usage, et après avoir obtenu un verre d'eau à la demande de son conseil, Estelle reprit son récit :

« Il y a quelques semaines, une amie m'a parlé d'un site Internet sur lequel je pouvais… »

Elle regarda son avocat qui lui fit signe de poursuivre.

« Sur lequel je pouvais me faire aider, pour ce que Pierre m'a fait. Enfin, c'était pas vraiment un site Internet. Ça ressemblait à un site Internet, mais c'était sur le *dark web*, ou le *deep web*, je sais pas comment ça s'appelle exactement.

— Il me faudrait le nom de votre amie.

— Je ne la connais pas... »

Face au regard interrogatif du lieutenant, Estelle se sentit obligée de préciser sa réponse. Elle jetait toutefois régulièrement un regard à son avocat pour s'assurer qu'elle n'allait pas trop loin.

« Je l'ai rencontrée sur un groupe Facebook de gens qui ont subi des violences sexuelles. On a sympathisé parce qu'elle a vécu une histoire un peu similaire à la mienne, alors on s'est ajouté comme amies sur le site et on a échangé par messagerie en direct. Son pseudo c'était "Anti Gone", en deux mots, je ne connais pas son vrai nom. Mais elle n'est plus sur Facebook, elle a supprimé son compte il y a quelques jours... Enfin, je me suis rendu compte il y a quelques jours qu'elle n'a plus de compte sur le site.

— Très bien, et que vous a-t-elle invitée à faire, cette Anti Gone ?

— Elle m'a expliqué comment me rendre sur le *dark web* et m'a donné une adresse d'un site Internet qui expliquait toute une procédure pour "régler mon problème". Pour accéder au site, il fallait payer une inscription, symbolique, l'équivalent de 2 €, mais il fallait payer en bitcoins. J'ai failli ne pas y arriver tellement c'était compliqué. En arrivant sur le site, il fallait que je remplisse un formulaire pour raconter mon histoire. Dans les grandes lignes, bien sûr. Je devais également laisser une adresse e-mail et je serais contactée par la suite si les gens du site pouvaient m'aider.

— Et vous avez rempli ce formulaire ?

— Oui.

— Quel genre d'informations vous a-t-on demandé de renseigner ?

— Mon nom, mon adresse e-mail comme je vous l'ai dit, le nom de la personne qui m'avait fait souffrir, et que je raconte mon histoire, uniquement les faits, ce que m'avait fait la personne.

— Et vous avez raconté tout ce qui vous est arrivé sur un site Internet que vous ne connaissez pas sur le *dark web* ?

— J'avais confiance en Anti Gone… Elle m'a dit qu'elle avait aussi fait une demande et que tout s'était très bien passé pour elle, que ça lui avait permis de "faire le deuil". C'est l'expression qu'elle avait utilisée.

— Si la conversation entre ma cliente et cette Anti Gone est encore disponible sur Facebook, je veillerai à vous la faire parvenir, ajouta l'avocat.

— Très bien, maître, merci. Ensuite, que s'est-il passé ? reprit le lieutenant.

— Quelques jours plus tard, j'ai reçu un e-mail pour me dire que mon dossier pouvait être accepté. Il y avait un lien vers un autre site du *dark web*. Je m'y suis rendue, et c'est là que j'ai appris pour Charon. »

Le lieutenant se recula un instant sur son siège et se tourna vers l'avocat. Il ne comprenait pas : s'il s'était passé ce qu'il pensait qu'il s'était passé, pourquoi laissait-il sa cliente raconter son histoire ? *Elle pourrait bien prendre perpète, là.*

« Qui est Charon ? Un tueur à gages ?

— Non, pas du tout !

— Attendez, l'interrompit l'avocat. Attendez et écoutez. C'est… un peu plus compliqué que ça. »

*
* *

Jonathan était de moins en moins à l'aise. Il tentait de garder un peu de contenance face au lieutenant Lambert, mais jetait des regards inquiets vers Étienne. *Qu'est-ce qu'il est en train de faire sur ma machine ? Il n'y a rien, il ne trouvera rien, je ne risque rien, je ne garde rien qui ne soit chiffré, masqué, caché quelque part sur une clé USB elle-même cachée. Il n'y a rien à trouver. Chaque nouvelle commande est enregistrée pour être cryptée, puis…* Puis Jonathan percuta. Il y avait quelque chose à trouver dans cette machine. Quelque chose d'important. Cela ne le liait pas nécessairement à Charon, mais il serait bien incapable de justifier la présence de ce fichier. *Réfléchis, putain ! Tu es dix fois plus intelligent que tous les flics du bâtiment réunis, il n'est pas question que tu te fasses enfler par ces deux-là…* Il devait évoquer l'existence de ce fichier avant que ce policier le trouve. Il sortirait bien mieux de cette entrevue s'il prenait les devants plutôt que s'il devait prouver son innocence.

« Si vous me dites ce que vous cherchez, je peux peut-être vous aider, tenta-t-il. Il y a vraiment beaucoup de fichiers, je peux vous faire gagner du temps. Parce que j'ai pas non plus toute la journée, donc si on peut aller plus vite… »

Mais aucun des policiers ne répondit. Pour Marion, il ne faisait désormais plus aucun doute que Jonathan Berthelot avait quelque chose à se reprocher. *Laissons-le s'embourber.* Il restait à déterminer son rôle dans cette affaire, mais ce n'était plus qu'une question de minutes. Manifestement, Étienne était sur la bonne voie.

Ce dernier rechercha d'abord dans le contenu de l'ensemble des fichiers du répertoire courant le mot « charon », puis le mot « Charon ».

0 result found

Il modifia la commande pour rechercher le mot « lola », puis le mot « Lola » et, par acquit de conscience, le mot « LOLA ».

0 result found

Puis Étienne rechercha le mot « guerrec », et le mot « Guerrec ».

1 result found

Étienne se tourna vers Marion et elle comprit qu'il avait trouvé quelque chose. Il fallut encore quelques minutes à Étienne pour trouver dans quel fichier se trouvait cette occurrence. Il ouvrit le fichier et y trouva une demi-douzaine de lignes, dont celle qui l'intéressait :

Le Guerrec, Benedicte → UmVtaVByZWF1ZA==

Les autres lignes du fichier étaient inscrites dans le même format : un nom, un prénom, puis une succession de chiffres et de lettres sans queue ni tête.

Marion avait fait le tour du bureau et fixait l'écran d'Étienne. Elle se tourna vers Jonathan et, désignant du doigt le texte affiché, demanda :

« Pouvez-vous nous expliquer ceci ? »

*
* *

Tout ne s'est pas passé comme Charon l'avait prévu. Charon avait prévu de disposer Lola, nue et inconsciente, dans la douche, de lui ouvrir les veines avec une lame et de faire couler l'eau. Puis de la laisser ainsi se vider de son sang. Personne ne soupçonnerait autre chose qu'un suicide. Il n'y aurait pas de téléphone dans la pièce, Charon avait bien compris, et elle ne manquerait à personne. Peut-être à Lydia, un temps, mais cela ne durerait pas. Très vite, son souvenir s'estomperait et le monde entier passerait à autre chose. Mais ça, c'était le plan A. S'il n'y avait pas de marque autour du cou de Lola. S'il avait laissé des marques, il fallait s'y prendre autrement.

Lola commençait à bouger. Charon avait un temps pensé l'attacher, mais laisser des marques de liens sur ses poignets n'aurait fait que lui compliquer la tâche. *D'ailleurs, l'attacher avec quoi ?* Qui avait une corde dans un appartement ? *Une corde, oui... Elle pourrait se pendre. Dans sa chambre. Ce serait parfait, ça...* Charon décida à tout hasard d'ouvrir les armoires de Lola. *Après tout, au milieu de tous ses accessoires, il va peut-être y avoir des trucs SM style bondage, des cordes ou des chaînes. Peut-être même des menottes. Elle est tellement tordue, tout est possible.*

Lola ouvrit doucement les yeux. Elle ne savait pas où elle était, ni ce qu'elle faisait. S'était-elle endormie ? Évanouie ? Une tige de métal lui vrillait le crâne, elle se sentait nauséeuse. Elle avait envie de parler, mais sa gorge la brûlait. *Qu'est-ce qui se passe ?* Elle tenta de bouger, mais son corps entier était lourd. Au loin, elle entendait du mouvement. Elle avait envie d'appeler à l'aide, qu'on l'aide à se lever, mais impossible d'émettre le moindre son. Sa vue commença à s'éclaircir. *Je suis… dans ma chambre, et quelqu'un est à côté. Lydia ! Lydia doit être à côté, en train d'essayer de m'aider !* Mais une partie d'elle-même nia cette possibilité. *Non, Lydia est partie.* Les événements commençaient à apparaître, d'abord dans le désordre, puis la chronologie des dernières minutes se mit en place. *J'ai pris une douche. J'allais vers le salon et…* Soudain tout devint clair. Elle avait été attaquée. Elle avait suffoqué. Tout s'était éteint. Lola entendit de nouveau du bruit. *Celui qui m'a agressé est encore là… Si je ne bouge pas immédiatement, je vais mourir.* Le plus silencieusement possible, elle rampa vers la porte de sa chambre. *C'est pas en te traînant du bout des doigts contre le parquet que tu vas réussir à lui échapper ! Autant ne pas résister, qu'on en finisse. Après tout, qu'est-ce que tu cherches à sauver ?* Lola tentait d'éteindre cette voix intérieure qu'elle connaissait bien, qu'elle avait enfermée dans une boîte pendant des années, et qui, depuis quelques jours, se frayait un chemin vers la surface. *Je ne vais pas mourir ici. Il n'en est pas question !* Derrière elle, quelqu'un s'affairait. Elle n'osa pas se retourner.

« Tant que je ne le vois pas, il ne me voit pas. Tant que je ne le vois pas, il ne me voit pas.

— C'est puéril, ce genre de raisonnement !

— Tais-toi ! Je vais bientôt sortir de cette pièce et je m'enfuirai.

— Tu es incapable de te redresser, comment comptes-tu t'enfuir ?

— Je vais sortir de la pièce. Pour l'instant, c'est ça, mon objectif. Pour le reste, je verrai ensuite. Je ferai ce qu'il faut.

— Pour l'instant, tu es encore plus ou moins dissimulée à son regard par le lit, mais dès que tu vas approcher de la porte, il te verra. Et il sera immédiatement sur toi. Et il te

fera regretter d'avoir seulement tenté de bouger. Peut-être que si tu ne fais rien…

— Je… n'ai… pas… besoin… de tes conseils ! »

Lola était désormais à découvert. Il n'y avait qu'un mètre à franchir pour atteindre la porte ouverte de sa chambre, mais au rythme auquel elle avançait, ce mètre lui semblait le bout du monde. Dans son dos, elle entendait du bruit. *Il est en train de vider mon armoire. S'il se retourne ne serait-ce qu'un instant, c'est terminé.* Elle se hissa sur son avant-bras endolori et réussit à engager sa tête dans le couloir. Elle se voyait déjà hors de danger, mais se força à penser au reste de son corps, encore dans la chambre. Après un ultime effort, elle pressa son bras contre l'encadrement de la porte et, toujours à plat ventre, quitta la pièce.

Dans le couloir, Lola dut prendre une décision. Où aller ? L'idéal aurait été de quitter l'appartement. Mais comment ? Elle n'allait pas descendre les marches en rampant. Si elle pouvait se lever, simplement se lever, elle savait qu'elle trouverait en elle la force de courir, et alors elle serait sauve. *Je ne vais pas mourir ici.* Elle tenta de se redresser à l'aide de ses bras, mais fut prise de vertige. Il fallait qu'elle se décide. Vite. Dans quelques instants, il serait trop tard ; son agresseur sortirait de la pièce, debout, plein de vigueur, la rattraperait en un instant, et c'en serait fini d'elle.

« *Tu es fatiguée, tu devrais simplement reposer la tête au sol et dormir. Personne ne peut te faire de mal pendant que tu dors.*

— Je ne peux pas abandonner. Il faut que je leur montre que je n'abandonnerai pas. Abandonner, ce serait leur donner raison, et ils ont tort.

— À qui crois-tu donner une leçon ? Il n'y a que toi, ici. Tu es seule. Tu refuses d'abandonner ? C'est assez drôle si on considère le fait que tout le monde t'a abandonnée.

— Tu mens ! Je te connais bien, tu sais, je connais ton petit manège…

— Ah, je mens ? Dis-moi, où sont tes amis ? Tes parents ? Pourquoi es-tu seule, ici, dans ce grand appartement ? Et pourquoi cherche-t-on à te tuer ? »

Ne pas trop réfléchir. Ne pas rester statique… Se cacher. Voilà ce qu'il fallait faire. Se cacher en attendant des secours ou de retrouver des forces. Lola redressa sa si lourde tête pour regarder autour d'elle. Un peu plus loin, sur sa droite, s'élevait une immense porte dont elle ne parvenait pas à voir le sommet. La *salle de bains*, pensa-t-elle. *Je peux verrouiller de l'intérieur.* Moins de deux mètres la séparaient de sa destination, mais il aurait tout aussi bien pu s'agir d'un marathon. Chaque centimètre parcouru, chaque muscle mobilisé était une épreuve. La voix intérieure persistait : *Tu n'y arriveras pas, tu vas simplement mourir.*

*
* *

Charon avait trouvé plusieurs accessoires qui pourraient lui être utiles : des cordes et des chaînes au bout desquelles étaient fixés des poignets en cuir, dont l'intérieur, comme matelassé, était mou. *Avec ça, je pourrai l'attacher sans laisser de trace.* Quant aux cordes, épaisses, tressées, elles supporteraient largement le poids de Lola. Charon avait sorti du placard toutes sortes d'accessoires qui le dégoûtaient. En plus d'un nombre invraisemblable de tenues ridicules censées exciter les hommes – *un bikini d'infirmière ?!* –, il y avait toute une batterie d'appareils dont la seule finalité était d'être insérés dans un orifice et d'y vibrer. Plus que jamais, Charon sut que la disparition de Lola serait une bonne chose. Il fallait qu'elle disparaisse. Il y en avait plein d'autres, des « comme elle », mais elles vivaient dans un autre monde, et Charon se foutait de ce qui pouvait bien se passer dans les autres mondes, tant qu'il n'était pas obligé de l'avoir, là, sous ses yeux. Dans son monde à lui, il n'y avait pas de place pour ce genre de « personnes ».

« Qu'est-ce que tu peux bien foutre avec toutes ces merdes, dit Charon à l'attention de Lola qu'il supposait encore inconsciente au pied du lit. Peut-être qu'il faudrait que je t'en carre un dans l'oignon avant de te pendre. Et tu veux que je te dise ? Lorsqu'on trouverait ton corps, ça ne choquerait personne. J'aimerais que tu penses deux secondes à ça, que ça s'imprime dans ta petite tête de salope... Si on retrouve ton corps pendu, à poil, avec un gode enfoncé dans le cul... c'est un détail qui ne choquera absolument personne... Est-ce que ça n'en dit pas long sur toi ? »

Charon ricanait bêtement en s'approchant du bord du lit. La décharge d'adrénaline fut si fulgurante que Charon faillit tomber. *Elle n'est plus là !* Il sortit de la chambre comme une furie. Balaya du regard à gauche, vers l'entrée de l'appartement, à droite, vers la chambre de Lydia. Personne. *Si elle a réussi à s'échapper, c'est la fin.* Il courut vers la porte d'entrée. Rien. Ouvrit la porte de l'appartement, et la lumière de la cage d'escalier s'alluma. Rien non plus. *Elle doit encore être dans l'appartement. C'est certain. Elle est encore dans l'appartement.*

Dans la salle de bains, Lola puisait tout ce qui lui restait d'énergie, prête à y laisser la vie, pour atteindre du bout des doigts la petite clé métallique. Le déclic de la serrure fut pour elle une libération. Elle était enfermée dans la salle de bains, elle était à l'abri. Pour l'instant.

« Maintenant, tu peux dormir.

— Il ne faut pas que je... »

Et tout devint noir.

86.

Le lieutenant Guillot se tenait la tête à deux mains. Face à son clavier, il ne savait même pas par où commencer. L'histoire qu'il venait d'entendre était folle. C'était tout bonnement incroyable. Il savait que les gens pouvaient être tordus, il en avait croisé plus d'un au cours de sa carrière, mais il y avait dans cette histoire quelque chose de si… sale… Guillot pensa, sans trop savoir pourquoi, au moment où il avait compris ce qui se produisait dans les camps de concentration de la Seconde Guerre mondiale. Comment les nazis avaient décidé d'exterminer le peuple juif, comment plus d'un million d'entre eux étaient morts dans les chambres à gaz. Ce qui l'avait frappé, c'était la méticulosité administrative. Qu'un État ait mis son administration et ses compétences de gestion et d'organisation au service du massacre d'un peuple tout entier. Voilà pourquoi Guillot pensait à cela maintenant : il y avait dans l'histoire qu'Estelle Trabelsi venait de raconter quelque chose de similaire : une organisation froide, administrative, parfaitement huilée, au service de la mort. C'était certes à une autre échelle, mais cela faisait tout de même froid dans le dos.

Guillot regardait la femme en face de lui ; elle semblait presque ne pas se rendre compte des implications de ce qu'elle racontait, comme distante de sa propre histoire. *C'est justement le but*, pensa-t-il. *Rester à bonne distance de tout ça.*

« Je résume, reprit-il. Lorsque vous avez suivi le lien de l'e-mail, vous êtes arrivée sur un nouveau site qui vous expliquait une procédure, c'est bien ça ?

— Oui.

— Une procédure pour… pour en finir avec l'homme qui vous avait fait souffrir… pour en finir avec Pierre Banchereau, c'est bien ça ?

— Oui.

— On est bien d'accord qu'à ce stade, pour vous, il est parfaitement clair que "en finir" signifie sa mort, oui ?

— Oui, mais je ne l'ai pas tué.

— Et personne ne l'a tué, compléta l'avocat.

— Les étapes de cette procédure consistaient en un paiement en bitcoin d'un montant de… ?

— À peu près 5 000 €.

— Et vous disposiez de cette somme ?

— Oui, sur un livret. Avec mon mari, on mettait de l'argent de côté pour faire un apport pour quand on achèterait un appartement.

— Et votre mari ne s'est pas interrogé sur le fait qu'il manque 5 000 € ?

— Mon mari ne regarde jamais les extraits de compte, c'est moi qui m'en occupe. »

Guillot laissa quelques secondes de silence s'égrainer, puis reprit :

« Une fois que vous avez payé ces 5 000 €, que s'est-il passé ?

— Une fois le paiement effectué, il n'y a plus rien à faire. Les gens s'occupent…

— Quels gens ?

— Je ne sais pas, les gens qui s'occupent de ce service.

— Continuez…

— Les gens s'occupent de pousser la cible, Pierre, à bout. Ils attaquent sa réputation sur Internet, déterrent tout ce qu'ils peuvent trouver à son sujet. Ils le poussent à se rendre sur un site, et, lorsqu'ils sentent qu'il est désespéré, l'incitent à contacter un certain Charon.

— Et donc, parlez-moi de ce Charon.

— D'abord, il faut que je vous parle des règles. »

*
* *

Jonathan s'était préparé à cette éventualité. Il avait pensé que si ce moment arrivait, il sourirait et prendrait de haut les policiers qui viendraient le questionner. Mais difficile de faire le malin quand son esprit n'arrêtait pas de poser les mêmes questions en boucle : *Est-ce que tu n'as pas oublié quelque chose ? Est-ce qu'il n'y a pas quelque part un détail auquel tu n'as pas pensé ?* Le fait est qu'il avait baissé la garde. Il enregistrait les commandes sur un fichier masqué, sur son serveur, puis il allait chercher sa clé USB qu'il avait cachée hors de chez lui, la branchait, se connectait à son serveur, récupérait les infos, supprimait le fichier de son serveur, déconnectait la clé USB, et la replaçait dans sa cachette. Mais parfois, il avait la flemme d'aller chercher sa clé USB, alors le fichier pouvait bien rester quelques jours ou quelques semaines sur son serveur… Dans un commissariat, interrogé par deux policiers qui avaient trouvé le fichier et, au sein de celui-ci, le nom d'une proie. Ils semblaient la connaître. *Putain, je les ai autorisés à se connecter à mon serveur… C'est moi qui ai écrit le mot de passe, bordel !* Il devait se calmer et organiser ses pensées. Il avait largement de quoi discuter avec eux, ils n'avaient pas grand-chose contre lui. Il pouvait prétendre ne rien savoir de ce fichier, et ils ne pourraient rien prouver… mais Jonathan savait qu'il ne leur faudrait peut-être pas plus pour l'interpeller. Il n'avait pas confiance en la justice, pensait que beaucoup d'innocents se noyaient en prison tandis que des coupables passaient entre les gouttes. C'était son tour. Il devait passer entre les gouttes, éviter le pire. Après tout, il n'avait jamais forcé qui que ce soit à commettre des crimes, et s'il pouvait aider la police à arrêter des criminels, alors il serait parfaitement juste qu'il ne soit pas arrêté.

Je n'ai rien fait de mal, en vrai. Je ne force personne à rien.

« Je peux vous livrer Charon », finit-il par dire sans même trop s'en rendre compte.

Marion leva les yeux vers lui.

« J'écoute, dit-elle calmement.

— D'abord, il me faut des garanties. Je n'ai rien fait, et je ne veux pas tomber pour les autres.

— Ce n'est pas de mon ressort. Tout ce que je peux vous conseiller, c'est de coopérer. La simple présence dans votre ordinateur d'un fichier comportant le nom d'une personne qui se fait harceler par Charon est suffisante pour que je vous place en garde à vue. Et si j'ajoute le fait que vous êtes le créateur et l'hébergeur du site des Amoureux du voyage sur lequel passent les victimes, je pense qu'il y a de quoi monter un joli dossier à votre nom.

— Sauf que sans moi, vous ne trouverez personne. Il n'y a aucun nom nulle part, aucune transaction enregistrée. Je suis le seul à pouvoir retracer chaque cas, y compris ceux dont vous ignorez l'existence…

— Très bien. Je vous écoute.

— Non ! Comme je vous l'ai dit, je veux des garanties. Je veux avoir la preuve que je n'irai pas en prison. Je veux l'immunité ! »

Marion peina à se retenir d'éclater de rire.

« L'immunité ? Je pense que vous regardez trop la télévision, on n'est pas aux États-Unis, ici. Y a pas d'immunité.

— Sans moi, vous n'avez rien, insista Jonathan. Ce fichier, je ne sais pas ce qu'il fait là. Comment savoir que ce n'est pas vous qui l'avez mis là quand vous vous êtes illégalement connecté à mon serveur ? »

Marion réfléchit. Elle ne doutait pas du fait qu'elle le tenait et qu'elle avait de quoi le faire tomber, mais aussi qu'il n'était qu'un intermédiaire. *Il n'a pas la carrure d'un Charon. Il n'a aucune raison de s'en prendre à toutes ces personnes, ça ne colle pas.*

« De toute façon, reprit-elle, comme je vous l'ai dit, ce n'est pas de mon ressort. La seule personne qui peut décider de vous poursuivre ou pas, c'est le procureur de la République.

— Et on peut pas le contacter ?

— Je pourrais, mais je ne vais pas le faire. Je n'ai rien à lui dire, à ce stade. En revanche, j'ai de quoi vous envoyer devant un juge. Donnez-moi une seule bonne raison pour que le procureur vous laisse tranquille…

— Je peux vous donner les affaires en cours. Les proies auxquelles s'attaque Charon et qui sont encore en vie.

— Comment savoir que je peux vous faire confiance ?

— Si je peux vous convaincre, est-ce que vous contacterez le procureur ?

— Je doute que vous puissiez me convaincre…

— Mais si j'y arrive, est-ce que vous obtiendrez que le procureur me laisse tranquille ?

— Il va falloir être très persuasif, croyez-moi…

— Rémi Préaud ! »

Étienne et Marion se regardèrent. Il n'y avait aucune raison objective que Jonathan connaisse Rémi Préaud. Ça ne pouvait pas être le fruit du hasard.

« Comment vous connaissez ce nom ? finit par demander Lambert.

— Il est dans le fichier. À côté du nom de la fille, Le Guerrec. C'est le vrai nom de Charon. Il est simplement encodé en Base24. »

Immédiatement, Étienne ouvrit une fenêtre de navigateur Internet et chercha :

Base24 decoder

Le Base24 était un système d'encodage de nombres et de caractères qui n'était plus utilisé ailleurs que dans certains systèmes de transmission de transactions. Il permettait de transformer du texte en une série illisible de chiffres et de lettres, de façon réversible sans mot de passe ni système particulier pour décoder le message. C'était vraiment basique et en aucun cas sécurisé.

Étienne tomba sur une page qui proposait d'inscrire du texte encodé en Base24 et de le décoder d'un simple clic. Il y copia le mot qui suivait le nom de Lola dans le fichier du serveur de Jonathan et pressa le bouton.

UmVtaVByZWF1ZA== → RemiPreaud

Il se tourna vers Marion et hocha la tête. Marion rechercha frénétiquement sur son ordinateur le rapport de son entretien avec Rémi de la veille, y trouva son numéro de téléphone et l'appela. *Messagerie. Immédiate. Son téléphone est coupé.* Elle chercha le rapport de Lydia, l'appela à son tour.

« Qui est-ce ?

— Lydia, ici le lieutenant Lambert, je cherche à contacter Rémi Préaud, il ne répond pas à son téléphone, est-ce qu'il est avec vous ?

— Je n'ai rien de plus à vous dire, vous ne devez pas m'appel…

— Écoutez-moi, c'est important. Est-ce que Rémi est avec vous ?

— Non.

— Où est-il ?

— Je n'ai pas à vous dire où il est, ça ne vous regarde pas.

— Lydia, je n'ai pas le temps de discuter, répondez à ma question ou je vous fais arrêter pour obstruction à la justice… »

Il n'y avait aucun risque, mais ça pouvait faire son effet.

« Je ne sais pas. OK ? Je. Ne. Sais. Pas ! » Lydia avait raccroché.

« On a une patrouille sur place ? » demanda Étienne, espérant une réponse différente de celle qu'il connaissait.

Marion fit non de la tête.

Jonathan se faisait petit, il attendait que le tumulte passe. Soudain, Marion se leva et sortit comme une furie du bureau. Elle revint quelques secondes plus tard accompagnée d'un jeune policier en uniforme.

« Tu me le surveilles jusqu'à ce que je revienne. Il ne sort pas, il ne passe pas de coup de téléphone. S'il veut aller aux toilettes, tu l'accompagnes, mais je le veux assis, exactement à la même place, lorsque je reviens, c'est compris ?

— Oui, lieutenant. »

Elle fit signe à Étienne de la rejoindre. Il verrouilla son ordinateur et quitta le bureau. Alors qu'ils allaient partir, Jonathan se leva mais fut immédiatement bloqué par le gardien de la paix chargé de le surveiller. Il cria à Marion qui s'éloignait : « On a un marché, hein ? Vous n'oubliez pas… »

*
* *

Rémi avait fait le tour de l'appartement et verrouillé la porte d'entrée. Il ne restait que la salle de bains. Il tenta d'ouvrir la porte. Elle résista. Il frappa du poing contre la porte, des coups francs, secs, lourds.

« Ouvre cette porte, Lola ! »

De l'autre côté, les secousses réveillèrent Lola qui, de nouveau, eut besoin de plusieurs secondes pour comprendre où elle était.

« Ouvre cette putain de porte, bordel ! »

Cette voix, pensa Lola… *Rémi ! Lydia et lui sont venus m'aider !* Cette idée lui rendit quelque force et elle réussit, tant bien que mal, à se relever, s'aidant de la poignée de la porte. Elle allait attraper la clé lorsqu'une idée plus sombre lui traversa l'esprit. *Et si…*

« Rémi ? » Elle avait essayé de parler, mais aucun son n'était sorti de sa bouche. En revanche, elle avait l'impression que quelqu'un avait fait couler de l'acide le long de sa trachée. Elle porta la main à son cou et ressentit une vive douleur. Elle se tourna devant le miroir et constata qu'un hématome lui dessinait une écharpe bleutée sous le menton.

« M'oblige pas à défoncer la porte, Lola ! Ouvre immédiatement ! »

Et si… Et si elle avait eu raison ? Si la police avait eu raison ? Si l'homme qui la harcelait n'était autre que le petit ami de sa meilleure amie ? Et si… elle allait mourir ? *Ne pas paniquer, ne pas paniquer. Il faut que je prévienne la police.* Elle n'avait pas son téléphone. Elle était prise au piège.

Les coups contre la porte cessèrent quelques secondes. Puis reprirent de plus belle. Plus forts, plus espacés. *Rémi est en train de frapper la porte avec son pied !* Le cadre allait céder. D'une manière ou d'une autre, il allait bientôt entrer. *Il faut que je me prépare à me défendre.* Lola ouvrit fébrilement ses différentes trousses à la recherche de quelque chose qui pourrait lui servir d'arme. Elle tira une paire de ciseaux à ongles et une lime métallique. *Voilà tout ce que j'ai pour me défendre… Ma vie tient à une lime à ongles et une paire de ciseaux miniatures.*

Cependant, quelque chose se produisit au fond d'elle, sans même qu'elle s'en rende compte. Elle avait moins mal. Elle n'avait presque plus de douleur au cou ni à la gorge, et avait même, semblait-il, retrouvé des forces. Suffisamment pour se tenir debout et, pensait-elle, courir ou sauter au besoin. Un goût très amer baigna le fond de sa gorge, presque métallique. Le corps gorgé d'adrénaline, elle était prête à faire face. Elle n'avait pas le choix. Lola se regarda une nouvelle fois dans le miroir. Sans réfléchir, elle jeta lime et ciseaux dans le lavabo et lança de toutes ses forces son poing contre la glace. Celle-ci se brisa en des dizaines d'éclats. Son poing saignait, mais elle n'avait pas mal. Elle attrapa une serviette, de celles dont on se sert pour s'essuyer les mains, et l'enroula autour de sa main blessée. Elle se saisit ensuite d'un éclat du miroir, long triangle de verre effilé, et le plaça dans la serviette. *Entre, maintenant, connard*, pensa-t-elle.

De son côté, Rémi s'était interrompu en entendant le miroir se briser. *Qu'est-ce qu'elle est en train de foutre, là-dedans ? Est-ce qu'elle s'est de nouveau évanouie ?* Il doutait d'avoir autant de chance. Il fallait entrer. Le plan avait foiré ; le suicide n'avait plus lieu d'être. Il tenterait peut-être de faire croire à un cambriolage qui aurait mal tourné, ou alors il volerait les sous-vêtements de Lola pour faire croire au crime d'un fan pervers. Pour le moment, la priorité était d'entrer et de frapper. Frapper fort. Ne plus laisser aucune place au doute. *Je vais tuer une personne. Putain, oui, j'ai vraiment envie de buter cette pute. Et peut-être même que je lui fourrerai ses godes dégueulasses dans tous ses orifices de salope, je...*

Rémi prit de nouveau appui sur sa jambe gauche et frappa de tout son poids avec son pied droit. Sous le choc, la porte céda. Les gonds s'étaient arrachés du cadre, qui pendait partiellement. La porte, elle, gisait au sol. Lola apparut soudain à droite de l'encadrement de la porte et porta un coup au visage de Rémi. Celui-ci recula et hurla en portant les mains à son visage. Il saignait. Elle lui avait ouvert tout un côté du visage. Il se lança alors en avant en hurlant et se plaqua entièrement contre le corps de Lola, la faisant basculer vers l'arrière. En tombant, Lola manqua se fracasser le crâne contre la vasque et lâcha son arme de fortune qui glissa au bout de la pièce. Elle se débattit comme une furie. Rémi tentait de la maintenir, mais elle frétillait comme une anguille. Il lui abattit le poing sur l'épaule, puis attrapa sa tête et tenta de la frapper contre le sol. Mais Lola résistait, de toutes ses forces. Alors qu'il était à califourchon sur son corps blessé, elle tenta de lui envoyer des coups de genoux dans les testicules pour se dégager, mais Rémi avait placé une de ses jambes en travers de la taille de Lola, empêchant tout mouvement d'ampleur. Il enserra le cou de la jeune femme de ses deux mains et pressa aussi fort qu'il le pouvait. Dans un effort dont elle se serait bien sentie incapable à peine quelques minutes plus tôt, Lola réussit à planter ses pouces dans les orbites Rémi et pressa. Celui-ci hurla si violemment que les oreilles de Lola se mirent à bourdonner. Il lâcha sa prise et recula, se tenant le visage à deux mains. « Salope ! Salope ! » Il criait à pleins poumons tandis que ceux de Lola se remplissaient à nouveau d'air frais. Elle toussait. Fort. Presque à en vomir. Il n'était pas temps de lâcher l'affaire, il ne fallait pas se reposer, pas maintenant.

De nouveau, des coups sourds et puissants se firent entendre. Lola ne comprenait pas de quoi il pouvait bien s'agir. Et si… Et si Rémi n'était pas seul ? Et s'il était avec Lydia ? *Est-il possible que Lydia…* Lola se secoua vivement le visage pour chasser cette pensée de son esprit puis se tourna, bien décidée à avancer jusqu'à son couteau. Puis elle reviendrait vers Rémi, et elle l'achèverait. Une bonne fois pour toutes. *Personne ne me contrôle, personne ne prend mon corps sans que je le veuille, personne ne me dit ce que je peux faire ou pas.* Elle n'était plus en colère, n'était plus furieuse, elle était enragée. Il n'était plus possible de lui faire entendre raison. Elle allait le tuer. Il fallait qu'il décède. C'était elle ou lui. Lola se traîna sur quelques centimètres, puis sentit quelque chose lui retenir la jambe, tandis qu'une sensation chaude remontait le long de son corps. Rémi l'avait saisie et tentait de se placer de nouveau au-dessus d'elle, son sang brûlant aspergeant le corps de Lola alors qu'il avançait. À tâtons, il attrapa ce qu'il put dans le lavabo, et après avoir saisi la lime, la planta dans l'omoplate de Lola. Elle s'effondra au sol. Malgré la douleur, malgré le poids de ce corps lourd sur le sien, elle tendit la main vers un morceau de miroir tombé au sol, mais il était encore trop loin. Une seconde douleur, aussi violente que la première, lui déchira de nouveau le haut du dos. Rémi venait de retirer la lime et tenta de viser la tête. Lola vit du coin de l'œil la main ensanglantée de son agresseur frapper le sol juste à côté de sa tempe.

Rémi releva la main. « Est-ce que tu vas finir par mourir, espèce de grosse pute ? » Il criait, crachait du sang. La pièce entière était mouchetée de taches rouges. *Encore un effort, juste un effort…* Elle traîna son corps une dernière fois, tendit le bras et saisit le morceau de miroir à pleine main. Il n'était plus question de se protéger avec une serviette, il était question de sa survie. Rémi, dans un râle, s'avança sur le corps de Lola pour la plaquer au sol, et tandis qu'il tenait maintenant la lime à ongles à deux mains en l'air, visant l'arrière du crâne de Lola à travers le voile de sang qui lui imbibait les yeux, Lola planta le bout de verre dans un des genoux de Rémi.

Rémi retira sa jambe en hurlant, mais Lola ne lâcha pas son arme, qui se retira de la plaie. Sa main était pleine de sang. Elle arriva à se retourner, et alors que Rémi tentait de frapper une dernière fois Lola au visage, elle planta l'éclat dans le torse de Rémi à multiples reprises. De toute la rage dont elle était capable. La lame termina sa course folle dans la gorge de Rémi qui s'effondra.

Deux policiers en uniforme arrivèrent devant le seuil de la salle de bains, taser au poing.

C'était terminé.

« Lâchez votre arme, lâchez votre arme ! » criaient-ils.

Lola ne les entendait presque pas. Elle ne se rendait pas compte qu'elle tenait toujours le morceau de miroir avec, au bout, le corps sans vie de Rémi.

« Lâchez votre arme immédiatement ! »

Lola ouvrit ses deux mains ensanglantées, posa la tête au sol et se mit à pleurer. Tandis qu'un des policiers appelait des renforts médicaux, l'autre s'approcha de Lola après avoir pris le pouls de Rémi.

« Mademoiselle Le Guerrec, le lieutenant Lambert est en route, elle ne va pas tarder à arriver. C'est terminé, vous ne risquez plus rien. Une équipe médicale sera là dans quelques minutes pour prendre soin de vous. Est-ce que vous comprenez ? »

Lola n'avait rien compris, mais fit tout de même oui de la tête avant de s'évanouir.

87.

« La procédure est simple. Il faut télécharger une application de messagerie, utiliser un compte qui nous est fourni, et attendre que la proie nous contacte. On doit alors discuter avec elle en veillant à ne jamais la provoquer ou l'inciter à se suicider. C'est toute l'importance des règles... »

Estelle avait besoin de reprendre son souffle. Elle but une gorgée d'eau. Le lieutenant Guillot attendrait le temps qu'il faudrait, mais il ne prendrait pas la parole. *Elle est sur sa lancée, il ne faut pas l'interrompre.* Il notait frénétiquement tout ce qu'elle disait, veillait à ce que son ahurissement ne paraisse pas sur son visage.

« J'ai suggéré à Pierre que ce serait mieux de se tirer dans la poitrine que dans la tête. J'avais envie qu'il me voie avant de mourir. Qu'il comprenne que j'avais été plus forte que lui. Mais je ne l'ai pas tué. Je ne me suis pas rendue chez lui, je n'ai pas utilisé son arme. Il s'est fait ça tout seul. Voilà ce qui s'est passé. »

Le lieutenant prit quelques minutes pour terminer d'écrire tout ce qu'Estelle Trabelsi avait raconté, imprima les documents et lui demanda de les signer après les avoir relus. L'avocat d'Estelle les lut également. Guillot sortit de son bureau puis, sans dire un mot, se rendit sur le toit de l'immeuble pour fumer une cigarette. C'était gros, comme affaire. Il le sentait. *Pas cette femme, à proprement parler. Elle, c'est rien. Mais toute l'organisation derrière…* Combien pouvait-il y avoir de cas similaires ? Depuis combien de temps est-ce que cela durait ? Comment cela avait-il pu échapper à la police ? Et puis… une autre question le tarauda. *Qu'est-ce qu'elle risque, pénalement ? Si elle n'a effectivement rien fait, en pratique… même en imaginant qu'on arrive à tenir le fait qu'elle a provoqué le suicide de Banchereau, elle risque quoi, au pire ? Trois ans de prison ? Elle n'ira pas en prison, ou alors quelques mois… Une amende ? Elle a poussé cet homme à mettre fin à ses jours, et elle va prendre une prune ? Ça n'a aucun sens.* Guillot savait que c'était désormais dans les mains du procureur, mais il sentait qu'il ne se passerait pas grand-chose. *Si Banchereau était la moitié du connard que cette femme prétend, elle aura droit à toute la clémence de la justice. Et tous ceux qui ont organisé le harcèlement, qui ont piraté ses comptes Internet, qui l'ont poussé à bout, on ne les trouvera sans doute jamais. Quelle merde…*

Une fois revenu dans son bureau, il expliqua à Estelle ce qui allait se passer ensuite. Il contacterait le parquet pour transmettre le dossier, le procureur déciderait de classer sans suite ou d'ouvrir une instruction, à la suite de quoi un procès aurait vraisemblablement lieu. Sa garde à vue n'était pas tout à fait terminée, mais elle allait sans doute pouvoir rentrer chez elle bientôt. Elle ne devrait pas quitter le territoire, rester à la disposition de la police et ne pas changer d'adresse sans prévenir. Il lui rappela qu'elle avait droit à une visite médicale si elle le souhaitait, qu'elle pouvait rester avec son avocat dans un bureau à côté, mais qu'elle retournerait ensuite en cellule en attendant la levée de sa garde à vue.

Estelle comprenait tout ce qu'on lui disait. Après quelques remarques de forme, son avocat l'autorisa à signer son procès-verbal puis ils allèrent dans une pièce attenante pour parler de la suite des événements. Guillot, de son côté, appela le bureau du procureur. Il allait transmettre le dossier par voie classique, mais il avait besoin de parler directement avec quelqu'un pour s'assurer qu'on entendrait bien la nature de l'affaire.

88.

Lorsque Marion et Étienne arrivèrent au domicile de Lola, ils savaient déjà que Rémi était mort, mais ne savaient rien de l'état de santé de la jeune femme. La porte était enfoncée ; quelques voisins se pressaient dans l'escalier, près de l'appartement. Marion exigea d'un agent sur place qu'il les disperse. Quand ils entrèrent dans l'appartement, ils virent Lola allongée sur un brancard, dans le salon. Un masque à oxygène lui couvrait le nez et la bouche, son corps était presque entièrement bandé ; les larmes avaient creusé des sillons clairs sur son visage maculé de sang séché. Les urgentistes à ses côtés n'avaient pas l'air inquiet. Marion en conclut qu'elle devait être hors de danger. Lorsque Lola aperçut Lambert du coin de l'œil, elle tenta un geste du bras avant de se crisper de douleur. Marion s'approcha.

« Lola, tout va bien se passer, maintenant, je suis là, il ne peut plus rien vous arriver. Je vais discuter quelques instants avec les agents qui sont arrivés en premier ainsi qu'avec les urgentistes, et je reviens vers vous, d'accord ? »

Sans bouger le bras, Lola tendit son pouce vers le haut. Marion fit signe à Étienne de lui tenir compagnie.

Marion se dirigea vers la salle de bains. Elle y découvrit le corps sans vie de Rémi, un éclat de miroir planté dans le cou. Il y avait du sang partout. Le premier agent sur place lui fit son rapport. Hormis son collègue, pour s'assurer que la victime était bien décédée, et les urgentistes qui avaient pris en charge Lola, personne n'était entré ou sorti de la pièce en attendant l'arrivée de la scientifique. Marion observa la pièce en détail depuis le seuil. Il y avait eu lutte, c'était manifeste. La porte était au sol, l'huisserie était arrachée, le miroir était brisé, de longues traînées de sang avaient séché au sol. Marion poursuivit son chemin vers la chambre de Lola. L'armoire avait été vidée, des cordes, chaînes et menottes étaient étalées sur le lit. *Qu'est-ce qui s'est passé, ici, putain ?*

L'agent avait suivi Marion pour poursuivre son rapport. Personne n'était entré dans aucune des chambres. Seul le salon avait été investi par les services médicaux, puis par les agents sur place. Ils étaient arrivés moins de six minutes après l'appel de Marion. Elle retourna vers le salon et appela un des urgentistes pour avoir un bilan de l'état de santé de Lola.

« On a plusieurs contusions au niveau du cou ; elle a été étranglée à deux reprises. Une fois par le bras de son agresseur, une fois à deux mains. Elle a aussi été poignardée avec une lime à ongles dans le dos, et doit avoir deux côtes cassées. Il faudra attendre une radio pour s'en assurer. Elle a de multiples égratignures sur le torse, le dos et les jambes, qu'elle s'est probablement faites en se traînant au sol au milieu d'éclats du miroir. Elle s'est ouvert les deux mains : la droite en brisant le miroir d'un coup de poing, la gauche en se servant d'un éclat comme d'un couteau… et elle semble avoir une légère entorse au poignet. Ah, et elle s'est aussi méchamment cogné la tête contre le sol, on surveille, mais a priori il n'y a pas d'œdème. Elle est parfaitement stable. On la maintient sous oxygène parce qu'elle a quand même suffoqué plusieurs fois aujourd'hui, mais sinon, elle va bien. Encore une fois, faudra attendre le résultat des radios pour en être certain, mais pour quelqu'un qui a failli se faire tuer, franchement, elle s'en sort pas si mal… »

Oui, pensa Marion. *Elle ne s'en sort pas si mal…*

Étienne vit les lèvres de Lola bouger. Il s'approcha de son visage, il n'avait pas entendu ce qu'elle venait de lui dire. Lola répéta à travers son masque :

« Est-ce que quelqu'un a prévenu Lydia ? »

Ses yeux s'emplirent de larmes. Étienne passa sa main sur son front pour la calmer, lui expliquer qu'ils allaient s'occuper de tout. Qu'il fallait qu'elle se calme, qu'elle se ménage. Lola expliqua à Étienne qu'elle avait annoncé un *live* pour le soir même. *Comment peut-elle penser à ça ?* C'était évidemment hors de question, elle serait à l'hôpital, ce soir. Elle en sortirait vite, mais tout le monde ici souhaitait s'assurer qu'elle aille bien. Marion aurait beaucoup à faire avec la scientifique et au commissariat, mais il resterait avec elle aussi longtemps qu'il faudrait.

Un tumulte se fit entendre dans la cage d'escalier. Quelqu'un s'énervait. Une voix de femme. Lola s'agita.

« Putain, mais j'habite ici ! » C'était Lydia. Avant qu'Étienne réagisse, Marion était déjà revenue à l'entrée, prête à accueillir Lydia, à lui expliquer ce qui s'était passé. Mais avant tout, il fallait éviter une confrontation avec Lola. Cette dernière avait besoin de calme. Juste de calme.

« Lydia, s'il vous plaît, vous ne pouvez pas entrer pour l'instant. Il y a des enquêteurs qui sont en train d'étudier tout ce qui s'est produit ici dans la matinée, on ne peut pas laisser entrer qui que ce soit…

— Après votre appel, j'ai essayé de rappeler Rémi, mais je suis de nouveau tombée sur sa messagerie. Et j'ai vu que je n'avais plus les clés d'ici. Je pense qu'il a pris les clés, mais… qu'est-ce qui s'est passé ?

— Je ne peux pas vous parler, Lydia, une enquête est en cours.

— Est-ce que Lola va bien ?

— Lola va bien, mais…

— Et Rémi ? Il est venu ici ? »

Marion ne répondit pas. Elle ne savait pas quoi répondre. Elle avait déjà annoncé à des familles qu'ils avaient perdu un parent, un enfant ; elle avait déjà annoncé à des hommes et des femmes que leur compagnon ou leur compagne avait été arrêté pour vol, pour meurtre, pour trafic d'armes ou de drogue, mais elle ne savait pas ce qu'elle pouvait bien dire à cette jeune femme, là, dans cette cage d'escalier, sans risquer que ça dégénère. Elle prit son temps et soupesa chaque mot.

« Écoutez… Je ne peux pas vraiment vous expliquer en détail ce qui s'est passé. Ce que je peux vous dire, c'est que Rémi est venu ici ce matin dans le but d'assassiner Lola… »

Lydia leva les yeux au ciel. Son visage disait : « Mais vous êtes encore là-dessus, c'est pas vrai ! »

« Et je suis au regret de vous informer qu'il est décédé. »

C'était brutal. Peut-être trop. Mais Marion savait qu'il n'y avait pas des milliers de façons d'annoncer une chose pareille. Lydia s'était figée.

« Quoi ?

— Il a essayé de tuer Lola, et il est mort.

— Mais comment…

— On n'en sait pas plus pour le moment, je suis désolée… Il va y avoir une enquête pour déterminer, minute après minute, tout ce qui s'est passé, mais ces deux faits semblent avérés.

— Mais pourquoi il…

— On ne le sait pas encore.

— Et Lola va bien ?

— Elle va bien. Elle est actuellement auprès de médecins urgentistes qui prennent soin d'elle…

— Elle est blessée ? »

Lydia avait l'air sincèrement inquiet.

« Ce sont des blessures légères, tout ira bien pour elle, ne vous inquiétez pas. Est-ce que vous avez un endroit où aller ?

— Quand ?

— Aujourd'hui… ce soir… Je ne peux pas vous garantir que vous pourrez revenir ici et, franchement, vu l'état de l'appartement, il ne me paraît pas raisonnable d'envisager d'y rester seule… »

Marion manquait de tact ; il était inutile de rappeler à Lydia qu'elle serait seule ce soir. Sa meilleure amie à l'hôpital, et son petit ami à la morgue… Mais Lydia semblait ailleurs.

« Je peux… je ne peux pas retourner chez Rémi…

— Je le déconseille. Nous allons très rapidement inspecter son appartement et, je le répète, mieux vaudrait ne pas être seule ce soir…

— Et Lola ?

— Lola restera sans doute en observation à l'hôpital.

— Et je peux venir avec elle ?

— Vous pouvez… peut-être… il faut voir. Il faut voir si on vous l'autorise… peut-être, oui…

— Je peux la voir ?

— J'aimerais mieux pas, pour être honnête. Elle est très secouée par ce qui s'est passé, et pour l'instant on a besoin qu'elle reste calme, qu'elle retrouve son souffle et que son organisme se remette.

— Juste un instant… s'il vous plaît ! »

Les yeux de Lydia se remplirent de larmes.

« Bon, restez ici, je vais voir… Mais je ne vous promets rien. Et vous restez calme, aussi, hein ?

— Oui, c'est promis ! »

Marion retourna vers Lola, lui demanda si elle souhaitait voir Lydia. Lola fit signe que oui, bien sûr qu'elle voulait voir son amie. Avant d'aller chercher Lydia, Marion fit signe à un des médicaux de surveiller et de lui faire un signe si jamais la confrontation devenait trop stressante pour Lola. Elle arriva quelques secondes plus tard avec Lydia qui se tenait comme une enfant de 10 ans qu'on aurait surprise en train de tricher à une interro. En la voyant, Lola se mit à pleurer et lui tendit un bras. Lydia s'approcha et prit son bras.

« C'est vrai qu'il a essayé de te tuer ? »

Lola répondit entre deux sanglots qu'elle était désolée. Toutes deux pleuraient dans les bras l'une de l'autre. Marion jeta un œil à l'ambulancier, tout était OK. Elle allait, avec l'accord de Lola, prévenir l'hôpital pour que Lydia puisse rester avec elle autant qu'elle le voudrait.

Marion s'écarta pour parler à Étienne.

« Je vais retourner discuter avec Jonathan, parce qu'on n'en a pas fini avec lui. Tu peux rester ici, si tu veux. Je vais demander à la scientifique qu'elle te briefe et qu'elle te laisse les assister. C'est OK pour toi ?

— Oui, très bien. Merci, Marion. »

Jonathan, toi et moi, on va avoir une longue discussion. J'ai beau n'avoir qu'une parole, il va falloir m'en donner un peu plus si tu veux que je te soutienne auprès du parquet.

89.

Jonathan ne voulait plus rien dire. Pas tant que le procureur ne lui aurait pas donné l'assurance qu'il n'y aurait pas de poursuite à son encontre. Marion était donc partie voir son capitaine ; elle ne pouvait prendre la responsabilité de contacter le procureur pour une demande pareille, c'était bien au-delà de son grade. Marion avait raconté au capitaine ce qu'elle savait : que Charon était bien Rémi Préaud, le petit ami de la colocataire, comme elle l'avait soupçonné, qu'il était mort, mais que ce n'était que la partie émergée de l'iceberg. Elle lui apprit qu'il y avait d'autres victimes, mais impossible de savoir combien. Et qu'il était impossible de lier celles qu'elle connaissait déjà à Rémi Préaud. Elle lui dit enfin que Jonathan Berthelot était dans son bureau, avec des réponses, et qu'il n'avait même pas eu besoin de réfléchir pour balancer le nom de Préaud. Il savait donc ce qui se tramait, il avait sans doute même mis en place tout le système informatique nécessaire aux exécutions de Charon. Il pouvait leur donner plus, peut-être même tout leur donner, mais il voulait des garanties qu'il ne serait pas poursuivi.

Le capitaine était réticent. Il n'aimait pas l'idée de protéger un délinquant. Cependant, Marion avait insisté sur le fait qu'ils n'avaient presque rien contre lui. Il pouvait tout aussi bien passer devant un juge et sortir totalement libre. Dans ce cas, ils n'auraient rien du tout. Les données informatiques disparaîtraient, et Dieu seul saurait combien de victimes de Charon ils ne pourraient jamais identifier. Alors le capitaine appela le bureau du procureur, et il raconta ce qu'il avait entendu. Son interlocuteur tiqua lorsqu'il prononça le nom de Charon. « Comment vous avez dit ? » Le capitaine avait répété. Le procureur avait demandé un instant, les avait mis en attente, puis avait repris la ligne avec une requête : « Demandez à votre gars s'il connaît le responsable de la mort de Pierre Banchereau, E-A-U ; et s'il le connaît, rappelez-moi immédiatement ! » Il avait raccroché.

Le capitaine avait accompagné Marion auprès de Jonathan Berthelot. Ils lui avaient transmis la requête du procureur, en insistant sur le fait que ce dernier ne ferait rien sans une réponse de sa part. Jonathan avait un peu réfléchi, puis il avait répondu : « C'est une femme. Estelle... Estelle quelque chose... Estelle Trabli, ou Trablemi, quelque chose comme ça. Sans mes fichiers, je ne peux pas me rappeler de tout le monde. Mais je me rappelle de l'histoire, parce que c'était assez chaud. Le gars avait totalement abusé d'elle sexuellement avant de la jeter, c'était moche. »

Le capitaine avait rappelé le procureur et lui avait donné la réponse de Jonathan. Le procureur était resté sans voix. Il avait fini par répondre. « En réalité, elle s'appelle Estelle

Trabelsi, elle est actuellement en garde à vue. Vous devriez prendre contact avec Olivier Guillot, c'est lui qui s'occupe de l'enquête. L'histoire qu'elle lui a balancée est complètement folle, mais ça concorde avec tout ce que vous me racontez. » Il avait pris un temps pour peser son propos, puis avait demandé au capitaine : « Pour le jeune en question, Berthelot, ce que vous demandez est sérieux... Vous êtes sûr que ce n'est pas un danger public ? Que sa place n'est pas en prison ? » D'un regard, le capitaine avait invité Marion à répondre.

« Monsieur le procureur, ici le lieutenant Marion Lambert, c'est moi qui ai interrogé Jonathan Berthelot. Ce que je peux vous dire, c'est que nous n'avons clairement pas assez d'éléments pour l'arrêter. Et je doute qu'on trouve quoi que ce soit. Je pense qu'à la seconde où on le laissera partir, il supprimera toute trace informatique de son implication. Tout est caché, crypté, une perquisition ne donnera sûrement rien. Ça me fait mal de dire ça, parce que je suis convaincue que ce type est impliqué jusqu'au cou, mais je pense que si on peut travailler avec lui, on pourra au moins résoudre plusieurs suicides qui n'en sont pas réellement, et sans doute démanteler tout le système mis en place pour les piéger.

— Capitaine, vous êtes d'accord avec votre lieutenant ? »

Dans le regard qu'échangèrent à cet instant Marion et son capitaine, on pouvait lire tous les événements passés, les conséquences de l'affaire Guérin, les difficultés que le capitaine avait rencontrées en sauvant sa place, celles que Marion avait subies en se cantonnant à des enquêtes de routine.

« Oui, elle a tout mon soutien.

— Très bien, je vais faire le nécessaire. De votre côté, il faut que vous mettiez en place un protocole que le jeune homme devra respecter à la lettre. Il n'est pas question qu'on le laisse partir et qu'il ne nous donne rien. »

En apprenant la nouvelle, Jonathan s'était simplement levé, avait donné son adresse e-mail et exigé un document écrit à présenter à son avocat avant de leur donner ce qu'ils attendaient. Il allait partir lorsque Marion le retint :

« On a encore quelques questions, si vous permettez. Qu'allez-vous nous donner, précisément ?

— Précisément ? Laissez-moi réfléchir… »

Il fit semblant de creuser dans sa mémoire. *Il se permet d'être de nouveau arrogant,* songea Marion.

« Je vais vous donner le nom d'une vingtaine de victimes, de leur bourreau, du mobile de leur bourreau. Je vais aussi vous donner le nom d'une société en Géorgie qui organise les harcèlements, même si je doute que vous puissiez en faire quoi que ce soit. Ah, et je vais aussi vous donner quatre… non, cinq noms de victimes qui, à ma connaissance, ne sont pas encore mortes.

— Et Charon ? demanda le capitaine.

— Quoi, Charon ? Il n'y a pas de Charon. Chaque bourreau est le Charon de sa victime. Je pensais que vous l'aviez compris. »

Jonathan lut l'incrédulité dans le regard du capitaine. Il s'en amusa.

« Y a de quoi être déçus, je vous comprends : aucun tueur en série ni autre psychopathe au mode opératoire diabolique. Il n'y a que des gens normaux, mais brisés, qui veulent se venger. Purement et simplement. Et qui utilisent Internet pour pousser leur tortionnaire à se suicider. C'est aussi simple que ça. »

*
* *

Jonathan Berthelot sortit du commissariat aussi libre qu'il y était entré. Une fois chez lui, il fit l'effort de chercher sa clé USB, et y copia le fichier de son serveur avant de l'en supprimer. Puis il remit sa clé USB à sa place. Ils n'auraient jamais rien sans lui.

Épilogue

« On n'a rien sans rien »

Jonathan Berthelot s'en tirait bien. Vraiment bien. Quelques semaines plus tard, un accord était trouvé avec le parquet. Une enquête avait bien été ouverte à son sujet, qui couvrait l'étendue de l'affaire, que le procureur avait immédiatement classée sans suite. On n'a rien sans rien. En échange, Jonathan avait donné tout ce qu'il avait sur ses clients : leur nom, le nom de leur victime, l'histoire qu'ils avaient renseignée pour justifier leur demande d'incarner Charon. Jonathan avait également livré le nom de la société géorgienne qui organisait les vagues de trolls, les piratages de réseaux sociaux et, d'une manière générale, le cyberharcèlement des victimes. Le processus était désormais bien connu de la police : les différents Charon envoyaient des demandes précises qui étaient transmises à cette société : les messages à envoyer sur Twitter, les photos à transformer et à poster sur Facebook. Il y avait là matière à interpeller plusieurs personnes. Aucune trace d'une quelconque transaction financière impliquant Jonathan n'avait été mise au jour par les enquêteurs, il avait donc dû garder tout l'argent qu'il avait récolté. En revanche, le site lesamoureuxduvoyage.com avait été déconnecté. Et Jonathan s'était engagé à ne pas créer de site Internet équivalent. Cela faisait partie du marché. Aux dernières nouvelles, Jonathan avait quitté l'appartement de ses parents et habitait désormais un deux-pièces dans le 19e arrondissement.

*
* *

Après avoir classé l'affaire concernant Lola, Marion Lambert avait aidé la gendarmerie à classer celle concernant Maxime Roques. Son Charon était un ancien camarade de classe, un de ses meilleurs amis de l'époque, qui ne supportait pas qu'on l'associe, même pour plaisanter, à ce « pédéraste militant ». Il n'avait pas correctement supprimé ses traces et a été mis en examen pour provocation au suicide.

Pour Lucie Gernet, il s'agissait d'un ancien collaborateur éconduit qui ne supportait pas qu'elle joue de son physique pour gravir les échelons de la société où ils travaillaient. L'affaire a été classée sans suite.

Pour Paul Socolescu, Charon était en réalité une jeune femme avec le cœur de laquelle il avait longtemps joué. Elle était tombée enceinte et il l'avait convaincue de se faire avorter avant de la plaquer. Il avait tenté de se suicider et avait été secouru par un voisin. Son Charon a été mis en examen pour provocation au suicide.

Quant à Younes Naouri, son Charon était un de ses associés, qui avait perdu énormément d'argent en suivant ses conseils d'investissement. L'affaire a été classée sans suite.

Estelle Trabelsi a été mise en examen pour provocation au suicide.

Le dossier de Mariama Mbaye avait été un peu plus compliqué à monter, car cette dernière s'était suicidée après un seul premier contact avec son Charon, sans que ce dernier ne puisse la pousser à commettre l'irréparable. Il s'agissait de son beau-frère, le mari de sa sœur. L'affaire a été classée sans suite.

Le suicide de la jeune Alice n'a quant à lui pas pu être résolu ; le nom et le mobile donnés par son Charon étaient factices.

Il y avait encore sur le bureau de Marion plus d'une douzaine d'affaires à traiter. Deux victimes avaient pu être contactées avant leur suicide, et leur bourreau interpellé. Aucune tentative de suicide n'ayant eu lieu dans ces deux cas, aucune charge n'a finalement été retenue contre ces individus.

Par ailleurs, parmi les trolls et les harceleurs qui s'étaient joints aux vagues de haine, peu d'entre eux ont pu être identifiés et mis en examen pour harcèlement moral.

*
* *

Pour Marion Lambert, cette incroyable affaire lui permit de sortir de ce placard dans lequel les quinze derniers mois de sa carrière venaient de s'écouler. L'affaire avait effectivement fait beaucoup de bruit, en interne. Dans les services de police et de gendarmerie, jusqu'aux ministères de l'Intérieur et de la Justice, le bruit courait et la légende prenait corps. Celle de ce tueur aux mille visages qui ne rencontrait jamais ses victimes. Jusqu'alors, la presse n'avait pas eu vent de l'affaire. C'était une bonne chose, pensait Marion, qui ne souhaitait pas particulièrement que soit porté à la connaissance du public le marché passé avec Jonathan Berthelot. Cependant, Marion se demandait parfois ce qu'Internet ferait du jeune homme si son histoire devenait publique.

*
* *

Lola a repris normalement ses activités. En racontant publiquement son histoire, comment elle avait été harcelée, menacée de mort et comment elle avait fini par se battre contre son agresseur, elle avait gagné énormément de nouveaux abonnés et prenait beaucoup de plaisir à exposer ses cicatrices, ses « blessures de guerre ». Sa relation avec Lydia s'est étiolée avec le temps. Même si Lola ne l'avait jamais publiquement identifié, Lydia avait du mal à l'entendre relater comment elle avait été chassée comme du gibier par son petit ami, et comment elle avait fini par le tuer pour sauver sa vie. Elle avait demandé plusieurs fois à Lola de ne plus en parler, mais cette dernière croulait sous les demandes de ses fans. Elle perçait enfin, sa communauté croissait de façon quasiment exponentielle. Lola souhaitait évidemment conserver son amitié avec Lydia, mais chacune attendait de l'autre qu'elle la comprenne. Et elles ne se comprenaient plus.

Étienne Mornay, qui a désormais intégré la police scientifique, avait gardé contact avec Lola et l'appelait de temps en temps, pour s'assurer qu'elle allait bien. Lorsqu'elle lui demanda s'il était d'accord pour apparaître dans une de ses Stories et raconter les événements, il sut que c'était terminé et n'appela plus. Elle le regrettait parfois, mais elle s'était fait de nouveaux amis, tous plus populaires les uns que les autres sur les plateformes. Lola était enfin *trendy*. Elle était la mode. Et il n'appartenait qu'à elle de tenir le rythme et ne rien lâcher pour rester en haut des recommandations d'Instagram, de Twitter ou de Facebook. C'était tout ce qu'elle souhaitait. Bénédicte Le Guerrec n'existait plus. Alors Lola devait vivre.

Remerciements

Un immense merci à Christophe, Eva, Virginie et toutes les personnes patiemment impliquées dans les diverses relectures de ce texte. Un immense merci également à maître Eolas pour ses conseils juridiques, à Robin Andraca pour son temps et sa connaissance d'affaires de cyberharcèlement, et à Jean Rausis pour ses explications techniques concernant le bitcoin. Merci aux Suicide Girls, membres et *hopefuls*, d'être fidèles à elles-mêmes. Enfin, un grand merci à celles et ceux qui font les associations de soutien aux victimes de harcèlement, de l'association Le Refuge aux sites et numéros de téléphone d'écoute et de soutien tels S.O.S. Amitiés, S.O.S. Dépression, etc. Ce sont des personnes qui consacrent leur vie à vous venir en aide si vous en exprimez le besoin. Merci et bravo à eux.

Compléments

Pour écrire cette histoire de la façon la plus réaliste possible, il a fallu appréhender quelques tristement réelles histoires de harcèlement en ligne, telle l'histoire incroyable de Justine Sacco. Je ne saurais que trop vous suggérer de lire les ouvrages suivants si le sujet vous intéresse : *La Honte !*, de Jon Ronson (Sonatine, 2018), et *Cyberharcèlement : bien plus qu'un mal virtuel*, d'Anaïs Condomines et Emmanuelle Friedmann (Pygmalion, 2019). Le cyberharcèlement est une réalité qui ne cesse pas en sortant de son école ou de son bureau, elle ne cesse pas lorsqu'on se couche le soir ou lorsqu'on prend sa douche. Le cyberharcèlement ne s'arrête que lorsqu'on l'arrête.

TABLE

Cet ouvrage a été mis en pages par

<pixellence>

CET OUVRAGE
A ÉTÉ ACHEVÉ D'IMPRIMER
SUR ROTO-PAGE
PAR L'IMPRIMERIE FLOCH
À MAYENNE EN OCTOBRE 2021

N° d'édition : L.01ELKN000874.N001. N° d'impression : 99202
Dépôt légal : novembre 2021
Imprimé en France